CHRISTINE RIMMER

Une mystérieuse disparition

HARLEQUIN

Cet ouvrage a été publié en langue anglaise sous le titre :
STROKE OF FORTUNE

Traduction française de
ALEXANDRA LEFEBVRE

HARLEQUIN®

est une marque déposée du Groupe Harlequin

Illustration de couverture

© PAUL VIANT / GETTY IMAGES

83-85, boulevard Vincent-Auriol, 75013 PARIS — Tél. : 01 42 16 63 63
Service Lectrices — Tél. : 01 45 82 47 47
ISBN 2-280-21096-7

BIENVENUE AU LONE STAR COUNTRY CLUB

Qui ne connaît le LSCC, ce club des plus sélects où se côtoient les grandes familles de la société texane ? C'est dans cet endroit éminemment discret et préservé, où passions et compromissions se dissimulent derrière le rideau de la fortune et du bon ton, que le scandale éclate un beau matin, précédant une cascade d'événements qui vont profondément bouleverser la vie du club et de ses membres.

Flynt Carson :

Lorsque ce jeune célibataire accepte de prendre sous son aile le bébé abandonné sur le parcours de golf, il a de bonnes raisons pour cela. Mais ne cherche-t-il pas, surtout, à réparer les erreurs tragiques de son passé ?

Josie Lavender :

Etre une nurse à temps plein n'est pas un emploi de tout repos, mais ce n'est rien comparé à l'obligation de vivre sous le même toit que Flynt Carson, son employeur. Car cet être tourmenté est également un redoutable séducteur.

Daisy Parker :

Les enjeux sont plus importants que jamais lorsque Daisy est envoyée en mission au Lone Star Country Club pour « infiltrer » le milieu et faire tomber les parrains de la mafia texane. Va-t-elle réussir ? Ou perdre le plus gros pari de sa vie ?

CHRISTINE RIMMER

« Avec un art consommé, Christine Rimmer sait donner vie à ses personnages… et déchaîner dans leurs cœurs les passions les plus torrides » *Romantic Times*.

Adorée des lectrices, Christine Rimmer a écrit plus d'une quarantaine de livres pour Harlequin. Ses romans figurent régulièrement sur les listes des best-sellers du *USA Today* et du *Waldenbooks*, et nombre d'entre eux ont été nominés, notamment pour le Romance Writers of America's RITA Award et le *Romantic Times* Series Storyteller of the Year Award.

« Participer à cette saga a été une expérience inoubliable pour moi, nous confie l'auteur. L'histoire commence par la rencontre entre un bébé et quatre jeunes célibataires, sur le parcours de golf du Lone Star Country Club. A partir de là, l'histoire se déroule avec plus de tours et de détours qu'un serpent à sonnette qui cherche à vous égarer pour mieux vous envoûter… J'ai adoré travailler sur cette saga et contribuer avec d'autres écrivains à donner vie à tous ces personnages. J'espère que vous trouverez autant de plaisir à les rencontrer ! »

La Lettre du Club

(réservée aux membres)

UN MYSTERIEUX BÉBÉ ABANDONNÉ SUR LE PARCOURS DE GOLF !

Mais oui, vous avez bien lu ! Dimanche dernier, de très bonne heure, quatre de nos célibataires les plus en vue étaient sur le point d'achever la première partie de leur parcours de golf, lorsqu'ils furent interrompus par un petit cri qui, pour être féminin, n'avait néanmoins pas grand chose de commun avec le genre de manifestations que ces don juans aiment à entendre. L'auteur de ce bruit non identifiable était en effet un bébé ! Une adorable fillette de moins de trois mois, aux grands yeux bleus et aux boucles noires, abandonnée sur le terrain de golf avec une lettre pour son papa...

Je devine les questions qui vous brûlent les lèvres : qui est le père de ce pauvre petit trésor ? Et pourquoi Flynt Carson s'est-il senti obligé de prendre l'enfant avec lui ? Nous cacherait-on quelque chose ? Non que cela nous regarde ! Mais avouez qu'il y a de quoi être intrigué. D'autant que cette étrange affaire coïncide avec la disparition subite de Luke Callaghan ! Curieux, non ? Sans compter que ce cher Luke n'est pas franchement du genre discret, et que les frasques de ce séducteur insaisissable défraient généralement la chronique partout où il passe.

Mais ne laissons pas notre imagination s'emballer. Peut-être notre beau milliardaire est-il simplement occupé à jouer les play-boys sur quelque île déserte...

En attendant d'avoir de ses nouvelles, nous vous invitons vivement, mesdames, à aller rendre visite à la charmante Mme McKenzie dont la célèbre boutique de mode, Mission Creek Création, vous propose cette année des soldes d'été exceptionnelles ! Pour celles d'entre vous qui attendent un bébé, il y a même un nouveau rayon « spécial femmes enceintes ». N'oubliez pas non plus d'essayer le soin délassant à l'huile d'amande douce et au citron que Body Perfect vous réserve tout spécialement ! C'est le paradis sur terre...

Même si le meilleur moment de votre semaine ou de votre journée reste toujours celui que vous passez au Lone Star Country Club !

1.

Il était un peu plus de 8 heures, en ce dimanche matin de la fin du mois de mai, lorsque les deux voiturettes de golf arrivèrent à hauteur du neuvième trou. Dans la première se trouvaient Tyler Murdoch et Spence Harrison. Dans la seconde, Flynt Carson et le Pr Michael O'Day, un quatrième compère déniché au club-house pour remplacer Luke Callaghan qui leur avait fait faux bond.

C'était l'une de ces rares journées que l'on peut qualifier de parfaites : la température ne dépassait pas les 20° ; le ciel ressemblait à une vaste coupole d'un bleu étincelant, à peine émaillée d'une légère traîne nuageuse. Quelque part, le roucoulement d'un couple de colombes s'échappait des arbres.

Lorsque les hommes émergèrent de la pénombre des chênes, le terrain de golf encore luisant de rosée leur parut d'un vert si intense qu'il semblait irréel. Un vert profond et pur, songea Flynt Carson. Comme les yeux de Josie…

Flynt jura dans sa barbe. Un an plus tôt ou presque, il s'était juré de l'oublier. Pourtant, l'image de la jeune femme trouvait toujours le moyen de s'insinuer dans son esprit.

— Que dis-tu ? demanda Michael en garant leur voiturette derrière celle de Spence et de Tyler. Je crois avoir compris, mais j'aimerais en être sûr, ajouta-t-il d'un ton légèrement ironique.

Flynt s'efforça d'orienter le cours de ses pensées vers ce qui était censé les occuper : la partie de golf.

— Je réfléchissais à mon dernier coup. Je m'y suis pris comme un débutant. Pas de doute, j'ai besoin d'améliorer mes approches.

Michael gloussa.

— Toi, quand tu as une idée en tête...

A ce moment-là, Flynt entendit un bruit bizarre, un bruit qu'on ne s'attend guère à entendre sur un terrain de golf. Flynt leva la main pour intimer le silence à son partenaire, mais c'était inutile : celui-ci s'était tu.

Les deux autres hommes devaient également l'avoir perçu, car ils scrutaient les alentours pour en découvrir l'origine, quand celui-ci se produisit de nouveau : c'était une sorte de cri, à la fois étouffé et strident.

— Par là, dit Spence en désignant une haie touffue qui dissimulait partiellement un abri, à une trentaine de mètres environ.

Une ride se creusa entre les sourcils noirs de Michael.

— On dirait...

Spence était déjà descendu de voiture.

— Bon sang ! je n'arrive pas à y croire.

Flynt non plus. Il cligna des yeux, puis regarda une seconde fois pour s'assurer que sa vue ne lui avait pas joué un tour.

Mais ce qu'il avait cru voir à l'ombre des feuillages était toujours là : un siège-enfant. Et à l'intérieur, enveloppé dans une moelleuse couverture rose d'où s'échappaient deux petits poings rageurs, un bébé qui pleurait.

Un bébé…

Un bébé *tout seul*, abandonné près du neuvième trou, sur le parcours de golf du Lone Star Country Club !

— Bon sang, quel est le crétin capable d'oublier un bébé sur un terrain de golf ? lança Tyler sans s'adresser à l'un d'eux en particulier.

Il rattrapa Spence.

Flynt et Michael leur emboîtèrent aussitôt le pas.

A mi-parcours, ils ralentirent leur progression. Le nourrisson hurlait de plus belle en agitant frénétiquement ses petites mains.

Les quatre grands gaillards — de fiers Texans à la taille fine et aux épaules massives — se figèrent sur place. Deux devant, deux derrière, ils n'étaient plus qu'à une dizaine de mètres du nourrisson.

Trois d'entre eux avaient servi durant la guerre du Golfe, et leur courage leur avait valu une décoration. Quant au quatrième, Michael O'Day, il était probablement le plus grand cardiologue du comté de Lone Star.

Il passait sa vie en salle d'opération, tentant d'arracher à la mort des vies humaines, et y parvenait dans bon nombre de cas. Le propre père de Flynt, Ford

Carson, était, du reste, un témoignage vivant de ses dons exceptionnels et de ses nerfs d'acier.

Pas un seul lâche dans la bande des quatre !

Et pourtant, ce bébé qui braillait suffisait à les tenir en respect.

Ils avaient beau être des héros aux yeux du monde, pas un ne connaissait la marche à suivre en pareille situation. A leur décharge, ils étaient tous célibataires. Et sans enfants.

Le bébé se mit à hurler de toutes ses forces.

Flynt et Michael rejoignirent les deux autres, si bien que les quatre compères formaient désormais une rangée compacte. Ils se regardèrent de cet air consterné que prennent généralement les hommes lorsqu'un enfant pleure et qu'aucune femme n'est là pour s'en occuper.

— La mère est peut-être dans les parages, suggéra Spence plein d'espoir.

— Où ça ? répliqua Tyler d'un air renfrogné. Tapie dans les buissons ? Planquée dans l'abri ?

— Hé, c'est juste une hypothèse...

Plusieurs secondes interminables s'écoulèrent tandis que le pauvre nourrisson s'exténuait à vue d'œil, ses bras potelés battant l'air sauvagement, son petit visage rebondi tout crispé de désespoir et de plus en plus rouge.

Finalement, Tyler se décida à intervenir.

— Spence, par là, ordonna-t-il en faisant un petit signe de tête sur la gauche. Moi, je passe par la droite. On encercle l'abri. Rendez-vous sur l'arrière. Ensuite, on examine l'intérieur.

— Prêts ? Feu ! Partez !

Les deux hommes commençaient à avancer quand Tyler s'arrêta pour lancer par-dessus son épaule :

— Vous, occupez-vous du bébé.

Flynt résista à l'envie furieuse de le contrecarrer. « Pas question. C'est *toi* qui t'occupes du bébé. Nous, on effectue la reconnaissance. »

Mais il avait manqué le coche, et il le savait. Il ne lui restait plus qu'à se coltiner le bambin avec Michael.

Ce dernier avait l'air morose. Flynt était certain que sa propre expression reflétait celle du chirurgien. Mais avaient-ils le choix ? Il fallait bien que quelqu'un se dévoue !

— Allez, dit-il d'une voix lugubre en se dirigeant vers le siège auto et son malheureux occupant.

Alors que son ombre se projetait sur le bébé, les pleurs cessèrent comme par miracle. Le silence parut intense à Flynt. Merveilleusement intense, après tous ces hurlements…

Le bambin cligna des yeux à sa vue. Une fille, songea Flynt. Après tout, la couverture était rose. Ses yeux bleu clair semblaient le chercher et vouloir le retenir au-dessus d'elle. Puis ses paupières s'abaissèrent et sa minuscule bouche se fendit pour en laisser échapper un long cri de colère.

Flynt s'accroupit.

— Hé, calme-toi. Tout va bien…

Elle devait avoir faim, ou besoin qu'on la change. Dans tous les cas, il fallait agir. Et c'était à lui que la tâche incombait. Il y avait un morceau de papier blanc écrit à l'encre bleue, épinglé à la couverture. Il allait commencer par ça.

De l'eau avait coulé de la haie et le mot était détrempé. Une grande partie du texte était illisible.

Néanmoins, il put déchiffrer un nom : « Lena ».

— Hé ! Lena, comment vas-tu ?

Le bébé s'interrompit et hoqueta avant de reprendre de plus belle.

— Montre-moi ça, lança Michael dans son dos.

Flynt détacha le mot et le tendit à son compagnon. Puis, tandis que Lena s'époumonait en brandissant ses petits poings, il s'attaqua à la tâche suivante : l'extraire de son siège.

La couverture avait suffisamment glissé pour révéler le dispositif servant à l'attacher. Cela n'avait pas l'air bien compliqué : le harnais qui maintenait l'enfant au niveau des épaules se prolongeait par une sangle ventrale, reliée au siège par une attache. La fillette continuait de s'agiter frénétiquement lorsqu'il pressa le bouton et écarta le plus délicatement possible les courroies du harnais pour la dégager.

Il lui parla sans cesse, s'efforçant de la rassurer. Manifestement sans grand succès...

— Hé, Lena ! Nous allons te sortir de là. Tu verras, tout va bien se passer. Oui, oui...

Bon sang, qu'elle était petite ! Aussi petite que Wild Willie, cet avorton de chat qu'il avait littéralement adoré dans son enfance — mais cent fois plus vulnérable... Il glissa une main sous les bouclettes noires pour lui soutenir la tête. Il avait un peu étudié la question deux ans plus tôt. Avant l'accident. Quand Monica s'était retrouvée enceinte, et qu'il s'était imaginé en père... et même en bon père ! Il se rappelait avoir lu, quelque part, qu'il fallait soutenir la nuque des bébés, car ils n'en avaient pas la force eux-mêmes.

Lena cessa de geindre lorsqu'il la souleva. Elle cligna de nouveau des yeux, se concentrant sur le visage qui s'approchait d'elle. N'avait-il pas lu aussi que les nouveau-nés ne voyaient que de près, et qu'ils développaient leurs premiers liens affectifs grâce à la vue ?

Elle le *regardait*. Elle le regardait vraiment.

— Lena...

Il murmura son nom doucement, en le savourant.

Puis elle rota — un gros rot qu'elle ponctua d'une drôle de moue.

Il la cala alors précautionneusement dans ses bras. Elle se blottit contre lui, se nichant confortablement. C'était une petite boule toute chaude, et si douce... Elle prenait ses aises. Et, Dieu soit loué, elle se tenait tranquille. Du moins pour le moment.

Il se releva en se tournant vers Michael.

— Tu nous avais caché ça, Flynt ! Tu es doué avec les bébés...

Flynt s'abstint de riposter. D'ailleurs, que répondre à cela ?

Les autres membres de la bande émergèrent des sous-bois.

— Chou blanc sur toute la ligne, annonça Spence. Si la mère était là, elle n'y est plus, en tout cas.

Tyler fronça les sourcils.

— Il y avait un mot sur la couverture, non ?

— Le voilà, dit Michael en le brandissant.

Tyler s'en empara et le lut à haute voix : « Je suis ta fille. Je m'appelle Lena... »

— Bien, mais ça ne nous dit pas qui est le père, ajouta-t-il en tendant le bout de papier à Spence.

Celui-ci le prit et l'étudia attentivement.

— On perçoit vaguement un nom en haut. Mais ce n'est plus qu'une grosse tache d'encre.

Tyler secoua la tête.

— On est bien avancés, avec ça... On ne sait pas qui a écrit la lettre, ni qui est censé la lire.

Personne ne broncha. Dans les bras de Flynt, Lena hoqueta avant de lâcher un gros soupir. Flynt sentit son souffle chaud contre son T-shirt.

Michael rompit alors le silence.

— On sait au moins que le destinataire est l'un des deux parents, puisqu'il est écrit : « Je suis ta fille. »

Spence acquiesça.

— Et visiblement, l'un des deux parents ignore jusqu'à l'existence de cette enfant.

Michael grogna.

— Une mère qui ignore qu'elle a accouché, c'est un joli tour de passe-passe !

Spence haussa les épaules.

— Donc, c'était le nom du père qui figurait au début de la lettre.

— D'un père, ajouta Tyler, qui ignore sa paternité.

Michael leva un sourcil.

— Si je ne me trompe, vous vous donnez rendez-vous au club-house tous les dimanches matin. A 6 h 15, vous commencez votre partie, et aux alentours de 8 heures, vous attaquez le neuvième trou. Vous vous trouvez donc, en règle générale, à l'endroit où l'enfant a été découvert. Quand je dis « vous », il s'agit de vous trois, mais aussi de Luke Callaghan.

Un silence de plomb s'abattit sur eux.

Flynt s'en aperçut à peine, ignorant l'effet que ces paroles avaient produit sur ses camarades. Et, de toute manière, il s'en fichait. Son esprit avait démarré au quart de tour.

Bon sang, se pouvait-il que… ?

Yeux bleus, cheveux noirs…

Non, cela ne collait pas. En tout cas, pas avec Josie. Ses cheveux étaient d'un blond aussi pâle qu'un rayon de lune, et ses yeux magnifiques de la couleur d'une émeraude.

Flynt, lui, était blond-châtain. La seule ressemblance qu'il pût se trouver avec l'enfant était la couleur de ses yeux : bleus, comme ceux de sa mère et de son frère. Mais, d'après ses vagues connaissances en la matière, les bébés ne naissaient-ils pas tous avec les yeux bleus ?

Quel âge pouvait bien avoir la fillette ? Il n'était pas très qualifié pour ce genre d'évaluation… Néanmoins, il n'était pas *exclu* qu'elle eût deux mois, ce qui faisait dans ce cas coïncider les dates.

Avec un soin infini, il dégagea le nourrisson du creux de son épaule pour l'étudier attentivement. Lena soupira, mit son poing dans la bouche pour l'en extirper aussitôt, puis parut étudier le visage penché au-dessus d'elle avec une sagesse qui semblait venir du fond des temps.

Elle ressemblait à... un bébé. A la fois minuscule et bien en chair, avec un nez en trompette et une petite bouche en cœur. S'il y avait une quelconque ressemblance, avec lui ou Josie Lavender, il n'était pas évident de la déceler.

Il pouvait donc fort bien être son père...

Il n'avait pris aucune précaution, cette seule et unique nuit qu'il avait passée avec elle. En plus, il s'était comporté d'une manière odieuse le lendemain.

Et quand bien même...

Pourquoi diable aurait-elle agi ainsi ?

Ce n'était pas le genre de femme à lui révéler sa paternité par un moyen aussi stupide qu'irresponsable.

Certes, et pourtant, à y bien réfléchir, tout s'expliquait...

Il lui avait demandé de partir, et ne l'avait jamais revue depuis ce jour. Elle avait même quitté la ville. Mais, d'après les dernières rumeurs, elle était rentrée chez elle pour soigner sa mère, de nouveau souffrante.

Il est vrai que personne n'avait parlé d'un bébé.

Flynt cala affectueusement la fillette au creux de son épaule. Il échangea un regard furtif avec Tyler. Puis les deux hommes détournèrent les yeux. Spence examinait encore la lettre. Michael se renfrognait de plus en plus tandis qu'il observait un à un chacun de ses compagnons.

Ils avaient tous un drôle d'air, songea Flynt.

Comment dire ?

Un air inquiet… et penaud.

Se pouvait-il qu'il ne fût pas le seul à se demander si la lettre ne lui était pas destinée ?

Difficile de savoir…

En tout cas, il savait ce qu'il lui restait à faire.

Les colombes avaient repris leurs roucoulements. Un oiseau jaune atterrit sur l'herbe, puis reprit son envol avant de disparaître dans un gros magnolia.

— Ecoutez, annonça-t-il, je prends ce bébé avec moi au ranch. Jusqu'à ce qu'on y voie un peu plus clair !

Les trois autres le regardèrent d'un air interloqué, comme s'il leur avait annoncé brutalement qu'il comptait braquer une banque.

Après un silence lourd de tension, Spence demanda d'un air dégagé :

— Pourrais-tu répéter, s'il te plaît ?

Flynt s'exécuta.

Spence prit alors un air sévère.

— Cela me paraît une très mauvaise idée. Sans parler des conséquences sur le plan juridique.

Spence était un homme de loi. Et pour tout dire, le procureur général du comté.

— Désolé, ajouta-t-il, mais tu n'as pas le droit de prendre cette enfant avec toi.

— Regarde-la ! Elle m'a déjà adopté, dit Flynt en glissant une main protectrice derrière l'enfant.

— Arrête de fanfaronner, jeta Spence d'un ton sec. Réfléchis un peu.

— Justement, c'est ce que j'ai fait.

Et c'était vrai. Il avait réfléchi aux conséquences qui en découlaient pour Josie Lavender. Elle risquait d'avoir de sérieux ennuis pour avoir abandonné son bébé — dans l'hypothèse, bien sûr, où il s'agissait de son enfant. Et, si c'était le cas, il s'agissait aussi de son propre enfant ; par conséquent, rien ne lui interdisait de l'emmener au ranch.

— Allez, Flynt, reprit Spence. Tu sais parfaitement que nous devons appeler la police ainsi que les services de la protection infantile, pour qu'ils se chargent du bébé.

— Inutile, je te l'ai déjà dit. Je peux très bien m'en charger moi-même.

— Je viens de t'expliquer que…

— O.K., coupa Flynt avant que Spence ne revînt à la charge. Je vais mettre les points sur les i puisqu'il le faut. J'ai de bonnes raisons de penser que la lettre m'est destinée. Autrement dit : que je suis le père de cette enfant.

Les colombes avaient interrompu leurs roucoulades, et les dernières paroles de Flynt résonnèrent dans le silence. Les quatre hommes évitaient de se regarder. Un bimoteur vrombissait au-dessus de leurs têtes, en direction de l'aéroport privé de Mission Ridge, à quelques kilomètres de là.

Tyler se raclait la gorge. Michael fixait ses chaussures. Spence scrutait le ciel.

Flynt sentit l'impatience le gagner.

— Si vous avez quelque chose à dire, c'est le moment.

— Bien, dit Tyler. J'ai une question.

— Vas-y.

— Quel âge a l'enfant, d'après toi ?

— Je dirais deux mois, à une semaine près.

— Donc, cela nous ramène à l'été dernier, n'est-ce pas ? Juin ou juillet. Peut-être août.

Michael pencha la tête de côté.

— Tu veux parler de la période où l'enfant a été conçue ?

Rejetant en arrière les mèches brunes qui balayaient son front, Tyler acquiesça.

Un son guttural s'échappa de la gorge de Michael.

— Attendez ! Il n'est pas impossible, non plus, que cet enfant soit la mienne, bien que les probabilités soient plus faibles dans mon cas. Car peu de gens savaient que je serais ici.

— Pour moi, c'est pareil, intervint Spence.

— Comment ça, pareil ? demanda Tyler.

— J'ai beau être célibataire, je ne vis pas comme un moine. Vous pouvez donc me considérer comme le père présumé n° 3.

— Et je ferai le quatrième, conclut Tyler. Sans parler de Luke ! Chaque dimanche matin, sauf cas de force majeure, il se trouve ici avec nous aux environs de 8 heures. En plus, je vous rappelle qu'il ne m'a pas téléphoné pour prévenir qu'il ne viendrait pas.

— Il ne m'a pas téléphoné non plus, renchérit Spence.

— Bon, d'accord, admit Flynt, il s'est désisté sans prévenir. Et alors ?

— Cela veut dire que personne ne savait qu'il ne viendrait pas, rétorqua Tyler. La personne qui a laissé l'enfant pouvait penser que Luke serait là. On peut donc en conclure, à ce stade du moins, qu'il fait lui aussi partie de la liste des suspects. D'autant que ce ne sont pas les femmes qui manquent dans sa vie !

— Génial ! s'exclama Flynt tout en berçant Lena avec une douceur infinie. Je vois qu'on avance à grands pas. A vous entendre, le père peut être n'importe lequel de nous quatre. Et même de nous cinq, en comptant Luke. Autant dire : n'importe quel type sur la planète. N'empêche que ce bébé rentre avec moi au ranch.

Spence le dévisagea un long moment avant d'observer d'une voix lasse :

— Tu ne changeras pas d'avis ?

— Non.

— Bon sang…

— Allez, dis-moi ce que tu as en tête.

— Très bien. Serais-tu prêt à accepter un compromis ?

— Ça dépend.

Spence s'expliqua.

— Je peux faire jouer mes relations pour que tu obtiennes l'autorisation de prendre l'enfant avec toi. Mais tu ne pourras pas échapper à un interrogatoire. Il faudra que tu t'y soumettes. D'un point de vue juridique, le club dépend de la police municipale, mais le comté leur donne un coup de main depuis l'accident du Men's Grill.

Le mot « accident » était un euphémisme. Quelques mois plus tôt, des policiers véreux du commissariat de Mission Creek avaient fait sauter le Men's Grill du club, dans le but de supprimer un homme qui menaçait de révéler leurs sombres trafics. Avec la plupart de ses officiers en prison, le commissariat de Mission Creek se trouvait encore dans un état proche du désarroi. Et le shérif s'y rendait régulièrement pour leur prêter main-forte.

— Que veux-tu dire, Spence ? Que je vais avoir affaire au shérif ?

— C'est plus que probable. Et aussi à la police municipale. Sans parler des services de la protection infantile. C'est la procédure.

— Le shérif..., répéta Flynt atterré.

Le shérif du comté de Lone Star était un Wainwright — Justin Wainwright, précisément. Et les Wainwright n'étaient jamais les bienvenus au ranch Carson.

— Désolé, dit Spence. Le bureau du shérif va vouloir être mis au parfum.

— Depuis quand crois-tu que je me soucie de ce que veut le bureau du shérif ?

— C'est dans ton intérêt, en tout cas. Il vaut mieux les avoir dans ta poche, si tu ne veux pas te faire arrêter pour kidnapping ou un délit de ce genre.

A cet instant, Flynt sentit Lena s'agiter dans ses bras. Un léger soupir s'échappa de son adorable bouche — et subitement, la perspective de recevoir un Wainwright au ranch ne lui apparut plus comme un obstacle insurmontable. S'il le fallait...

— Tu m'arrangeras le coup ? demanda-t-il.

Spence haussa les épaules.

— Je ferai tout ce qui est en mon pouvoir.

— Je ne vais pas attendre ici que la police municipale et toute la clique du shérif envahissent le club.

Ils devront se rendre au ranch, s'ils veulent me parler — tous, sans exception.

— Je peux arranger le coup.

— Et je vous demande la plus grande discrétion.

— Nous ferons notre possible.

— Non, j'exige une discrétion *absolue.*

Flynt ne pouvait s'empêcher de penser à Josie. Il fallait la protéger des ragots. Car les gens n'étaient pas tendres avec une femme qui abandonnait son enfant. Durant sa jeunesse, Josie avait rencontré de graves problèmes, mais, jusqu'à présent, les habitants de Mission Creek avaient toujours pris son parti. Elle n'avait pas besoin d'avoir, en plus, toute la ville à dos !

— Ecoute, dit Spence, je m'en tiendrai au strict nécessaire.

— Et moi, assura Tyler, je sais tenir ma langue.

— Pas de problème non plus de mon côté, ajouta Michael. Notre petite conversation restera entre nous.

Flynt dévisagea tour à tour chacun de ses compagnons.

— Bien. Lena reste avec moi jusqu'à ce que nous découvrions l'identité de sa mère.

La bouche de Spence forma un rictus.

— Oui, mais il y a encore quelqu'un que tu vas devoir convaincre.

Flynt comprit sur-le-champ.

— Tu veux parler de l'assistante sociale ?

— Exact.

— Je vois, dit Flynt calmement.

Le bébé recommença à pleurer. Il tenta de la réconforter en lui tapotant le dos.

— Je t'écoute, Spence. Explique-moi comment amadouer cette dame.

2.

Flynt se sentait vraiment chez lui au Lone Star Country Club. Celui-ci avait été fondé en 1923 par son arrière-grand-père, Big Bill Carson et son ami, John Peter Wainwright. A cette époque, les deux familles étaient immensément riches. Leurs ranchs avaient pris une telle extension au fil des années que leurs terres étaient devenues limitrophes. Ce fut du reste à ce moment-là, quand les deux propriétés se furent rejointes, que Big Bill et J.P. décidèrent de céder chacun un millier d'acres pour y accueillir leur projet.

Mais cette belle amitié devait voler en éclats quatre ans plus tard, lorsque Lou-Lou Wainwright, la fille chérie de J.P., mit fin à ses jours en apprenant que son fiancé, le fils aîné de Big Bill, venait de faire un enfant à une autre. Armé d'un pistolet, J.P. partit à la recherche du garçon, mais ce fut Big Bill qui écopa de la balle destinée à son aîné. J.P. brisa les jambes de son ami ainsi que les liens solides qui les unissaient depuis trois décennies.

Depuis ce drame, plus un Carson n'adressait la parole à un Wainwright. Les deux familles se livraient une guerre impitoyable. La haine, entre eux, était aussi profondément enracinée que les chênes qui se dressaient fièrement devant la façade de granit rose du club.

Toujours aussi prospères, les deux familles exerçaient une influence considérable dans le sud du Texas, ainsi que sur Mission Creek, la ville la plus proche, et bien sûr au sein du club que leurs arrière-grands-parents avaient fondé. En dépit de la haine qu'ils se vouaient, les Carson et les Wainwright continuaient toutefois à siéger ensemble aux assemblées générales, maintenant entre eux un *statu quo* sur le terrain neutre du club.

Flynt en assumait la présidence depuis quelque temps. Et, en ce dimanche de mai riche en surprises, il bénissait le ciel d'avoir accepté ces fonctions. Car les employés du club suivraient ses directives sans poser de questions.

Aussitôt qu'il se fut mis d'accord avec Spence, Flynt reposa Lena dans son siège auto, qu'il fixa tant bien que mal dans la voiturette. Michael les conduisit au club.

Flynt avait pensé se rendre directement au ranch. Mais le bébé ne cessait de pleurer. Elle avait peut-être faim ou besoin d'être changée. Mieux valait régler le problème avant toute chose.

Le chirurgien les avait déposés à l'arrière du bâtiment, devant une entrée de service, comme Flynt le lui avait demandé. En grimpant les escaliers desservant les services administratifs situés au deuxième étage, il croisa une serveuse à mi-étage et lui donna l'ordre de chercher Harvey Small, le nouveau gérant du club qu'il venait d'engager. Il voulait le voir dans son bureau immédiatement.

— Oui, monsieur Carson. J'y vais tout de suite.

Alors que la serveuse détalait, Lena poussa un hurlement impressionnant. Il dut la cajoler une bonne minute avant de pouvoir reprendre son ascension.

Dans le bureau de Harvey, il sortit Lena de son siège et la prit dans ses bras. Lorsqu'il lui tapota légèrement le dos en lui murmurant des paroles apaisantes, elle parut se calmer, mais la trêve ne dura guère plus d'une minute ou deux. Les hurlements reprirent de plus belle. Lorsque le gérant fit irruption dans la pièce, Flynt avait passé cinq bonnes minutes à faire les cent pas en tentant désespérément de réconforter l'enfant.

Harvey se figea de stupeur à la vue du nourrisson. Sans préambule, Flynt le soumit à un interrogatoire en règle : avait-il des couches ? une lotion pour le change ? voire un sac qui contiendrait tout le nécessaire ? Harvey s'empressa de répondre par l'affirmative. Ils avaient sous la main, en effet, ce genre de choses, au cas où un membre du club en aurait besoin.

— Bien, allez me chercher tout ça. Arrangez-vous, aussi, pour que mon pick-up soit garé devant l'entrée de service de la salle Empire. Vous avez dix minutes. Je veux sortir discrètement, compris ? Et pas un mot sur le bébé.

— Oui, bien sûr, monsieur Flynt. Vous pouvez comptez sur notre entière discrétion. Nous...

— Parfait. Allez-y.

Il fallut à Harvey onze minutes et trente-quatre secondes exactement pour revenir avec le sac du change. La situation devenait urgente. Secouée par des sanglots de colère, Lena parvenait à peine à respirer.

La pièce était équipée d'un bar avec un plan en granit, d'un évier en acier inoxydable et d'un micro-ondes. Flynt confia à son gérant le soin de préparer le biberon, tandis qu'il se réservait la tâche plus délicate de changer Lena. Ce ne fut certes pas une partie de plaisir, mais le résultat fut satisfaisant. Harvey, lui aussi, se montra à la hauteur. Il comprit qu'il fallait déverser le sachet de lait en poudre dans le biberon et le réchauffer sans le faire bouillir.

L'étape suivante consista à donner le biberon. Manifestement, la fillette avait un système digestif parfaitement fluide, puisqu'il fallut la changer une seconde fois aussitôt qu'elle eut ingurgité son lait.

« Mission accomplie », estima Flynt.

Il pouvait désormais se risquer à rentrer au ranch.

Il était quasiment certain que personne ne l'avait vu s'esquiver par la porte de service. Quant au chauffeur qui avait été lui chercher son véhicule sur le parking, il s'était vu remettre un billet de vingt dollars, avec l'ordre exprès de se rendre chez Harvey. Celui-ci se chargerait de lui faire passer le message : motus et bouche cousue, s'il tenait à conserver son emploi !

Lena dormit durant tout le trajet. Disposant d'une voiture à quatre places, Flynt avait pu installer le siège à l'arrière, en le positionnant face à la route, comme cela était indiqué sur le schéma dessiné sur l'un des côtés. Il ne cessait de se retourner pour s'assurer qu'elle dormait bien, et fondait littéralement en la voyant. Elle était si mignonne, avec sa petite tête posée sur sa poitrine, et ses boucles noires soyeuses qui retombaient sur ses joues rebondies.

En chemin, il téléphona au ranch. Lorsque la gouvernante décrocha, il demanda à parler à sa mère, Grace.

La chance lui souriait : celle-ci était à la maison.

— Flynt, que se passe-t-il ?

— Maman, j'ai besoin de toi.

— Tu as des ennuis ?

Il entendit l'inquiétude percer dans sa voix. Il n'avait pas bu une seule goutte d'alcool depuis un an, mais elle était sa mère, et une mère s'inquiète toujours pour ses enfants, même lorsqu'ils ont atteint l'âge adulte.

— Non, ça va… Je suis aussi sobre qu'un chameau. Pourrais-tu me rendre un service ?

— Je ne comprends pas.

— Je t'expliquerai. J'arrive dans une dizaine de minutes.

— Oh, Flynt, es-tu sûr que…

— Maman, est-ce que je peux compter sur toi ?

Une pause succéda à cette question.

— Tu sais très bien que tu n'as pas besoin de me le demander.

Il sourit.

— Super, maman…

Elle l'attendait sur le perron. C'était une belle femme aux formes épanouies, avec des cheveux blonds grisonnants, coupés court et au carré. L'inquiétude transparaissait dans ses yeux bleus bienveillants. Dévalant les imposantes marches en pierre du perron, elle atteignit la porte du passager avant même que le véhicule fût totalement arrêté. Elle ne dit pas un mot lorsque son fils sauta à terre et détacha le siège de Lena. Abandonnant le véhicule garé en travers du chemin, ils se précipitèrent à l'intérieur de la maison. Grace précédait son fils, muni de son précieux chargement.

Flynt occupait une des ailes du bâtiment. Ils s'y rendirent aussitôt, et, par un de ces petits miracles quotidiens, ne croisèrent personne.

Parvenus devant le salon privé de Flynt, sa mère le pressa d'y entrer. Après avoir refermé la porte, elle se tourna vers lui.

Elle ne dit pas un mot. C'était inutile : ses yeux parlaient pour elle.

Flynt avait trente-quatre ans. Il avait repris la direction du ranch et gérait la fortune des Carson, constituée de divers placements pétroliers, d'investissements dans la culture des agrumes et de quelques biens immobiliers à haut rendement. Il avait fait la guerre. Il avait perdu sa femme dans des circonstances terribles. Il avait mené un dur combat contre l'alcool, un combat qu'il avait remporté. Du moins jusqu'à ce jour.

Sous le regard perçant de sa mère, Flynt eut l'impression d'être un gamin de dix ans pris en faute.

Il déposa à ses pieds le siège où reposait le bébé, fit glisser le sac du change sur la table basse, puis esquissa un sourire penaud.

— Tu étais sur le point de partir à l'église, maman ? Je suis désolé de te retarder.

Elle continua à le dévisager durant une bonne vingtaine de secondes.

— Le bon Dieu attendra pour cette fois, finit-elle par dire. Il a une patience infinie, ce qui n'est pas mon cas. Que se passe-t-il ?

Flynt lui dit la vérité, du moins une partie : la découverte du bébé sur le parcours de golf, puis le mot imbibé d'eau épinglé à sa couverture.

Grace alla droit au but.

— Tu penses être le père de l'enfant, n'est-ce pas ?

— Ce n'est pas exclu.

— Bien. Si c'est toi le père, je suppose que tu connais la mère ?

La question ne le surprit pas, mais la réponse, elle, l'embarrassait terriblement.

Car Grace connaissait bien Josie Lavender, et pour cause : celle-ci était venue travailler chez eux à l'âge de dix-neuf ans, comme domestique. Emploi qu'elle n'avait pas conservé longtemps. Car, en moins d'un an, grâce à sa ténacité et ses qualités en matière d'organisation, sans parler de ses manières exquises, elle était devenue leur gouvernante. Grace, comme tout le reste de la maisonnée, avait appris à la respecter et à lui faire confiance. Jusqu'au jour où la jeune femme les avait quittés subitement, sans la moindre explication.

Grace lui en voulait encore de s'être volatilisée de la sorte. Flynt avait tenté de raisonner sa mère en lui expliquant que Josie était partie pour des « raisons familiales ». Mais cette vague explication ne l'avait guère convaincue. Et Flynt s'en était voulu que Josie baissât dans l'estime de sa mère, alors qu'en réalité il était seul fautif. Mais il savait qu'il ne ferait qu'aggraver les choses s'il lui révélait les véritables raisons de son départ.

Il s'était tu, en conséquence, et s'était secrètement méprisé pour sa lâcheté.

— Flynt, je t'ai posé une question : qui est la mère de ce bébé ?

— Maman, je t'ai dit tout ce que je pouvais pour le moment. J'ai besoin de toi pour veiller sur l'enfant. Le feras-tu ?

Subitement, Grace parut lasse, et beaucoup plus âgée.

— Réponds-moi. Le feras-tu, oui ou non ?

— Oh, Flynt, tu sais très bien que je le ferai...

Grace avait pris la relève auprès de Lena lorsque l'inspecteur Hart O'Brien, du commissariat de police de Mission Creek, fit son apparition une heure plus tard.

Hart, un ami de Spence, avait déjà interrogé ce dernier, qui lui avait remis la lettre détrempée. Au ranch, Hart prit la déposition de Flynt, puis lui demanda pourquoi il estimait que le bébé devait rester avec lui.

Flynt avoua qu'il y avait de fortes probabilités pour qu'il fût le père de l'enfant.

Le détective lui posa alors la même question que Grace.

— Si vous pensez être le père, qui est la mère ?

— Ecoutez, je vais être franc avec vous. Je ne suis pas encore sûr d'être le père de cette enfant. Et je ne tiens pas à jeter le trouble dans la vie d'une femme innocente. Je dois d'abord vérifier que Lena est bien ma fille. Si c'est le cas, il n'y a pas de problème. La petite passe seulement des bras de sa mère à ceux de son père. Et si Lena n'est pas ma fille... Eh bien, le fait que je fréquente une telle ou une telle ne regarde personne, vous ne croyez pas ?

Ses arguments étaient un peu tirés par les cheveux, et il pouvait le lire dans les yeux de son interlocuteur. Néanmoins, la réponse du policier lui donna espoir.

— Le bébé est entre de bonnes mains, déclara celui-ci. Je n'en doute absolument pas.

Puis il expliqua à Flynt qu'il devait signaler le cas au bureau du shérif.

— Je vois, soupira Flynt d'un air las. C'est la procédure légale.

— Il prendra contact avec vous.

— Bien.

— Je dois également consulter l'assistante sociale.

Une femme mince, à la voix douce, débarqua cinq minutes plus tard. Elle tendit sa carte à Flynt.

— Je suis l'assistante sociale chargée de Lena. Mon nom est Eliza Guzman.

— Ravi de vous connaître.

Elle examina le bébé et commença la visite des lieux.

— Il est important que Lena ait sa chambre, crut-elle bon de préciser.

Flynt lui montra la pièce attenant à la sienne. Deux ans et demi plus tôt, celle-ci avait été transformée en nursery. Rien n'y manquait alors : le berceau, la table à langer, des coffres à jouets, des piles de couvertures et de couches, et même des illustrations aux couleurs vives pour égayer les murs couleur menthe à l'eau. Après l'accident qui lui avait ravi sa femme et l'enfant à naître, il avait fait disparaître le tout.

Passant le drame sous silence, il se contenta de dire :

— Des générations d'enfants sont nés dans cette maison. Nous disposons de tout ce dont Lena peut avoir besoin. Les affaires sont stockées au sous-sol. Je vais demander qu'on les monte immédiatement et qu'on prépare la chambre.

L'assistante sociale n'avait pas dit son dernier mot. Elle voulut savoir comment un homme à l'emploi du temps si rempli comptait s'occuper d'un bébé qui exigeait une présence constante.

— Je vais embaucher une nurse, répondit-il. Ma mère veillera sur le bébé en attendant, lorsque mes obligations m'en empêcheront.

La jeune femme souriait et acquiesçait à ses paroles. C'était bon signe.

— Dans la mesure où la paternité n'est pas établie, êtes-vous prêt à vous soumettre au test ?

— Oui. Je ferai tout ce qui est nécessaire.

— Parfait, alors.

Elle lui tendit une carte.

— Voici les coordonnées d'un laboratoire en ville. Pourriez-vous vous y rendre demain, disons à midi ? Je me charge de vous confirmer le rendez-vous.

— Comptez sur moi. J'y serai.

— Bien. Les échantillons seront envoyés à l'extérieur pour analyse ; les résultats devraient nous parvenir dans une quinzaine de jours.

— Entendu.

— Il faudra vous y rendre avec le bébé, bien sûr, afin qu'ils puissent aussi lui faire un prélèvement.

— Pas de problème.

Le moment crucial arrivait. Elle était sur le point de rendre son verdict. Mais avant qu'elle ait pu prononcer les paroles fatidiques, le téléphone se mit à sonner.

C'était la gouvernante. Elle voulait l'avertir qu'un représentant du shérif l'attendait dans l'entrée.

« Un représentant… », songea Flynt avec soulagement. Ainsi, il ne serait pas obligé de faire des courbettes à un membre du clan Wainwright.

Ayant rassemblé les trois délégués officiels dans son salon particulier, il leur fit servir du café et des petits gâteaux. Il se prêta de bonne grâce à leurs questions, mais refusa de révéler l'identité de la mère, promettant en revanche de leur donner satisfaction dès que le test aurait confirmé sa paternité. Avec l'appui de l'inspecteur et celui de l'assistante sociale, Flynt n'eut guère de difficultés à convaincre le représentant du shérif.

L'entretien s'acheva une heure après. Ayant obtenu les informations nécessaires pour remplir leurs formulaires respectifs, les trois membres de la délégation convinrent que l'enfant de sexe féminin, prénommée Lena, resterait confiée aux bons soins de Flynt, au moins jusqu'à réception des résultats.

Flynt les raccompagna dehors. Il était un peu plus de midi. La douceur de cette splendide matinée céderait bientôt la place à une chaleur torride. A l'ombre du vieux chêne que son arrière-grand-père avait planté, Flynt fixait d'un air absent le nuage de poussière qui s'était formé après le départ des voitures.

A quelques mètres, son V8 lui faisait signe. C'était un bel engin pourvu de tous les gadgets possibles et inimaginables. Flynt avait une folle envie de grimper dedans et de filer en ville.

Il savait où la chercher. Chez Alva, sa mère... Et si elle ne s'y trouvait pas, il avait sa petite idée.

D'après les rumeurs, Josie avait pris un emploi de serveuse au Mission Creek Café, après que sa mère eut quitté l'hôpital. L'établissement se trouvait en plein centre-ville, à l'angle de la rue principale et de la route de Mission Creek.

Si sa mémoire ne le trahissait pas, il était ouvert sept jours sur sept et fermait aux environs de 21 heures. Il battait des records d'affluence en semaine, le matin et à l'heure du déjeuner. Mais Josie, en tant que nouvelle employée, devait probablement y travailler le week-end.

En mettant la gomme, il pourrait y être en moins de trente minutes.

Non... Ce n'était pas une bonne idée !

S'il débarquait là-bas et la faisait demander, il déchaînerait les commérages. Et se rendre chez sa mère en plein jour était également trop risqué.

Il était un Carson, après tout, un homme riche et influent. Elle était jeune, jolie… et pauvre. Les gens ne manqueraient pas d'en tirer des conclusions.

Une petite voix surgit du fond de lui.

« Et alors, qu'est-ce que ça peut te faire ? Autant régler les choses maintenant, non ? De toute manière, la vérité finira bien par éclater. »

Mais il décida d'ignorer le mauvais génie qui l'incitait à céder à son désir, au mépris de la réputation de Josie.

Mieux valait attendre que la nuit fût tombée.

Il lui devait bien ça.

Et beaucoup plus encore…

Au moment de leur séparation, il avait tenté maladroitement de réparer le mal qu'il lui infligeait en lui glissant dix mille dollars dans la main. Elle les avait pris. Mais six mois plus tard, il avait reçu un chèque qui le remboursait en totalité. Le cachet de la poste indiquait que le courrier venait du Texas. De Hurst, au nord de Dallas.

Il éprouvait la même sensation que le jour où il avait examiné le tampon de l'enveloppe : il y avait un chemin qui menait jusqu'à elle. Et il pouvait la rejoindre s'il le désirait.

Mais le désirait-il ?

Oui. Autant que…

Non. Bien plus que cela !

Autant que l'air qu'il respirait…

Et pourtant, la dernière fois, il n'avait pas remué le petit doigt pour la retrouver. Et il n'entreprendrait rien non plus pour le moment.

Pas maintenant. Pas avant la tombée de la nuit.

Il consulta sa montre. A peine 12 h 30. Un après-midi interminable s'écoulerait avant qu'il pût la rejoindre et entendre la vérité de sa bouche.

Lâchant un juron, Flynt fit demi-tour en direction de la maison.

3.

Ce soir-là, Josie Lavender faisait la fermeture du Mission Creek Café. Après avoir rassemblé les bouteilles de ketchup, rempli les salières et les poivriers, ainsi que les sucriers, puis passé un dernier coup d'éponge sur les tables, elle termina à 21 h 20 et arriva chez elle dix minutes plus tard.

Allongée sur le vieux canapé vert du salon, sa mère regardait la télévision.

— Bonsoir, ma chérie.

Pour parler, Alva Lavender avait dû soulever le masque qui lui recouvrait la bouche et le nez. Atteinte d'emphysème, elle passait une grande partie de la journée reliée à un ballon d'oxygène.

Josie prit la précaution de fermer la porte à clé. Si la délinquance demeurait marginale à Mission Creek, elle avait tendance, néanmoins, à se concentrer dans le quartier de sa mère.

— Tu as dîné, maman ?

Alva acquiesça d'un signe de tête.

— Tu veux...

— Ne t'inquiète pas pour moi, l'interrompit sa mère en faisant glisser son masque sur le côté.

— Tu es sûre ?

De nouveau derrière son masque, Alva hocha la tête en agitant une main amaigrie en direction du poste de télévision. Elle voulait manifestement se concentrer sur son émission. Il s'agissait d'une rediffusion de *Loi et Paix*, du temps où Benjamin Bratt l'animait. Et Alva avait un faible pour lui.

— O.K., maman, dit Josie d'une voix douce. Si tu es sûre de n'avoir besoin de rien, alors je vais me préparer un bon bain moussant.

Sans quitter l'écran des yeux, sa mère fit un petit geste d'assentiment.

Josie passa sous l'arche qui séparait la salle de séjour d'un étroit vestibule de forme carrée, et gravit les deux marches menant à sa chambre. La pièce était juste assez grande pour contenir un lit, une commode et un petit bureau en pin qu'elle avait déniché dans un dépôt-vente, lorsqu'elle était encore lycéenne.

Sur le bureau trônait un ordinateur, un bel outil doté d'une capacité de mémoire phénoménale, d'un écran extra-large et des logiciels les plus récents. Elle se l'était offert lors de son séjour à Hurst. Elle se servait généralement du traitement de texte et d'Internet pour suivre son compte bancaire. Mais, en dépit de l'usage assez limité qu'elle en faisait, il lui redonnait de l'espoir. Ainsi, elle se sentait reliée au reste du monde. Elle allait de l'avant. Elle possédait également une voiture, certes pas une Rolls, mais tout de même une bonne petite voiture. Elle ne comptait pas travailler éternellement au Mission Creek Café. Simplement, elle devait franchir les obstacles un à un et faire preuve de patience.

Josie s'apprêtait à glisser par-dessus la tête son ample T-shirt noir affichant « Mission Creek Café » en grosses lettres orange, lorsqu'elle entendit frapper à sa fenêtre.

Les mains croisées sur le bas de son T-shirt, elle se figea.

Trois nouveaux coups secs retentirent.

Josie fixa le store jaunissant de la fenêtre.

Devait-elle le soulever pour voir qui se trouvait derrière ? Non, il s'agissait probablement d'un voyou. Quelqu'un qu'elle connaissait aurait frappé à la porte d'entrée.

Mais pourquoi diable un voyou prendrait-il la peine de cogner sur la vitre pour s'annoncer ? Dans un soupir, Josie remit en place son T-shirt et, contournant le lit, releva le store.

Flynt !

Elle sentit aussitôt son pouls s'accélérer, et son nom s'imprima sur ses lèvres sans les franchir.

Etait-elle surprise de le voir ?

Non. Pas vraiment...

Avait-elle imaginé un instant qu'il pouvait s'agir de lui ?

Peut-être bien.

Etait-elle bouleversée ?

Oui. Terriblement.

— Ouvre la fenêtre, Josie, dit-il en articulant distinctement pour qu'elle pût lire sur ses lèvres.

Ses lèvres qui avaient exploré son corps...

Elle le regarda droit dans les yeux sans esquisser le moindre mouvement. Il soutint fermement son regard. Elle finit par lui faire un signe de la main pour lui demander d'attendre. Il acquiesça d'un air pincé.

Elle abaissa le store, puis se dirigea vers la porte. Elle s'arrêta sur le seuil et tendit l'oreille vers la salle de séjour. Hormis le ronronnement du poste de télévision mêlé à celui du ventilateur, il n'y avait aucun bruit qui indiquât que sa mère avait entendu quelque chose. Elle ferma doucement la porte et tira le verrou.

Sauvée ! Sa mère ne lui poserait pas de questions sur Flynt Carson. Mieux valait qu'elle ignorât ce qui s'était passé entre sa fille et son ancien patron. Sinon elle se ferait un sang d'encre.

Josie revint et fit ce que Flynt attendait avec une impatience non déguisée : elle releva le store, ouvrit la fenêtre et décrocha la moustiquaire.

Flynt avait à moitié enjambé le rebord lorsqu'elle prit subitement conscience qu'elle ne voulait pas qu'il entre.

— Attends, murmura-t-elle. Je te retrouve dehors.

— Ce n'est pas prudent, quelqu'un peut nous voir, dit-il, le visage crispé.

Il avait raison. Quelqu'un pouvait passer.

« Et alors ? » se surprit-elle à penser.

Mais ce n'était de sa part qu'un stupide accès de bravade. Elle n'avait certainement pas envie que sa vie privée fît le tour de la ville, et Flynt ne cherchait qu'à la protéger des commérages.

Au fond de lui, c'était un type bien, elle le savait. Seulement, depuis la mort de Monica et du bébé, il n'était plus tout à fait lui-même.

Au cœur de la nuit merveilleuse qu'ils avaient passée ensemble, onze mois plus tôt, Josie s'était pris à espérer qu'un jour il parviendrait à oublier le passé et à se pardonner. Mais, le lendemain, dans la lumière impitoyable du petit jour, elle avait découvert le pouvoir dévastateur de la culpabilité. Un pouvoir contre lequel aucune femme n'avait les moyens de lutter.

Ce soir, elle se contenterait de voir les bons côtés. Ses yeux n'étaient pas injectés de sang, ni son haleine troublée par l'alcool. C'était déjà ça...

— Que fais-tu là, Flynt ?

Il eut l'air surpris.

— Tu ne t'en doutes pas ?

— Non, sinon je ne te poserais pas la question.

Il scruta son visage avec attention avant de secouer vigoureusement la tête.

— C'est impossible de discuter comme ça. Toi à l'intérieur, moi à l'extérieur. Tu ne crois pas ?

— Bon, d'accord. Où es-tu garé ?

— Un peu plus bas, à l'angle de la rue.

— Vas-y. Je te rejoins dans cinq minutes.

Il prit un air sceptique.

— J'arrive dans cinq minutes, répéta-t-elle fermement.

Pour éviter toute nouvelle exigence de sa part, elle s'empressa de fixer de nouveau la moustiquaire et de refermer la fenêtre.

— J'ai fini de prendre mon bain, maman, lança Josie en franchissant la porte d'entrée, et je vais faire un saut au Stop'n Save.

Ce n'était pas exactement un mensonge puisqu'elle projetait, en effet, d'aller faire un tour.

Sa mère fit un vague geste de la main dans sa direction, les yeux toujours rivés sur le poste de télévision.

Plongeant dans l'obscurité, Josie se demanda ce qui ne tournait pas rond chez elle. Comment pouvait-elle courir au-devant d'un homme qui lui avait brisé le cœur ?

Flynt venait à peine de s'installer dans son pick-up qu'elle frappait déjà à la porte du côté passager. Il tendit le bras pour lui ouvrir. Elle monta et claqua la portière. Dans l'espace clos du véhicule, ils se retrouvaient comme pris au piège.

Flynt avait beau affecter de regarder ailleurs, son esprit, son être tout entier était tourné vers elle.

— Tu m'as rendu l'argent que je t'avais donné.

— Oui.

— Je voulais que tu le gardes.

— J'aime bien me débrouiller toute seule. Merci quand même. J'en ai eu besoin au début, je ne te le cache pas. Mais dès que j'ai pu, j'ai préféré te rembourser.

— Josie, je…

— Arrêtons de parler d'argent, s'il te plaît, coupa-t-elle. Tu me connais, non ? Tu savais très bien que je n'accepterais jamais une chose pareille. Ce n'est pas sain.

Il avait une furieuse envie de lui démontrer qu'elle avait tort. Ce n'était qu'une petite somme pour lui, et il n'y avait aucune raison pour qu'elle la refusât, alors qu'elle en avait besoin et lui pas.

Mais il se tut. Il aurait beau faire, elle n'en démordrait pas.

— Cela s'est bien passé, là-bas, à Hurst ?

— Oui. Sans plus.

Pourquoi se sentait-il si… *avide* ? Oui, avide d'elle. Une avidité qui dépassait la simple envie de la toucher. Il voulait en savoir plus sur elle : ce qu'elle avait vécu là-bas, ce qu'elle avait vu, ce qu'elle avait ressenti. Il voulait connaître les plus infimes détails de sa vie, partager la moindre de ses émotions. Il voulait *tout* savoir.

— Tu as pris un appartement ?

— Non, juste une chambre dans une famille. De braves gens… On s'entendait bien. Et j'ai trouvé un boulot. Deux, en fait.

Il songea à Lena et se demanda comment Josie avait réussi à tout mener de front : deux emplois, un logement réduit, et un bébé par-dessus le marché.

— Cela a dû être dur, avança-t-il prudemment.

— Non, je suis jeune et j'aime travailler. Tu le sais bien. Je suis rentrée pour ma mère.

Hmm… Il pouvait sentir le doux parfum que dégageait sa peau.

Et quelque chose d'autre…

L'odeur du tabac !

— Tu t'es mise à fumer ?

Se raidissant, elle fixa un point au loin. Son profil si fin, si pur, se dessinait dans la lumière diffuse du réverbère près duquel le véhicule stationnait. Elle avait la grâce d'un ange — d'un ange en colère, plus précisément.

— Je n'aime pas beaucoup ce ton-là, tu le sais, Flynt ?

Il agrippa le volant des deux mains et le serra très fort, résistant au violent désir de la prendre dans ses bras.

— C'est juste une question. Rien d'autre.

— Je sors du Mission Creek Café, dit-elle en le foudroyant du regard. Je travaille là, précisa-t-elle en fixant le pare-brise. Tu connais, non ?

Il comprit aussitôt. C'était un des rares restaurants, en ville, qui acceptait les fumeurs, et là-bas ceux-ci s'en donnaient à cœur joie.

— De toute manière, cela ne te regarde pas, ajouta-t-elle.

— Peut-être, mais je serais malheureux de savoir que tu te détruis à petit feu, répondit-il d'une voix douce.

— Ne t'inquiète pas, dit-elle. Je ne fume pas. Je n'ai qu'à regarder ma pauvre mère pour que toute envie me passe.

Flynt éprouva un intense soulagement. Il voulait son bonheur. Cela impliquait qu'elle fût en bonne santé — et que Lena le fût aussi. L'idée qu'elle pût fumer à proximité de Lena ou, pire, qu'elle eût fumé pendant sa grossesse lui était insupportable.

— Bien…, dit-il.

Elle n'ajouta rien, continuant à regarder droit devant elle.

Il sonda son esprit pour trouver les moyens d'aborder le sujet de Lena. Mais y avait-il une manière élégante de demander à une femme s'ils avaient eu ensemble un enfant et si, par hasard, elle n'aurait pas abandonné celui-ci sur un parcours de golf ?

Il préféra s'aventurer sur un terrain moins dangereux.

— Comment va ta mère, au fait ?

Elle lui lança un regard glacial.

— Qu'est-ce que ça signifie, Flynt ? Tu ne vas pas quand même pas me faire croire que tu es venu frapper à la fenêtre de ma chambre, à 10 heures du soir, simplement pour me demander si je m'étais plu à Hurst et si ma mère allait mieux ?

— Josie, je…

— Quoi ?

« Est-ce que Lena est ma fille ? Est-ce notre enfant ? »

C'était là la question qui lui brûlait les lèvres.

Seulement, il ne pouvait pas se résoudre à la poser.

Pas maintenant.

Elle attendit. Mais n'obtenant rien d'autre qu'un silence obstiné, elle reprit la parole en affectant un ton sarcastique.

— Bien… Je t'ai déjà tout dit sur mon séjour à Hurst. Quant à ma mère, eh bien, si tu veux tout savoir, elle est malade. Et elle ne s'en sortira pas. Cela dit, elle va mieux depuis trois semaines. Le médecin estime qu'elle peut se débrouiller toute seule. Je vais donc pouvoir me chercher un logement indépendant. Et si tu es venu pour me dire de décamper de la ville, tu tombes mal. Ma mère a besoin de quelqu'un qui habite près de chez elle et sur qui elle puisse compter. Et comme mon père ne fait plus partie de ce monde et qu'ils n'ont pas eu d'autres enfants, je suis la seule personne qui remplisse les conditions.

Elle le regarda longuement, le mettant au défi d'oser ouvrir la bouche.

Mais il restait muet.

Elle sentit une bouffée de colère l'envahir.

— Ça va, tu as obtenu ce que tu voulais ? Je ne veux pas de tes dix mille dollars, si c'est ça qui te turlupine ! Et si notre petite discussion est terminée, je préfère m'en aller.

Elle appuya sur la poignée de la porte. Etendant le bras devant elle, il saisit l'accoudoir de la portière et la referma d'un geste sec. Il frôla ses seins malencontreusement et se recula aussitôt.

Leurs respirations se firent haletantes.

Un silence lourd d'une tension équivoque les enveloppa. Il observa son profil avec attention, puis laissa son regard s'égarer vers son ventre.

L'obscurité ne lui permettait pas de voir grand-chose. Néanmoins, il n'avait pas l'impression qu'elle eût grossi, ou changé en quoi que ce fût.

Comme il était étrange de se retrouver là, si près d'elle, sans savoir si elle avait porté son enfant…

Rien ne confirmait ni n'infirmait ses soupçons. N'aurait-il pas dû y avoir un indice quelconque ? Une légère prise de poids, par exemple, comme cela avait été le cas pour Monica ?

Il fronça les sourcils.

Les femmes ne réagissaient pas toutes de manière identique. Josie pouvait faire partie de celles dont la grossesse passe quasiment inaperçue, et qui retrouvent leur poids initial aussitôt après l'accouchement.

Elle finit par tourner la tête vers lui, sa chevelure fluide réfléchissant la lumière comme de pâles rayons de lune. Il songea, l'espace d'une seconde, à y enfouir son visage, à s'enivrer de leur chaleur.

— Eh bien ? demanda-t-elle.

— Josie, il faut que nous parlions.

Elle lui décocha un regard furibond.

— Alors pourquoi tournes-tu autour du pot ?

Perplexe, il l'étudia attentivement. Rien, ni dans son attitude ni dans son discours, n'indiquait qu'elle savait de quoi il voulait lui parler.

Mais ses yeux ne démentaient-ils pas cette impression ?

Il n'en était pas sûr.

Et il ne voyait toujours pas comment aborder le sujet !

Elle laissa alors échapper un petit cri rageur.

— Flynt ! je ne vais pas passer la nuit à attendre que tu te décides !

Ne voyant toujours pas comment s'y prendre avec tact, il s'en tint aux faits. Il lui relata la découverte qu'il avait faite le matin même avec ses partenaires de golf, et comment il avait obtenu la garde de Lena.

Une fois son récit achevé, ce n'était plus elle qui fixait le pare-brise, mais lui. Il n'avait pas besoin de tourner la tête pour savoir qu'elle l'observait à son tour.

— Ecoute, Lena est saine et sauve, dit-il en affrontant son regard, c'est tout ce qui compte. Quelle que soit la situation, tout peut s'arranger. Personne ne doit se sentir coupable. Tu comprends ?

Gardant le silence, elle continuait de le dévisager.

— Je voudrais que tu me dises la vérité, dit-il d'une voix douce pour ne pas l'effrayer. Est-ce que Lena est notre enfant ?

Ses yeux dilatés s'assombrirent étrangement tandis qu'elle secouait lentement la tête.

— Non, répondit-elle.

Le résultat n'aurait guère été différent si elle l'avait giflé en plein visage.

Il s'était attendu à tout. Sauf à ça.

Mais fallait-il la croire ?

Au fond de lui-même, il savait que Josie Lavender était une femme profondément honnête. Néanmoins...

Elle était si jeune... La perspective de devoir assumer Lena toute seule lui avait peut-être fait peur. Et maintenant, elle ne savait plus comment avouer son geste désespéré.

— Oh, Flynt, dit-elle dans un souffle. Je suis désolée...

Que diable voulait-elle dire ?

Incapable de se dominer, il l'agrippa par les épaules.

— Dis-moi, Josie ! répliqua-t-il en la secouant violemment. Dis-moi la vérité !

— Ote tes mains, Flynt, ordonna-t-elle d'une voix impérieuse. Laisse-moi partir.

A la vue de ses doigts enfoncés dans la chair satinée de Josie, il se détesta.

Alors il desserra son étreinte et se renfonça dans son siège.

— Je suis désolé.

Il frappa le volant avec son poing.

— Je voulais juste… Ce n'est pas bien, Josie. Tu ne peux pas me cacher la vérité indéfiniment. Je la connaîtrai forcément un jour ou l'autre.

— Je t'ai dit la vérité, répondit-elle en croisant son regard éteint. Je ne suis pas tombée enceinte. Je ne suis pas la mère de cette enfant. Tout ce que je sais, c'est que ce n'est pas le mien.

Il crut bon de l'avertir des suites.

— Je vais faire un test ADN. Les prélèvements ont lieu demain. Nous saurons dans une quinzaine de jours si je suis le père. Et, si c'est le cas, tu es forcément sa mère. Il n'y a eu personne d'autre que toi. Tu comprends ? Que tu le veuilles ou non, la vérité finira par sortir.

Elle saisit la poignée.

— Je dois y aller.

— Josie…

— Laisse-moi, Flynt Carson. Et arrange-toi pour sortir de ma vie.

Elle ouvrit la porte et sauta à terre. Puis elle s'éloigna d'un pas rapide, sans se retourner une seule fois.

Il ne chercha pas à la rattraper.

Mais pour cela il dut faire appel à toute sa volonté.

4.

Flynt savait qu'il aurait dû rentrer chez lui. Mais il se sentait incapable, pour le moment, d'affronter les questions muettes de sa mère — sans parler de celles que son père n'hésiterait pas à lui poser.

Parti examiner des clôtures endommagées en compagnie de son plus jeune fils, Ford Carson était rentré vers 16 heures. Il s'était aussitôt mis en quête de son épouse… pour la découvrir avec un bébé dans les bras.

Des questions, il en avait ! Et il voulait des réponses. Ford était un homme juste et bon, mais il aimait que les choses fussent claires et nettes. Soit Flynt était le père de cet enfant, soit il ne l'était pas. Et, s'il l'était, où se trouvait la mère ? Et bon sang, pourquoi ne s'occupait-elle pas de son bébé comme l'aurait fait n'importe quelle mère ?

Flynt refusait de répondre. Et le climat chez les Carson s'était quelque peu dégradé. Il n'aurait pas supporté que son père revienne ce soir à la charge.

Après la pénible confrontation avec Josie, Flynt n'était franchement pas d'humeur à batailler avec lui. Aussi, lorsqu'il déboucha sur l'embranchement conduisant au club, il n'hésita pas. Une fois arrivé, il s'installa dans un coin agréable et peu éclairé de la structure qui abritait provisoirement le Men's Grill, détruit dans l'explosion.

Ginger Walton, une jeune serveuse qu'il avait l'habitude de voir au club, s'avança vers lui.

— Comme d'habitude ?

Il acquiesça.

— Alors je peux m'en occuper.

Il fallut un moment à Flynt pour comprendre. Elle devait avoir moins de vingt et un ans, ce qui lui interdisait de préparer les boissons alcoolisées et l'obligeait, dans ce cas, à transmettre la commande à un autre membre du personnel.

Mais avec lui, le problème ne se posait pas. Puisque depuis un an et demi, il se contentait généralement d'un soda accompagné de glaçons.

Lorsqu'elle revint avec sa commande, elle était suivie d'une autre serveuse, une blonde aux yeux noirs à l'allure légèrement exotique. Flynt retint un soupir. La fonction de président du club présentait quelques inconvénients. Le personnel s'imaginait toujours qu'il tenait à saluer chacun d'entre eux. N'ayant pas le cœur de les décevoir, il se prêtait aux cérémonies d'usage, adressant un salut par-ci, échangeant une poignée de main par-là. Il faisait de son mieux pour se souvenir de leur nom, mais ils étaient si nombreux ! Par chance, ils portaient la plupart du temps des badges avec leur prénom.

— Monsieur Carson, déclara Ginger, je vous présente Daisy Parker. Elle vient d'arriver. Elle a été formée au Yellow Rose.

Le Yellow Rose Café était le plus décontracté des deux autres restaurants du club.

— Elle travaille maintenant au Men's Grill.

Au club, il était d'usage que les employés soient formés dans les trois restaurants. Ainsi, ils pouvaient passer de l'un à l'autre dès que le besoin s'en faisait sentir.

— Daisy, répéta-t-il en fronçant les sourcils.

Il y avait quelque chose de familier en elle, et pourtant il ne parvenait pas à mettre le doigt dessus. Peut-être… mais non.

Il haussa les épaules.

— Ravi de faire votre connaissance. Bienvenue au Lone Star Country Club.

Daisy Parker émit quelques mots polis, et Ginger déposa son soda sur la table. Puis elles s'esquivèrent, le laissant enfin tranquille. Avec une pensée émue pour un bon Chivas, Flynt avala une gorgée de sa boisson sans saveur. Les yeux dans le vague, il songeait à Josie.

Elle prétendait que Lena n'était pas son bébé… Mais disait-elle la vérité ?

Il en doutait. A l'instant présent, elle gisait probablement éplorée sur son lit, dans la maison délabrée de sa mère, et, dévorée par la culpabilité, elle devait chercher désespérément un sommeil qui la fuyait.

Ginger et la nouvelle serveuse avaient rejoint l'espace réservé au personnel et pliaient les nappes en lin blanc, marquées aux initiales du Lone Star Country Club, qui recouvraient les tables du Men's Grill ainsi que celles de l'Empire Room, le restaurant le plus luxueux du club.

La jeune fille blonde murmura quelque chose, et sa camarade émit un rire léger, suffisamment discret pour ne pas déranger les clients à proximité, qui sirotaient tranquillement leur whisky en fumant un cigare. Puis elle se pencha vers Daisy et lui glissa un mot à l'oreille. Daisy hocha la tête avant de se lancer dans de longues confidences. De nouveau, Flynt se demanda s'il ne l'avait pas déjà vue quelque part.

— Flynt, dit une voix derrière lui, comment allez-vous ?

Il s'agissait du juge Carl Bridges, égal à lui-même avec son petit air guindé et ses yeux tristes.

— Carl !

Les deux hommes se serrèrent la main.

Le juge désigna la chaise en face de Flynt.

— Cela vous dérange si je me joins à vous ?

Cela le dérangeait, en effet. Il aurait préféré continuer à évoquer mentalement sa discussion avec Josie Lavender dans l'espoir de découvrir la vérité. Mais sa mère lui avait inculqué les bonnes manières. Sans compter qu'il lui devait bien ça ! Le juge aux cheveux blancs les avait récemment tirés d'un sale guêpier, lui et ses compagnons de guerre. Si Carl Bridges ne voulait pas boire seul, Flynt était prêt à lui offrir sa compagnie.

— Soyez le bienvenu.

Carl s'installa et fit un signe à l'attention des serveuses. Ginger dépêcha sa collègue. La jeune blonde salua le juge avec déférence et prit sa commande. Un bourbon avec des glaçons.

— Vous avez des nouvelles de Luke Callaghan ? demanda Carl lorsque la serveuse fut partie. J'essaie de le joindre au domaine, mais il ne répond plus au téléphone, et ses employés restent très évasifs quand je leur demande où il est.

Luke avait plus d'argent que les Carson et les Wainwright réunis, et possédait une immense propriété près du lac Maria, que tout le monde appelait « le domaine ».

Carl émit un gloussement.

— Je suppose qu'il est à l'autre bout du monde. A Monte-Carlo, par exemple, ou dans quelque casino, avec une jolie femme à son bras.

Flynt haussa les épaules. Il avait toujours su que l'image de play-boy que Luke offrait au monde extérieur n'était qu'une apparence. Ils s'étaient entraînés ensemble à l'institut militaire de Virginie, ils avaient fait ensemble la guerre du Golfe, et, quelques mois plus tôt encore, ils avaient démantelé un réseau de blanchiment d'argent au sein du commissariat de Mission Creek — le réseau qui était à l'origine de l'explosion du Men's Grill. Luke était le compagnon idéal dans les situations difficiles.

En dépit de leur amitié, il n'avait pas la moindre idée de l'endroit où pouvait se trouver son ami.

— Tout ce que je peux vous dire, répondit-il au juge, c'est qu'il n'est pas venu au golf, ce matin. Et quand il est là, il ne manque jamais une partie.

Daisy revint avec la commande. Un sourire jusqu'aux oreilles, Carl lui décocha un clin d'œil, puis attendit qu'elle retournât plier les nappes pour se pencher vers son interlocuteur.

— J'ai entendu dire, murmura-t-il sur le ton de la confidence, que vous avez dû interrompre votre partie, ce matin.

Flynt retint un grognement.

— Qui vous a dit ça ?

— Comment voulez-vous que je vous le dise sans trahir mes sources ? Vous savez que j'ai des informateurs partout, au commissariat comme au bureau du shérif.

Bon sang ! Flynt aurait dû s'en douter... Dès lors que Spence Harrison mettait au courant la police et les services sociaux, comment avait-il pu espérer que l'affaire ne s'ébruiterait pas ?

— Je tiens à une absolue discrétion, Carl.

— Je comprends. L'enfant est au ranch, n'est-ce pas ? Et Grace s'en occupe ?

— A ce que je vois, on ne peut rien vous cacher.

Carl gloussa de nouveau.

— Oui, je dois le reconnaître.

— Vos sources sont excellentes.

— Vous la gardez ?

— Est-ce qu'elle restera au ranch ? Si c'est le sens de votre question, eh bien oui... Elle y restera un certain temps. Demain, nous commençons à lui chercher une nurse.

— Et ensuite ?

— Bon sang, Carl ! Vous êtes pire qu'une vieille tante qui fourre son nez partout.

Carl leva son verre.

— Vous me connaissez, dit-il avant d'en avaler une gorgée. J'aime bien savoir ce qui se passe dans mon comté.

Flynt s'empara à son tour de son verre et le vida d'une traite.

— Pour être franc, dit-il après l'avoir reposé, je n'ai pas encore tous les éléments en main. Je me soumets demain à un test ADN, mais il faudra attendre un peu pour les résultats.

— Ah, je comprends mieux ! s'exclama le juge.

Le mardi matin, plus personne n'ignorait les circonstances mystérieuses dans lesquelles trois héros de guerre et un grand ponte de la chirurgie cardiaque avaient découvert un bébé au Lone Star Country Club. La rumeur avait fait le tour de la ville, et les serveuses du Mission Creek Café ne parlaient plus que de cela.

Ce jour-là, Josie était affectée à l'équipe du matin. Lorsqu'elle se rendit dans l'arrière-salle pour sa pause, une de ses collègues, Margie Dodd, lui fit un signe de la main, et lui montra une annonce parue dans le *Mission Creek Clarion.*

— Regarde ! lança-t-elle en tirant avec avidité sur sa cigarette, tout en martelant frénétiquement le journal.

Un long nuage de fumée s'échappa de ses narines.

— Les Carson cherchent une nurse ! Je parie que c'est pour le mystérieux bébé abandonné…

Josie savait qu'elle ferait mieux de s'esquiver en marmonnant quelques mots anodins. Pourtant, elle reposa le Coca-Cola qu'elle s'était servi et approcha. Elle lut les mots en caractères gras que Margie pointait de ses interminables ongles laqués de rouge.

« Recherchons nurse expérimentée et affectueuse. Logée à demeure. Bon salaire et couverture sociale. Références exigées. Contacter le ranch Carson. »

Les yeux rivés sur l'annonce, Josie ne put empêcher l'image de Flynt de surgir dans son esprit. Flynt tel qu'il lui était apparu l'autre soir : démuni, seul, la scrutant anxieusement dans l'obscurité, espérant qu'elle avouerait que Lena était leur enfant.

Sa gorge se noua. Comme au moment où elle l'avait découvert à sa fenêtre.

Mais après tout, n'était-elle pas la proie idéale pour un individu comme Flynt Carson ? Il ne fallait pas qu'elle se leurre…

Flynt était exactement le genre d'homme qu'elle s'était promis de fuir comme la peste : compliqué, torturé, et avec un sérieux problème d'alcool. Pour tout dire, vu le père qu'elle avait eu et les épreuves qu'elle avait dû surmonter dans sa jeunesse, elle avait bien d'autres chats à fouetter.

Mieux valait rester parfaitement lucide.

Mais il arrive parfois que le cœur ne suive pas tout à fait ce que la raison lui dicte.

Margie émit un gloussement.

— Tu es au courant ? Il paraît que Flynt Carson est le père du mystérieux bébé !

Josie déglutit péniblement.

— Je l'ai entendu dire, mais…

— Il n'y a pas de « mais » qui tienne. C'est son enfant, et il refuse de dire qui est la mère.

— Il ne le sait peut-être pas.

Margie exhala un nuage de fumée et loucha sous ses épais faux cils.

— Ben voyons ! C'est un peu facile, comme explication !

— D'ailleurs, qui te dit que c'est lui le père ? D'après ce que j'ai entendu, personne n'en est sûr.

Margie grommela.

— Tu ne vas pas me faire avaler ça ! Flynt Carson sait pertinemment que c'est lui le père. Je suis prête à parier un mois de pourboires. Sinon, il n'aurait jamais pris le môme avec lui, au ranch… Sans parler de la petite annonce qu'on vient de lire. Bien sûr qu'il sait qui est la mère ! Il cherche à la protéger, c'est tout. Mais la vérité finira bien par sortir, et, ce jour-là, la mère va littéralement se faire lyncher. Elle devra quitter la ville et renoncer à son enfant… Ce qu'elle a bien cherché, du reste !

— Margie, nous n'avons pas le droit de juger une femme tant que nous ne connaissons pas les raisons qui l'ont poussée à agir ainsi. Et si tu réfléchis un peu, rien ne nous dit que ce soit elle qui ait abandonné l'enfant.

— C'est elle, c'est évident ! Tout le monde le sait.

— Eh bien, il arrive que tout le monde se trompe. Il est tout à fait possible que ce soit une autre personne qui l'ait laissé sur le terrain de golf.

— Mmm..., grommela Margie en tirant avidement sur sa cigarette. Tu penses à qui ?

— Comment veux-tu que je le sache ?

Margie rejeta sa crinière rouge en arrière en recrachant deux ronds à l'ovale parfait.

— Tu vois, tu n'en sais rien. C'est forcément la mère !

L'adorable Ellie Switzer, qui, du haut de ses dix-huit ans, mélangeait constamment les commandes de ses clients, lisait l'annonce par-dessus l'épaule de Josie. Elle poussa un soupir rêveur :

— Le ranch des Carson... J'aimerais tant y jeter un coup d'œil. Il paraît que c'est immense, avec une piscine et des jardins splendides. C'est la belle vie, pour les jumelles, tu ne crois pas ?

Outre un plus jeune frère, Flynt avait deux sœurs jumelles, Fiona et Cara, âgées d'une vingtaine d'années.

— Je ne dirais pas non, si on me proposait de prendre leur place.

— Ne rêve pas, personne ne te le proposera, gloussa Margie sur un ton sarcastique. Et si tu veux des renseignements sur le ranch, adresse-toi à Josie. Elle a été leur gouvernante.

Josie avait dû tressaillir, car Margie caqueta de plus belle.

— Tu ne te doutais pas que j'étais au courant ! Mais sache-le, ma fille, j'ai des oreilles.

Josie haussa les épaules.

Elle était à Mission Creek, elle ne devait pas l'oublier. Les gens aimaient bien cancaner.

— Ce n'est un secret pour personne, répliqua-t-elle d'un air dégagé.

Ellie se tortillait d'excitation.

— Tu as vraiment travaillé pour eux, Josie ? Comme gouvernante ?

— Oui… C'est exact.

— Oh, raconte-moi. Comment est-elle, Fiona ? Et ce Flynt, quel beau mec !

— Mmm…, intervint Margie. C'est peut-être un beau mec. Mais tu sais ce qui est arrivé à sa femme, n'est-ce pas ? Et au bébé — je parle de celui qu'elle avait dans le ventre quand elle est morte ?

— Oui, je l'ai lu dans le *Clarion*, répondit Ellie. Ils disaient que ce n'était pas sa faute. La voiture a dérapé à cause du verglas.

— Hmm…

— Ce n'était pas sa faute, insista Ellie. Tu ne peux pas dire le contraire…

Elle fit mine de s'éventer en agitant sa main devant elle.

— … et il est si sexy ! Matt aussi, d'ailleurs. Ils sont beaux, riches, et comment dire… dangereusement attirants, tu vois ?

Josie se demanda pourquoi elle restait à écouter ces fadaises. Décidée à s'esquiver, elle s'empara de son verre de Coca-Cola, mais les étoiles qui dansaient dans les yeux d'Ellie la retinrent.

Chacun avait ses rêves. Chacun désirait des choses inaccessibles. Il était dans la nature humaine de fantasmer sur des êtres qui semblaient bénis des dieux.

— Allez, Josie ! supplia Ellie. Dis-moi, comment est Fiona Carson ?

— Gâtée, et parfois désagréable, répondit Josie, surprise de sa propre franchise. On pourrait même penser qu'elle est méchante. Et pourtant, elle est au fond bien meilleure qu'elle ne le croit.

— Et Cara ?

— Aussi belle que sa sœur.

— Oui, je m'en doute. Ce sont des jumelles, non ?

Josie sourit.

— Tu ne m'as pas laissée finir... Je voulais dire qu'elle est aussi belle, mais que c'est une version plus douce, plus gentille...

— Et Matt ?

— Matt Carson est...

A cet instant, Gus Andros déboula auprès d'elles en récriminant.

— Vous vous imaginez que je vous paie à ne rien faire ? La pause est finie, Margie ! Et ce n'est pas l'heure de la vôtre, Ellie. Allez, filez en salle, toutes les deux.

Les deux femmes se hâtèrent de reprendre leur service. Margie grommelait, et Ellie s'inquiétait pour sa place.

Cette dernière n'avait pas encore compris que l'attitude bourrue de son patron n'était qu'une façade.

Gus fixa Josie :

— Il vous reste six minutes.

— C'est exact, répondit Josie en lui décochant son plus beau sourire.

Après son départ, Josie avala une gorgée de son Coca et se glissa sur la chaise à barreaux que Margie avait occupée un instant plus tôt. Le journal s'étalait toujours sur la table en Formica. Josie relut l'annonce.

Et l'image de Flynt s'imposa de nouveau à son esprit.

Elle revoyait son visage frappé de stupeur lorsqu'elle lui avait déclaré qu'il ne s'agissait pas de leur bébé.

Il désirait de toute évidence que Lena fût leur enfant. Il semblait le vouloir du fond du cœur.

« Recherche nurse expérimentée et affectueuse. Logée à demeure... »

Les yeux dans le vague, Josie reposa son verre. Son esprit abordait des zones dangereuses qu'il aurait mieux valu ignorer.

Flynt avait vaincu le passé et appris à aimer. Et il voulait à tout prix saisir la chance qui s'offrait à lui, celle de connaître enfin le véritable amour. De se comporter comme un homme digne de ce nom et de fonder une famille. Ses yeux l'avaient crié dans le silence de la nuit.

Il était né riche, mais pouvait-on en conclure pour autant que la fortune lui avait souri ? Non, l'essentiel lui avait été refusé. Il lui manquait...

— Arrête, ma fille, grinça Josie entre ses dents. Ne te monte pas la tête.

Elle referma le journal puis s'empara de son Coca-Cola. Elle en avala une grande gorgée tout en reprenant le fil de ses réflexions : elle cédait une fois de plus aux sirènes de son cœur au lieu de se servir de sa tête.

Le verre avait laissé un cercle humide sur la surface éraflée de la table. Elle l'essuya vigoureusement du revers de la main, puis ralentit progressivement son geste pour suivre les contours d'un cœur qu'un client, un jour, avait dessiné à la pointe d'un couteau.

« Une année entière ou presque s'est écoulée », murmura une petite voix dans un recoin de son esprit, tandis que son doigt continuait à errer le long du tracé grossier.

Une année entière ou presque, et elle n'avait toujours pas oublié cet homme.

Et si elle en jugeait par la façon dont il l'avait regardée, l'autre soir, lui non plus ne l'avait pas oubliée.

Il y avait quelque chose entre eux. Quelque chose de fort. Et de profondément authentique.

Qui sait si le petit être découvert sur le terrain de golf n'allait pas leur révéler le chemin qui les réunirait ?

Peut-être le moment était-il venu où la chance — la vraie chance, celle qui ne néglige pas les sentiments — saurait leur sourire à tous deux...

Mais peut-être, aussi, fallait-il la favoriser !

Josie décida de se rendre au ranch.

5.

La nouvelle gouvernante, répondant au nom d'Anita, la conduisit dans une petite pièce attenant à la cuisine et prit l'unique lettre de recommandation que sa visiteuse lui tendait.

— Tenez, dit Anita d'une voix affable, voici un formulaire de candidature à remplir. Mme Carson vous recevra par la suite.

Mme Carson...

Etait-ce donc Grace qui recevait les candidates ? Lorsque Josie avait mis son plan au point, elle n'avait pas envisagé une seule seconde cette hypothèse.

L'appréhension lui noua l'estomac. La mère de Flynt était une femme douce et chaleureuse, mais elle n'avait certainement pas dû apprécier la façon dont, l'année dernière, elle s'était évanouie dans la nature.

— Quelque chose ne va pas ? s'enquit la gouvernante.

— Oh non, pas du tout...

— Alors asseyez-vous, je vous prie.

— Merci.

L'employée se dirigea vers la porte. La suivant des yeux, Josie se demanda depuis quand elle travaillait au service des Carson. Depuis son départ ? Ou bien y avait-il eu un long défilé, avant qu'ils ne dénichent la perle rare ?

Quoi qu'il en fût, Anita occupait désormais le poste, et semblait le faire avec aisance et efficacité. Les Carson pouvaient parfaitement se passer de Josie Lavender.

Josie prit un stylo dans le pot placé sur la table. Il ne lui fallut guère de temps pour compléter le formulaire. Anita revint quelques minutes plus tard.

— Suivez-moi, je vous prie, dit-elle en s'emparant du feuillet.

Elles se rendirent dans le salon particulier de Flynt, situé dans l'aile gauche. Grace attendait devant l'une des hautes fenêtres surplombant un jardin luxuriant. Elle se retourna au moment où elles entraient.

— Bonjour, Josie. Je suis heureuse de vous revoir.

La voix de Grace était cordiale. Mais ses yeux ne l'étaient pas. Elle traversa la pièce et prit des mains de la gouvernante le dossier de candidature.

— Merci, Anita.

La gouvernante fit un léger signe de tête avant de s'esquiver en refermant la porte à deux battants.

— Bien, dit Grace lorsqu'elles furent seules. Désirez-vous quelque chose ? Un café ?

— Non, je vous remercie.

— Asseyez-vous.

Grace lui désigna un fauteuil, puis contourna la table basse pour prendre place sur le canapé.

Les murs du salon de Flynt étaient lie-de-vin, avec des moulures blanches au plafond. Un mobilier cossu, à la fois confortable et de bon goût, meublait la pièce. De magnifiques tapis persans jonchaient le parquet en chêne, impeccablement ciré. Tout était exactement comme dans son souvenir. Un souvenir si vif qu'une scène lui revint subitement à la mémoire.

Un jour, une Monica que sa grossesse rendait folle de rage s'était emparée du vase de cristal trônant sur le guéridon en marbre, et l'avait brandi en hurlant :

— Je suis aussi monstrueuse qu'une grosse vache laitière ! C'est ta faute, Flynt ! Je te déteste !

Puis elle l'avait traité de tous les noms avant d'envoyer l'objet précieux valser dans les airs. Elle n'avait même pas remarqué la présence de la gouvernante.

Peu de temps après, Monica était morte. Flynt se rendait parfois dans cette pièce pour noyer son chagrin et sombrer dans un coma éthylique. Mais, le plus souvent, il préférait passer ses terribles nuits d'ivresse dans son bureau. Plus d'une fois, Josie l'avait découvert ivre mort sur le canapé, celui où se tenait Grace à l'instant présent. Josie déposait tendrement une couverture sur lui, souffrant pour cet homme qu'elle aimait sans espoir, tout en se traitant de folle.

— Je vois que vous avez travaillé dans une crèche, reprit Grace un peu trop sèchement.

— Oui, durant neuf mois. J'ai travaillé au Kid's Place Child Care, à Hurst. C'est au Fort...

— Je sais où se trouve Hurst, Josie.

Josie baissa la tête et fixa ses mains. Elle se sentait comme une enfant qui vient de proférer une sottise.

En quelques mots, Grace Carson avait l'art de vous remettre gentiment à votre place.

— Leur lettre de recommandation est dithyrambique. Vous leur avez fait une excellente impression, semble-t-il.

Josie se redressa.

— J'adore les enfants. Je me suis occupée des nourrissons pendant quatre mois, ensuite des plus grands.

Elle avait également travaillé la nuit, en tant que serveuse. Grâce à ses deux emplois, elle avait pu subvenir à ses propres besoins, rembourser Flynt et s'acheter un ordinateur — sans parler de l'argent qu'elle envoyait régulièrement à sa mère.

— Josie..., déclara Grace en soupirant.

Un léger bruit de froissement se fit entendre tandis que sa main serrait nerveusement le formulaire de candidature.

— Je pense qu'il vaut mieux parler franchement, vous ne croyez pas ?

L'estomac de Josie se contracta violemment.

— Oui. Je le crois aussi, répondit-elle en se raidissant.

— Nous pouvions compter sur vous jusqu'au jour où vous vous êtes évaporée dans la nature, sans nous donner la moindre nouvelle.

Elle haussa tristement les épaules, avant de reprendre :

— Oui, je sais. Flynt a fait allusion à vos problèmes familiaux. Mais il y a quelque chose que j'ai du mal à comprendre. Vous avez quitté la ville en abandonnant votre mère.

L'espace d'une seconde, Grace hésita.

— Je ne vous cache pas, reprit-elle, que nous nous sommes fait du souci pour vous, au début. Nous avons pensé que votre père avait peut-être... eh bien... qu'il avait été relâché, et que cette perspective vous avait effrayée au point de vous pousser à vous enfuir.

Le père de Josie était mort, neuf mois plus tôt, dans la prison de Huntsville. Tout le monde, en ville, savait que Josie était à l'origine de son incarcération.

— Et puis, nous avons appris sa mort.

Derrière les barreaux, Rutger Lavender avait eu le malheur de croiser un individu de son acabit, qui lui avait réglé son compte. Rutger avait alors succombé à ses blessures.

— C'est ainsi que nous avons compris que votre père n'était pas la cause de votre départ, conclut Grace en se renfonçant dans le canapé.

Elle fixait Josie des yeux, attendant que cette dernière lui fournît une explication.

Malheureusement, Josie n'en avait aucune à lui fournir. Tout ce qu'elle pourrait dire ne ferait qu'aggraver son cas.

Comment avouer à Grace qu'elle et Flynt avaient cédé à l'attirance qui les poussait inexorablement l'un vers l'autre ?

Comment lui avouer que, après la nuit qu'ils avaient passée ensemble, Flynt lui avait remis un chèque de dix mille dollars en guise de remerciement ?

Non, elle ne pouvait pas raconter cela à Grace. Ni se résoudre à inventer une histoire de toutes pièces.

Mon Dieu, que faisait-elle ici ?

De toute évidence, elle avait agi sans réfléchir. En s'imaginant que les candidates seraient reçues par Flynt, elle s'était dit qu'il la choisirait, pour la simple et bonne raison qu'il croyait qu'elle était la mère de Lena.

— Alors, Josie ? dit Grace en agitant nerveusement les feuilles de papier qu'elle tenait à la main. J'aimerais comprendre. J'aimerais vraiment, mais...

Josie prenait conscience d'une chose : son plan ne pouvait pas marcher. C'était décidément une bien mauvaise idée.

— Je suis désolée, je croyais...

— Oui ?

— Non, c'est sans importance. Je n'aurais jamais dû venir. Je m'en rends compte maintenant... Je suis sincèrement désolée si je vous ai causé le moindre tort, à vous et à votre famille, en disparaissant du jour au lendemain. Tout ce que je peux vous dire, c'est que j'avais d'excellents motifs pour agir de la sorte. Des motifs d'ordre personnel. C'est pour cela que je ne peux pas vous en parler.

Grace se leva.

Ses yeux avaient perdu leur froideur.

— J'en suis autant désolée que vous, Josie. Vous étiez une gouvernante hors pair. Nous n'avions aucun sujet de nous plaindre de vos services.

De part et d'autre de la table basse en marqueterie, elles échangèrent un regard.

— Mais cette fois-ci, poursuivit-elle, il est question d'un enfant. Il ne me paraît pas raisonnable d'embaucher quelqu'un sur qui nous ne pouvons pas compter à cent pour cent.

— Oui, je comprends.

— Que comprenez-vous ? lança une voix en provenance de la porte.

Josie sentit un frisson brûlant ondoyer sous la surface de sa peau.

Flynt !

Bien que doté d'une stature impressionnante, il savait se mouvoir sans faire le moindre bruit. Josie ne l'avait pas entendu entrer.

Grace non plus, visiblement. Sous l'effet de la surprise, elle avait porté sa main à la gorge.

— Mon Dieu, Flynt, que se passe-t-il ? Où est l'enfant ? Je croyais que tu…

— Anita l'a pris avec elle. Tout va très bien.

Il répondait à sa mère, mais ses yeux étaient rivés sur Josie et la transperçaient littéralement.

— Anita m'a averti de ta présence.

— Josie est venue se renseigner au sujet de la petite annonce, expliqua Grace.

— Je suis au courant, Anita me l'a dit aussi, répliqua-t-il sans prendre la peine de la regarder.

Josie esquissa un sourire forcé, en espérant que sa tentative paraîtrait naturelle. Si seulement il voulait bien détacher ses yeux d'elle ! Elle n'avait pas trahi leur secret. Et s'il continuait à la dévisager de la sorte, sa mère allait tout comprendre…

— Oui, confirma Josie prudemment. Mais cela ne… marche pas. Je m'apprêtais à partir.

Elle fit un pas en direction de la porte, espérant qu'il s'écarterait pour la laisser passer. Mais il s'avança vers elle, avec une lueur dans les yeux qui l'arrêta net dans son élan.

— Reste. J'aimerais que nous parlions.

Grace parut contrariée.

— Flynt, mon chéri, Josie veut partir. Nous ne pouvons pas la retenir...

Il l'interrompit d'un geste, désignant les feuillets qu'elle tenait.

— Est-ce qu'il s'agit du formulaire de candidature ?

— Oui. Avec une lettre de recommandation.

— J'aimerais y jeter un coup d'œil.

— Flynt...

Il leva la main pour la faire taire. Se résignant, Grace lui tendit les papiers.

— Merci, maman. Pourrais-tu prendre la relève d'Anita ?

— Mais...

— Je m'occupe de ça, coupa-t-il.

Il avait cette expression bien à lui que Josie reconnut aussitôt : une expression de farouche détermination. Rien — ni personne — ne pourrait l'empêcher d'agir comme il l'entendait.

Grace acquiesça d'un imperceptible mouvement de menton. Elle connaissait suffisamment son fils pour savoir qu'elle avait perdu la partie.

— Josie, dit-elle calmement, je suis contente de voir que vous allez bien...

— Merci, madame Carson. Je suis contente, quant à moi, que vous ayez trouvé une autre gouvernante. Elle m'a tout l'air de s'en tirer à merveille.

Grace acquiesça de nouveau, puis se glissa discrètement hors de la pièce. Tournant les talons, Flynt gagna la porte pour vérifier qu'elle était correctement fermée. Incapable d'esquisser le moindre geste, Josie fixait le tapis des yeux. Son cœur battait à tout rompre et ses oreilles bourdonnaient.

Il fallait qu'il rouvrît la porte sans tarder et qu'elle s'en allât. Tout cela ne rimait à rien. Sa décision était prise, et elle devait le lui dire avec fermeté.

Mais elle restait plantée là comme une gourde, les yeux rivés sur les fleurs entrelacées du tapis persan, songeant que c'était pourtant ce qu'elle avait souhaité. Sinon, pourquoi serait-elle venue ici ?

Elle vit ses élégantes bottes de cuir s'approcher et s'arrêter à quelques centimètres de ses grosses chaussures noires, aux talons carrés.

Il laissa tomber les papiers sur la table et s'adressa à elle d'une voix douce.

— O.K., Josie. Tu as quelque chose à me dire ?

Elle se força à relever la tête. Il portait un jean et une chemise écossaise, légèrement passée. Elle pouvait sentir le parfum attirant de son coûteux aftershave, mêlé à l'odeur de cirage pour selles. Il était probablement monté à cheval dans la journée. A la différence de Matt, le cow-boy de la famille, Flynt revêtait le plus souvent une tenue d'homme d'affaires. Il gérait le ranch, tandis que Matt, lui, s'occupait de tous les aspects pratiques.

Les yeux de Josie s'arrêtèrent sur le col de sa chemise, refusant mystérieusement d'aller plus haut.

Il murmura alors son prénom.

Une inflexion particulière dans sa voix la décida. Elle put enfin affronter son regard.

— Eh bien ? reprit-il en posant les mains sur ses épaules.

Son geste était si tendre...

Elle sentit ses genoux se dérober sous elle. Elle n'avait plus qu'une envie : se blottir dans ses bras et se repaître de sa chaleur et de sa force.

Oh, comme il lui avait manqué !

Ils n'avaient passé qu'une seule nuit ensemble, onze mois plus tôt. Onze mois qui semblaient avoir duré une éternité. Et pourtant, c'était comme s'ils s'étaient vus la veille. Flynt souriait, de son sourire le plus tendre et le plus doux.

— Ne t'inquiète pas. Je suis là, je te le promets. Il faut simplement me dire la vérité, et nous saurons alors comment faire face.

Elle cligna des paupières.

— Faire face à quoi ?

Elle comprit subitement. Il croyait qu'elle était venue pour tout lui avouer.

Elle dut serrer les lèvres pour ne pas partir d'un grand éclat de rire, plein de rage et de douleur. Il refusait de comprendre. Il refusait d'entendre. Il n'était pas stupide, loin de là, mais sur ce point il donnait l'impression d'avoir un cerveau aussi obtus qu'un morceau de bois.

La rage qui bouillonnait en elle devait se lire sur son visage. A moins qu'il n'eût senti son dos se raidir.

— Ça va…, dit-il du ton d'un cavalier qui tente d'apaiser sa monture affolée. Détends-toi.

— Flynt !

— Tu peux me parler. N'aie pas peur. Dis-moi la vérité, et nous pourrons alors prendre des mesures.

— Flynt, je t'en supplie !

— Josie…

— Non, dit-elle en se reculant.

Bien que sa première impulsion fût de la retenir, il se domina.

— Je ne suis pas venue pour te dire que c'est mon enfant, dit-elle lentement, en détachant chaque syllabe. Je ne peux pas te dire ça, Flynt. Parce que ce n'est pas le mien.

Il se recula à son tour. Un gouffre les séparait désormais. Toute trace de tendresse avait disparu de ses yeux. Ses mâchoires se contractaient.

— Ce n'est pas le tien…, répéta-t-il d'une voix morne.

— Non, ce n'est pas le mien. Ce n'est pas notre enfant.

— Tu mens, Josie ! lâcha-t-il dans un râle.

Elle n'avait qu'une envie : lui jeter à la figure qu'il n'était qu'un imbécile. Mais elle se contint, adoptant un ton calme et mesuré pour tenter de lui faire entendre raison.

— Je ne te mens pas, Flynt, Je ne suis pas du genre à faire une chose et à dire le contraire ensuite. Il peut m'arriver de taire certaines choses ou d'éluder des questions. Mais jamais je ne mentirais sur une chose aussi grave. Tu sais très bien que je ne suis pas comme ça.

Il détourna la tête.

— Même les honnêtes gens mentent, objecta-t-il. Lorsqu'ils n'ont pas d'autre choix.

— Flynt, regarde-moi. Regarde-moi bien en face.

Lorsqu'elle sentit ses yeux s'embraser au contact des siens, elle poursuivit :

— Je pense que ce que tu aimes en moi… Et tu m'aimes, n'est-ce pas ?

— Où veux tu en venir ?

— Je vais être directe. Je ne parle pas juste de désir, ni de l'attirance physique qui pousse deux êtres l'un vers l'autre. Non, je parle de respect, de l'amour qu'on peut éprouver pour l'autre parce qu'on aime profondément ce qu'il est. Et j'en viens au but : est-ce que tu m'aimes ?

— Bon sang, Josie, je…

— Est-ce que tu m'aimes ?

— Oui, je t'aime. Et tu le sais.

— C'est vrai, je le sais. Et je sais aussi pourquoi. Tu m'aimes parce que je suis forte et honnête. Parce que je suis toujours debout en dépit des épreuves que j'ai traversées. Parce que je continue à me battre, à faire ce que je crois être bien, du mieux que je peux — sans recourir à l'alcool ou à n'importe quelle autre drogue pour encaisser plus facilement les coups durs. Mon père était un bon à rien, un alcoolique qui maltraitait sa femme. Et tu le sais, tout le monde le sait, il a fini en prison à cause de moi. Parce que j'ai appelé la police et témoigné contre lui. J'ai tout fait pour qu'il se retrouve avec ses semblables. En dépit de tout, j'ai obtenu mon bac avec mention, et j'espère bien, un jour, si Dieu le permet, suivre des cours à l'université. J'avais à peine vingt ans quand j'ai assumé la gestion quotidienne de la maison Carson. Et lorsque tu m'as renvoyée, je suis partie vivre à Hurst. Là-bas, j'ai travaillé dur pour te rembourser jusqu'au dernier dollar. J'ai beau avoir dix ans de moins que toi, je ne suis pas pour autant une faible femme sans ressource. Et ça m'étonnerait que je change un jour. J'ignore comment j'aurais réagi si j'étais tombée enceinte de toi. Comment savoir, d'ailleurs, tant qu'on n'affronte pas soi-même les choses ? Mais je ne suis pas la mère du bébé que tu as découvert sur le terrain de golf. Et je suis sûre, si seulement tu voulais bien ne pas te raconter d'histoires, que tu le sais au fond de toi.

Il la regarda en biais.

— Si tu n'es pas la mère de Lena, alors pourquoi es-tu ici ?

Josie sentit soudain une immense fatigue l'accabler. Rien de positif ne sortirait de cette confrontation. Quels que soient ses efforts, elle ne parviendrait pas à le convaincre.

— Je répète, pourquoi es-tu ici ?

— Ta mère te l'a dit. Je suis venue pour la petite annonce.

— Pourquoi, si Lena n'est pas ta fille ?

— J'adore les enfants, et il faut bien que quelqu'un s'occupe de cette pauvre petite. Et parce que…

Elle s'interrompit brusquement, indécise.

— Parce que quoi ?

Elle se força à poursuivre.

— Parce que j'ai encore de l'espoir. Je... Je veux nous donner encore une chance.

— Une chance ! reprit-il d'un ton sarcastique.

Elle poussa un soupir.

— Dieu seul sait pourquoi, mais c'est la vérité. Je veux refaire une tentative.

— Ça ne peut pas marcher, tu le sais.

Elle secoua la tête rageusement.

— Sauf si ce bébé est le nôtre, c'est ça ? Car dans ce cas, tu n'auras plus qu'à faire ton devoir.

Elle s'approcha de lui, puis rejeta la tête en arrière avant de lui lancer au visage :

— Au nom de l'enfant, tu es prêt à rompre l'horrible promesse que tu t'es faite à la mort de Monica. Mais pas autrement.

— Et alors ? dit-il sans ciller.

— Je ne me trompe pas ?

— Peu importe, puisque de toute manière ce n'est pas notre enfant.

— Tu ne réponds pas à la question, Flynt.

— Est-ce que Lena est notre fille ?

— Mais combien de fois faudra-t-il que je te le répète ?

— Une seule fois. Et je te le promets, ce sera la dernière.

— C'est une transaction que tu me proposes ? Et si je te réponds, accepteras-tu de me croire ?

— Je cesserai de t'interroger.

Josie ne fut pas dupe de sa réponse.

— En fait, tu ne me croiras pas plus qu'avant, mais tu cesseras de me harceler. Tu préfères compter sur les résultats du test de paternité pour connaître la vérité.

— Rien ne t'empêche de la dire, en attendant.

— Merci, Flynt Carson. Merci pour ce témoignage de confiance.

— Inutile de prendre ce ton sarcastique, Josie.

— Je vois que rien ne peut ébranler les certitudes du grand Flynt Carson.

— Est-ce notre enfant ?

— Non.

— Bien, dit-il, tu as répondu. C'est loyal de ta part.

— Qu'est-ce que la loyauté vient faire dans cette histoire ?

— Tu es toujours intéressée par le job ?

Josie resta bouche bée un instant.

— Tu me proposes de m'occuper de Lena ?

— Oui, mais il faudra que tu t'installes ici.

— Je... Oui. C'est ce que j'avais lu dans le *Clarion*.

— Tu auras deux jours de repos. Le week-end, du vendredi 18 heures au dimanche à la même heure. Mais en semaine, tu seras avec Lena quasiment vingt-quatre heures sur vingt-quatre, sauf... disons trois heures par jour. Comment organiser cela ? On pourrait convenir, par exemple, d'une pause l'après-midi, de 14 à 17 heures. Nous prendrions le relais, ma mère ou moi. Ou encore Cara. L'école est finie, elle aura du temps libre.

Cara était institutrice à Mission Creek High.

— Ainsi, tu pourras rendre visite à Alva et t'occuper d'elle.

— Mais…

— Le salaire est élevé.

Il énonça un chiffre.

En effet… C'était un excellent salaire. Ayant travaillé dans une crèche, Josie était au courant des salaires pratiqués, et la somme que Flynt proposait était trois fois supérieure. Certes, les horaires étaient beaucoup plus contraignants. Mais en contrepartie, elle aurait sa chambre et son autonomie.

— Il faut que tu préviennes le patron du Mission Creek Café sans tarder. J'ai besoin de toi dès maintenant.

— Attends une minute. Ta mère a clairement dit qu'elle ne voulait pas me prendre.

— Ce n'est pas ma mère qui prend la décision. Est-ce que le poste t'intéresse ?

— Oui.

6.

La pièce jouxtant la chambre de Flynt était redevenue une chambre d'enfant. Josie reconnut le joli mobilier blanc, avec des ours peints au pochoir qui dansaient la farandole en brandissant de gros ballons aux couleurs vives. Les coffres à jouets avaient fait leur réapparition. Les étagères regorgeaient de nouveau de piles de couvertures moelleuses, d'adorables T-shirts imprimés et de barboteuses aux teintes pastel.

Flynt avait même fait refaire la décoration murale. Des fées virevoltant dans les airs et des grenouilles pataugeant dans la mare remplaçaient désormais les fresques d'ours en peluche, et l'arc-en-ciel qui traversait le plafond de bout en bout avait disparu.

En poussant des cris d'excitation, le bébé agitait ses petits bras potelés en direction des jouets suspendus à l'arceau du tapis d'éveil, sur lequel on l'avait installé. Grace était assise près de lui, dans un rocking-chair, un livre ouvert sur ses genoux. Un doux sourire aux lèvres, elle regardait l'enfant s'ébattre. A voir son air émerveillé, on aurait juré qu'elle était la grand-mère de l'enfant — ce qu'elle pensait être, du reste. Lorsque

Flynt introduisit Josie dans la pièce, elle ôta ses lunettes de lecture. Son sourire s'évanouit instantanément, tandis que les légères rides de son front s'accentuèrent. Josie décrypta sans mal son expression. Grace avait compris que la nurse de Lena venait d'être recrutée, et elle n'approuvait pas le choix de son fils.

Elle saisit le signet de son livre pour marquer l'endroit où elle avait interrompu sa lecture, referma l'ouvrage et se leva.

— Bien, dit-elle sans autre commentaire.

Elle voulait de toute évidence que Flynt lui confirmât de vive voix ce qu'elle savait déjà.

Ce que Flynt ne tarda pas à faire.

— Josie accepte de s'occuper de Lena, maman.

— Je vois, dit Grace en esquissant un pâle sourire — un léger haussement des commissures de ses lèvres, pas plus.

C'était le sourire d'une authentique dame du monde. Poli, distant. Et parfaitement désapprobateur. Elle se tourna vers Josie en conservant la même expression sur son visage.

— Josie, auriez-vous l'amabilité de vous rendre dans le salon, une minute ou deux ? J'aimerais parler à Flynt.

— Bien sûr, dit Josie sans songer à discuter.

Mais une main se posa sur son bras avant qu'elle ait pu faire un pas.

Ce contact la fit frémir. Les doigts sur sa peau la brûlaient.

— Reste.

— Mais…

Un seul regard de Flynt la dissuada de poursuivre.

— Bien, dit-elle, presque malgré elle.

Flynt ôta sa main.

— Maman, reprit-il, la décision est prise. Josie va rentrer chez elle pour chercher ses affaires et s'assurer que sa mère a tout ce dont elle a besoin. Elle en profitera aussi pour prévenir son ancien patron. Elle commence dès ce soir et s'occupera de Lena cinq jours par semaine.

— Je vois, répéta Grace en affichant toujours son sourire un peu crispé.

Elle acceptait sa défaite. Elle connaissait son fils mieux que personne, et savait que, en dépit de son grand pouvoir de persuasion, rien ne pourrait le faire changer d'avis.

— Eh bien, dit-elle, que puis-je ajouter ? Si la décision est...

— Elle est irrévocable. Josie s'installera dans la pièce voisine.

« La pièce voisine », songea Josie en sentant une douce chaleur se répandre dans son ventre.

Un roucoulement joyeux se fit entendre. Josie posa ses yeux sur le bébé. Quelle adorable fillette, avec ses grands yeux et ses fines bouclettes d'un noir de jais ! Le simple fait de la prendre dans ses bras lui permettrait de supporter la situation.

Une situation dans laquelle elle s'était fourrée de son plein gré...

Josie ne se faisait aucune illusion. Recommencer à travailler chez les Carson n'aurait rien d'une sinécure. Flynt n'était pas d'un caractère facile. Grace, elle, désapprouvait son embauche. Et quant aux autres Carson, comment prévoir leur réaction ?

Mais au moins elle aurait ce bébé à nourrir, à changer… et à aimer. Oui, *à aimer.*

Hormis les gazouillis et les légers soupirs de Lena, le silence régnait dans la pièce. En relevant la tête, Josie s'aperçut que la mère et le fils l'observaient.

S'ils voulaient voir comment elle s'y prenait avec le bébé, elle allait leur montrer un petit échantillon de ses talents.

— Voyez-vous un inconvénient à ce que je…

— Fais comme tu l'entends. Tu es la nurse de Lena, dit Flynt, un soupçon de victoire dans la voix.

En moins de temps qu'il ne faut pour le dire, Josie s'était agenouillée près du tapis d'éveil.

— Bonjour, Lena. Quelle adorable petite fille tu es !

Les magnifiques yeux bleus de Lena papillotèrent avant d'étudier le visage de Josie. Ses lèvres laissèrent échapper un de ces sons enfantins qui ressemblent presque à un mot.

Josie ne put s'empêcher de rire.

— On dirait qu'elle a balbutié un « oui ».

— Tu craques déjà, n'est-ce pas ?

Flynt avait pris un ton légèrement moqueur.

— Bien sûr, répondit-elle sans détour.

— Tu peux la prendre dans tes bras. Personne ne t'en empêche.

Sans se faire prier, Josie repoussa le portique. Lena émit un petit cri de joie avant de se lover contre la jeune femme. Josie déposa un baiser sur ses fines boucles noires et lui caressa le dos. Lorsqu'elle se retourna, Flynt et sa mère avaient toujours les yeux fixés sur elle.

Décidant de les ignorer, elle berça l'enfant et s'abandonna au plaisir d'embrasser la petite joue satinée et la minuscule oreille toute chaude, ciselée comme un coquillage, blottie contre elle.

Au bout d'un moment, Grace se tourna vers son fils.

— Veux-tu que je m'occupe de Lena, demanda-t-elle d'un ton sec, pendant que Josie ira chercher ses affaires ?

— Oui. Cela me rendrait service. J'ai quelques coups de fil à passer.

— Aucun problème, assura-t-elle en posant son livre sur la table placée près du rocking-chair, avant de tendre les bras.

Josie se sépara de l'enfant à contrecœur.

— Je pense être de retour d'ici deux ou trois heures.

— Ne vous inquiétez pas, dit Grace. Nous nous débrouillerons très bien, toutes les deux.

Comme à son habitude, Alva était allongée sur le canapé, lorsque Josie rentra à la maison. Mais elle paraissait en pleine forme. Son appareil à oxygène était débranché et relégué dans un coin de la pièce. De jour en jour, les cernes sous ses yeux s'atténuaient, et ses joues reprenaient des couleurs.

— Josie, ma chérie, je pourrais peut-être nous préparer des macaronis avec du gruyère râpé. Je sais que tu adores ça.

Josie s'assit à côté d'elle et lui prit la main.

— Maman...

Alva la scruta de son regard de mère à qui rien n'échappe.

— Il y a du nouveau. Qu'est-ce qui se passe ?

— Eh bien, c'est inattendu, je le sais... Mais on vient de me proposer une place de nurse, au ranch des Carson.

— Aujourd'hui ?

— Oui.

— Une place de nurse... pour t'occuper du bébé abandonné ?

— Maman !

— J'ai peut-être été en dehors de tout, ces derniers temps, mais j'ai quand même quelques amis en ville. Sans compter que je suis équipée d'un téléphone.

— Les ragots vont bon train, à ce que je vois.

— N'est-ce pas toujours le cas, dès qu'il se produit le moindre événement ?

— Oui, je suppose.

Josie se mit à caresser la main fine et ridée d'Alva. Sa mère était âgée de quarante-cinq ans. Pourtant, si l'on regardait ses mains, on lui en donnait plus de soixante-dix.

— Maman...

— Dis-moi ce que tu as à me dire, ma chérie.

— Eh bien, c'est un travail qui m'oblige à rester au ranch vingt-quatre heures sur vingt-quatre, cinq jours par semaine. Mais je pourrai faire un saut tous les jours à la maison, et j'aurai mon week-end de libre.

— Tu as prévenu Gus ?

— Non, pas encore. Il faut que je passe le voir.

— Oh, ne fais pas cette tête, ma chérie…

Alva souriait faiblement, mais elle souriait.

— Tu connais Gus. Il va râler un bon coup, et puis te proposer de revenir quand tu veux.

Josie acquiesça.

— C'est vrai. Ça serait bien son genre.

— Il apprécie les gens durs à la tâche. Ce travail au ranch est bien payé, au moins ?

— Très bien.

— Et tu as envie de le prendre ?

— Oui.

Se penchant vers elle, sa mère repoussa les mèches qui lui tombaient dans les yeux.

— Mais ce n'est pas uniquement une question d'argent, n'est-ce pas ?

— Oh, maman…, dit-elle en ravalant les larmes qui lui montaient à la gorge.

— Qu'y a-t-il ? Pourquoi pleures-tu ?

— Je ne pleure pas. Enfin… pas exactement.

— Allez, raconte-moi.

— Eh bien, c'est à cause d'un homme… Tu le sais, je souhaitais rencontrer un type bien. Un type gentil et stable, sur lequel on peut compter.

— Qui est-ce ?

La question de sa mère la prit au dépourvu.

— Pardon ?

— Ma chérie, j'ai toujours pensé que tu avais rencontré quelqu'un là-bas, au ranch. Et lorsque tu t'es enfuie à Dallas, j'ai compris qu'il y avait eu un problème. Je voyais bien que tu souffrais, mais tu ne disais rien.

Josie caressa la main de sa mère.

— Je ne voulais pas que tu te fasses du souci.

— Je vais m'en faire maintenant, si tu ne me dis pas qui c'est.

Josie ravala sa salive. Pourquoi ne pas lui dire la vérité ? Alva ne cherchait qu'à comprendre.

— C'est Flynt Carson.

— Oh ! s'exclama Alva en secouant la tête.

— S'il te plaît, maman, garde-le pour toi.

— Ne t'inquiète pas. Je sais tenir ma langue.

— Tu penses que je commets une grosse erreur, hein ? Je le vois à ton air.

— Non, assura sa mère. Tu ne fais que suivre ton cœur. Et personne ne sait mieux que toi ce que tu dois faire. Tu es plus avisée que je ne l'ai jamais été.

Josie ne fut pas de retour au ranch avant 19 heures.

C'était Cara, la sœur de Flynt, qui s'occupait de Lena.

— Vous nous avez manqué, dit-elle d'un air bienveillant. Nous sommes heureux de vous compter de nouveau parmi nous.

— J'en suis heureuse également.

Ce qui était l'entière vérité, même si la situation la rendait un peu nerveuse. Elle ne pouvait s'empêcher de songer au fait que sa chambre ne se trouvait qu'à quelques pas de celle de Flynt. Et qu'elle prendrait soin d'un bébé qu'il croyait être le leur…

— Il faut que vous rangiez vos affaires, suggéra Cara. Je vais rester avec Lena le temps que vous vous installiez.

— Merci.

Cara agita la main en signe de refus.

— Au fait, avez-vous dîné ? Passez aux cuisines et faites-vous monter quelque chose.

Josie passa près d'une demi-heure à ranger ses vêtements dans les tiroirs ou à les suspendre dans la petite armoire de sa chambre. Elle disposa autour d'elle les rares objets qui la suivaient partout, où qu'elle se rendît : une photo encadrée d'elle et d'Alva, une statuette d'un berger avec son mouton, de gros cristaux qu'elle avait trouvés en Arkansas. Et, bien sûr, son ordinateur.

La gouvernante lui apporta son plateau au moment où elle achevait ses rangements. Comptant proposer à Cara de prendre la relève, elle emporta son dîner avec elle en rejoignant la chambre de Lena.

Mais Cara était déjà partie, probablement pour regagner le cottage des gardiens, non loin du bâtiment principal, où elle vivait déjà du temps où Josie était la gouvernante des Carson. En pénétrant dans la nursery, elle découvrit Flynt penché sur le berceau de Lena.

Ce dernier se raidit et pivota d'un bloc. Il s'était changé. Il avait revêtu un pantalon gris et une chemise de soirée assortie à la couleur de ses yeux. Il était beau à se damner...

« Un vrai briseur de cœurs... », songea-t-elle.

Elle avait vraiment commis une folie en revenant ici.

— Tout va bien ? demanda-t-il.

— Bien ? répéta-t-elle en fronçant les sourcils.

— Ta chambre te convient ? As-tu tout ce dont tu as besoin ?

— Oui. C'est parfait. Je suis contente d'avoir un bureau, ajouta-t-elle en repensant à son ordinateur, qu'elle avait déjà installé. Mais il y a une chose...

— Oui, dis-moi.

— Le téléphone...

— Ah, oui... Il fonctionne comme à l'hôtel. Pour sortir, il faut composer le 9, sinon tu tombes sur Anita ou sur le personnel de la cuisine.

— J'avais compris. Non, le problème, c'est qu'il faut que je connecte mon...

Il l'empêcha de finir sa phrase.

— La connexion par câble est bien meilleure. Demain matin, à la première heure, je te fais installer une ligne.

— Ce n'est pas nécessaire. J'ai un modem. Tout ce dont j'ai besoin...

— Josie, fais-moi confiance. Tu gagneras en rapidité.

Elle ouvrit la bouche, puis se ravisa.

Pourquoi refuser une connexion par câble alors qu'il le lui proposait ? Elle pourrait toujours se resservir de son modem si les circonstances l'exigeaient — si son projet de leur donner à tous deux une nouvelle chance échouait.

— Bon, d'accord, finit-elle par dire.

Voyant Lena s'agiter, Flynt la sortit de son berceau. Il la déposa sur la table à langer et vérifia l'état de sa couche.

— Mouillée, dit-il en se penchant si près du nourrisson que leurs têtes se frôlaient.

— *Ooa...ga*, dit Lena.

— Oui, mademoiselle Lena, répliqua-t-il. Je vais vous changer.

En deux temps trois mouvements, il l'avait changée et réintroduite dans sa grenouillère.

— Là, ça va mieux, non ?

L'enfant s'agitait dans tous les sens, en émettant des sons inintelligibles. Un poing potelé atterrit sur la mâchoire de Flynt, puis des doigts agrippèrent son nez.

— Hé ! s'exclama-t-il en riant.

Il attrapa la minuscule menotte qui s'empara aussitôt de son pouce.

— Arrête, petit monstre ! dit-il en embrassant ses jolies petites phalanges, roses et charnues.

Tandis qu'elle les observait, Josie sentait son cœur fondre comme neige au soleil. Il savait s'y prendre, avec la petite. Il fallait lui reconnaître ça. Sans compter qu'il n'avait même pas grimacé à la perspective de changer sa couche.

Peut-être était-il un bourreau des cœurs. Mais il avait bien d'autres qualités...

Ces qualités avaient toujours été là, enfouies au plus profond de lui.

Le travail de Josie consisterait à libérer l'homme aimant et bon qui était en lui. Elle avait deux semaines pour cela, avant les résultats du test de paternité.

Il jeta une couche propre sur son épaule et prit Lena dans ses bras.

Puis il planta son regard dans le sien.

— Eh bien, quoi ? grogna-t-il d'un ton plein de défi.

L'attendrissement de Josie n'avait pas dû lui échapper.

Elle faillit murmurer un vague bonsoir avant de filer à l'anglaise. Mais où cela la mènerait-il ?

Elle avait quitté son travail. Elle avait tout laissé pour venir vivre ici, pour se retrouver à deux pas de lui. Et elle était prête à s'esquiver ? Non. C'était maintenant ou jamais.

Prenant son courage à deux mains, elle demanda :

— Peux-tu me dire pourquoi tu as épousé Monica ?

7.

Flynt avait du mal à en croire ses oreilles. Comment avait-elle osé lui poser une question pareille ?

Il détestait parler de Monica, et tous ses proches le savaient. Ils respectaient son silence. Tout comme ils respectaient son chagrin et la part de culpabilité qui le rongeait.

Aussi avaient-ils pris l'habitude d'éviter soigneusement le sujet.

Josie également l'avait fait. Du moins jusqu'à ce jour.

Ce n'était pas comme si elle n'avait rien su ! Au contraire, elle en savait beaucoup trop… Elle avait assisté à l'effondrement de son mariage, puis à la descente aux enfers qu'il avait connue après la mort de Monica.

— Flynt ?

Il ne répondit pas. Se détournant d'elle, il replaça Lena dans son berceau. Les grands yeux innocents de l'enfant le regardaient d'un air suppliant. Ses lèvres remuaient et ses petites mains recommençaient à s'agiter.

Il sentait la présence silencieuse de Josie, derrière lui.

Qu'elle aille au diable !

Ce n'était pas la première fois qu'elle dépassait les bornes.

Pourtant, c'était elle qui, un an et demi auparavant, l'avait incité à ne plus boire. Elle qui le réprimandait, alors que personne d'autre ne s'y serait aventuré.

Elle avait réussi là où toute sa famille avait échoué.

Josie. Et personne d'autre.

C'était elle qui l'avait surveillé, qui avait pris soin de lui, sans jamais le juger.

Pendant quasiment un an, elle l'avait littéralement couvé. Combien de fois, en pleine nuit, ne l'avait-elle pas aidé à regagner sa chambre ? Et lorsqu'il s'affalait en chemin, ivre mort, elle lui ôtait ses chaussures et étendait sur lui une couverture. C'était elle, aussi, qui nettoyait tout sur son passage.

Elle lui avait donné juste ce qu'il attendait d'une femme, à cette période de sa vie. Avec une patience d'ange, elle avait joué tout à la fois les rôles d'infirmière et de servante. Si quelqu'un, avant le drame, lui avait dit que ce serait grâce à sa gouvernante qu'il arrêterait de boire, il lui aurait ri au nez avant de le mettre à la porte.

Ses proches avaient bien tenté de le raisonner. Sa mère était venue lui parler, son père aussi. Un jour, ils lui avaient même dépêché le juge Bridges pour tâcher de le ramener dans le droit chemin.

En vain. Il avait continué à boire.

Jusqu'au jour où, par une belle matinée de décembre, Josie avait débarqué dans son bureau. C'était un an et demi plus tôt. Affalé sur son bureau, il n'avait pas encore dessoûlé. Elle avait ouvert les rideaux. Grommelant entre ses dents, il lui avait demandé de quitter les lieux, puis il avait détourné la tête pour fuir la lumière aveuglante.

Il n'avait fait aucun commentaire sur le seau rempli d'eau glacée qu'elle tenait à la main.

Elle l'avait vidé sur lui. Il avait alors bondi de son fauteuil en la traitant de tous les noms, et s'était jeté sur elle. En retour, elle l'avait frappé de toutes ses forces.

Puis elle lui avait parlé. Sans y aller par quatre chemins.

Il fichait sa vie en l'air. Il n'avait pas le droit de maltraiter son corps comme il le faisait. Non seulement il se détruisait, mais il détruisait aussi tous ceux qui l'aimaient. C'était un lâche. Il était temps, enfin, qu'il cesse de s'apitoyer sur son sort et reprenne sa vie en main.

Mystérieusement, les remontrances de Josie avaient eu un effet radical sur lui. A compter de ce jour, il n'avait plus avalé une seule goutte d'alcool.

Après cet incident, toutefois, leurs relations étaient devenues lointaines. Ils se parlaient à peine, hormis pour régler les détails de la vie courante.

— Du café, monsieur Carson ?

— Oui. Au fait, avez-vous récupéré mes chemises ?

— Elles sont rangées dans votre commode.

— Parfait, Josie. Merci.

Mais il avait désormais pris conscience de sa présence. Il sentait une tension croître entre eux. Il remarquait des détails qui auraient dû le laisser indifférent : ses mains graciles aux longs doigts effilés, son cou soyeux, d'une blancheur d'ivoire, qui semblait quémander un baiser, ses seins qui semblaient faits pour ses mains...

Puis il y avait eu cette fameuse nuit...

C'était le 12 juillet, en plein milieu de semaine.

La journée avait été épuisante. Il revenait d'une tournée sur ses terres qui avait occasionné une série de réunions. Il était 20 heures passées. Pressé de retrouver la fraîcheur de ses appartements climatisés, il avait préféré se rendre directement chez lui, plutôt que s'arrêter pour saluer les autres membres de la famille. Il avait envie d'un verre. Mais ce réconfort lui étant formellement interdit, il se consolait avec la perspective d'un bon dîner et d'une douche rafraîchissante, suivis d'une longue nuit de sommeil. Aussi, une fois arrivé, avait-il demandé qu'on lui monte un plateau.

Il était assis à son bureau — celui-là même qui, six mois plus tôt, avait été aspergé d'eau glacée — quand Josie lui avait apporté son repas. La chemise à moitié déboutonnée, il étudiait les plans d'un projet d'extension de la demeure familiale.

Elle avait fait une entrée discrète, comme toujours. Elle avait l'art de se déplacer dans une pièce, de vaquer à ses occupations et de disparaître, sans se faire remarquer. Mais le bureau de Flynt était positionné face à la porte. Il l'avait donc vue entrer.

Normalement, il aurait dû lui demander de déposer le plateau sur la table basse. Mais quand il avait ouvert la bouche, ç'avait été pour lui indiquer un tout autre endroit.

— Sur mon bureau, s'il vous plaît, Josie, avait-il dit en désignant l'espace devant lui.

Elle s'était dirigée vers lui, la tête légèrement inclinée, fixant le plateau comme si cette attitude était la seule qu'elle osât se permettre.

Quand elle était arrivée tout près, il avait pu sentir le parfum frais et léger qui émanait d'elle, et la fièvre l'avait envahi tandis qu'elle déposait précautionneusement son chargement, juste à côté de lui.

Incapable de résister au brusque désir qui l'assaillait, il avait pris sa main dans la sienne avant qu'elle ait pu s'esquiver, et l'avait serrée fiévreusement.

Elle avait hoqueté de surprise puis, grisée par l'intensité qu'elle lisait dans son regard, elle avait murmuré son nom : « Flynt ».

Il s'était alors levé et l'avait attirée à lui. Comme dans un rêve, il l'avait serrée contre lui et avait approché sa bouche de la sienne, résigné à l'inévitable…

Dans son berceau, Lena dormait à poings fermés. Comme tous les bébés, elle avait simplement abaissé ses paupières et, moins d'une seconde après, avait rejoint le pays des rêves.

Flynt restait silencieux, abasourdi.

Comment Josie avait-elle osé lui poser une question pareille ?

Dans son dos, il sentait sa présence silencieuse. Cette femme devait avoir des nerfs d'acier pour rester ainsi de marbre, attendant le moment où il n'aurait plus d'autre issue que de lui faire face.

Vaincu, il se raidit et pivota sur ses talons.

— Je n'aime pas parler de Monica.

— Je sais.

Il laissa une minute ou deux s'écouler avant de reprendre la parole.

— Je l'ai rencontrée lors d'un congrès, à Atlanta.

— Oui, j'en ai entendu parler. Je sais qu'elle vient d'Atlanta.

— Y aurait-il une seule chose dont tu n'aurais pas entendu parler ? demanda-t-il d'un ton agressif.

— Oui, répliqua-t-elle d'une voix doucereuse et légèrement sarcastique. Personne ne m'a expliqué pourquoi tu l'avais épousée.

— Alors autant me poser la question directement, c'est ça ?

— Exactement.

Flynt songea qu'il ferait mieux de lui dire de s'occuper de ses propres affaires. Elle avait du travail qui l'attendait, non ? Mais il réprima son impulsion.

— C'est pourtant facile à comprendre. Elle était très belle, comme tu as pu le constater. Bien que très brune, elle avait une peau merveilleusement blanche, et des yeux incroyablement bleus. Et puis c'était une Waverly. Les Waverly sont une des familles les plus influentes d'Atlanta, et cela flattait mon ego, je suppose.

Il donna un léger coup au mobile accroché au-dessus du lit de Lena. Les papillons suspendus aux fils se mirent à danser.

— Certes, Monica était terriblement gâtée et exclusivement intéressée par sa petite personne...

— Précisément ton type de femmes, non ?

Il lui jeta un regard noir.

— Je préfère ne pas avoir entendu.

Elle haussa les épaules.

— Comme tu veux.

Il se carra devant elle, en croisant les bras.

— Qu'est-il advenu de la gouvernante douce et sereine que j'ai connue autrefois ?

— Je ne suis plus votre gouvernante, rétorqua-t-elle sans ciller.

— Peut-être, mais tu travailles toujours pour nous.

Sans répondre, elle haussa de nouveau les épaules.

— Pourquoi ai-je épousé Monica ? reprit-il. Eh bien... Sans doute pour les plus mauvaises raisons du monde. J'adorais sa façon de danser, de rire. J'adorais voir les yeux des autres hommes s'illuminer en sa présence. Je *voulais* cette femme. Elle me fascinait. Elle était un objet de prix que je voulais posséder. Je voulais la ramener au ranch et l'exhiber à mon bras en disant : « Voilà, c'est ma femme. Une Waverly. »

— Autrement dit, l'amour n'y était pour rien ?

— L'amour..., répéta-t-il d'un ton dubitatif.

— L'aimais-tu, oui ou non ?

— Oui, je l'aimais. Ou du moins c'est ce que je croyais à l'époque. Avec le recul, je...

Il laissa sa phrase en suspens, mais son silence était éloquent.

— Oui, j'ai bien vu que tu voulais fonder une famille, et pas elle, reprit Josie. Vous vous disputiez souvent.

Les lèvres de Flynt remuèrent. Mais il ravala les paroles qu'il s'apprêtait à prononcer. Josie n'aurait pas été dupe. Impossible de nier que Monica n'était pas une femme à prendre avec des pincettes. Sans compter qu'elle ne gardait pas sa langue dans la poche quand quelque chose lui déplaisait. Josie avait eu plus d'une fois l'occasion de l'entendre se plaindre, surtout au cours de sa grossesse. Ses chevilles enflées et son visage qui s'empâtait la mettaient dans une rage folle. Et elle n'en faisait pas mystère.

— J'étais prêt pour fonder une famille, répondit-il. Ou du moins, c'était ce que je croyais. J'avais terminé mes études, j'avais fait la guerre, j'étais revenu en héros. Et puis, il y a eu cet accident tragique qui a coûté la vie à Haley.

Il lui jeta un regard scrutateur.

— Tu es courant de ce qui est arrivé à Haley Mercado, n'est-ce pas ?

— Ecoute, Flynt, je lis les journaux, comme tout le monde.

— Tout cela est arrivé à cause de nous : moi, Luke Callaghan, Tyler Murdoch et Spence Harrison.

— Attends... Si je me souviens bien, le tribunal vous a mis hors de cause.

— Carl Bridges nous a tirés d'affaire. Cela ne veut pas dire que nous n'étions pas coupables. Après la guerre, nous étions considérés comme des héros. Mais ce jour-là, nous étions complètement ivres... et tellement imbus de nous-mêmes ! Nous avions insisté pour que Haley nous accompagne sur le lac Maria pour une croisière nocturne. Mais le bateau s'est retourné et on s'est tous retrouvés à l'eau. Haley n'a jamais refait surface. Elle s'est noyée.

— C'était un accident.

— Elle n'aurait jamais dû être sur ce bateau. Si nous ne l'avions pas harcelée pour qu'elle nous accompagne, elle serait toujours parmi nous...

A l'autre bout de la pièce, les bras croisés sur la poitrine, Josie l'écoutait attentivement. Son attitude réfléchissait en tout point celle de Flynt.

— Tu te sens coupable de beaucoup trop de choses.

— J'ai peut-être des raisons pour ça.

— Comme tout le monde. C'est le lot des êtres humains. Mais il faut se relever et tenter de faire mieux la prochaine fois.

— Ah oui ?

— Oui. Vraiment, confirma-t-elle en hochant la tête.

Une mèche vint lui caresser le visage. Elle la replaça derrière l'oreille.

Il aurait aimé faire ce geste à sa place, effleurer la peau soyeuse de sa joue, caresser sa chevelure. Il aurait aimé s'approcher d'elle, l'attirer à lui...

Il s'empressa de chasser cette pensée. Il n'avait pas le droit de la toucher.

— Je ne veux plus en parler. Pas pour le moment. Dans quinze jours, peut-être.

— Mais...

— Plus de questions pour ce soir, Josie.

— Hmm..., dit-elle songeusement.

Puis elle sourit.

— Oui, tu as raison, c'est assez pour aujourd'hui.

Le personnel de la société de câblage débarqua à 10 heures le lendemain matin. La rapidité avec laquelle les ordres d'un Carson étaient exécutés ne manquait jamais de sidérer Josie.

En fin de journée, tout était prêt. Elle replaça son bureau devant la fenêtre de sa chambre, qui surplombait un coin du jardin un peu en retrait et particulièrement ravissant. Quand Lena ne requerrait pas ses soins, elle pourrait s'installer à son ordinateur, écrire son journal qu'elle sauvegardait sur le disque dur, s'amuser à des jeux ou envoyer des e-mails aux quelques amis qu'elle s'était faits à Hurst, dans le cadre de son travail.

Ne serait-il pas agréable, également, de s'asseoir près de la fenêtre et de se plonger dans un livre ? Elle avait toujours aimé lire. Et puis elle disposerait, chaque jour, de trois heures pour rendre visite à sa mère.

Cette place de nurse lui convenait parfaitement. Elle pourrait profiter des siestes de Lena pour vaquer à ses propres occupations.

Josie eut conscience d'être la proie, tout au long de la journée, d'un étrange sentiment d'excitation. C'était comme si un millier de minuscules abeilles emprisonnées sous sa peau s'apprêtaient à battre des ailes au moindre signal.

Ce signal, en l'occurrence, n'indiquait rien d'autre que la présence de Flynt dans les parages.

Leur échange de la veille lui avait redonné un peu d'espoir. Il avait répondu à ses questions au sujet de Monica. Plus ou moins, certes... mais il avait répondu, malgré tout. Elle se plaisait à imaginer d'autres conversations avec lui. Elle l'aiderait à ouvrir son cœur et à en partager les secrets.

Et avant que les résultats du test ADN ne soient communiqués, il aurait compris qu'ils étaient destinés l'un à l'autre.

Josie n'eut pas l'occasion de le voir une seule fois au cours de la journée. Il était probablement au club, ou jouait au cow-boy en donnant un coup de main à son frère.

Cara prit la relève auprès du bébé quand il fut l'heure pour Josie d'aller voir sa mère. Lorsqu'elle revint, trois heures plus tard, elle croisa dans le couloir le père de Flynt. Du fumier plein les bottes, Ford Carson était encore en tenue de travail.

— Bonsoir, dit-il à Josie de sa grosse voix reconnaissable entre mille, en fronçant ses épais sourcils blancs.

Les yeux étrécis, il la scrutait comme s'il cherchait à lire en elle pour s'assurer qu'elle n'avait pas une mauvaise idée derrière la tête.

Le père de Flynt lui avait toujours paru un homme droit, doué d'un heureux tempérament. Il aimait sa femme et semblait satisfait de ce que la vie lui avait offert.

Le regard suspicieux qu'il posait sur elle la mettait sur des charbons ardents.

Elle esquissa un sourire amical.

— Bonsoir, monsieur Carson.

— Comment allez-vous ?

— Bien, je vous remercie.

— Parfait. Alors comme ça, vous veillez sur notre petite Lena ?

— Oui. C'est exact.

— Bien.

Il continuait de la dévisager avec insistance. Elle avait la nette impression qu'il voulait lui dire quelque chose, mais qu'il ne savait comment s'y prendre.

— Bien, répéta-t-il d'une voix plus bourrue que jamais, vous revenez de chez votre mère, je suppose ?

— Oui.

— Comment se porte-t-elle ?

— Elle va bien.

— Parfait. J'espère que... tout se passe bien.

— Oui, c'est le cas.

— Ravi de l'entendre. Oui, vraiment, dit-il en s'éloignant.

Josie se hâta de regagner sa chambre, se débarrassa des quelques emplettes personnelles qu'elle avait acquises lorsqu'elle avait fait les courses pour sa mère, et s'engouffra dans la salle de bains pour se laver les mains.

Puis elle entra dans la chambre de Lena et découvrit que Grace avait remplacée Cara auprès de la fillette.

— Ah, vous êtes là, dit Grace en ébauchant un sourire pincé.

— Je suis en retard ?

— Non, vous êtes à l'heure.

Grace prit un air vaguement offensé, comme si Josie l'avait insultée.

Mais, en dame accomplie qu'elle était, elle s'enquit de la santé d'Alva.

— Comment va votre mère, Josie ?

— De mieux en mieux, madame Carson.

D'après les médecins, il ne s'agissait que d'une rémission. Mais il était inutile d'en faire part à Grace Carson.

Grace se détacha lentement du rocking-chair en soulevant précautionneusement le bébé.

— Transmettez-lui tous mes vœux de rétablissement.

— Merci. Je n'y manquerai pas.

— Josie, je…

Affichant une expression polie, Josie attendit que son interlocutrice achevât sa phrase.

— Vous savez, Josie, vous avez toute la vie devant vous. Vous êtes jeune. Ravissante. Et très intelligente.

D'expérience, Josie savait que, lorsque les gens commençaient à énumérer vos qualités, ils concluaient généralement par quelque chose de désagréable. Elle n'augurait rien de bon de ce qui allait suivre. Elle tenta un timide « merci ».

Grace acquiesça d'un petit mouvement sec de la tête.

— Vous avez certainement des amis, des distractions auxquelles vous ne souhaitez pas renoncer. Il me semble que ce genre de travail est… un peu restrictif pour vous.

Josie comprit subitement. Grace *savait*. Elle avait perçu la tension qui existait entre leur ex-gouvernante et son fils aîné. Elle ignorait peut-être à quel stade ils en étaient dans leur relation, mais elle avait perçu l'attirance qui les poussait l'un vers l'autre.

Et cela, elle ne le voyait sans doute pas d'un bon œil.

La lueur de suspicion qu'elle avait décelée dans les yeux de Ford Carson prit soudain tout son sens. Il avait voulu lui parler pour lui demander de laisser leur fils tranquille.

A quoi d'autre s'était-elle attendue ? A ce qu'ils l'accueillent à bras ouverts et la supplient de faire partie de la famille ?

« Oui, murmura une voix très jeune, pleine de ferveur, au fond d'elle-même. Oui. C'était ce que j'espérais, de tout mon cœur. »

— Les trois quarts du temps, vous serez cloîtrée ici, dans l'une de ces deux chambres, poursuivit Grace. Je ne pense pas, insista-t-elle, que ce soit épanouissant pour une jeune femme comme vous de rester ici, nuit et jour, sans autre compagnie que celle d'un nourrisson.

Le buste fièrement dressé, Josie garda la tête haute.

— Madame Carson, je vous l'ai dit hier, lors de notre entretien : j'aime les enfants et ils me le rendent bien. Je serai heureuse d'être avec Lena. Et en ce qui concerne les distractions auxquelles vous faites allusion, eh bien, je dois dire que je n'ai jamais eu beaucoup de temps à y consacrer.

— Vous devriez, pourtant. C'est de votre âge.

— Peu importe que ce soit de mon âge ou non. La vie étant ce qu'elle est, je fais avec ce qu'elle m'offre. C'est aussi simple que cela.

— Je me permets d'insister. Vous devriez y réfléchir un peu.

Encore un « vous devriez ». Grace ne semblait même pas s'en rendre compte.

— Ford et moi-même voudrions vous…

Josie leva une main.

— S'il vous plaît, n'ajoutez rien. Nous le regretterions toutes les deux, plus tard.

L'un des fins sourcils de Grace se redressa.

— Pardon ?

— Parlons franchement. Si vous avez l'intention de me proposer quoi que ce soit pour que je parte... je ne l'accepterai pas. Et il y aura toujours cela entre nous. Il vaut mieux, pour l'une comme pour l'autre, que vous ne formuliez pas une telle proposition, et que le bénéfice du doute subsiste.

La main de Grace continuait à caresser les fins cheveux de Lena.

— Vous savez Josie, je me demande si vous n'êtes pas un peu trop intelligente pour votre propre bien.

Trop intelligente pour son propre bien…

C'était exactement ce que son père lui disait — généralement avant de la frapper. Ce qui déclenchait chez Josie une envie furieuse de lui jeter à la figure qu'en effet elle était intelligente. Plus intelligente que lui, en tout cas. Et que c'était une vraie bénédiction du ciel, et qu'elle en était fière, quoi que puissent en penser certains !

Josie se sentit prise de l'envie irrépressible de laisser échapper tout ce qu'elle avait sur le cœur, d'annoncer sans ambages à la mère de Flynt qu'elle avait effectivement des vues sur son cher fils aîné et que, cette fois, elle n'était pas prête à y renoncer sans s'être battue auparavant comme une diablesse.

Mais où la mènerait un tel aveu ?

Ce qu'il y avait — ou pas — entre elle et Flynt ne regardait personne. Sa famille devait rester au second plan. Sans compter que leur hostilité ne représentait un obstacle que s'il y avait réellement quelque chose de sérieux entre elle et Flynt.

Et pour le moment, il n'y avait pas grand-chose de plus entre eux qu'un désir intense qu'une longue séparation n'avait pas réussi à éteindre.

— Avons-nous autre chose à nous dire ?

— Non, madame Carson. Je ne crois pas.

Grace lui tendit le bébé et sortit.

Josie fit de son mieux pour chasser leur conversation de son esprit.

Flynt ne se montra qu'un peu après 21 heures, au moment où Josie rhabillait Lena après l'avoir changée. A sa vue, elle sentit son cœur bondir de joie.

— Laisse-moi la prendre, dit-il.

Elle souleva l'enfant de la table à langer pour la lui donner.

Il la cala contre son épaule et lui tourna le dos.

— Tu peux prendre ta pause.

Elle fixa sa nuque et ses épaules massives.

Il la congédiait, songea-t-elle. Il la remerciait comme une vulgaire domestique, alors qu'elle avait passé la journée à l'attendre désespérément. Sans parler de sa mère qui avait failli lui proposer de l'argent pour qu'elle tire sa révérence.

Il se retourna juste à temps pour la voir lui tirer la langue en louchant affreusement. Il cligna des yeux, puis éclata de rire. Elle rit aussi.

Hélas, la trêve fut de courte durée.

En moins d'une seconde, Flynt avait repris son sérieux.

— Ecoute, Josie…

— Oui ?

— Nous devons faire attention.

— Faire attention à quoi ?

— Tu le sais parfaitement.

— C'est ton avis, peut-être, mais pas le mien.

Il se détourna d'elle, mais cette fois pour déposer Lena dans son berceau.

— Il ne faut pas que nous nous voyions trop, dit-il en lui faisant face. Il faut que tu… gardes tes distances.

— Et pourquoi, s'il te plaît ?

Il se frotta la nuque avec une expression de souffrance.

— C'est devenu une vraie manie, chez toi, de demander « pourquoi » à tout bout de champ.

— Possible. Mais c'est peut-être le moment de se poser des questions plutôt que d'adopter la politique de l'autruche. Au cas où tu ne l'aurais pas remarqué, la situation ne s'améliore pas.

— La situation est ce qu'elle est. Il n'y a aucune raison pour qu'elle change.

— En effet. Elle ne risque pas de changer si tu ne fais rien.

— Ce n'est pas le problème.

Un trop grand espace les séparait. Il fallait y remédier. Elle fit un pas vers lui, puis un autre.

— Arrête, Josie. Reste où tu es.

— Pourquoi, Flynt Carson ? Aurais-tu peur de moi ?

Il marmonna un juron, et elle ne put réprimer un sourire.

— Pas la peine de jurer, cela ne te sera d'aucun secours !

Elle l'obligea à reculer jusqu'au berceau. Ainsi, il ne pouvait plus lui échapper. Elle le fixa alors droit dans les yeux.

— Va-t'en, Josie, dit-il en lui jetant un regard brûlant.

— Non. Tu es dix fois plus fort que moi. Si tu veux t'en aller, tu en as la possibilité.

Elle lui laissait le choix. S'il le voulait vraiment, il pouvait se dégager d'elle. Or, il ne bougeait pas. Elle sentait sa chaleur l'envelopper. L'air semblait chargé d'électricité.

— Les choses vont changer, Flynt Carson. Tu peux compter sur moi.

— Non, dit-il très bas, en fixant ses lèvres avec avidité.

— Si.

— Josie…

Sa voix se faisait suppliante.

Mais elle fut sans pitié. Elle se pressa contre lui — oh, quelle sensation merveilleuse… — et tendit ses lèvres.

L'espace d'une seconde ou deux, le temps parut s'arrêter.

Puis, dans un gémissement désespéré, il la serra contre lui et s'empara de sa bouche.

8.

L'esprit de Flynt continuait de lui donner des ordres : « Arrête ! Sauve-toi quand il en est encore temps ! »

Mais une autre part de lui-même refusait de s'y soumettre.

Josie était dans ses bras, ses délicieuses lèvres entrouvertes. Ses douces mains étreignaient ses épaules, et ses formes si émouvantes épousaient son corps, lui promettant de tout lui offrir : ce qu'il désirait, ce qui resterait à jamais un souvenir inoubliable… mais aussi ce qu'il ne pourrait jamais plus avoir.

A moins que…

Il détacha légèrement sa bouche de la sienne — juste assez pour qu'il pût contempler son beau visage rougissant d'émotion et lui poser la question qui le taraudait.

— Josie… Avoue-le, maintenant. Dis-moi que Lena est…

Délicatement, elle leva sa main vers lui et la posa sur ses lèvres.

— Non, murmura-t-elle tendrement, avec un intense regret dans la voix. Souviens-toi… Tu m'as promis de ne plus m'interroger. Et, honnêtement, je ne vois pas l'intérêt de te répondre tant que tu n'es pas prêt à me croire.

Elle avait raison, et il le savait. Il ne voyait pas non plus l'intérêt de s'entendre répéter la même chose, et pour la énième fois.

Il acquiesça en fermant les yeux.

La main si douce qui s'était posée sur ses lèvres s'éloigna.

Soudain, il la saisit par les épaules et la repoussa rageusement.

— Regagne ta chambre, dit-il d'une voix rauque, empreinte d'un désir inassouvi. Je vais rester un moment avec Lena.

De retour dans sa chambre, elle se doucha et enfila l'immense T-shirt rouge qu'elle aimait porter la nuit. Puis elle passa près d'une heure à son ordinateur, pour répondre aux e-mails qu'elle avait reçus et consulter les sites des quelques universités proposant des cours à distance. Elle projetait de s'inscrire à un ou deux cours au moins, et ce dès l'automne prochain.

A 22 h 30, elle éteignit son ordinateur et s'empara du roman policier posé sur un coin de son bureau. Lorsqu'elle referma son livre, il était 23 h 54. Elle éteignit la lumière.

Elle resta là, assise dans l'obscurité, le regard tourné vers le jardin baigné par le clair de lune, à se caresser nonchalamment les lèvres en se remémorant les sensations laissées par la bouche de Flynt, quelques heures plus tôt.

Où allaient-ils, tous deux ?

Difficile de savoir… Leurs retrouvailles ne remontaient pas à plus d'un jour, après tout. Un jour et une nuit exactement.

Pourtant, il l'avait déjà embrassée.

C'était bon signe, non ?

Mais à la vérité, c'était elle qui s'était jetée dans ses bras.

Et il s'était laissé faire.

Oh mon Dieu, si seulement il pouvait en être toujours ainsi !

Même si le baiser qu'ils avaient échangé avait eu le défaut d'être un peu trop bref à son goût…

Josie se redressa sur sa chaise et s'étira. Généralement, Lena se réveillait vers 2 heures. Si elle se couchait maintenant, elle pourrait bénéficier d'un peu de sommeil avant de…

Josie cligna des yeux. Elle se leva et, penchée sur le bureau, approcha la tête de la fenêtre.

Elle aurait juré…

Oui. Il y avait quelqu'un en bas. Deux personnes, en fait.

Un homme et une femme marchaient dans le jardin. Puis ils s'arrêtèrent. Les deux silhouettes ne firent alors plus qu'une. Josie poussa un soupir de soulagement. Elles échangeaient un baiser passionné.

Passionné, mais bref. L'homme se détacha de sa compagne et, la prenant par la main, l'invita à le suivre. La femme parut hésiter. L'homme se tourna vers elle et lui dit quelque chose. Un rayon de lune vint éclairer son visage.

C'était Matt, le jeune frère de Flynt.

Josie sourit. Un rendez-vous au clair de lune... C'était si romantique !

Matt attira la femme dans un coin sombre. Le cœur battant, Josie posa son front sur la vitre, sans penser que, si l'un des amoureux venait à regarder dans sa direction, il pourrait voir son visage se détacher dans la lueur spectrale de la nuit.

La femme s'arrêta de nouveau avant de jeter un regard inquiet autour d'elle. La lune l'éclaira à son tour. Quelque chose avait dû l'alerter, car, soudain, elle leva les yeux et fixa la fenêtre de Josie. L'espace d'une fraction de seconde, leurs yeux s'enchaînèrent. Josie hoqueta de surprise en la reconnaissant.

Puis Matt l'entraîna, et ils disparurent de son champ de vision.

Recouvrant ses esprits, Josie reprit sa respiration. Elle s'effondra sur sa chaise et fixa l'écran vide de son ordinateur, en secouant la tête d'incrédulité.

La femme que Matt avait embrassée travaillait à la bibliothèque de Mission Creek. Josie avait l'habitude d'échanger avec elle quelques mots polis lorsqu'elle venait emprunter une énorme pile de livres.

Elle se prénommait Rose.

Rose Wainwright.

Josie aurait peut-être raconté à Flynt la scène à laquelle elle avait assisté malgré elle, s'il ne passait son temps à l'éviter depuis leur baiser dans la chambre de Lena.

Deux jours s'étaient écoulés, déjà, et le week-end s'annonçait. Elle aurait alors du temps pour y réfléchir.

Elle ne savait vraiment pas comment Flynt réagirait s'il apprenait que son frère fréquentait une Wainwright. En tant que membre de la famille Carson, il était à craindre, toutefois, qu'il ne mît tout en œuvre pour détruire leur histoire d'amour.

Josie ne le souhaitait pas. Elle se sentait… comment dire ? *responsable d'eux.* Oui, responsable, c'était le mot. Elle devait les protéger. Elle connaissait leur secret, et personne ne pourrait le lui arracher. Ils bravaient des générations remplies d'une haine absurde, et elle était de leur côté à cent pour cent. Si un Carson et une Wainwright s'aimaient, il ne restait plus à souhaiter que leur amour fût plus fort que tout !

Flynt était convaincu que les choses ne s'arrangeaient jamais. Les Carson et les Wainwright resteraient éternellement ennemis — et lui-même, selon le même raisonnement, ne serait plus jamais heureux. Il avait eu sa chance en amour, et il n'en aurait pas d'autre.

Josie n'était pas de son avis. Si rien ne pouvait s'arranger, autant abandonner tout de suite. Il n'y avait aucune raison de continuer.

Le premier dimanche de juin, Josie prit une décision. Cela faisait quatre jours qu'ils s'étaient embrassés… et trois jours que Flynt trouvait systématiquement un prétexte pour quitter les lieux dès qu'elle s'y trouvait. Il était temps que ce petit jeu prît fin.

Elle revint de chez sa mère, ce soir-là, à 18 heures. Elle se doutait bien qu'il passerait à un moment ou à un autre pour voir Lena, comme il l'avait fait le jeudi précédent. Ce jour-là, il avait attendu que Josie quittât la nursery pour y entrer.

Aussi eut-elle recours à un petit stratagème. Après avoir mis Lena au lit, elle éteignit la lumière et s'installa dans le rocking-chair, en face de la porte.

Elle dut attendre une heure, mais il vint finalement, marquant un temps d'hésitation dans le couloir, comme s'il avait deviné le piège qu'elle lui tendait. Sa haute silhouette se découpa dans l'encadrement de la porte. Elle ne pouvait distinguer les traits de son visage.

— Bon sang, Josie !

Elle se leva.

— Je t'attendais.

Il jura de nouveau.

Elle s'avança et leva les yeux vers lui.

— Je voudrais te parler.

— Ce n'est pas une bonne idée.

Il s'apprêtait à faire demi-tour.

— Attends, dit-elle en saisissant sa main.

Il se figea.

Josie mêla ses doigts aux siens. Il se laissa faire — non pas qu'il lui manifestât le moindre encouragement, mais il ne tenta pas de se dégager. C'était plutôt bon signe.

— S'il te plaît..., murmura-t-elle. Laisse-moi te parler.

Elle pouvait sentir ses yeux la scruter.

— D'accord, finit-il par dire.

— Viens. Allons ailleurs pour ne pas réveiller Lena.

Sans lâcher sa main, elle se glissa à côté de lui et l'entraîna dans le salon.

Tout en sachant qu'il n'aurait pas dû accepter, Flynt se voyait malgré lui exécuter les pas qui le conduiraient à l'endroit où elle avait décidé de l'entraîner.

Une fois dans le salon, elle lâcha sa main. Tandis qu'il se dirigeait vers le sofa, elle s'assura que les battants de la porte étaient bien fermés.

Flynt alluma l'abat-jour placé à l'une des extrémités du divan, puis se retourna au moment où Josie s'avançait vers lui. Mon Dieu, qu'elle était belle… Elle portait un jean taille basse et un chemisier étroit aux manches relevées. Sa chevelure blond argent formait un halo autour de son visage. Ses extraordinaires yeux verts le fixaient avec une expression qu'il ne connaissait que trop bien.

Lorsqu'elle fut tout près de lui, son parfum envoûtant le submergea. Il désigna d'un geste le canapé derrière eux, attendant qu'elle se fût assise pour s'éloigner et prendre un des deux fauteuils en velours, de l'autre côté de l'imposante table basse.

Ils se regardèrent alors. Flynt se renfrogna tandis qu'un léger sourire se formait sur la bouche de Josie. Ses yeux lui reprochaient gentiment de lui avoir fait croire qu'il s'installerait à côté d'elle.

Puis elle aborda la question sans détour.

— Tu m'évites depuis quelques jours.

Il répondit prudemment :

— Il me semble que c'est la conduite la plus sage à adopter, non ?

— Pourquoi ?

Il se renfrogna encore plus.

Pourquoi ?

Manifestement, c'était sa question favorite. Ces derniers temps, elle ne ratait pas la moindre occasion de la poser.

Il était las d'y répondre. D'autant plus qu'elle ne semblait jamais satisfaite de ses réponses.

Comprenant qu'il se retrancherait une fois de plus derrière un mur de silence, elle reprit :

— Tu comptes me demander en mariage, c'est ça ? Dès que tu auras les résultats du test ADN ?

— C'est ce que tu crois ? dit-il les yeux mi-clos.

— Oui. Et pour le moment, tu ne fais que te punir. Et moi aussi, du même coup. Tu crois te comporter en gentleman en agissant ainsi, n'est-ce pas ?

Il ne réagit pas.

Mais elle n'avait pas dit son dernier mot.

— Eh bien, selon moi, il n'y a aucune raison pour que tu m'évites, surtout si tu songes à m'épouser. Ton attitude est parfaitement incohérente.

— Merci pour les critiques. Tu as fini ?

— Non.

— Qu'y a-t-il d'autre ?

— Il me semble avoir été claire. Je veux que tu cesses de m'éviter.

C'était à elle, maintenant, de se renfrogner.

Il se surprit à repenser à l'une de ses paroles. N'avait-elle pas évoqué leur mariage après les résultats du test ? Il comprit subitement qu'il avait peut-être progressé sur le chemin de la vérité.

— Attends une minute… Est-ce une façon détournée de m'avouer que tu es la mère de…

Elle secoua la tête.

— Ne pose pas cette question. Nous avons passé un accord, tu le sais.

Il se força à réprimer le dépit qui l'envahissait. Elle avait raison. Ils avaient conclu un pacte, et il devait le respecter.

— Bien…

— L'idée que nous perdons du temps me rend malade. Le temps est une chose précieuse, Flynt. La plupart des gens ne s'en rendent compte que lorsqu'il est trop tard.

Elle portait des tennis en toile à bout rond, avec de grosses semelles. Les coudes appuyés sur les genoux, elle fixait ses chaussures des yeux, comme si la réponse à une question capitale se trouvait cachée dans la trame de la toile.

Il observa ses mains fines, puis la couronne d'or pâle qui nimbait son visage et la légère saillie que formait sa joue. Le désir de sentir celle-ci sous sa paume fut si puissant qu'il faillit ne pas y résister.

Par chance, elle releva la tête à ce moment-là.

— Je n'aurais peut-être pas dû te faire ça, l'autre nuit ?

— Que veux-tu dire ?

— Tu sais bien… Je t'ai pratiquement forcé à m'embrasser.

Il laissa un rire rauque s'échapper de sa gorge.

— Ne te moque pas de moi, dit-elle en se raidissant.

— Se moquer ? Qui se moque de qui ?

— Ah, très malin !

Elle se leva, puis, ne sachant que faire, se laissa choir sur le canapé.

— Tu penses être un de ces grands gaillards qui ne se laissent pas embobiner comme ça. Et tu n'as pas tort. Mais je sais parfaitement ce que tu ressens pour moi. Exactement ce que je ressens pour toi. Quelque chose d'incroyablement fort.

Il ouvrit la bouche, puis se ravisa. Pourquoi nier l'évidence ? Il voulait cette femme. Et elle le voulait. Ce n'était une découverte ni pour l'un ni pour l'autre.

— Je comprends que tu ne veuilles pas céder à tes sentiments pour le moment, poursuivit-elle. Et je respecte ton choix. Sincèrement. Je veux que tu saches que je ne ferai rien contre ta décision.

Il avait une telle envie de l'embrasser que c'en était presque douloureux.

— Tu t'y engages ?

Elle acquiesça.

— Je souhaite simplement que nous prenions le temps de nous parler, de rire, d'apprécier le seul fait d'être ensemble. Si on y réfléchit, c'est quelque chose que nous n'avons jamais pris le temps de faire. J'ai été ta gouvernante, et ta maîtresse l'espace d'une nuit. Aujourd'hui, je suis la nurse de Lena. Et finalement, c'est peut-être une bonne chose.

— Je n'ai jamais dit le contraire.

— Je veux dire par là qu'avec un peu de bonne volonté nous pourrions mettre cette période à profit. Nous devons vivre dans la même maison pendant un moment, et, si tu voulais bien cesser de me traiter comme si j'étais contagieuse, nous pourrions apprendre à nous connaître.

Elle avait raison. D'autant plus qu'il avait l'intention de l'épouser — mais pas avant qu'elle fût prête à dire la vérité au sujet de Lena.

Il s'éclaircit la gorge.

— Bien.

— Oui ? demanda-t-elle, suspendue à ses lèvres, en s'inclinant vers lui avec une ferveur qui le toucha.

— Je n'y vois pas d'inconvénient.

Son visage parut s'illuminer de l'intérieur.

— Pas d'inconvénient ?

— Non. Cela me paraît même une bonne idée.

Elle se redressa.

— Chouette ! Non, mieux que ça : génial !

Elle lui tendit la main.

Il comprit son geste. Elle l'invitait à sceller un pacte.

Pourquoi pas ?

Il se pencha par-dessus la table et prit sa main dans la sienne.

9.

Après la discussion qu'ils avaient eue, Flynt cessa d'éviter Josie. Le lendemain, il se rendit à deux reprises dans la chambre du bébé, et se conforma en tout point à l'accord qu'ils avaient passé. Ils se parlèrent, ils jouèrent avec Lena.

Le soir, ils prirent leur dîner ensemble tandis que Lena dormait dans son lit. Flynt avait fait dresser la table dans le salon. Ils eurent droit à des asperges en entrée, suivies d'une entrecôte de premier choix, en provenance directe du ranch des Carson, avec des pommes de terre nouvelles en accompagnement.

Il se surprit à apprécier la compagnie de la jeune femme beaucoup plus qu'il ne l'aurait soupçonné. Il avait toujours su qu'elle était brillante, mais il découvrait, en plus, le plaisir inouï qu'il avait à rester là, simplement à discuter avec elle. Elle posait des questions pertinentes et savait défendre ses opinions.

Littéralement subjugué, il lui proposa de recommencer le lendemain soir.

Josie sourit à cette invitation.

— Flynt Carson, je commençais à désespérer qu'une telle situation se produise…

Avec le temps, ces soirées improvisées finirent par devenir une habitude. Chaque soir, il faisait dresser la table dans le salon pour dîner avec elle.

Un jour, cependant, il passa à l'improviste, à l'heure du déjeuner, et trouva Josie dans la chambre, penchée sur son ordinateur. A ses pieds, Lena babillait gaiement dans son transat.

Flynt s'arrêta sur le seuil, goûtant le spectacle qui s'offrait à sa vue. Ses cheveux d'un blond argenté étaient retenus sur sa nuque par un de ces énormes clips à la mode, assorti à son polo sans manches, d'un rose et d'un jaune lumineux. Il admira les courbes harmonieuses de ses épaules et son maintien impeccable. Rien d'avachi dans la posture de Josie Lavender ! Elle avait toujours fière allure, quelles que fussent les circonstances.

Ce fut à l'occasion d'un regard jeté à Lena qu'elle s'aperçut de sa présence.

— Flynt !

Il sentit une bouffée de joie l'envahir en voyant le sourire qui s'épanouissait sur le visage de Lena. Cette femme était véritablement un don du ciel.

— Une seconde, s'il te plaît.

Lui tournant le dos, elle s'empressa de refermer le fichier sur lequel elle travaillait.

— Alors, comment allez-vous, toutes les deux ? demanda-t-il en se postant derrière elle.

Lena répondit par des petits gloussements avant de lâcher un gros soupir de contentement. Flynt sourit, mais ses yeux restaient rivés sur Josie.

Celle-ci pivota sur son siège, les joues en feu.

— Tu as l'air bizarre, fit-il remarquer. Qu'y a-t-il ?

Elle hésita un instant, avant de lâcher d'un ton espiègle :

— Oh, rien… J'étais en train d'écrire mon journal. C'est une manie sans importance.

Il leva un sourcil interrogateur.

— Une « manie » qui a un rapport avec moi ?

— Ça, tu ne le sauras jamais.

— Jamais ? reprit-il en affectant un air peiné.

— Eh bien… Peut-être un jour. Mais ne sois pas inquiet, c'est plutôt positif. Du moins depuis ces derniers jours.

— « Ces derniers jours »… Hmm… Ça ne doit pas peser lourd dans la balance.

— C'est un bon début, et je le dis sincèrement. Mais attention, c'est personnel et je ne veux pas que tu lises ce que j'écris. Je sais qu'il ne te faudrait pas plus de dix secondes pour trouver mon mot de passe. Mais je sais aussi que tu es un homme d'honneur, et je te fais confiance.

Elle ne se trompait pas. Ni sur ses capacités informatiques. Ni sur son sens de l'honneur.

En fait, dans l'armée, les ordinateurs avaient été sa spécialité. Passionné depuis toujours d'informatique, il pouvait écrire des programmes d'une grande complexité et déjouer les systèmes de sécurité les plus sophistiqués. Néanmoins, il ne se serait jamais permis de pénétrer dans la vie privée de Josie. Il leva une main, la paume tournée vers elle.

— Promis, juré. C'est ton jardin secret, et cela ne me regarde absolument pas.

Elle lui décocha un regard empli de tendresse.

— Je te fais confiance.

Si cela avait été autorisé, il l'aurait embrassée sur-le-champ. Et comme le simple fait de regarder sa bouche représentait une tentation quasiment insurmontable, il s'obligea à reporter son attention sur quelque chose de beaucoup moins sexy.

— Ton écran est envahi de trucs inutiles. Il faut que tu le nettoies. Tu as des tas d'icônes qui ne te serviront probablement jamais à rien.

Il s'empara de la souris.

— Pas touche ! protesta-t-elle en lui donnant une tape sur la main. C'est *mon* ordinateur, et il me convient parfaitement tel qu'il est.

— Mais tu pourrais...

— Non, Flynt. Tu n'y touches pas.

Il haussa les épaules.

— C'est ton problème. Mais...

— Exactement, c'est *mon* problème.

— Au fait, tu ne m'as pas dit ce que tu pensais de la connexion par câble ?

— C'est formidable. Merci.

Elle s'agita légèrement sur son siège pour lui faire comprendre qu'elle voulait se lever. Etant donné la situation, il valait mieux éviter, dans la mesure du possible, tout frôlement intempestif.

Tout en s'écartant d'elle, il songea que c'était un des aspects désagréables de leur nouveau mode de relation. Ils devaient constamment rester sur leurs gardes et maintenir entre eux une certaine distance. Ainsi, ils évitaient toute occasion susceptible de faire naître un désir dangereux.

Après s'être levée, elle s'esquiva rapidement. Il ne put s'empêcher d'inspirer profondément à son passage.

Certes, il devait se surveiller et garder les mains dans ses poches. Mais rien ne lui interdisait, en revanche, de savourer le parfum frais de ses cheveux et la fragrance féminine et subtile de sa peau.

— Viens, mon petit trésor, dit-elle en sortant Lena de son transat.

— Et si nous déjeunions ici ? suggéra-t-il.

Lena reposait contre son épaule. Leurs deux têtes réunies offraient un contraste saisissant. Noir de jais contre blondeur opalescente.

— Des sandwichs ? Dans la chambre du bébé ?

Il poussa l'audace encore plus loin.

— Nous pourrions même pique-niquer ici, en étalant une couverture sur le sol.

— Flynt, dit-elle, avec un sourire ensorceleur, c'est une idée parfaitement saugrenue.

— Oui, j'ai toujours eu un certain don pour les idées saugrenues.

— Ah oui ? Alors comment se fait-il que je n'en ai jamais eu le plus petit aperçu ? demanda-t-elle en déposant un petit baiser sur la joue de Lena.

— Bon, je reconnais. Je ne suis peut-être pas l'homme le plus drôle de la planète. Mais avoue-le, les circonstances ne s'y prêtaient vraiment pas, lorsque nous nous sommes connus.

— Mmm..., grommela-t-elle en continuant à embrasser Lena. Je suppose que oui, en effet.

Recouvrant subitement leur sérieux, ils échangèrent un regard intense. Flynt repensait à son mariage désastreux, à l'accident de sa femme et à son combat contre l'alcool. Il était presque sûr que l'esprit de Josie suivait un chemin similaire, en se remémorant ses propres accidents de parcours : la maladie de sa mère, la cruauté de son père et la fin sinistre qu'il avait connue...

Et Lena.

Cela avait dû être terriblement dur de donner naissance à un enfant sans le moindre soutien.

— Après tout, conclut-elle en caressant les cheveux soyeux de Lena, c'est une excellente idée.

Flynt joignit Anita par la ligne intérieure et lui demanda de leur préparer un pique-nique. Une demi-heure plus tard, une domestique fit son apparition, munie d'un panier en osier et d'une couverture, que Flynt étala aussitôt par terre. Ils y installèrent Lena avec son tapis de jeu pour la distraire.

Josie servit une assiette à Flynt et lui tendit un grand verre de thé glacé.

— Tu veux du miel sur ta galette ? dit-elle en brandissant un tube.

— Oui, mets-en partout.

— Tu ne préfères pas la couper en deux avant ?

— Peux-tu le faire pour moi, s'il te plaît ? demanda-t-il en tenant d'une main son assiette et de l'autre son verre.

Elle prit la galette fumante et la rompit délicatement.

— Miam, ça sent rudement bon ! Reynaldo a un sacré tour de main.

Reynaldo Cruz cuisinait pour les Carson depuis vingt ans. Il n'avait pas très bon caractère, mais personne n'aurait songé à se plaindre des petits plats qu'il leur concoctait.

Josie pointa l'embout du tube sur l'une des parts avant d'en faire couler le miel en spirale. Elle exécuta la même opération sur l'autre part, en dessinant un motif identique.

— N'est-ce pas magnifique ?

Relevant la tête, elle plongea les yeux dans les siens.

L'atmosphère devint soudain électrique.

Flynt sentit quelque chose se relâcher en lui et une intense chaleur l'envahir. Il n'avait plus qu'une envie : se pencher doucement vers elle pour capturer sa bouche et la pénétrer lentement et profondément. Se débarrasser ensuite de son assiette et de son thé glacé, et lui ravir le tube de miel qu'elle tenait toujours dans sa main…

Du miel… L'imagination de Flynt vagabondait. Il pouvait voir un long filet doré couler sur son ventre nu, emplir le petit orifice formé par son nombril, puis se déverser dans le léger creux en dessous de la cage thoracique et se répandre lentement le long de ses hanches de velours, sans épargner la toison blond cendré, à la jonction de ses cuisses...

Josie avait remis le tube à l'endroit, mais n'avait pas achevé son geste. Interdite, elle le brandissait toujours au-dessus de l'assiette de son compagnon.

— Oh, Flynt..., balbutia-t-elle en expirant d'un coup l'air bloqué dans ses poumons.

Les yeux rivés à ses lèvres, il dut se rendre à l'évidence : ses bonnes résolutions n'avaient aucun sens. Il voulait l'embrasser. Ici et maintenant...

— Oh, oui..., s'entendit-il murmurer.

Attirées comme deux aimants, leurs bouches s'approchèrent.

— Josie, je me demandais si... Oh !

Ces paroles, ponctuées d'une exclamation de surprise, avaient surgi du couloir avant que la bouche de Flynt eût pris possession de celle de la jeune femme.

Josie poussa un léger cri de stupeur et se rassit précipitamment de son côté, sur la couverture.

Flynt avala une grande gorgée d'air qu'il refoula lentement, consciencieusement, avant de faire face à l'intruse.

— Que pouvons-nous faire pour toi, maman ?

Grace donnait l'impression d'avoir vu le spectre de Lou-Lou Wainwright, une Ophélie fantomatique à la peau grisâtre, aux lèvres bleutées, émergeant du lac où elle s'était noyée.

— Je... Je...

Elle déglutit en portant la main à sa gorge.

Flynt grimaça devant la réaction de sa mère. Que dire ? Sa mère ignorait ce qui s'était passé entre eux, l'année dernière. Et il fallait qu'elle continuât à l'ignorer. Au moins pendant un certain temps. Du reste, il se voyait mal lui expliquer les choses, même sans entrer dans les détails.

Il reposa son assiette et son verre.

— Maman...

Grace brandit une main.

— Non, c'est inutile.

Qu'elle préférât esquiver le sujet arrangeait Flynt, bien qu'il se doutât que c'était seulement partie remise. Elle lui passerait probablement un savon plus tard, lorsqu'elle serait remise du choc. Dans le monde de Grace Carson, un homme — et *a fortiori* un homme qui était le fruit de son éducation — ne frayait pas avec un membre du personnel.

Elle ébaucha un sourire pincé.

— Je passais voir Josie pour lui demander si elle voulait bien avancer un peu sa pause, aujourd'hui. Cara est prise en ville, et mon coiffeur ne peut me donner rendez-vous qu'à 16 h 30. Si Josie pouvait partir maintenant et être là pour 16 heures...

Josie se leva et chassa les miettes récalcitrantes de ses vêtements.

— Bien sûr. Laissez-moi dix minutes pour me préparer.

— Parfait. Je reviendrai dans dix minutes.

Grace pivota et disparut dans le couloir.

Flynt et Josie se retrouvèrent seuls avec le bébé babillant dans son transat. Ils se regardèrent, incapables de prononcer le moindre mot. Pas seulement à cause de la réaction de Grace. Sans la visite inopinée de celle-ci, ils auraient fini dans les bras l'un de l'autre. Ce qui était parfaitement contraire à leur récente décision. Et cela aussi, il fallait qu'ils l'affrontent.

L'air soucieux, Josie soupira tandis qu'elle s'accroupissait sur la couverture.

Flynt comprit qu'elle avait l'intention de remballer le pique-nique, qu'ils n'avaient guère eu l'occasion de goûter.

— Laisse. Une domestique s'en chargera.

— Mais...

— Laisse, Josie, insista-t-il d'une voix plus brusque qu'il ne l'aurait souhaité.

Elle se releva.

— Eh bien, je suppose que je peux...

— Oui, vas-y. Prends ton sac à main ou ce que tu veux.

Mais elle resta plantée là, à l'observer d'un air dubitatif.

Quelques secondes s'écoulèrent dans un silence morose.

— Qu'y a-t-il ? demanda Flynt. Dis-moi.

— Non... C'est simplement qu'elle m'a...

— Oui ?

— Elle avait l'air...

Josie hésita.

— Complètement bouleversée, acheva-t-elle.

— Elle s'en remettra, dit-il pour la rassurer, bien qu'il doutât que ce fût vraiment ce que Josie avait voulu lui confier.

— Elle n'aime pas nous voir ensemble. Tu as vu son expression ? Cela ne lui plaît pas du tout.

— Ne t'inquiète pas, elle s'en remettra. Mais j'ai l'impression que tu me caches quelque chose.

— Oh, Flynt…

— Allez, parle-moi franchement.

— Eh bien, elle a déjà abordé le sujet avec moi.

— Que veux-tu dire ? demanda-t-il avec un curieux sentiment de malaise.

Elle prit un air encore plus soucieux avant de secouer vigoureusement la tête.

— Il vaut mieux remettre ça à plus tard.

Elle s'apprêtait à tourner les talons quand il la saisit par le bras. Elle abaissa son regard à l'endroit où les doigts s'enfonçaient dans sa chair, puis releva les yeux pour les plonger dans les siens. Des ondes électriques semblaient vibrer entre eux.

— Regarde-moi.

— Oh ! ne prends pas cet air…, protesta-t-elle en plissant le nez.

— C'est toi qui as mis le sujet sur le tapis. Alors explique-toi clairement !

Lena commençait à s'agiter dans son transat.

— Je peux m'occuper du bébé ?

Il haussa les épaules.

Se baissant, elle déplaça le portique de jeux et prit Lena dans ses bras.

La fillette se calma instantanément.

— Cela s'est passé la semaine dernière. Le premier jour de mon arrivée.

Josie pivota tout en se redressant.

— Elle m'a parlé avec beaucoup de courtoisie. Il n'y avait rien de direct.

Josie se dirigea vers la table à langer. Elle y déposa le bébé et entreprit de le changer.

Flynt s'approcha et se posta derrière elle, à distance respectueuse.

— Qu'a-t-elle dit exactement ?

— Elle m'a dit que c'était un travail ingrat pour une jeune femme comme moi.

Les mains de Josie s'activaient avec douceur et efficacité. Elles détachèrent la couche souillée et nettoyèrent Lena avec une lingette.

— Elle pense que je vais être malheureuse en restant cloîtrée ici avec un bébé.

— C'est tout ?

Josie essuya ses mains, attrapa une couche neuve sur les étagères, et la glissa prestement sous les fesses de la fillette qui gloussait et agitait les bras. Elle se pencha vers elle pour embrasser ses petits poings qui fendaient l'air.

— Rien d'autre ? insista Flynt.

Elle positionna correctement la couche et en fixa les attaches.

— Je te l'ai dit. Elle est restée très vague. Elle m'a fait comprendre qu'elle était au courant, pour nous deux. Ce qu'elle ne voit pas d'un bon œil… Elle a alors essayé de me décourager pour que je renonce au poste. Elle ne veut pas que je vive ici et que je te tourne autour.

Elle reprit le bébé dans ses bras.

— Bien, dit Flynt. J'irai lui parler.

Josie lui tendit l'enfant.

— Ta mère n'est pas sotte, Flynt. Elle sait très bien que tu ne vas pas venir la voir si tu n'as pas une petite idée derrière la tête...

Flynt berçait Lena en prenant soin de lui soutenir la nuque. Il était furieux contre sa mère, mais aussi contre Josie.

— Pourquoi ne pas m'en avoir parlé plus tôt ?

Elle rejeta fièrement ses épaules en arrière, comme elle le faisait chaque fois qu'elle se sentait mise en accusation.

— Ce n'est pas mon genre d'aller me plaindre à un homme parce que sa maman est venue me voir. Et je te le répète, elle ne m'a rien dit de désobligeant. J'ai simplement lu entre les lignes.

— Oui, mais tu aurais dû m'en informer.

— Eh bien, c'est fait maintenant.

En prononçant ses paroles, ses épaules s'affaissèrent légèrement. Lena émit un gloussement avant de babiller à l'intention de Flynt. Les sons qu'elle produisait lui chatouillaient le creux de l'oreille.

Les yeux emplis d'appréhension, Josie le scruta attentivement.

— Et je vais te dire une bonne chose... Tu vas très vite en entendre parler. Et crois-moi, ce sera beaucoup plus direct qu'avec moi.

Que pouvait-il rétorquer à cela ?

Il y avait peu de chances pour qu'elle se trompât.

Josie haussa tristement les épaules.

— Il est temps que je me prépare.

L'abandonnant avec le bébé, elle franchit le seuil de la pièce en espérant que, peut-être, Grace y réfléchirait à deux fois avant de se mêler d'une affaire qu'elle ne pouvait pas comprendre et qui, de toute manière, ne la regardait pas.

Le soir même, Ford Carson convoquait son fils dans le bureau du bas.

10.

Ford se tenait debout derrière son imposant bureau en bois de cerisier — un bureau qui avait connu trois générations de patriarches de la dynastie Carson, depuis l'époque où Big Bill y trônait en fauteuil roulant.

— Cigare, fils ?

Ford ouvrit l'humidificateur posé à un angle du mobilier.

Flynt se laissa tomber dans l'un des deux fauteuils en cuir disposés en demi-cercle.

— Tu sais que maman va piquer une crise si elle te voit fumer ça, dit-il.

Avec un regret non dissimulé, Ford secoua sa chevelure blanche et réintroduisit à contrecœur les deux cigares qu'il avait pris dans le coffret à température constante.

— Je crains malheureusement que tu n'aies raison. Je n'ai plus droit à aucun de ces petits plaisirs…

Depuis l'opération au cœur que Ford avait subie, Grace surveillait son alimentation et contrôlait avec un soin maniaque sa dose d'alcool. Quant au tabac, elle y avait mis un veto absolu. Désormais, Ford était censé conserver son coffret à cigares à l'usage exclusif de ses invités. Après tout, il était un Carson. Sans compter qu'il avait à défendre sa réputation de grand propriétaire terrien. Et pour cela, il devait être en mesure, quand l'occasion se présentait, d'offrir un délicieux havane.

— De quoi voulais-tu me parler, papa ? s'enquit Flynt d'un air dégagé, comme s'il n'avait pas la moindre idée de ce qui motivait leur entrevue.

D'un air pensif, Ford se racla la gorge et s'assit, puis il se carra confortablement dans son énorme fauteuil pivotant.

Flynt attendit. Son père prenait souvent son temps avant d'entrer dans le vif du sujet. Il était inutile de le presser : il ne parlerait que lorsqu'il l'aurait décidé.

Les coudes posés sur les accoudoirs, Ford se renfonça plus profondément dans son siège, puis entreprit de diminuer l'intensité lumineuse du lustre suspendu au-dessus de sa tête. Flynt attendait toujours. Mais Ford crut bon de changer de position. Cette fois, les mains croisées, les avant-bras posés à plat sur le bureau, il se penchait vers son interlocuteur.

— Mon garçon, tu donnes du souci à ta mère.

Flynt garda le silence. Que pouvait-il bien répondre ?

De toute manière, quoi qu'il pût répondre, son père ne modifierait pas d'un iota ce qu'il avait prévu de dire.

— Elle t'a surpris aujourd'hui avec Josie Lavender, reprit-il en fronçant ses épais sourcils.

Son air se faisait grave et franchement désapprobateur.

— Ta mère est certaine de vous avoir interrompus à un moment... crucial.

Flynt ne broncha pas.

Ford se racla une nouvelle fois la gorge.

— Bien... Je vois qu'il vaut mieux que je m'y prenne autrement. Je vais être direct : jusqu'où êtes-vous allés ?

Flynt laissa planer un lourd silence entre eux avant de lâcher de but en blanc :

— Cela ne te regarde pas, papa. Ce sont mes affaires.

— Ce sont aussi les miennes, que je sache. Tu es mon fils et tu vis sous mon toit.

Flynt ne pouvait pas laisser passer ça.

— Ecoute, papa. Je croyais que nous avions réglé cette question depuis longtemps. Si ma mémoire est bonne, nous étions convenus que cette partie de la maison m'appartenait. Mais si tu souhaites revenir là-dessus, pas de problème, j'irai vivre ailleurs...

— Ne prends pas le mors aux dents, Flynt. Et évitons de nous jeter à la figure des choses que nous regretterions plus tard.

— Je ne parle pas à la légère, papa. Et tu peux me faire confiance. Soit cette aile du bâtiment m'appartient, soit elle ne m'appartient pas. Et, dans ce cas, je m'en irai.

— Ecoute un peu... Personne ne souhaite ton départ de la maison. Simplement, ta mère se fait du souci depuis que tu as insisté pour recruter Josie Lavender.

— Ah oui, et pourquoi cela ?

— Tu le sais parfaitement.

— Josie se débrouille merveilleusement bien avec Lena. Elle travaille dur. Et elle est fiable. Je sais que je peux compter sur elle.

— Pourtant, l'année dernière…

— Oublie ce qui s'est passé l'année dernière. Elle s'acquitte bien de sa tâche actuellement, et c'est tout ce qui compte.

Le froncement de sourcils de Ford s'accentua.

— Arrêtons de tourner autour du pot. Tu sais qu'il vaut mieux être franc avec moi. Sors-tu avec cette fille ?

A cette question, Flynt pouvait aisément répondre.

— Non.

Ford se pencha par-dessus son bureau.

— Mais c'est ce que tu as en tête ? demanda-t-il d'une voix plus basse. Je me trompe ?

Sans attendre la réponse, il reprit aussitôt :

— Tu te conduis mal, et tu le sais. Nous t'avons élevé mieux que ça, ta mère et moi. Dans cette maison, personne ne tire avantage de sa position auprès du personnel. Josie Lavender est une jeune femme agréable sur tous les plans, j'en suis parfaitement conscient. Mais je sais aussi que tu n'as pas l'intention de l'épouser. Le mariage étant exclu, on peut donc en conclure qu'il ne s'agit que d'une simple aventure. Et ça, ce n'est pas correct vis-à-vis de cette fille. La vie n'a guère été tendre avec elle, tu le sais. Elle me donne l'impression de quelqu'un qui veut s'en sortir.

Il ne faut pas que tu oublies la place que tu occupes ici. Tu n'as pas le droit de profiter de personnes moins favorisées que toi socialement.

— Je ne profite de personne.

Et c'était vrai. Du moins depuis quelque temps. L'année précédente, c'était une tout autre histoire ; mais cela, Ford ne pouvait le savoir.

— Je te supplie d'y réfléchir, mon garçon. Tu es le patron, et elle est ton employée. Elle dépend de toi pour subvenir à ses besoins. C'est toi qui détiens le pouvoir, et comme le mariage est hors de question, cela s'appelle profiter d'une situation.

Flynt jugea que le moment était venu de lui faire part de ses intentions.

— Papa, tu te trompes. Je compte épouser Josie.

Ford se rassit, raide comme un piquet.

— Quoi ?

— Si les choses… si cela marche entre nous, j'épouserai Josie.

— Tu n'y songes pas !

— Si. Et tu peux me faire confiance.

— Ecoute, Flynt…

Ford se cala de nouveau dans son fauteuil. Une tristesse non feinte se peignit sur son visage.

— Je comprends, reprit-il. Et tu ne peux pas t'imaginer à quel point. Il y a très longtemps, avant que je ne rencontre ta mère, je fréquentais quelqu'un. Je l'aurais épousée si les circonstances ne m'en avaient empêché. Et chaque jour, je bénis le ciel pour cela. Ta mère était l'épouse qu'il me fallait : une femme d'un bon milieu, ayant reçu une excellente éducation, sensible et dévouée, sans parler de sa beauté.

— Papa...

— Non. Laisse-moi finir. J'essaie de te faire comprendre que ta mère était exactement la femme dont j'avais besoin. Et chaque jour, je rends grâce au ciel pour ne pas avoir compromis mes chances avant même de l'avoir rencontrée. Il y aura quelqu'un aussi pour toi, tu verras. Une femme qui sera ton égale, qui saura s'adapter à ta famille et se déplacer dans les cercles que tu fréquentes.

Flynt ne put en entendre davantage.

— Tu veux dire quelqu'un comme Monica ?

Ford toussota.

— Eh bien, nous savons, toi comme moi, que Monica...

— Qu'elle était une pure Waverly, issue de cette fichue famille d'Atlanta. Ah ça, elle ne déparait pas dans le décor, surtout dans les grandes occasions ! Elle était la belle-fille idéale, celle dont vous rêviez, maman et toi. Et pourtant, notre couple s'est révélé un échec sur toute la ligne.

— Monica était... un peu nerveuse.

— Je ne cherche pas à reporter la faute sur Monica.

— Moi non plus. Ne te méprends pas.

— Ce que je veux dire, c'est que mon mariage ne rimait à rien. Sa capacité à s'intégrer dans notre famille, sa bonne éducation, ses origines, etc., tout cela n'a pas pesé lourd dans la balance. Nous désirions des choses différentes, et nous nous sommes rendus terriblement malheureux.

— Oui, et tu en es encore bouleversé. Nous serions atterrés, ta mère et moi, que tu fasses un mauvais choix sur le coup d'une déception sentimentale. Entre deux époux, il doit y avoir… un minimum de choses en commun. Une expérience et des aspirations semblables. Il doit y avoir une compréhension intime de l'autre…

Flynt en avait assez entendu.

— Papa, dit-il en se levant, ce que tu essaies de me dire en vérité, c'est que Josie n'est pas assez bien pour épouser un Carson. Et moi, je tiens à te dire qu'elle est assez bien pour moi. Plus qu'assez bien. S'il y en a un qui fait piètre figure dans notre couple, c'est moi, en l'occurrence.

Ford secoua la tête.

— Tu te juges trop sévèrement. Tu as toujours été ainsi. Je sais que beaucoup de choses dans un couple ne marchent pas comme on se l'imagine. Mais cela ne signifie pas que tu doives prendre le contre-pied en t'accrochant à une femme qui n'est pas faite pour toi.

Flynt sentit la colère monter en lui, mais se domina.

— Fais montre d'un peu de respect, père. Accorde le droit à un homme de décider lui-même de ce qui lui convient ou non.

— Tu commets une grave erreur.

— Je fais ce que je crois être bien.

Une ombre passa sur le visage ridé et bronzé de son père.

— Tu as cette expression, Flynt, qui ne me dit rien qui vaille. Tu as déjà pris ta décision, et rien ne t'en fera démordre… Je me trompe ?

— Non, père. Je vais épouser Josie Lavender. Et maman et toi feriez mieux de vous y préparer.

— Le mariage…

Ford s'interrompit brusquement en portant la main à son front. Il se redressa sur son siège, ses yeux s'étrécissant au fur et à mesure que la lumière se faisait jour dans son esprit.

— Dis-moi…

Flynt sentit sa gorge se nouer.

— Quoi ?

— L'enfant…

Flynt prit une attitude impénétrable.

Mais Ford n'avait nullement l'intention de lâcher le morceau.

— C'est à cause du bébé, n'est-ce pas ? A cause de Lena ? Avoue-le… Tu veux que cet enfant ait une mère et tu t'es décidé pour Josie.

Flynt lui opposa un silence glacial.

— Bon sang ! s'exclama Ford.

A en juger par l'affaissement de sa mâchoire inférieure, il avait poussé plus loin son raisonnement.

— Flynt Carson ! Est-elle la mère de Lena ?

Flynt refusa ostensiblement de répondre.

Ford laissa échapper un long soupir.

— Tu ne me le diras pas ?

— Non, père. Je suis désolé. Je crains que tu n'aies pas d'autre choix que de me laisser vivre ma vie, comme je l'entends.

— Mais c'est une hypothèse qui tient, sauf erreur de ma part. Voilà pourquoi la pauvre fille s'est évanouie dans la nature, l'année dernière. Parce que tu as abusé d'elle. Et de deux choses l'une : soit tu l'as renvoyée, soit elle est partie de son propre gré.

Ford avait fait mouche. Mais Flynt se contenta de le regarder sans mot dire.

Ford émit un faible grognement.

— Bon sang, explique-moi au moins les choses !

— Je t'ai dit tout ce que je pouvais pour l'instant.

— Ah oui ? Tu n'as strictement rien dit.

— Désolé, je ne peux pas faire mieux, dit Flynt en tournant les talons.

Flynt se rendit directement dans l'aile du bâtiment qu'il occupait. Il découvrit Josie assise dans le rocking-chair, occupée à bercer Lena.

Elle avait éteint la lumière et remonté les stores.

Le clair de lune et le halo diffus des veilleuses dans le couloir étaient les seules sources de lumière. Néanmoins, Flynt put les distinguer toutes deux dans la pénombre aux reflets argentés.

Josie l'aperçut aussitôt. Elle mit un doigt devant sa bouche pour l'inviter au silence. Hochant la tête, il pénétra dans la pièce puis attendit qu'elle eût reposé le bébé dans son lit. Après quoi, elle resta là, penchée sur le berceau, à contempler l'enfant.

Un rayon de lune oblique donnait un éclat argenté à sa chevelure, et le grain de sa peau avait pris un aspect de pétale de rose, du blanc le plus pur.

Finalement elle se redressa.

— Endormie ? demanda-t-il.

— Mmm…

Il lui tendit la main. Elle la considéra d'un air suspicieux et heureux en même temps. Il comprenait parfaitement ce qu'elle pouvait ressentir.

— Allons ailleurs, dit-il. Nous pourrons parler.

Elle s'empara timidement de sa main.

Il la conduisit dans le salon et la fit asseoir sur le divan.

— Que se passe-t-il ? demanda-t-elle en plantant son regard dans le sien.

Devait-il lui faire part de sa petite conversation avec son père ?

Non, il n'en voyait pas l'intérêt.

Il connaissait ses parents. S'il épousait cette femme, ces derniers finiraient par l'accepter. Ils pouvaient avoir des idées préconçues d'un terrible snobisme sur le genre de femme qu'il lui fallait, mais ils étaient avant tout des êtres humains, dotés d'un cœur d'or. Et puis, Josie connaissait déjà la position de Grace. Il était inutile d'enfoncer le clou.

Ce qui lui restait à faire, en revanche, c'était de prouver à sa famille qu'il ne cherchait nullement à profiter de la crédulité de Josie. Non, il était fier de cette femme, et fier d'être son compagnon. Il ne s'agissait nullement d'une aventure sans lendemain — ou du moins n'était-ce plus le cas. Et lorsque la vérité éclaterait sur les origines de Lena, il leur faudrait faire front commun. Oui, c'était par là qu'il devait commencer.

— J'aimerais t'inviter au club demain soir, déclara-t-il. A l'Empire.

Ses yeux s'agrandirent de stupeur.

— A l'Empire !

Elle retira délicatement sa main.

— Oh Flynt, je ne sais pas... L'Empire est si... formel.

— Tu as raison, confirma-t-il.

Pour sa part, il trouvait l'Empire quelque peu surestimé. La cuisine n'était pas aussi raffinée qu'elle aurait dû l'être. D'ailleurs, Harvey s'était engagé à l'améliorer. Quant au cadre, il était si sophistiqué qu'il en devenait presque oppressant. Décoré dans les teintes bleu pâle et ivoire, l'Empire se distinguait par une surabondance de plaqué or. Il y en avait partout : sur les chaises, les chandeliers et les médaillons tarabiscotés qui ornaient les murs tendus de soie sauvage bleue. Dans ce restaurant, le costume cravate était exigé, et les femmes devaient impérativement afficher une tenue d'une élégance irréprochable.

— Nous pourrions peut-être aller dans un endroit où nous serions plus à l'aise, suggéra-t-elle, une lueur d'espoir dans les yeux.

— Non, dit-il. C'est impossible.

Les coins de la bouche de Josie s'affaissèrent légèrement.

— Ah... Pourquoi donc ? demanda-t-elle. Je serais tellement plus heureuse d'aller dans un restaurant où nous pourrions nous détendre un peu, tous les deux.

Il reprit sa main.

— Tu as bien dit que tu voulais nous donner une autre chance ?

Les joues de Josie rosirent subitement.

— Oh, oui, Flynt... C'est ce que j'ai dit.

— C'est la raison de mon choix, Josie. Toi et moi ensemble. Mais pas dans un endroit que personne ne fréquente. Pas pour le moment. Non, il faut que ce dîner ait lieu au grand jour, dans un restaurant où les gens se rendent pour se montrer.

Elle se recula. Très peu, car il refusait de lâcher sa main.

— En quelque sorte, nous allons nous afficher publiquement... C'est ce que tu souhaites ?

— Oui, et quel mal y a-t-il à cela ? Il est temps que les gens s'habituent à nous voir ensemble.

Elle se renfrogna.

— Il s'est passé quelque chose, n'est-ce pas ? demanda-t-elle. Est-ce que Grace...

— Ne pense plus à elle. Elle m'adresse à peine la parole depuis cet après-midi.

— Elle refuse de te parler ? Oh, Flynt...

— Je n'ai pas dit ça.

— Mais si elle...

— Josie, écoute-moi. Elle ne refuse pas de me parler. Alors, cesse de te faire du souci.

La couvant du regard, il leva sa main et y déposa tendrement un baiser.

Le rose émouvant qui, un instant plus tôt, avait gagné ses joues, réapparut aussitôt. En dépit des efforts de Flynt pour la rassurer, ses doutes ne s'étaient guère dissipés.

— Il s'est passé quelque chose, insista-t-elle.

— Oui, c'est vrai, puisque je t'invite à l'Empire. Malheureusement, tu persistes à refuser mon invitation.

— Mais…

— Plus de « mais ». Oui ou non ?

— Flynt, je…

— Josie, oui ou non ?

— C'est bon.

— « Bon », à l'Empire ? Je n'irai pas jusque-là…

— Très drôle, Flynt ! Tu sais, j'ai entendu dire que la cuisine n'était pas terrible.

Il afficha un air renfrogné.

— Qui t'a dit ça ?

— Oh, s'il te plaît… Si je te le dis, les têtes vont tomber les unes après les autres.

— Tu surestimes grandement mon pouvoir.

— Non, absolument pas… Et, au fait, qui va garder Lena ?

— Ce n'est pas un problème. Tu es libre le vendredi soir à partir de 18 heures, si je ne m'abuse ?

— Exact. Mais j'aurais besoin de quelques heures avant le rendez-vous.

— Pourquoi ?

Elle lui jeta un regard condescendant.

— Urgence vestimentaire.

— Quoi ?

— Flynt Carson, quand une fille est invitée à l'Empire et qu'il lui reste moins de vingt-quatre heures pour se préparer, on peut appeler ça une urgence vestimentaire.

— Tu comptes acheter une nouvelle robe ?

— Ton intelligence me sidère parfois, Flynt.

11.

Flynt devait passer prendre Josie à 20 heures, chez sa mère, tandis que Cara la remplaçait à 15 heures auprès de Lena.

— Une sacrée soirée en perspective, n'est-ce pas ? déclara Cara en souriant.

— Vous êtes au courant ?

— Oui. Je trouve ça formidable, vous et mon grand frère…

— Dommage que votre mère ne soit pas de cet avis !

— Attendez un peu.

— Attendre quoi ?

— Qu'elle s'aperçoive que vous le rendez heureux. Vous verrez, alors, elle changera d'attitude du tout au tout. Et beaucoup plus vite que vous ne pouvez l'imaginer.

— Vous avez l'air sûre de vous.

— Eh bien, je connais ma mère, comme on peut s'y attendre. Elle a ses petits défauts, mais elle n'est pas aveugle au point de ne pas remarquer que Flynt recommence à sourire.

— Espérons-le, en tout cas.

— Ne vous inquiétez pas. Les choses s'arrangeront, vous verrez. Pour revenir à votre rendez-vous de ce soir, j'ai entendu dire que vous comptiez faire les boutiques.

— Oui, en effet. Il faut que je me trouve une robe, et dans l'heure !

— Allez voir du côté de Mission Creek Création.

Josie retint une grimace. Mission Creek Création était le magasin de vêtements le plus chic de la ville. Toutes les débutantes du bal annuel organisé en leur honneur par le Lone Star Country Club se rendaient là pour y commander leurs ravissantes robes blanches. C'était là, également, que les futures mariées des milieux huppés se faisaient confectionner la robe de leur rêve, là également que les femmes d'affaires pouvaient dénicher des vêtements griffés, à la fois confortables et élégants, sans parler de toute une gamme de tenues et d'accessoires raffinés pour les dîners mondains. Il y avait de fortes chances, en effet, pour que Josie y trouvât son bonheur. Hélas, c'était bien au-dessus de ses moyens.

Cara rit en voyant son expression dépitée.

— Jetez un coup d'œil sur les soldes du côté du prêt-à-porter. Vous serez surprise par les bonnes affaires qu'on peut y faire.

Bien qu'il eût mieux valu, pour elle, filer sans tarder en direction du grand magasin installé dans le nouveau centre commercial, en périphérie de Mission Creek, Josie décida d'ignorer la voix de la raison et de suivre le conseil de Cara.

Ravissante et ultra-féminine, la boutique n'affichait que du rose et or, à l'exception des innombrables modèles qui se déployaient en un arc-en-ciel de couleurs chatoyantes. Josie mourait d'envie de flâner le long de chaque présentoir.

Mais un coup d'œil jeté à une étiquette, au bout d'une manche satinée, suffit à lui remettre les idées en place.

Elle se dirigea hâtivement vers l'arrière-boutique où deux gros portants circulaires arboraient de jolies pancartes rose indiquant « soldes » en lettres dorées. Après avoir repéré sa taille, elle vérifia au hasard quelques prix.

Toujours excessifs !

Mais il s'agissait d'une occasion très particulière, qui exigeait qu'elle fût sur son trente et un. Après un rapide examen du premier portant, elle se tourna vers le second, à la recherche de la robe idéale... celle qui serait si belle, si éblouissante, que le prix inscrit en gros caractères importerait peu !

— Ce serait ravissant sur vous...

La voix douce, bien élevée et vaguement familière, avait surgi derrière elle.

Josie se retourna et dut étouffer un cri de consternation. Elle connaissait ce visage, ces longs cheveux soyeux d'un noir de jais. Et ces yeux de la couleur des myrtilles. Elle déglutit péniblement.

— Bonjour, mademoiselle Wainwright. Comment allez-vous ?

— Bonjour, Josie.

Les yeux violets de son interlocutrice semblaient légèrement inquiets — et un brin moqueurs, aussi.

— Appelez-moi Rose, s'il vous plaît. Nous nous connaissons suffisamment pour cela.

— Si vous voulez, Rose.

Josie avait gardé à la mémoire la scène nocturne qu'elle avait surprise, malgré elle, dans le jardin des Carson. Elle revoyait le baiser échangé et, juste après, le visage féminin, pâle et scintillant sous le clair de lune, qui s'était tourné vers sa fenêtre.

— Je pense sincèrement que cette couleur vous irait à ravir.

Rose brandit un fourreau décolleté, coupé à mi-longueur dans un tissu satiné. Il était d'un vert profond, d'un vert aux reflets changeants avec des nuances vert pâle, doré et un soupçon de noir.

Josie prit la robe.

— Merci. Je vais l'essayer.

— Je ne vous ai pas vue à la bibliothèque, ces derniers temps, fit remarquer Rose.

— J'ai été très occupée. Mais je ne crois pas avoir de livres en retard...

— Hmm..., grommela Rose d'un air si sérieux que Josie eut envie de sourire. Des livres en retard... Oui. Maintenant, vous savez pourquoi je vous ai suivie ici. « Ah, ah ! me suis-je dit en moi-même. Voilà Josie Lavender. Je la tiens, et je ne vais pas me gêner pour lui dire ce que je pense d'elle et de la pile de bouquins qu'elle doit me rapporter. »

Les deux femmes se regardèrent, puis éclatèrent de rire. Entre deux présentoirs de vêtements dans l'arrière-boutique de Mission Creek Création, elles étaient prises d'un fou rire irrépressible, qu'elles tentaient vaguement de contenir en plaçant une main devant la bouche.

— Est-ce que tout va bien ?

La propriétaire du magasin, replète et avenante, s'avançait vers elles.

Rose plaqua instantanément une expression sérieuse sur son visage et Josie s'efforça de suivre son exemple.

— Oh oui, madame McKenzie. Nous jetons juste un coup d'œil aux soldes.

— Parfait, alors. Et comment allez-vous, Rose ?

— Bien. Je vous remercie.

Rose fit les présentations et ajouta, à l'intention de Josie :

— C'est Mme McKenzie qui a confectionné ma robe pour le bal des débutantes, il y a quelques années.

— C'est exact, renchérit la propriétaire en lui tapotant le bras. Rose est l'une de mes petites favorites.

Puis, s'adressant à Josie :

— J'espère que vous trouverez votre bonheur.

— Oh, certainement…

— N'hésitez pas à me demander conseil.

Rose prit aussitôt la robe vert foncé des mains de Josie et la brandit sous les yeux de Mme McKenzie.

— Elle va essayer celle-ci.

— C'est un excellent choix, approuva la commerçante. Elle vous ira à merveille, avec vos yeux. Je vais m'assurer que le salon d'essayage est libre.

Aussitôt que la propriétaire du magasin eut tourné le dos, Rose agrippa Josie par le bras et l'entraîna derrière le second portant. Elle jeta un regard anxieux autour d'elle et, une fois assurée que personne ne pouvait les entendre, murmura :

— Je n'ai pas dit à Matt que je vous avais vue à la fenêtre, l'autre soir. Il est très… protecteur, avec moi. Je ne savais pas comment il réagirait. Et bizarrement, j'avais la quasi-certitude que vous ne parleriez pas.

— Oh, je n'ai rien dit, je vous le jure ! Plus j'y songeais, plus il m'apparaissait que c'était une mauvaise idée. Alors, j'ai préféré garder ça pour moi.

— J'espère que vous ne me trahirez pas.

— Non. Jamais. Vous avez ma parole.

— J'ai confiance en vous. Et je ne sais comment vous exprimer ma gratitude. Notre relation, à Matt et moi, est sans espoir. Nous en sommes conscients, et pourtant…

— Oh, Rose ! Ne croyez pas que l'amour est sans espoir.

— Même lorsque c'est impossible ?

— Vous n'avez pas le droit d'être défaitiste. Vous devez vous battre pour défendre ce qui est sincère.

Rose secoua la tête.

— Vous êtes naïve.

— Non, je ne pense pas.

— Vous croyez comprendre. Mais vous n'êtes pas une Wainwright, ni une Carson, du reste. C'est à cause de mon arrière-grand-père que Bill s'est retrouvé en fauteuil roulant. Et ce n'est que le point de départ…

Rose soupira.

— Je sais, reprit-elle. Vous avez déjà entendu tout ça. Pour vous, ce n'est que de l'histoire ancienne. Je peux le lire dans vos yeux. Mais pour nous, c'est toute notre vie. Nous *haïssons* les Carson, Josie. Et ils nous le rendent bien. Ce sentiment nous anime depuis des générations. Et rien n'y changera.

Dans l'esprit de Josie, l'attitude défaitiste de Rose rejoignait celle de Flynt.

« La situation est ce qu'elle est, avait-il déclaré une semaine plus tôt, il n'y a aucune raison pour qu'elle change. »

Et pourtant, les choses changeaient malgré tout. Elle en était la preuve vivante. Ne cherchait-elle pas, à l'instant même, une robe pour passer la soirée avec Flynt dans un grand restaurant ?

— Rose, reprit-elle, si vous l'aimez, vous devez rester avec lui. Peu importe le reste. Même si un avenir avec Matt vous paraît impossible.

Le sourire tristement résigné de Rose donna envie à Josie de hurler.

« Qui es-tu, Josie Lavender, pour te permettre de proférer de telles choses ? Songe un peu aux épreuves que la vie t'a réservées jusqu'ici, et tu comprendras que tu es d'une naïveté confondante ! »

Josie finit par essayer une robe. Une seule, celle que Rose avait choisie. Elle était parfaite. A la fois simple et merveilleuse, elle mettait en valeur son teint pâle et la couleur de ses yeux, sans compter qu'elle tombait parfaitement sur elle.

Mme McKenzie poussa des « oh » et des « ah » d'admiration, puis insista pour lui faire enfiler une paire de sandales noires à talons hauts, très chic, dont les lanières étaient ornées d'émeraudes.

— Il y a une opération spéciale en ce moment, expliqua Mme McKenzie. Si vous achetez les sandales avec ce joli sac à main, vous avez la robe pour la moitié du prix affiché.

Le tout revenait presque au même prix que la robe seule.

— Incroyable ! s'exclama Josie, n'osant croire à sa chance.

— N'est-ce pas ? renchérit la patronne avec une lueur de sympathie dans les yeux.

Flynt se présenta chez Alva à 20 heures pile. Il avait pris l'une des Cadillac des Carson. Sur des charbons ardents, Josie s'était postée à la fenêtre pour le voir arriver. Elle était prête depuis plus d'une heure.

Assise sur le divan, Alva se mit à glousser tout doucement, pour éviter une nouvelle quinte de toux.

— Ma chérie, lança-t-elle, personne ne t'a jamais expliqué qu'il faut faire attendre les hommes ?

— Oh, maman, tu sais que ce n'est pas mon fort de jouer les impassibles… C'est lui ! Il descend de sa voiture. Oh, il est sublime !

— Il a mis un smoking ?

— Qu'est-ce que tu crois ? Le voilà, il remonte l'allée.

Elle laissa retomber le pan de rideau, puis se tourna vers sa mère en réajustant sa robe sur les hanches.

— Comment me trouves-tu ?

— Fantastique.

— Maman, c'est exactement ce que je mourais d'envie d'entendre.

Un léger coup fut frappé à la porte, et Josie alla ouvrir.

— Ouah ! s'exclama-t-il, les yeux brillant d'admiration.

— Tu es pas mal non plus, Flynt Carson.

Flynt roula le long de la route sinueuse bordée de chênes, jusqu'au Lone Star Country Club.

Un portier se précipita pour ouvrir la portière de Josie. Il l'aida à s'extraire du véhicule, puis se hâta de gagner l'autre côté pour s'installer derrière le volant et garer la Cadillac.

Flynt prit la main de Josie et l'invita à gravir les marches du perron. Les portes de verre coulissèrent devant eux. Ils s'engagèrent dans l'immense hall aux murs de granit rose dont le Texas raffolait, dépassèrent la célèbre fontaine du club, également en granit rose, d'où jaillissaient de grandes gerbes d'eau scintillante arrivant à mi-hauteur du plafond.

L'Empire se trouvait sur leur droite. Le maître d'hôtel les attendait sur le seuil.

— Bonsoir, monsieur Carson, comment allez-vous ?

— Très bien, Marcus.

— Parfait.

Il se tourna vers Josie.

— Bienvenue à l'Empire, madame.

Elle lui répondit par un sourire.

Il prit sur le comptoir de réservation deux menus munis de glands en or.

— Par ici, je vous prie.

A peine étaient-ils assis qu'un homme chauve et grassouillet, affublé d'un costume noir et d'un nœud papillon, déboula vers eux. C'était Harvey Small, le directeur du club. Flynt procéda aux présentations.

Harvey déclara être absolument enchanté de faire la connaissance de « Madame ». Il leur suggéra ensuite de goûter aux médaillons de veau, puis s'éclipsa aussi vite qu'il était venu.

Le sommelier apparut pour prendre la commande des vins. Flynt lança un regard interrogateur à Josie. La voyant secouer vigoureusement la tête, il informa le serveur qu'ils n'en prendraient pas.

De nombreuses personnes leur adressaient des signes de leurs tables ou se déplaçaient pour les saluer. Flynt présentait Josie, suscitant en retour les inévitables formules de politesse, et des sourires non moins polis.

Bien qu'ils fussent accaparés de tous côtés, le temps leur parut effroyablement long. Ils éprouvèrent un vif soulagement lorsqu'on leur apporta leurs entrées. Ils avaient réussi, malgré tout, à commander l'entrée et le plat de résistance — les médaillons de veau que Harvey Small leur avait vivement conseillés.

Lorsque son soda-club arriva, Flynt leva son verre vers elle. Elle s'empara du sien, empli d'eau, pour trinquer avec lui.

Tout se passait à merveille, songea-t-elle. Elle n'était pas nerveuse comme elle l'avait craint. Si les riches habitués de l'Empire pensaient qu'elle n'était qu'une petite parvenue, ils avaient le bon goût de garder leur opinion pour eux et de la saluer gentiment.

Quant à Flynt, il semblait savourer le moment présent. Il lui parlait librement, lui racontant diverses anecdotes sur ses camarades de l'institut militaire de Virginie, qui avaient appartenu à la même unité que lui pendant la guerre du Golfe.

Ils avaient largement entamé leurs médaillons de veau — un peu trop fermes selon elle, bien qu'elle n'en dît mot — quand deux beaux bruns prirent place à une table non loin d'eux.

Flynt répondit à leurs salutations d'un bref mouvement de tête.

Josie se pencha vers lui.

— Qui est-ce ?

— Le plus grand, c'est Ricky Mercado. L'autre, Franck Del Brio.

— Oh !

— Oui, comme tu dis.

— Ricky Mercado était dans ton unité pendant la guerre, n'est-ce pas ?

— Oui. Nous étions amis, à l'époque.

— Ce n'est plus le cas ?

— Haley Mercado s'est noyée. C'était sa sœur, il ne faut pas l'oublier. Ricky nous en tient pour responsables — Spence, Tyler, Luke et moi. Mais tu connais déjà toute l'histoire, à moins que tu ne veuilles que je...

Elle lui décocha un regard glacial.

— Arrête.

— Quoi ?

— De te complaire dans la culpabilité. Pas ce soir.

Il sourit.

— A vos ordres, madame.

Elle baissa la voix et reprit :

— J'ai entendu dire qu'elle s'était fiancée à Franck Del Brio, un peu avant sa mort.

— Oui, et tout le monde en est resté comme deux ronds de flan.

— Son père a peut-être fait pression sur elle ?

— J'en ai l'intime conviction. Haley était belle et intelligente. Elle méritait mieux qu'un escroc comme lui. Du moins, c'était notre avis.

— Votre avis ? Tu veux dire le tien et celui de...

— Spencer, Tyler et Luke, poursuivit-il à sa place. Les quatre coupables présumés. A vrai dire, nous étions tous plus ou moins amoureux d'elle, et nous ne portions pas Del Brio dans notre cœur. Nous savions qu'il trempait dans des magouilles...

— Ainsi, ce qu'on raconte sur les Mercado et Franck Del Brio est vrai ?

Il émit un petit gloussement.

— Tu veux savoir s'il y a une mafia au Texas ?

Elle hocha la tête puis avala une gorgée d'eau.

— Oui... Dis-moi.

— Evidemment, si tu poses la question à un Mercado, jamais il n'avouera qu'il gagne tout son argent à coups de fausses factures et de sous-traitances bidons. D'après ce que j'ai cru comprendre, Ricky serait le plus réglo, dans l'histoire. Du reste, ce n'est pas lui qui est pressenti pour prendre la relève de Carmine, à la tête de la mafia, mais Franck Del Brio.

— Carmine, l'oncle de Ricky ?

— Exact.

— Ils sont membres du club ?

— Encore exact. Les Mercado en font partie depuis plusieurs générations. Ils traitent la plupart de leurs affaires ici, ce qui ne me plaît pas beaucoup, mais ils sont très généreux. Le club reçoit d'importantes donations de leur part. Pour être franc, les trois quarts de ce que tu vois autour de toi a été payé avec l'argent des Mercado.

— Avec l'argent de la mafia ? demanda Josie d'un air scandalisé.

— Ce n'est pas ce que j'ai dit.

— Mais...

— L'argent que le club reçoit d'eux est ce que l'on pourrait appeler de l'argent propre. Il vient de l'entreprise de bâtiment Mercado Frères — construction et rénovation, ou du compte personnel de Carmine.

— Oui, mais...

— Josie, comment peux-tu être aussi naïve ?

Naïve... Quelques heures plus tôt, Rose l'avait affublée du même qualificatif.

Flynt dut sentir qu'il avait touché un point sensible.

— Quelque chose ne va pas ? demanda-t-il.

Elle ne pouvait lui rapporter sa conversation avec Rose, à Mission Creek Création. N'avait-elle pas promis de garder le silence ?

— Non, rien, répondit-elle. C'est… la vie, je suppose.

— Tu as l'air triste, subitement.

Elle prit la serviette posée sur ses genoux et s'essuya la bouche.

— Non, absolument pas.

Puis elle lança d'un ton gai :

— Et si nous songions au dessert ?

Comme par magie, un serveur surgit pour enlever leurs assiettes. Quelques instants plus tard, ils dégustaient un entremets au chocolat délicieux qui, de l'avis de Josie, surpassait largement le reste.

Une fois la table débarrassée, Flynt se pencha vers elle.

— Tu vois, ça n'a pas été si terrible.

Elle se contenta de sourire. Il n'avait pas tort. L'expérience était loin d'avoir été désagréable.

— Prête ?

— Accorde-moi cinq minutes. Je voudrais me remettre un peu de rouge à lèvres, si tu n'y vois pas d'inconvénient.

Il lui indiqua le chemin des toilettes pour dames.

Elle saisit son sac à main brodé de perles et se glissa hors de son siège bleu orné de dorures. Elle devait passer devant plusieurs tables, où de richissimes membres du club étaient installés. Les diamants brillaient au cou des femmes, et les hommes arboraient des smokings et des montres qui valaient plus que ce qu'elle gagnait en un an.

Mais elle ne se sentait nullement intimidée. Car elle ne valait pas moins qu'eux. Si cela marchait, entre elle et Flynt, elle serait parfaitement à la hauteur, elle le savait. Seul son amour comptait. Le reste était sans importance, et elle était assez intelligente pour s'intégrer rapidement. D'ici quelques années, nul doute qu'ils la considéreraient comme l'une des leurs.

Si seulement Grace Carson voulait bien y mettre un peu du sien...

Elle passa sous une arche, et se retrouva dans une sorte de long corridor qui longeait d'un côté la luxueuse salle de restaurant où elle venait de dîner, et, de l'autre, une rangée de portes de style roman donnait accès à un patio. Josie approchait des toilettes pour dames, situées tout au fond du couloir, lorsque la porte s'ouvrit pour laisser le passage à un homme. Il avait les cheveux ébouriffés, la cravate de travers et du rouge à lèvres sur la bouche.

C'était Franck Del Brio, le futur patron de la mafia texane.

Josie réprima un hoquet de surprise. Mais rien n'échappait à l'attention de Franck Del Brio. Aussitôt, il entreprit de réajuster sa cravate, de remettre en place ses cheveux noirs et d'effacer les traces accusatrices dont ses lèvres étaient barbouillées. Après un claquement de langue désagréable, il fit un clin d'œil à Josie et la dépassa.

Josie hésitait à entrer dans les toilettes des femmes. Qu'allait-elle découvrir derrière la porte ? Rien de trop embarrassant, espérait-elle. Elle attendit quelques secondes, de façon à laisser le temps à la partenaire de Franck Del Brio, quelle que fût son identité, de se rendre présentable.

Puis, subitement, cela lui parut ridicule de rester là, dans le couloir, à attendre... quoi, au juste ? Elle ne savait pas exactement. Elle s'approcha de la porte et tourna la poignée.

Dans le miroir qui surmontait les lavabos en marbre, Josie découvrit une femme — entièrement vêtue, Dieu merci — de petite taille, un mètre soixante tout au plus, à la chevelure rousse. Elle portait l'uniforme du club, une jupe noire et un chemisier blanc. Elle se remettait du rouge à lèvres d'un air à la fois concentré et décontracté, comme si de rien n'était.

Malheureusement, la fermeture Eclair de sa jupe était à moitié descendue...

Elle dut s'en rendre compte, car elle reposa le bâton de rouge à lèvres, et, se tournant vers Josie, lui jeta un long regard plein de morgue, tout en remontant la fermeture de sa jupe.

Josie abaissa les yeux et vit le badge épinglé sur son sein gauche. Il portait l'inscription : « Hello, je m'appelle Erica. »

Quand elle releva les yeux, toute trace de morgue avait disparu du visage de l'inconnue, pour laisser place à un sourire faussement cordial.

— Bonsoir.

Josie fit un vague signe de tête et pénétra dans l'une des cabines, en songeant qu'elle n'aimerait pas être obligée de côtoyer une fille comme elle. Lorsqu'elle ressortit, la rousse prénommée Erica avait disparu.

Après avoir quitté le restaurant, ils s'installèrent dans la Cadillac.

— Veux-tu t'arrêter au Saddlebag pour prendre un dernier verre ? demanda Flynt.

Josie lui lança un tendre regard. Il n'avait pas plus envie qu'elle de voir la soirée s'achever.

Il leva un sourcil vers elle.

— En fait, tu es la bienvenue si tu veux te joindre à moi. Je prends toujours un verre là-bas.

— J'en serai ravie.

Ils se rendirent au Saddlebag, à quelques kilomètres de la ville, sur la route du golf. C'était un bar tranquille, à l'éclairage tamisé. Ils prirent une table près du comptoir, et Flynt commanda un soda-club pour lui et un Seven Up pour Josie. Il lui tendit les mains.

C'était merveilleux. Comme dans un rêve... Ils étaient là, tous les deux, leurs mains unies, se laissant bercer par la belle voix de Shania Twain que le juke-box diffusait, à laquelle se mêlait par intermittences le cliquetis assourdi des boules de billard dans l'arrière-salle.

Elle lui fit le récit de sa rencontre fortuite avec un Franck Del Brio à moitié dépenaillé, barbouillé de rouge à lèvres, qui s'esquivait des toilettes pour dames, et de sa brève entrevue avec une dénommée Erica, juste après.

Flynt secoua la tête.

— Je vais en toucher un mot à Harvey. Je crois me souvenir de cette petite rousse. C'est une de nos serveuses. Si j'ai bonne mémoire, elle s'appelle Clawson. Erica Clawson.

— Flynt, mon intention n'est pas de faire licencier cette pauvre fille.

— Ne t'inquiète pas. Je ne vais pas la virer parce qu'elle fricote avec Franck Del Brio. Je veux juste en informer Harvey, pour qu'il lui explique que les parties de jambes en l'air dans les toilettes ne font pas partie des prestations qu'on lui demande.

— Je ne tiens absolument pas à ce qu'elle soit licenciée, mais…

— Mais quoi ?

— J'avoue qu'elle m'a fait une drôle d'impression. Elle n'a pas l'air franche du collier, tu vois ce que je veux dire ? Elle m'a jeté un de ces regards noirs, quand je suis entrée ! Et puis, la seconde d'après, elle me décochait son sourire le plus enjôleur.

Josie frémit à cette évocation.

— Un sourire faux, précisa-t-elle.

Flynt la regardait en souriant.

— Et tu ne veux pas que je la mette à la porte !

— Ecoute, même une pauvre fille a le droit de gagner sa vie, dit-elle en se penchant vers lui. Mais on dirait un slow…

Flynt serra ses mains entre les siennes.

— Tu veux danser ?

— Oh, oui !

Il se leva et la prit dans ses bras. Il n'y avait pas de piste de danse, mais simplement l'espace qui permettait de circuler entre les tables. Josie s'en moquait. Flynt aussi, semblait-il. Il la serra contre lui, et ils commencèrent à se balancer au rythme de la musique.

C'était le paradis.

Elle avait renoncé depuis longtemps à tout espoir qu'il la prît ainsi dans ses bras. Pourtant, ce soir, sur moins d'un mètre carré, ils dansaient, tendrement enlacés, de cette manière langoureuse et sensuelle à laquelle le slow invitait.

Lorsque la chanson prit fin, Josie dégagea la tête de son épaule pour le regarder. Il noua son regard au sien, et le monde autour d'eux s'évanouit. Plus rien n'existait, hormis l'attirance de leurs yeux et de leurs corps dans cet espace aussi doux que de la ouate.

Il se pencha alors vers elle et captura sa bouche. Elle soupira, s'offrant à lui avec une ferveur profondément authentique. Elle sentait qu'elle lui appartenait. Et ce sentiment l'émerveillait.

Un autre slow suivit, et ils dansèrent de nouveau — du moins se mouvaient-ils, car ils s'embrassaient plus qu'ils ne suivaient le rythme de la musique. Personne ne semblait faire attention à eux, ce qui était encore un point en faveur du Saddlebag. Ici, les gens s'occupaient de leurs affaires et non de celles des autres.

Le slow s'acheva, et Flynt se recula légèrement pour plonger ses yeux dans les siens. Et il murmura son prénom.

Elle entendit la question que recelait implicitement ce doux murmure et acquiesça.

La prenant par la main, il l'invita à sortir.

12.

Sur le chemin du retour, Flynt arrêta la voiture devant une petite supérette ouverte toute la nuit.

Il s'y rendit seul et revint muni d'un sac en papier marron. Josie se doutait de ce qu'il contenait. Flynt s'était certainement dit qu'il valait mieux prendre des précautions.

Lorsqu'il la rejoignit, il s'appuya sur le tableau de bord et l'embrassa. Puis il la regarda avec une lueur de défi dans les yeux.

Sur la défensive, elle attendit l'horrible question qu'il avait pourtant promis de ne plus lui poser.

Mais, contre toute attente, il lui sourit tendrement en se rasseyant sur son siège, avant de mettre le moteur en marche.

Elle demanda à passer chez sa mère pour s'assurer que celle-ci allait bien. Flynt entra dans la maison avec elle et l'attendit dans la pièce du devant.

— Elle dort, manifestement, dit Josie en surgissant de l'étroit vestibule qui conduisait aux chambres à coucher. Je vais lui laisser un petit mot.

Après avoir déniché un morceau de papier et un stylo, elle écrivit qu'elle retournait au ranch Carson et repasserait le lendemain après-midi pour une heure ou deux. Elle plaça le mot contre la salière, sur la table de la cuisine.

Au ranch, ils trouvèrent Grace assoupie dans le rocking-chair près du berceau, un roman étalé sur ses genoux, ses lunettes de guingois sur le nez. La petite lampe était restée allumée.

Flynt posa le sac en papier sur la table basse à l'entrée de la pièce avant de se diriger vers sa mère. Il se pencha tout près d'elle et chuchota :

— Maman...

Grace se redressa brusquement, les yeux grands ouverts.

— Qui diable..., dit-elle en s'interrompant.

Son regard passa de son fils à Josie, qui se tenait légèrement en retrait. Lorsqu'il se posa de nouveau sur Flynt, elle émit un léger « oh... », comme si une information capitale venait de lui être délivrée et qu'elle commençait à l'assimiler.

— Bien, reprit-elle d'une voix atone. Je crois que je vais regagner ma chambre.

— Bonne nuit, maman.

Grace referma son livre, glissa ses lunettes dans leur boîtier et s'extirpa du fauteuil à bascule. Elle planta alors son regard dans celui de Josie.

— Il me semble qu'en définitive les choses se passent plutôt bien, n'est-ce pas ?

— Oui, madame Carson. Les choses se passent bien, en général, pour peu qu'on n'ait pas d'*a priori*.

— Appelez-moi Grace, voulez-vous ?

Josie acquiesça.

Grace leur souhaita alors une bonne nuit et s'éclipsa.

Josie se tourna vers Flynt. Il se tenait à un mètre d'elle environ, près du siège qui oscillait encore, comme en vague témoignage de la présence de Grace. Il lui tendit la main.

Avec un petit cri de joie, elle s'avança vers lui pour répondre à son invitation. Il mêla ses doigts aux siens, et d'un petit coup sec, la propulsa dans ses bras. C'était précisément l'endroit qu'elle aspirait, de tout son être, à retrouver.

— Un baiser..., chuchota-t-il.

Elle lui offrit sa bouche qu'il captura lentement, tendrement, pour y pénétrer de plus en plus profondément.

Puis, enroulant de nouveau ses doigts autour des siens, il se recula légèrement et se tourna vers la porte pour l'inviter à sortir.

— Attends, dit Josie d'une voix un peu haletante, en jetant un œil en direction du bébé.

Ils s'avancèrent alors à pas de loup vers le berceau. Tout allait bien. Lena dormait à poings fermés.

Penchés au-dessus d'elle, main dans la main, ils la contemplèrent. Josie ressentit un profond élan de gratitude envers la fillette aux boucles noires. Si cette soirée avait eu lieu, c'était grâce à elle !

Josie sut avec certitude ce que l'avenir lui réservait. Flynt et elle feraient un mariage heureux, et ils auraient beaucoup d'enfants. Elle verrait ses aspirations les plus intimes se réaliser.

Bien sûr, avant d'en arriver là, il leur faudrait surmonter une nouvelle épreuve : les résultats du test de paternité. Mais ils affronteraient la vérité avec courage. Josie en avait l'intuition.

N'avaient-ils pas vaincu les résistances de Grace ? N'avaient-ils pas dîné ensemble au Lone Star Country Club ? Et cela n'avait-il pas été un franc succès ?

Et par-dessus tout, Flynt n'abandonnait-il pas peu à peu la terrible promesse qu'il s'était faite après la mort de Monica ?

Si. Indubitablement.

Il retrouvait le sourire. Il était... plus heureux.

En fait, il réapprenait à vivre — et à aimer.

— Lena dort bien, chuchota Flynt.

— Je crois, oui.

— Viens, reprit-il d'une voix pressante.

Il semblait animé d'un désir irrépressible. Comme elle. Sans lâcher sa main, il l'entraîna vers la porte et attrapa au vol le sac en papier brun.

Sa chambre était restée telle que dans son souvenir.

Un an après l'accident de Monica, alors qu'il venait de renoncer définitivement à l'alcool, il avait décidé de la refaire entièrement. Depuis, des rouges vibrants, des bruns chauds et des noirs intenses dominaient, conférant à la pièce un caractère nettement masculin. En entrant, on accédait à une sorte d'antichambre, pourvue d'un canapé aux motifs noir et bleu nuit, de fauteuils de soie noire et de tables incrustées de jade.

Avec douceur, Flynt poussa Josie à l'intérieur, referma la porte derrière elle et, après avoir tiré le verrou, régla le variateur de lumière. Au-dessus d'eux, les spots encastrés diffusèrent une lumière propice à l'intimité.

La plaquant contre la porte, il reprit possession de sa bouche. Puis il remonta vers sa tempe en déposant une kyrielle de petits baisers, effleurant sa joue, trouvant avidement sa bouche, où il s'attarda un certain temps avant de reprendre ses explorations. Ses lèvres humides et enfiévrées se pressèrent sur son cou. Elle ne put réprimer un gémissement. En retour, un son rauque, provenant du plus profond de lui-même, s'échappa de sa gorge.

Il laissa tomber le sac de papier brun à ses pieds.

Ses mains glissèrent dans son dos et s'arrêtèrent sur la fermeture Eclair de sa robe. Il en saisit le curseur. Elle sentit un léger frémissement la parcourir, puis un souffle d'air chaud lui caresser le dos. Le contact affolant des doigts virils sur sa peau nue la plongea doucement, délicieusement, dans un état proche de la folie.

Il rabattit le bustier pour qu'elle pût en extraire les bras, puis fit glisser la robe le long de ses hanches et de ses cuisses, entraînant au passage sa petite culotte noire.

C'était une nuit torride, comme le Texas en connaissait en cette saison, et Josie n'avait pas mis de bas.

Il ne lui restait plus que ses sandales et son soutien-gorge. Un instant, Flynt l'observa, ébloui. Les hauts talons accentuaient la cambrure de ses hanches, et la dentelle du soutien-gorge dévoilait ses seins bien plus qu'elle ne les cachait. Dominant à grand-peine l'excitation qu'il éprouvait à la voir ainsi offerte, il se hâta de dégrafer la minuscule pièce de soie.

Elle était entièrement nue, jusqu'aux chevilles.

Il captura alors sa bouche. Sentant ses jambes se dérober sous elle, elle s'accrocha à lui, puis tenta de repousser les pans de sa veste. Il comprit son geste et ôta lui-même le vêtement.

Il s'était remis à la caresser, palpant et titillant tour à tour, tourmentant ses tétons douloureusement tendus. Il murmura son nom plusieurs fois tandis qu'elle gémissait et se lovait contre lui. Puis sa bouche vint relayer ses doigts. Il fit courir sa langue sur un sein, le suça et l'aspira profondément dans sa bouche. Elle se cambra sauvagement, une onde de feu se propageant dans son ventre, l'embrasant tout entière.

Elle était prête.

Prête à tout ce qu'il voudrait bien lui offrir.

La main de Flynt glissa entre ses seins pour venir se poser sur son ventre. Elle le flatta doucement, puis poursuivit sa descente implacable. D'un doigt léger, il effleura les fines boucles pâles à la jonction de ses cuisses, l'invitant à s'ouvrir, et comme elle répondait d'instinct à son invitation, il se fraya un chemin jusqu'à son intimité .

Josie retint un cri. Elle se sentait fondre de désir. Son corps entier se liquéfiait. Un peu plus, et elle se laisserait glisser, ici même, sur l'épais tapis de sa chambre...

Flynt reprit possession de sa bouche. Impatiente de le sentir contre elle, Josie se mit à déboutonner sa chemise, tandis qu'elle répondait passionnément à son baiser. Ses doigts tremblants ne lui facilitaient pas la tâche. Néanmoins, elle y parvint et put lui ôter son vêtement. Alors elle pressa ses seins contre les larges pectoraux. Plus bas, la main de Flynt continuait à la tourmenter sans relâche, explorant sa chair avec impudeur.

Il rompit brusquement le long baiser qu'ils échangeaient pour la regarder. Sa main, elle, n'avait pas cessé de la caresser, bien au contraire. De lascives, cependant, ses caresses étaient devenues de plus en plus frénétiques, selon un rythme qui la rendait folle.

Ses jambes la soutenaient à peine. Ne cherchant plus à résister, elle se laissa choir doucement sur le moelleux tapis aux motifs noir et bleu nuit. Il accompagna sa chute, sans interrompre ses caresses et, accroupi à son côté, l'invita à s'allonger… Et à écarter les jambes un peu plus.

Comme si, en cet instant, elle aspirait à autre chose !

Sa main la pressait toujours, tandis qu'il faisait pleuvoir une pluie de petits baisers sur son cou. Puis sa langue erra le long de sa gorge, laissant sur son passage un mince filet chaud et humide que l'air de la nuit assécha aussitôt. Il s'attarda brièvement sur ses seins, capturant l'un puis l'autre, mordillant ses tétons si ardemment qu'elle eut l'impression qu'un fil de désir pur s'était tendu, prêt à rompre, entre l'endroit où sa bouche s'activait et le centre incandescent de son sexe.

Ensuite, sa bouche descendit plus bas. Sa langue effleura son nombril, s'y arrêta, puis descendit... plus bas... encore plus bas... pour s'insinuer enfin entre ses jambes. Ses baisers, ses caresses... Elle n'avait rien désiré d'autre depuis des mois...

Il murmura son nom. Elle ouvrit les yeux et les noya dans les siens. Puis il échappa à l'étreinte de son regard pour embrasser cet endroit intime, si secret, entre ses cuisses. Elle poussa un long cri, s'accrocha à lui, enfonçant les doigts dans ses cheveux soyeux. Elle hurla son nom. Une fois, deux fois...

Alors commença cette extraordinaire explosion des sens, cette délivrance ultime, tandis que des vagues de plaisir déferlaient sur elle. Lorsque les spasmes de son corps se furent apaisés, il détacha sa bouche de Josie et la regarda avec intensité. Troublée par le désir sans fard qu'elle lisait dans ce regard, elle se détourna, en lâchant un soupir langoureux. Elle se sentait... belle, lascive, et terriblement impudique.

Comblée aussi. Extraordinairement comblée.

S'écartant d'elle doucement, il roula sur le côté puis s'assit, dos à elle. Avec un long soupir, elle tourna la tête dans sa direction. Elle le vit se débarrasser, non sans une certaine fébrilité, de son pantalon et de son caleçon.

Il était nu.

Il se pencha de nouveau vers elle et posa sa bouche sur la sienne pour lui donner un baiser inoubliable et sans fin, un baiser généreux qui les comblerait et effacerait d'un coup, sur la carte du temps, cette myriade de baisers envolés à jamais, depuis un an ou presque, depuis cette nuit mémorable où ils s'étaient donnés pour la première fois l'un à l'autre.

Grisée d'amour, les paupières mi-closes, elle poussa un gémissement.

— Je veux que tu viennes dans mon lit, déclara-t-il.

Il ne semblait pas attendre de réponse. Néanmoins, elle acquiesça.

Il s'empara du sac en papier marron, la souleva contre son torse musclé, puis s'agenouilla avant de se redresser de tout son long. Après quelques pas, il la déposa sur le lit.

Il ne lui fallut que quelques instants pour enfiler un préservatif. Dès qu'il eut fini, elle lui tendit les bras et l'attira contre elle. Il la pénétra d'un seul coup, sans effort, et elle poussa un cri de plaisir. Il se redressa sur ses coudes tout en s'enfonçant plus profondément, leurs bassins étroitement soudés.

— Josie..., murmura-t-il, la voix brisée.

— Oui... Oh, oui...

Ils échangèrent un long regard, tendre et complice, puis il approcha ses lèvres des siennes.

Elle enroula ses cuisses autour de lui, épousant progressivement le rythme de ses hanches. Il se mouvait lentement pour ne pas attiser le feu qui menaçait de le dévorer. Elle sentait qu'il se retenait.

Elle le laissa poursuivre pendant quelques instants encore.

Mais elle ne voulait pas le soumettre à ce supplice trop longtemps. Elle voulait qu'il se donne à elle sauvagement, entièrement, qu'il s'abandonne à cette alchimie mystérieuse qui l'avait bouleversée un instant plus tôt.

Elle toucha alors son visage. Il se redressa de nouveau sur ses coudes et lui jeta un regard brûlant.

— Quoi ? demanda-t-il d'un ton brusque.

Il commençait à perdre le contrôle.

Elle lui sourit. D'un sourire impudent, d'un sourire qui lui disait : « Viens ». Puis elle leva son visage et s'empara de sa bouche.

Ce fut suffisant.

Dans un râle, il se durcit et s'enfonça profondément en elle. Elle l'accueillit avec ferveur, lui et le plaisir qu'il lui donnait.

Après quoi, le monde parut ne plus exister. Il ne restait plus que la moiteur de leurs corps avides. Ils roulèrent en travers du lit, étroitement enlacés, fous de désir.

Il se raidit subitement, et elle le sentit se relâcher. Rejetant la tête en arrière, il s'enfonça une dernière fois au plus profond... Elle se raidit à son tour sur la crête du plaisir. Un millier d'étoiles explosèrent au fond de ses yeux.

Ils restèrent étendus un moment, sans bouger, leurs jambes emmêlées, les traces humides de leur union s'asséchant sur leur peau. Elle pouvait sentir son souffle chaud contre sa joue et leurs cœurs qui battaient à l'unisson, d'abord frénétiquement, puis de plus en plus lentement.

Il déposa un baiser sur sa tempe.

— Tu as froid ?

Elle sourit dans le creux de son épaule.

— Oui, un peu.

— Viens, allons sous le drap.

— Mmm...

Elle se repoussa vers le bord du lit et écarta le couvre-lit. Ils se glissèrent dessous d'un même mouvement, et Flynt la prit dans ses bras.

Elle émergea lentement de son sommeil. Il ne devait pas être très tard. Au-dessus d'elle, les spots encastrés qu'ils n'avaient pas songé à éteindre diffusaient toujours leur lumière. Flynt avait repris ses caresses. Il prit en coupe un de ses seins et le taquina, puis sillonna son ventre de baisers avant d'errer plus bas. Elle ne chercha pas à faire semblant de résister. D'ailleurs pourquoi l'aurait-elle fait ? Elle le désirait, comme lui la désirait.

Passionnément. Eperdument. Au-delà de tout désir physique.

Et elle eut une folle envie de lui crier des mots qu'il avait probablement déjà devinés.

Lorsqu'il plongea au cœur de sa féminité, elle gémit, puis prononça son nom dans un souffle.

— Flynt...

Sous ses caresses, elle avait l'impression de dériver sur un océan de sensations pures sous ses caresses, et elle comprit, à cet instant, qu'elle devait prononcer les mots qui surgissaient du plus profond de son être avant qu'ils ne se perdent à jamais dans le flot tumultueux de leur passion.

— Oh ! Flynt, je t'aime... Je t'aime tant !

Il approcha son visage du sien pour recueillir ces paroles magiques, tandis que ses doigts poursuivaient leur danse ensorcelante.

Ces mots d'amour, elle les aurait criés, et criés encore, s'il n'avait pris sa bouche dans la sienne.

Avant qu'une lame de fond ne l'emporte, il s'empara de la petite boîte sur la table de nuit, se protégea et s'enfonçant en elle, vint la rejoindre dans cet espace vertigineux de pur plaisir, de sensations glorieuses à l'extrême limite du soutenable. Et ils connurent ensemble cette apogée ultime, cette explosion de lumière qui terrasse les amants dans l'extase commune.

Flynt se réveilla après le lever du soleil. Il n'avait pas pensé à tirer les lourds rideaux, et la lumière entrait à flots dans la pièce.

Il resta immobile une minute ou deux. Josie était étendue près de lui, sa joue soyeuse enfouie dans le creux de son épaule, ses cheveux pâles formant un léger voile sur sa gorge.

Il songea à la nuit qu'ils venaient de passer, et son corps se durcit instantanément. Il était prêt de nouveau pour elle.

Elle lui avait avoué son amour.

Et cela l'avait rendu heureux. Très heureux.

Peut-être beaucoup trop...

Il ne méritait pas un tel miracle. Non, il ne méritait pas cette femme.

Il jeta un coup d'œil à l'écoute-bébé, sur la table de nuit. La chambre de Josie en était pourvue également, mais ce matin l'appareil retentirait dans le vide. Flynt ne put retenir un sourire. Avant peu, Lena se mettrait à crier. Et ils devraient se lever et s'occuper d'elle ensemble.

Il dégagea délicatement son bras. Elle laissa échapper un léger soupir puis tourna la tête de l'autre côté, toujours profondément endormie.

Alors il saisit la couette et la repoussa lentement. Le spectacle qu'elle offrait lui coupa le souffle. Elle était mince, avec des seins hauts et fermes et un ventre incroyablement plat, presque concave, lorsqu'elle était, comme en ce moment, couchée sur le dos.

Pas le moindre signe, autant qu'il pût en juger !

Etait-ce possible, après Lena ? Pouvait-elle avoir enfanté et afficher néanmoins une taille aussi fine ?

Ce n'était guère probable... Cela dit, comment en être sûr ? La nature était si mystérieuse, parfois !

« Peu importe, après tout », songea-t-il en refusant de s'interroger plus avant.

Soudain, elle se réveilla. Elle tourna la tête, et ses yeux vert émeraude rencontrèrent les siens.

Elle comprit instantanément.

— Oh, Flynt..., dit-elle tristement, une pointe de réprobation dans la voix.

Il mourait d'envie de l'interroger, de lui faire avouer d'une manière ou d'une autre la vérité.

Mais il était lié par sa promesse, et il avait toujours été un homme de parole.

L'assistante sociale lui avait indiqué un délai d'environ deux semaines pour l'obtention des résultats. Or douze jours s'étaient écoulés depuis. Il n'allait pas tarder à savoir la vérité.

— Quand accepteras-tu de me croire ? reprit-elle. Lena n'est pas…

Il posa un doigt sur sa bouche.

— Non, ne dis rien.

Lorsqu'elle acquiesça d'un léger signe de tête, il retira sa main et la posa sur sa gorge d'une blancheur satinée.

— Embrasse-moi, ordonna-t-il d'un ton impérieux.

Elle lui tendit ses lèvres, qu'il prit avidement.

13.

Lena se réveilla une demi-heure plus tard. Ils se rendirent aussitôt dans sa chambre pour lui donner son biberon et la changer. Flynt appela ensuite la cuisine pour se faire monter un petit déjeuner. Ils s'installèrent dans le salon et le prirent sur la table basse. A côté d'eux, le bébé se balançait gaiement dans son transat.

Après avoir remis Lena dans son berceau, ils se recouchèrent et, pendant deux merveilleuses heures, firent l'amour lentement, voluptueusement, sans la frénésie de la nuit passée.

L'après-midi, Josie prit une douche et se prépara pour aller voir sa mère. Flynt frappa à sa porte au moment où elle se mettait un trait de rouge à lèvres. Il s'était douché, lui aussi, et avait revêtu un jean et un polo. Tout de rose vêtue, Lena arborait un petit bonnet assorti à sa tenue.

— Nous t'accompagnons, annonça-t-il.

— Chez ma mère ?

— Oui. Pas d'objection ?

— Eh bien… non. Cela me fait très plaisir.

Un grand sourire illuminait son visage.

Ils se rendirent tous les trois chez Alva. Celle-ci parut enchantée de leur visite. Elle donna le biberon à la petite, les yeux embués d'émotion.

— Cela fait une éternité que je n'ai pas tenu dans mes bras un bout de chou comme celui-ci.

Si elle s'interrogeait sur la nature exacte des liens qui les unissaient tous les trois — sa fille, Flynt et le « mystérieux bébé » —, elle n'en laissa rien paraître. Elle leur offrit un délicieux thé glacé et des petits gâteaux qu'elle avait confectionnés la veille.

Flynt prit tout naturellement des nouvelles de sa santé.

— Oh, je me sens beaucoup mieux... Je me remets même à faire de la cuisine. C'est bon signe, non ?

Il acquiesça et la complimenta sur ses talents de cuisinière. Une légère rougeur envahit les joues d'Alva.

— Je vois que vous savez parler aux dames.

Flynt rit.

— On ne me l'a pas souvent dit, pourtant.

— Vous gagnez à être connu, Flynt. C'est pour ça.

Aux alentours de 16 heures, ils prirent congé d'Alva. Josie s'attarda sur le seuil de la porte tandis que Flynt rejoignait son pick-up garé devant la maison, dans la rue.

— C'est un garçon fort sympathique, lui chuchota sa mère. Pas du tout ce qu'on m'avait dit.

Une expression de désapprobation se peignit sur le visage de Josie.

— Maman, depuis quand prêtes-tu attention aux ragots ?

— Ecoute, ma chérie, tout le monde sait qu'il faut être au-dessus des ragots, mais personne n'y résiste.

Les deux femmes se turent alors.

Flynt avait ouvert la portière du véhicule et commençait à fixer le siège de Lena. Ses cheveux scintillaient sous le soleil.

Alva se pencha vers sa fille.

— C'est un homme bien. Je peux te l'assurer.

— Oui, je le pense aussi.

— Tu seras heureuse avec lui.

— Je l'espère, maman.

En prononçant ces mots, elle ne put s'empêcher de songer à la façon dont, le matin même, il avait écarté le drap pendant qu'elle dormait, pour examiner son ventre, à la recherche du moindre signe prouvant qu'elle avait été enceinte.

Non, la situation n'était pas aussi simple qu'elle en avait l'air… Et rien ne garantissait, une fois que Flynt serait obligé d'affronter la vérité, qu'elle connaîtrait un dénouement heureux.

Une ombre passa dans les yeux de Josie.

Alva s'approcha d'elle et effleura sa joue.

— N'oublie pas. Suis ce que te dit ton cœur.

— J'essaierai, maman… Je te le promets.

Ils prirent leur dîner dans la chambre de Lena. Un peu plus tard, dans la soirée, ils sortirent et se promenèrent derrière la maison, en poussant Lena dans son landau.

Comme les jardins du Lonely Star Country Club, les arbres, les fleurs et les immenses pelouses du ranch Carson semblaient trop beaux pour être vrais. Le sud du Texas n'était pas, à dire vrai, l'endroit le plus verdoyant de la planète. Hormis le long de la côte et près des rivières, c'était un paysage sec, fait de rocaille, avec, pour toute végétation, des cactus et des touffes d'herbes roussies, tout juste bonnes pour le bétail.

Il devait falloir une quantité d'eau faramineuse pour entretenir un jardin comme celui-ci. Et pour Josie, cela n'était rien moins qu'un immense gaspillage. Mais comment résister au plaisir de flâner à l'ombre des arbres immenses, de s'imprégner de la beauté d'une bougainvillée dont les branches retombaient en cascade sur un treillis, et de s'enivrer un peu partout du parfum des roses épanouies ? Au loin, on pouvait apercevoir les toits des étables, des granges, les logements des ouvriers agricoles et, au-delà, à perte de vue, les terres destinées au bétail des Carson.

Grace les attendait dans la chambre de Lena.

— Le jardin est agréable, dit-elle en arborant son plus chaleureux sourire. J'espère que vous avez fait une bonne promenade.

Flynt et Josie acquiescèrent à l'unisson.

— Laissez-moi prendre ce petit trésor, ajouta-t-elle en tendant les bras. Je vous le promets, si c'est ça être grand-mère, ce job est fait pour moi ! Je veux d'autres petits-enfants. Et très vite.

D'autres petits-enfants.

La mère de Flynt ne doutait pas un seul instant que Lena était sa petite-fille. Et son ton avait été sans réplique : elle en *voulait* d'autres.

Flynt ne parut pas le moins du monde embarrassé par la remarque à peine déguisée de sa mère.

— Ce n'est pas un début très prometteur, maman, dit-il en riant. Tu as beau avoir deux filles et deux fils, pas un n'est marié, à l'heure actuelle.

— Eh bien, il semble que nous faisons tout pour que ça s'arrange, n'est-ce pas ?

Grace avait l'air aux anges.

Josie sentit son cœur se soulever de bonheur.

Cara ne s'était pas trompée en affirmant que sa mère finirait bien par accepter les choses.

— Désormais, reprit-elle, j'aimerais que vous disposiez de vos soirées, tous les deux. Pendant ce temps, je pourrais exercer mes talents de grand-mère avec Lena.

Josie et Flynt échangèrent un regard.

— Eh bien, si vous n'y voyez pas d'inconvénient..., commença Josie.

— Pas d'inconvénient ? Mais au contraire ! Allez, disparaissez, tous les deux, dit-elle avec un petit geste de la main, et amusez-vous bien.

Flynt prit le bras de Josie.

— Partons avant qu'elle ne change d'avis.

— Bonne idée. On ne sait jamais.

— Ne veillez pas trop tard, leur lança Grace gentiment, tandis qu'ils se dirigeaient vers la porte.

— Ne t'inquiète pas.

— Ah, autre chose...

— Oui, maman ?

Grace sourit.

— Demain, tous à l'église. Je compte sur vous deux. Soyez prêts à 10 heures. La famille s'y rend au grand complet. J'en ai déjà parlé à ton père et à Cara, et je vais prévenir Matt et Fiona tout à l'heure.

— Je vais au golf, le dimanche matin. Tu le sais.

— Tu n'iras pas, pour cette fois. Pas ce dimanche, en tout cas.

— Où veux-tu aller ? demanda Flynt à Josie, dès qu'ils furent installés dans le pick-up.

— Que dirais-tu du Saddlebag ? J'aime bien cet endroit. C'est calme et intime.

— Adjugé, vendu ! En route pour le Saddlebag.

Ils choisirent la même table que la veille. Les mains nouées, leurs têtes se touchant presque, ils se parlaient comme n'importe quel couple d'amoureux.

— Ta mère a changé radicalement d'attitude.

— Tu vois !

— Je n'arrive pas à croire qu'elle m'ait demandé de vous accompagner à l'église. Et je parie, en plus, que c'est à First Church.

— Tu ne te trompes pas.

First Church était l'église que fréquentaient les membres les plus riches de la communauté de Mission Creek.

— Oh, je m'en doutais ! Elle veut officialiser les choses, tu ne crois pas ? Montrer à la face du monde que ton père et elle ont décidé de m'accepter dans leur famille.

— Ça m'en a tout l'air. Cela t'ennuie ?

— Non... A part que j'ai un peu la frousse, je trouve que c'est formidable. Mais c'est dommage pour ta partie de golf.

— Je sais, c'est un gros sacrifice, mais je pourrai m'en remettre.

— Je suis heureuse de l'apprendre.

— Et toi, tu n'as pas à avoir la frousse. Détends-toi.

— Plus facile à dire qu'à faire !

— Non, non. Je suis sérieux. Le plus gros effort que tu devras fournir, c'est de rester éveillée pendant le sermon. Le pasteur Williams a une voix affreusement monocorde. Il vous endort en un temps record ! Il faudrait un bon petit feu de l'enfer avec un brin de soufre pour qu'il accélère son débit et réveille les humbles pécheurs que nous sommes.

Josie ne put retenir un gloussement.

— Et Dieu sait si nous en avons besoin, avec les nombreux péchés que nous avons commis ! Et que nous commettrons probablement ce soir encore...

— Pas « probablement ». C'est une certitude.

Josie sentit ses joues s'empourprer.

— Ta mère n'approuverait pas.

— Ma mère va s'occuper de ses propres affaires, maintenant qu'elle sait où nous allons.

Elle eut envie de lui demander où ils allaient, justement, mais se ravisa.

C'était trop tôt. D'une certaine façon, tout semblait dépendre des résultats du test ADN.

Dès qu'ils auraient franchi ce cap et que Flynt aurait accepté les faits, ils pourraient aller de l'avant. Ils pourraient aborder certains sujets, comme l'avenir de leur couple, et élaborer des projets.

Mais à vrai dire, cela ne la dérangeait pas, à la minute présente, de ne pas faire de projets. Il était tellement agréable d'être ici avec lui, de parler de tout et de rien, et de rire sans penser à l'avenir.

— Serait-ce un slow que j'entends là ? demanda-t-il en se levant et en l'attirant à lui.

Elle se lova dans ses bras, et ils commencèrent à danser.

Le temps passa à une allure stupéfiante. Pourtant, on aurait dit qu'il s'était arrêté. Un coup d'œil jeté à la grosse horloge de bois verni au-dessus du bar — une de ces horloges ayant la forme du Texas — leur apprit qu'il était minuit. Ils convinrent de rentrer au ranch pour libérer Grace.

Ils la trouvèrent au même endroit que la veille, endormie dans le rocking-chair. Ils la réveillèrent doucement. Elle leur souhaita bonne nuit et partit se coucher.

Ils se rendirent alors directement dans la grande chambre de Flynt et, après avoir soigneusement refermé la porte, firent ce que tous les amoureux font lorsqu'ils sont seuls, dans le noir.

Il était plus de 3 heures quand le sommeil s'empara d'eux. Josie se réveilla à 7 heures. Elle se sentait merveilleusement bien, fraîche et dispose, et capable d'avaler une douzaine d'œufs, une bonne côte de bœuf avec peut-être une miche ou deux de pain texan. Flynt reçut un appel de Matt sur la ligne intérieure, au sujet d'un problème d'intendance qui nécessitait son intervention. Il partit sur-le-champ et la laissa avec Lena. Il fut de retour à 9 h 30. Couvert de poussière, il se hâta de plonger sous la douche et fut prêt juste à temps pour le départ à l'église.

Chacun y allait par ses propres moyens. Ford et Grace prenaient l'une des Cadillac. Josie, Lena et Flynt, le pick-up. Matt, le sien. Et les deux sœurs, leurs voitures personnelles.

— Le covoiturage, ce n'est pas pour la famille Carson, plaisanta Josie tandis qu'ils roulaient en direction de la ville.

Flynt grogna.

— Hors de question. Nous avons besoin de savoir que nous pouvons toujours nous échapper en cas de nécessité.

Josie émit un petit rire moqueur.

— Allons, tu ne vas pas me faire croire que c'est un calvaire de partir ensemble à l'église !

— Non, tu as raison sur ce point. Mais pour tout dire, nous sommes des individualistes forcenés, nous, les Carson. Nous préférons nous déplacer séparément.

Elle lui jeta un regard sceptique.

— Qu'y a-t-il ? demanda-t-il d'un air renfrogné.

— Pourtant, vous vivez tous au ranch.

Il haussa les épaules.

— Oui, c'est vrai, mais chacun vit indépendamment des autres. Matt a sa propre maison. Pareil pour Cara.

Et moi, je vis dans une aile séparée du reste de la propriété. Cela revient au même. Fiona est la seule qui vive avec mes parents. Mais elle dispose librement de ses pièces, et mes parents respectent cela... Enfin, plus ou moins.

— Plus ou moins ? répéta Josie.

— Dès qu'il s'agit de Fiona, mon père a toujours tendance — comment dire ? — à vouloir se mêler de ses affaires.

— Ah oui ? Et pourquoi ?

— Fiona a un sacré tempérament. Il pense qu'il est temps qu'elle se range. Maman et lui redoutent qu'un jour ou l'autre elle ne se fourre dans un sale guêpier. Au cas où tu ne l'aurais pas remarqué, c'est une enfant gâtée. Les hommes défilent à toute vitesse dans sa vie. Et c'est stupéfiant, ce qu'elle peut dépenser ! Aux dernières nouvelles, mon père aurait l'intention de lui serrer la bride.

— Tu plaisantes, Flynt ! Elle le mène littéralement par le bout du nez.

— C'est vrai. N'empêche qu'il est terriblement inquiet à son sujet. Il est convaincu qu'elle doit changer son mode de vie, et que, si elle n'en est pas capable, c'est son rôle de l'y aider.

— Et comment compte-t-il s'y prendre ?

— Aucune idée. Je ne pense pas qu'il le sache lui-même.

A l'église, ils déposèrent Lena à la garderie avant de rejoindre le reste de la famille pour le service religieux. Cara, comme toujours, se montra charmante et amicale. Ford, à sa manière bourrue, lui fit comprendre qu'il était heureux de sa présence. Grace, elle, fut toute douceur.

Matt, quant à lui, ne pipa mot. Il semblait broyer du noir. Devinant ce qui le préoccupait, Josie ne put s'empêcher d'éprouver un pincement au cœur pour lui et pour Rose.

Fiona battit des cils en désignant la place à côté d'elle, sur le banc réservé à sa famille.

— Asseyez-vous là, Josie Lavender, et racontez-moi un peu ce que vous êtes devenue depuis votre mystérieuse disparition. Un, deux, trois, et pfuitt ! Envolée...

— Fiona, s'il te plaît..., intervint Grace.

Mais Josie sourit.

— Je suis heureuse de vous revoir, Fiona. J'ai vécu près de Dallas, et c'était très bien. Mais ma mère a rechuté, ce qui m'a obligée à rentrer.

— Oui, les raisons ne devaient pas vous manquer, confirma Fiona en lançant un regard appuyé en direction de son frère. En tout cas, certaines personnes ont l'air ravi de vous revoir.

Flynt était assis de l'autre côté de Josie. Elle sentit sa main se crisper subitement dans la sienne. Elle lui répondit par une petite pression, avant de rétorquer d'une voix calme :

— Eh bien, je dois reconnaître qu'il est agréable de rentrer chez soi et de retrouver les gens qu'on aime.

Après l'office, Fiona et Matt s'excusèrent et s'éclipsèrent, comme Flynt l'avait prédit. Bravant un soleil de plomb, les autres restèrent un moment sur les marches de l'église pour saluer le pasteur.

Grace fit les présentations.

— Pasteur Williams, voici Josie Lavender. C'est... une amie très proche de Flynt.

— Ravie de vous rencontrer, ma chère.

Josie accepta la main longue et fine, parsemée de taches de vieillesse, que lui tendait l'ecclésiastique.

Puis, une fois que Josie et Flynt eurent récupéré le bébé à la garderie, Grace annonça qu'ils se rendaient tous au club pour prendre un brunch à l'Empire.

— Allez-y sans moi, dit Cara. Je prends Lena avec moi, si Flynt veut bien me fixer son siège dans la voiture.

— Tu es sûre, ma chérie ? demanda Grace, sans néanmoins insister.

— Absolument.

— Et vous deux ? demanda Grace en se tournant vers Josie et son fils.

Flynt se pencha vers la jeune femme.

— Tu crois qu'on peut échapper à ce brunch ?

Josie lui donna un coup de coude dans les côtes et s'empressa de répondre :

— C'est une excellente idée !

Sur le conseil de Harvey Small, ils optèrent tous pour des œufs Benedict. Mais cette fois, son conseil était avisé. La sauce était légère et goûteuse, et les œufs pochés à la perfection. Ils burent un jus d'orange pressé et un excellent café. Josie crut qu'elle n'arriverait jamais à bout de son assiette, après l'énorme breakfast qu'elle avait avalé le matin même. Mais c'était si délicieux qu'elle y parvint, en définitive, au prix d'un effort modéré.

Josie repéra Rose à une autre table, en compagnie d'une femme qui devait être sa mère, Kate Wainwright. Les parents de Rose n'avaient pas eu la chance de connaître le bonheur conjugal, comme Grace et Ford. Ils avaient divorcé quelques années auparavant.

Rose intercepta le regard de Josie quand elle fut sûre que personne ne les observait. Les deux femmes échangèrent un petit signe de reconnaissance. Puis Josie évita soigneusement de regarder dans sa direction, redoutant de trahir, d'une manière ou d'une autre, le secret de Rose, qu'elle avait promis de ne jamais révéler.

Comme le vendredi précédent, les gens défilèrent à leur table. Grace et Ford mettaient un point d'honneur à la présenter. Josie souriait et disait bonjour. Ils s'attardaient un moment, puis passaient leur chemin.

Le juge Bridges, qui avait défendu la cause de Flynt et de ses compagnons après la noyade de Haley Mercado, vint également les saluer. Dès que Grace eut compris qu'il était seul, elle l'invita à se joindre à eux. L'homme aux cheveux blancs et à la silhouette dégingandée ne se le fit pas dire deux fois. Après qu'un serveur lui eut apporté une chaise et un couvert, il commanda des œufs Benedict, comme ses hôtes.

— Et comment se porte ce « mystérieux bébé » ? demanda-t-il en plaçant sur ses genoux la serviette monogrammée, d'une blancheur immaculée.

Lancée sur son sujet favori, Grace démarra au quart de tour.

— Oh, c'est un adorable bébé ! Et elle a bon appétit. Elle a déjà pris un bon centimètre depuis son arrivée. Vous savez, quand un enfant vous sourit, le monde autour de vous s'illumine, je ne vous mens pas…

Le juge Bridges tourna la tête vers Josie.

— Vous vous occupez d'elle, n'est-ce pas ?

Josie acquiesça.

— Grace a raison. Cette enfant est adorable.

— C'est une vraie bénédiction du ciel, renchérit la mère de Flynt. Moi qui mourais d'envie d'avoir des petits-enfants, dire que je suis enfin grand-mère…

Les yeux du juge clignotèrent.

— Ah, c'est officiel alors ?

Grace se renfrogna.

— Officiel ?

— Eh bien, j'avais cru comprendre qu'il y avait un test en cours.

— C'est exact, intervint Flynt posément.

— Et… ?

— Non, Carl, répondit Flynt. Les résultats n'ont pas encore été communiqués.

— Oh, ça m'était complètement sorti de la tête…, dit Grace en portant une main à son front. Nous devrions les recevoir bientôt, Flynt, n'est-ce pas ?

— Oui, maman.

— Et alors, demanda le juge, qu'est-il prévu une fois que vous serez fixés, dans un cas comme dans l'autre ?

Josie sentit sur elle les yeux de Flynt. Elle se tourna vers lui et heurta son regard de plein fouet. Elle lui sourit, maîtresse d'elle-même.

— Il faudra que nous en parlions avec vous, Carl, répondit Flynt calmement.

— Volontiers. Du moment que je suis le premier informé.

Le lundi matin, Flynt se réveilla avant Josie. S'accordant une ou deux minutes de repos supplémentaire, il demeura étendu près d'elle, songeant que c'était exactement ainsi qu'il concevait la vie. Bon sang, ce n'était pas compliqué ! Un homme devait pouvoir s'écrouler de sommeil, après une bonne nuit d'amour avec la femme qu'il aimait... Et lorsqu'il se réveillait, le lendemain matin, cette femme devait être là, à son côté, les cheveux déployés sur l'oreiller, un petit sourire de contentement flottant sur ses lèvres. Ses draps devaient sentir son parfum à elle, une odeur de savon et de fleurs, et cette fragrance subtile et indéfinissable que seule sa peau dégageait.

Il avait envie de la réveiller à coups de petits baisers et de tendres caresses, mais il avait pris du retard ces deux derniers jours. Une pile de courrier et de dossiers l'attendait dans son bureau, sans compter qu'il avait rendez-vous au club, pour déjeuner avec deux exploitants agricoles de Laredo.

En plus, l'écoute-bébé posé sur la table de nuit demeurait silencieux. Autant laisser dormir Josie, pour une fois que Lena ne la réveillait pas.

Repoussant délicatement le drap, il se glissa hors du lit. Sur la pointe des pieds, il gagna le dressing, se hâta de prendre les affaires dont il avait besoin et se faufila dans la salle de bains.

Vingt minutes plus tard, il réapparut, douché, rasé de près et entièrement vêtu. Josie dormait toujours. Il résista au désir de déposer un baiser sur sa joue et sur sa gorge d'albâtre.

Il se rendit dans son bureau et se fit monter son petit déjeuner. Il travailla jusqu'à midi. Avant de rejoindre le club pour son déjeuner d'affaires, il fit une pause dans la chambre de Lena, puis se rendit dans la sienne pour embrasser la femme qu'il aimait. Une fois ces deux choses accomplies, il pouvait partir à son rendez-vous.

Il rentra au ranch un peu après 16 heures et découvrit Lena avec Cara, ce qui ne le surprit pas outre mesure. A cette heure de la journée, Josie devait se trouver chez sa mère.

Il s'arrêta sur le seuil de la porte pour informer sa sœur de son retour.

— Je vais dans mon bureau. Dis à Josie de m'y retrouver quand elle rentrera.

— Pas de problème.

— Je compte sur toi, ajouta-t-il, conscient d'arborer le sourire un peu niais de l'homme amoureux et comblé.

En entrant dans la pièce, il découvrit une pile de lettres et de prospectus sur la petite table en ébène où Anita avait l'habitude de déposer son courrier. Il s'en empara et le déposa sur son bureau pour le lire un peu plus tard. Ses confrères de Laredo lui avaient donné des idées pour intensifier son programme d'exploitation, et il voulait vérifier quelques chiffres sans tarder, quand tout était encore frais dans son esprit.

Il ouvrit un tableur sur son portable et se plongea dans des calculs de rentabilité. Au moment crucial où la solution lui apparaissait, le téléphone retentit. C'était un appel de l'extérieur.

— Flynt Carson, j'écoute, dit-il après avoir décroché le combiné.

— Bonjour, monsieur Carson. C'est Eliza Guzman, à l'appareil, l'assistante sociale de Lena.

Flynt bondit sur son siège, l'esprit aux aguets.

— Oui… Comment allez-vous ?

— Très bien, je vous remercie. J'ai reçu les résultats aujourd'hui. Vous aussi, j'imagine. Il faut que nous en parlions pour décider de la suite.

— La suite ? répéta-t-il.

Que voulait-elle dire ?

— Oui. Qu'allons-nous faire ? C'est la question qui se pose à nous maintenant, et il faudra bien y apporter une réponse.

— Oui, je comprends, dit-il en parcourant rapidement le tas d'enveloppes posé sur son bureau. Attendez… Accordez-moi une minute, s'il vous plaît.

— Oui, bien sûr, répondit l'assistante sociale.

Il trouva le pli en question, une grande enveloppe envoyée en exprès. Ce qui n'avait rien d'étonnant, dans la mesure où c'était ce qu'il avait exigé. Mais comme il était accoutumé à recevoir de nombreux plis urgents de la part de ses correspondants, il ne l'avait pas remarqué.

Subitement, sa bouche s'assécha. Il avait terriblement envie de boire un verre. Ou plutôt, non… il avait désespérément *besoin* de boire un verre.

Il décacheta l'enveloppe et en extirpa une autre, plus petite, scellée elle aussi. Il recula son siège et prit un coupe-papier dans le tiroir de son bureau.

Lorsqu'il eut enfin la feuille de papier entre les mains, il la parcourut rapidement, puis la relut deux fois.

Il commençait à en assimiler le contenu.

Lena n'était pas sa fille.

14.

— Monsieur Carson ?
— Euh... oui. Je suis là.
— Vous avez bien reçu la lettre du labo ?
— Oui.
— Vous avez compris ce qu'elle disait ?
— Oui, je l'ai lue.

— Bien, reprit l'assistante sociale. Vous comprenez donc pourquoi je vous appelle. Il est probable que vous souhaitiez que je vienne. Nous avons plusieurs solutions pour la prise en charge de l'enfant...

— Quelles solutions ? grogna Flynt.

— Je songe à un foyer d'accueil, par exemple. Nous avons une sorte de centre-relais où elle peut être placée en attendant...

— Un centre-relais ?

— Oui.

— Voulez-vous dire qu'il n'y a personne pour s'en occuper ?

— Eh bien, tant que nous n'avons pas retrouvé ses parents, nous pouvons...

— Elle reste ici !

Un silence se fit entendre à l'autre bout de la ligne.

Flynt comprit que ce n'était pas en aboyant des ordres qu'il obtiendrait quoi que ce fût. Il adoucit donc le ton de sa voix.

— Je crois qu'il serait préférable que Lena reste ici. Jusqu'à ce que nous en sachions plus... que nous découvrions l'identité de ses parents.

Il songea à Tyler. A Spence. Et à Michael.

Et à Luke, bon sang, toujours par monts et par vaux. Personne ne l'avait vu depuis plusieurs semaines.

— C'est la solution la plus raisonnable, reprit-il en conservant un ton affable. Vous ne pensez pas ? Vous aviez donné, au départ, votre accord pour qu'elle reste au ranch, et elle semble vraiment s'y plaire.

Un autre silence se fit entendre.

Puis l'assistante sociale finit par déclarer :

— Il se peut en effet que ce soit la meilleure solution. Si vous êtes sûr de le vouloir...

L'image de Lena se forma dans son esprit. Il voyait son adorable petite frimousse ronde et ses grands yeux bleus. Des yeux dont il se disait, il n'y a pas si longtemps encore, qu'elle les avait hérités de lui...

— Bien sûr que je le veux !

— Je dois rapidement effectuer une visite de contrôle chez vous, de façon à établir que l'enfant est correctement prise en charge. Pour des raisons purement administratives, mais c'est tout à fait nécessaire.

— Aucun problème.

— Demain matin vous conviendrait ? A 9 heures, par exemple ?

— Oui, 9 heures. C'est parfait.

Sur ces mots, l'assistante sociale raccrocha.

Flynt tenta de reprendre son travail, mais y renonça très vite. Les colonnes de chiffres qui s'étalaient sous ses yeux avaient perdu leur signification. Il enregistra le fichier, puis referma son ordinateur.

Il demeura assis là, luttant contre l'envie furieuse de boire un verre. Il attendait le retour de Josie.

Plaçant un doigt sur sa bouche, Cara se leva du rocking-chair. Elle se déplaça sur la pointe des pieds et rejoignit Josie dans le couloir, après avoir refermé sans bruit la porte derrière elle.

— Depuis quand dort-elle ?

— Depuis une demi-heure environ. Vous avez un peu de répit, ajouta-t-elle en souriant.

— Merveilleux… Où est Flynt ?

Le simple fait de prononcer son nom la troubla. Elle sentit une douce chaleur irradier son ventre.

— Il est dans son bureau.

— Il n'a peut-être pas envie qu'on le dérange ?

Cara la dévisagea avec un sourire moqueur.

— Ça dépend qui le dérange…

— Ah, dit Josie en lui retournant son sourire, vous pensez qu'il serait content de me voir ?

— Je n'en doute pas un seul instant.

Josie s'arrêta un instant dans sa chambre pour y déposer son sac à main et prendre avec elle l'écoute-bébé. Elle parcourut le couloir jusqu'à la pièce du fond, en face de la chambre de Flynt. Elle frappa deux coups à la porte.

— C'est ouvert.

Il était assis à son bureau devant une pile de lettres non décachetées, et son ordinateur portable était refermé. Il semblait ne rien faire.

— Flynt ?

Quelque chose n'allait pas. Il avait l'air figé comme une statue de cire. Seuls ses yeux étincelaient…

Josie sentit la chaleur de son ventre se dissiper instantanément. Un frisson glacial courut sous la surface de sa peau.

— Flynt ? dit-elle, alarmée.

— Entre et ferme la porte.

Elle s'exécuta, puis, ne sachant trop quelle contenance adopter, s'adossa contre le battant de la porte.

— Que s'est-il passé ? dit-elle en sentant son estomac se nouer.

— Viens ici.

Elle repensa soudain à cette nuit d'été, cette nuit où, alors qu'elle lui apportait son dîner — ici même, dans ce bureau —, il avait pris sa main brutalement, lui broyant presque les os, avant de la plaquer contre lui pour l'embrasser… et la porter dans son lit.

Cette fois, l'intensité de son regard était bien différente. Ce n'était pas le désir qu'elle pouvait lire dans ses yeux, mais quelque chose de sombre, et presque d'inquiétant.

— Lis ça, dit-il en saisissant une lettre sur son bureau.

Elle comprit, avant même de prendre le feuillet qu'il lui tendait, avant même de lire la confirmation écrite de ce qu'elle s'obstinait en vain à lui répéter depuis deux semaines.

Elle reposa les résultats du test sur son bureau, puis se força à le regarder droit dans les yeux.

— Ainsi, tu ne mentais pas, énonça-t-il d'un ton accusateur.

A quoi d'autre s'était-elle attendu ?

Elle avait toujours su que le moment où il serait obligé d'affronter la réalité serait difficile.

— Je t'ai dit que je ne mentais pas, répondit-elle d'une voix calme et maîtrisée. Je te l'ai répété à maintes reprises. Tu as toujours refusé de me croire. Pourtant, tu sais très bien que ce n'est pas mon genre de mentir.

Il la dévisagea longuement, d'un air lugubre.

— Oui, je sais, admit-il avant de repousser son siège violemment.

Josie ne put réprimer un tressaillement. Après tout, elle était la fille de Rutger Lavender. Et lorsqu'un homme esquissait le moindre geste brusque, son premier réflexe était de prendre la fuite.

Elle avait tressailli, mais réprimé aussitôt son mouvement de peur. Flynt n'avait rien à voir avec son père, grâce à Dieu. Jamais il ne porterait la main sur une femme.

Il s'était levé, non pas pour s'approcher d'elle, mais pour faire les cent pas derrière son immense bureau. Soudain, il s'arrêta, le dos tourné.

Elle attendit.

Finalement, il se retourna vers elle.

— J'ai voulu croire que c'était le seul mensonge de ta vie… Un mensonge que je pouvais te pardonner, compte tenu des circonstances.

— Je sais, dit-elle.

— Pourquoi être revenue ici alors que tu savais que je finirais par apprendre la vérité ? Pourquoi ne pas t'être tenue à l'écart de tout ça, bon sang, au lieu de venir me relancer dans ma propre maison ? Pourquoi nous avoir entraînés dans une histoire fichue d'avance ?

— Flynt, je te l'ai expliqué. Dès le début. Parce que je voulais nous donner une autre chance, et que j'estimais que ce bébé avait besoin de moi. Parce que j'ai vu ton regard, cette nuit-là, lorsque tu es venu cogner à ma fenêtre, chez ma mère. Tu *voulais* croire que Lena était notre enfant. Tu le voulais tellement que j'ai repris espoir, et que cela m'a donné la force de me battre pour nous.

Il secouait la tête.

— Je t'avais prévenue, Josie. Il n'y avait aucun espoir de mon côté. Aucun.

Elle ne pouvait pas laisser passer une chose pareille.

— Oh… Comment oses-tu ? Si les résultats du labo avaient conclu différemment, tu m'aurais aussitôt demandée en mariage. Et nous le savons aussi bien l'un que l'autre.

Il resta silencieux. Ce qu'elle disait était la stricte vérité.

Puis, d'un ton buté, il jeta :

— Lena n'est pas notre enfant.

— C'est exact.

Josie se redressa de toute sa stature avant d'ajouter :

— Alors, prends un risque. Demande-moi de t'épouser.

Il se contenta de la regarder d'un air absent. Ses yeux semblaient ailleurs, dans un lieu d'où elle était exclue.

Elle s'avança.

— Très bien. Si tu ne veux pas me demander de t'épouser, c'est moi qui vais le faire.

Elle contourna le bureau et s'approcha de lui.

— Arrête, Josie.

Mais, en dépit de son injonction, elle se plaça devant lui et s'agenouilla.

— Flynt Carson, je vous aime, déclara-t-elle en lui prenant la main. Je veux passer ma vie avec vous. Je veux porter vos enfants, les élever, les voir grandir et devenir des adultes. Je te veux... Je veux ce que nous sommes et ce que nous deviendrons ensemble, toi et moi. Je veux que tous mes espoirs, tous mes rêves s'accomplissent. Si tu dis « oui », nous franchirons un premier pas pour progresser dans cette voie. Alors, veux-tu m'épouser ?

Son regard était baissé vers elle, mais ses lèvres restaient muettes. Et rien dans son attitude n'indiquait qu'il était prêt à prononcer le « oui » fatidique.

— Relève-toi, Josie, dit-il en lui tapotant la main.

Elle sentit son cœur vaciller.

Elle s'était agenouillée pour lui déclarer son amour, et sa réponse était « non ».

Un non définitif.

Qui était le dindon de la farce dans l'histoire ? Qui s'était bercée d'illusions, sinon elle ?

Lâchant sa main, elle se releva.

— Tu as fait un pas décisif en arrêtant de boire, dit-elle d'une voix calme. Pour retrouver le chemin de la vie. Mais tu ne vis pas, Flynt Carson. Pas réellement… Et tu ne vivras pas tant que tu n'auras pas abandonné cette énorme culpabilité que tu traînes partout avec toi, comme s'il s'agissait d'une chose sacrée.

Il ne réagit pas. Il affichait une expression lasse et résignée, attendant que son monologue prît fin.

Mais elle n'en avait pas terminé avec lui. Pas encore.

— Tu arbores ta culpabilité comme une médaille, Flynt. Sauf que tu y attaches plus de valeur qu'à celle qui t'a été remise pendant la guerre. Elle compte plus que moi. Beaucoup plus. Plus que…

— Arrête, dit-il d'une voix glaciale. Restons-en là.

— Non, je ne m'arrêterai pas. J'estime que j'ai mon mot à dire, même si je peux lire dans tes yeux que j'ai perdu la bataille. Une bataille, du reste, que je n'avais aucune chance de gagner, je le savais, sauf si Lena avait été notre enfant, sauf si tu t'étais cru *obligé* de faire ton devoir. La belle excuse ! Réfléchis un peu à ton attitude, Flynt. Tu étais prêt à m'épouser au nom du devoir, mais non parce que tu m'aimes et que tu crois que nous pouvons construire quelque chose de beau ensemble. Et pourtant tu le sais, ça, n'est-ce pas ?

— Josie…

— Allons, dis-le ! Tu sais que nous aurions pu devenir un couple soudé, mener une vie digne et heureuse, avec une ribambelle d'enfants que nous aurions élevés et qui auraient apporté leur pierre à l'édifice.

D'une voix faible et tremblante, il répéta son nom.

— Allons, reconnais-le, au moins !

Il voulut se détourner d'elle, mais elle l'en empêcha. Elle l'attrapa par le bras et l'obligea à lui faire face.

— Reconnais-le !

— C'est bon, tu as gagné, concéda-t-il en retirant sa main brutalement. Je le reconnais. Tu es satisfaite ?

— Non ! Oh, non ! Je ne suis pas le moins du monde satisfaite. Et comment pourrais-je l'être ? Que tu t'autorises à m'aimer seulement au nom du devoir me rend terriblement triste... et folle de rage. Tu vis dans l'erreur, Flynt. La prochaine fois, c'est l'enfer qui t'attend. Il faut que tu en aies conscience.

Il ouvrit la bouche, puis hésita. Enfin, il détourna les yeux.

— Tu ne comprends pas, déclara-t-il.

— Ah bon ? Alors, prends la peine de m'expliquer les choses, si je ne comprends rien !

— Monica *savait*, bon sang !

Les mots semblaient lui avoir échappé malgré lui.

— Pardon ?

Il répéta d'une voix blanche :

— Monica savait.

— Quoi ? Que savait-elle ?

— Que je... que je t'avais... remarquée. Elle savait que tu étais là, dans un recoin de mon esprit. Elle le savait avant même que j'en aie conscience. Elle l'a compris cette nuit-là, la nuit où elle a perdu la vie. Nous nous sommes disputés à cause de ça, dans la voiture. Elle était furieuse. Elle m'a jeté à la figure qu'elle n'aimait pas la façon dont je te regardais, que je ne pensais qu'à te lorgner pendant que, elle, elle s'enlaidissait à vue d'œil à cause de l'enfant qu'elle portait…

— Mais ce n'est pas vrai, Flynt ! Tu le sais. Je n'étais à tes yeux que la gouvernante et rien d'autre. Et les choses n'ont changé que bien longtemps après sa disparition.

Il agita une main.

— C'est ce que je lui ai dit. Et tu as raison, je le croyais moi aussi, à cette époque. Je levais à peine les yeux sur ton passage. Je me souviens de la façon dont j'ai réagi, sur le coup. J'étais furieux, outré qu'elle puisse m'accuser d'une chose pareille.

— Tu le lui as dit, j'espère ?

La bouche de Flynt se crispa.

— C'est ce que j'aurais dû faire. Lui parler gentiment, posément, ou remettre à plus tard cette discussion. Oui, il aurait mieux valu que je me taise durant le trajet. La route était verglacée, et j'avais besoin de toute mon attention pour conduire. Au lieu de quoi, je lui ai jeté d'une voix méprisante : « Bon sang, Monica, tu débloques. Tu es complètement siphonnée ! »

Josie secoua la tête.

— Je sais, reprit Flynt en haussant les épaules. C'était exactement les mots à ne pas dire. Elle est entrée dans une colère noire. Elle m'a traité d'ordure et s'est jetée sur le volant.

— Oh, mon Dieu ! murmura Josie.

— Et tu connais la suite. Je te désirais, en réalité. Elle ne s'était pas trompée.

— Flynt, ce sont les actes qui comptent. Et tu n'as strictement rien fait de mal. C'est à peine si tu osais poser les yeux sur moi... Et encore, tu ne te l'es permis que bien longtemps après sa mort.

— Je ne peux pas... je ne peux pas m'ôter de la tête qu'elle serait encore là si je ne m'étais pas dressé sur mes ergots comme un petit coq gonflé d'orgueil. Elle serait là, et le bébé aussi.

— En es-tu si sûr ?

Il lui jeta un regard sombre.

— Que veux-tu dire ?

— Simplement que tu ne peux pas le savoir. Tu ne peux pas revenir en arrière. La seule chose qui te reste à faire, maintenant, c'est de vivre. Et si tu n'en as pas le courage, autant rejoindre dans la tombe ta femme et ce pauvre petit être qui n'a jamais connu la vie.

Il se détourna d'elle une nouvelle fois.

Elle savait qu'elle l'avait perdu, et croyait avoir déjà accepté sa perte. Pourtant, les paroles qu'il prononça lui firent l'effet d'un couteau dans la plaie.

— Je suis désolé, Josie. Tu essaies de me trouver des excuses, mais il n'y a rien pour ma défense. Ça ne peut pas marcher entre nous, et je te demande de partir.

Il pivota sur ses talons et se dirigea vers son bureau pour en extraire un des volumineux chéquiers qu'il réservait à l'usage professionnel. Il s'empara d'un stylo et remplit un chèque.

— Voilà ce que je te dois, dit-il en le tendant. Rentre chez ta mère. Et mène une vie décente, avec un homme décent.

Josie contempla le chèque d'un air hébété.

Elle savait que la confrontation serait éprouvante. Mais jamais elle ne se serait attendue à cela... Au fond de son cœur, elle avait toujours cru que l'amour vaincrait tous les obstacles.

Naïve. C'était ainsi que Flynt et Rose l'avaient qualifiée, un jour. Ils n'avaient pas tort, en définitive.

Une vague de désespoir intense déferla sur elle.

— Prends-le, insista-t-il en agitant le chèque au bout de ses doigts.

Le désespoir qui s'était emparé d'elle se mua soudain en rage.

— C'est comme ça que tu règles les problèmes, hein ?

— Josie !

— A coups de chèques, c'est cela ? « Prends l'argent et tire-toi »...

— Ecoute, nous n'avons pas le choix.

En définitive, rien n'avait changé. Une fois de plus, la culpabilité de Flynt sortait victorieuse. Et il suffisait d'un peu d'argent pour que la victoire fût totale.

Peut-être ne possédait-il pas les ressources intérieures pour surmonter le drame qui lui avait ravi sa femme et son enfant, mais elle avait appris une chose ou deux depuis le jour où il l'avait renvoyée. Cette fois, elle refusait de s'enfuir comme une criminelle. Elle n'avait rien à se reprocher, hormis le fait qu'elle aimait Flynt Carson. Mais cela, ce n'était pas un crime !

Il avait l'air sincèrement peiné. Et un peu embarrassé, avec son chèque à la main. Il se résigna finalement à le poser sur un coin du bureau.

— Josie, accepte-le. Tu le mérites. C'est de l'argent que tu as gagné, et que je te dois. Je ne fais rien d'autre que te donner ton dû.

— Non, répondit-elle vigoureusement.

— Il n'y a aucune raison pour le refuser, insista-t-il, les yeux flamboyants. Je t'ai expliqué que cela ne peut pas marcher entre nous, alors prends-le...

— J'ai dit non. Il n'y a pas que nous deux, dans l'histoire. Tu sembles l'oublier, mais il y a Lena aussi.

— Lena..., répéta-t-il d'un air absent.

— Oui, et même si Lena n'est pas notre fille, elle a besoin que quelqu'un s'occupe d'elle tant que sa mère n'est pas à ses côtés.

— Je le sais, bon sang !

— Oh, très bien... Alors, je suppose que tu n'envisages pas de l'abandonner sur le terrain de golf, dans l'espoir que quelqu'un d'autre voudra bien la recueillir à son tour ?

— Bien sûr que non ! Nous en avons déjà discuté avec l'assistante sociale. Lena restera ici le temps qu'il faudra.

— Bien. Il va donc falloir que tu embauches une nouvelle nurse.

Il lui décocha un regard en biais.

— Oui. Et alors ?

— Eh bien, je resterai ici le temps que tu trouves quelqu'un pour me remplacer. Et ne me regarde pas comme ça, Flynt Carson ! Je ne te demande pas un effort insurmontable. Je suis lasse de te courir après, tu comprends ? J'ai reçu ton message cinq sur cinq, rassure-toi. Mais je ne veux pas non plus m'enfuir comme une voleuse. Je resterai donc encore un peu. *Pour Lena.* Toi, je te laisserai tranquille. Et réciproquement. C'est clair ?

15.

— Alors, que fait-on ? demanda Tyler.

Resserrant la serviette de bain autour de sa taille, il laissa mollement retomber sa tête contre le mur carrelé du hammam pour hommes.

Flynt avait jugé nécessaire de réunir ses amis — Tyler, Spence et Michael, du moins, car Luke était toujours introuvable.

Flynt essuya les gouttelettes de sueur qui perlaient à son front.

— En premier lieu, je vous propose de passer un test de paternité.

Il loucha derrière les nuages de vapeur avant de poursuivre :

— Pour cela, il vous faut prendre contact avec Eliza Guzman, des services de protection infantile. C'est l'assistante sociale de Lena. Elle peut certainement vous organiser les rendez-vous.

Spence hocha la tête.

— Eliza Guzman… pas de problème.

Tyler et Michael acquiescèrent à leur tour.

— Quelqu'un a-t-il vu Luke récemment ? demanda Flynt.

Les hommes échangèrent un regard avant de secouer la tête à l'unisson.

— Dimanche, il n'y avait que nous deux, Spence et moi, expliqua Tyler. Toujours pas de Luke.

Puis, faisant mine d'être fâché, il lui lança :

— Toi aussi, tu nous as fait faux bond. Nous avons dû errer autour du club pendant une demi-heure avant de trouver des partenaires.

— Désolé, dit Flynt en prenant un air dégagé.

Il refusait de penser à ce dimanche, car ce jour-là il se rendait à l'église avec Josie et Lena. Et, ce jour-là, il était encore un homme heureux…

— Et le bébé, au fait ? intervint Spence.

— Elle est toujours au ranch.

Flynt plongea les doigts dans ses cheveux ébouriffés et les plaqua en arrière avant d'ajouter :

— Je pense que c'est la meilleure solution pour le moment. Il lui faut un environnement stable et sécurisant.

Josie, elle aussi, était toujours au ranch.

Et elle respectait sa promesse, l'évitant soigneusement. Elle quittait la pièce dès qu'il entrait, et ne lui adressait la parole qu'en cas d'absolue nécessité, par exemple pour lui dire : « Le biberon est là », ou encore : « Fais-moi appeler quand tu veux que je prenne la relève. »

Qu'elle soit si près, et en même temps si loin, le rendait un peu nerveux. Il ne pouvait plus la toucher. Et c'est à peine s'ils se parlaient. Mais tout compte fait, il s'accommodait plutôt bien de la situation.

Pourtant, les trois jours qui s'étaient écoulés depuis leur entrevue dans son bureau lui avaient paru une éternité...

Grace était censée trouver une remplaçante à Josie. Mais le personnel qualifié ne courait pas les rues. Ou du moins était-ce ce que Grace répétait.

Néanmoins, Flynt ne perdait pas espoir. Sa mère finirait bien par trouver quelqu'un. Josie partirait, et il serait enfin... *libéré d'elle.* A vrai dire, il y avait peu de chances pour que ce fût réellement le cas. Elle continuerait probablement à l'obséder encore longtemps. Mais, au moins, il ne serait pas obligé de la voir tous les jours, de sentir sur lui son regard pénétrant, de refréner sa folle envie de la toucher. Et de devoir admettre, jour après jour, qu'elle était infiniment plus déterminée que lui.

Il pouvait le voir à son maintien, à son ton de voix, calme et si indifférent lorsqu'elle devait lui adresser la parole. Elle avait rompu tous les liens avec lui. Elle s'était fermée d'une manière fondamentale et irréversible.

Depuis, il avait l'impression qu'un gouffre immense, terrifiant, se creusait à l'intérieur de lui.

Michael rompit le silence :

— Manifestement, personne ne réclame cette enfant. La petite parlera et marchera avant même qu'on ait la moindre piste pour retrouver ses parents.

— J'ai discuté hier avec Hart O'Brien, du commissariat de police, leur annonça Flynt. Il se retire de l'affaire. C'est le shérif, désormais, qui reprend l'enquête. Et puisque je ne suis plus le suspect n° 1, attendez-vous à le voir débouler chez vous un de ces quatre.

— Quel honneur ! déclara Michael. Mais qu'est-ce que cela signifie, au juste ?

Spence gloussa.

— Cela signifie que l'enquête est ouverte et qu'ils nous contacteront quand ils voudront nous parler.

Michael épongea la sueur sur son front.

— Nous devrions peut-être prendre les devants et éclaircir l'affaire nous-mêmes.

Spence hocha la tête.

— Oui, tu as raison. Mais il nous faut de l'aide.

— Ben Ashton ? suggéra Tyler.

Flynt avait déjà entendu parler de lui. Ashton était détective privé. Il avait son agence à Corpus.

— Oui, c'est un bon professionnel, confirma Spence. Voulez-vous que je l'appelle ? Il pourrait s'occuper des tests ADN à la place de l'assistante sociale, ce qui ne serait pas plus mal.

Les autres hommes échangèrent un regard.

— Bonne idée, approuva Flynt.

— Je prendrais bien un verre, lança Tyler une fois douché et rhabillé. Ça vous dirait ?

Flynt songea qu'il ferait mieux de refuser, mais après tout il était 17 h 30, et il n'avait rien de prévu, sinon rentrer au ranch...

Où il serait obligé de voir Josie.

Il accompagna ses amis au Men's Grill, et commanda sa boisson habituelle, bien qu'il fût sérieusement tenté, ce soir-là, de prendre tout autre chose.

Non pas que les autres jours, la tentation fût moins forte. Mais dernièrement, le désir de boire le tourmentait sans répit. Il ne cessait de penser à Josie, et c'était terriblement douloureux. Et pour calmer la douleur, il existait au moins un remède.

Celui auquel il songeait se présentait sous la forme d'un délicieux liquide ambré.

Jusqu'à présent, il avait réussi à rester sobre. Mais le fait de côtoyer Josie sans pouvoir la prendre dans ses bras, ou même échanger quelques mots avec elle, minait littéralement sa volonté.

« Que je boive ou non, quelle importance, après tout ? » se disait-il de plus en plus souvent.

Harvey avait déjà fait son apparition à leur table. Tandis qu'il les accueillait avec force courbettes, un incident se produisit derrière le bar. Erica, la petite serveuse rousse, se chamaillait avec Daisy Parker, la blonde aux yeux noirs, nouvellement embauchée. Des coupes voltigèrent dans les airs. Un bruit de verre brisé retentit, et l'alcool se répandit sur la moquette. Erica semblait prête à bondir sur sa collègue pour lui arracher les yeux. Mais son adversaire, fièrement campée, lui tenait tête. Manifestement, il en fallait plus pour impressionner quelqu'un comme Daisy Parker.

Avant que l'incident ne dégénérât en drame, Harvey se précipita vers les deux jeunes femmes et les convoqua sur-le-champ dans son bureau.

Vingt minutes plus tard, ils réapparurent tous les trois. Les deux serveuses reprirent leur service, et Harvey s'empressa d'aller au-devant d'un petit groupe qui venait d'arriver.

Flynt songea un instant à faire venir Harvey pour lui faire part de la scène dont Josie avait failli être témoin, le vendredi précédent, entre la serveuse rousse et Franck Del Brio. Mais à quoi bon ? Après son altercation avec Daisy Parker, Harvey l'aurait à l'œil. Et s'il apprenait d'autres faits négatifs sur son compte, il était à craindre qu'elle n'eût plus qu'à chercher un autre emploi.

Qu'avait dit Josie, déjà ?

Même une pauvre fille a besoin de gagner sa vie…

Tandis que ses paroles lui revenaient à la mémoire, il sentit un sourire se dessiner au coin de ses lèvres. Pas plus tard que vendredi dernier, ils discutaient tous les deux au Saddlebag, leurs mains jointes sur la table. Se penchant vers lui, elle l'avait supplié de ne pas licencier la jeune femme.

Et puis, le juke-box avait diffusé un slow. Il l'avait prise alors dans ses bras…

Spence lui décocha un léger coup de coude dans les côtes.

— Oui ? demanda Flynt en tentant de rassembler ses esprits.

Spence agita la tête en direction de Daisy Parker.

— J'ai l'impression de l'avoir déjà vue. Pas toi ?

Avant que Flynt ait eu le temps de répondre, une serveuse s'approcha d'eux et leur demanda s'ils désiraient commander une autre tournée.

Au moment où la jeune femme s'éloignait, James Campbell, un avocat du comté, vint les saluer. Campbell se mariait dans quinze jours.

— Viens prendre un verre avec nous, proposa Spence.

— Pourquoi pas ? Il faut que j'en profite, avant d'avoir la corde autour du cou.

Campbell s'assit à leur table. La serveuse revint avec leurs boissons.

Les plaisanteries fusèrent et la conversation reprit entre les cinq hommes. Mais Flynt restait absent. Il sirotait distraitement son verre et répondait du bout des lèvres lorsqu'on lui adressait la parole, s'efforçant de refouler l'image de Josie, s'efforçant de ne pas entendre sa voix lui murmurer au creux de l'oreille...

Il était un peu plus de 17 heures lorsque Josie revint de sa visite chez sa mère. Elle découvrit Grace dans le rocking-chair, donnant son biberon à Lena. La mère de Flynt leva les yeux.

— Ah, vous êtes là ! dit-elle en lui décochant un sourire chaleureux. N'est-ce pas que notre petit trésor a bon appétit ?

— Oui, c'est une brave petite. Avez-vous reçu des candidates intéressantes pour la place de nurse ?

— Eh bien, non, pour être franche. L'agence m'a envoyé deux personnes, mais aucune des deux ne m'a fait bonne impression. L'une avait l'air sinistre, et l'autre terriblement vieux jeu. On ne peut tout de même pas confier notre petite Lena à des gens désagréables, ou qui ont des méthodes rétrogrades, n'est-ce pas ?

Josie n'était pas dupe. Grace trouvait toujours des prétextes pour recaler les postulantes.

— Grace, il faut que nous parlions.

— Oui, Josie ?

— Vous savez que votre fils m'a demandé de partir ?

Grace fronça les sourcils.

— Nous savons tous que ce n'est pas vrai. Mon fils…

— Grace, écoutez-moi.

Josie traversa la pièce et s'agenouilla près d'elle.

— Je vous écoute, assura Grace, l'air grave.

— Je suis désolée. Sincèrement désolée.

Grace fronça de nouveau les sourcils.

— Oh, non, ne le soyez pas. Vous n'avez aucune raison de vous sentir responsable de quoi que ce soit. Si quelqu'un doit être désolé, c'est moi, en réalité. J'ai porté sur vous un jugement hâtif, au départ. Pour être franche, je me suis comportée comme une vraie snob.

Josie sentit les larmes lui monter aux yeux. Elle posa sa main sur celle de Grace.

— Mais nous avons appris à nous apprécier.

— Oui, c'est juste.

— Et malheureusement, dès que vous vous êtes faite à l'idée de nous voir ensemble, la relation entre Flynt et moi… était déjà finie.

— Ecoutez, il est peut-être un peu tôt pour en juger…

— Grace, c'est fini. Je peux vous l'assurer. Vous savez qu'il croyait que Lena était notre fille ?

Une légère rougeur envahit les joues de Grace. Elle baissa les yeux et contempla le bébé qu'elle tenait dans ses bras.

— Ford et moi aussi. Nous avons simplement additionné deux et deux. Nous avons cru que vous étiez partie l'année dernière parce qu'il y avait eu quelque chose entre vous et Flynt.

— Vous ne vous êtes pas trompés. Il y a eu quelque chose entre nous.

Grace posa son regard sur elle.

— Je ne me suis pas trompée, alors.

— Non, mais Lena n'est pas ma fille. Ni la fille de Flynt.

Grace émit un long soupir.

— Oui, je sais... Flynt m'a parlé des résultats du test. Je suis très déçue, je dois le reconnaître.

Elle regarda de nouveau Lena. Ses yeux débordaient de tendresse.

— J'aurais tant aimé que cette petite m'appelle « mamie ».

— Je sais, mais elle n'est pas votre petite-fille. Et pour ne rien vous cacher, Flynt ne voulait m'épouser que parce qu'il croyait que Lena était sa fille.

Scandalisée, Grace eut un geste d'exaspération.

— C'est parfaitement ridicule ! dit-elle avec une telle véhémence que le bébé lâcha son biberon et la regarda avec de grands yeux.

Grace réintroduisit la tétine dans la bouche de Lena, qui recommença à suçoter.

— Il peut m'arriver de me tromper de temps à autre, reprit-elle plus calmement, mais je connais mon fils.

Je vous ai vus ensemble. Il vous aime, et je sais que vous l'aimez aussi.

— L'amour n'est pas le problème.

— Donc, cela marchera, vous verrez. Vous devriez tous les deux…

— Non, Grace. C'est impossible.

— Mais…

— Je vous en prie. Le sujet est suffisamment douloureux pour que je ne veuille pas m'étendre. Néanmoins, il y a une chose que je peux vous dire avec certitude : tout est fini entre Flynt et moi.

Josie posa doucement sa main sur le front de Lena et effleura ses petites mèches noires.

— J'ai décidé de rester ici, reprit-elle, parce que je me sens responsable de cette enfant et que je ne veux pas disparaître du jour au lendemain, comme l'année dernière, en vous laissant vous débrouiller toute seule. Je veux vous laisser le temps de trouver une autre nurse. Mais je me rends compte que vous ne cherchez pas vraiment à me remplacer… Je me trompe, Grace ?

Grace détourna les yeux.

— Est-ce que je me trompe ? insista gentiment Josie.

— C'est vrai, reconnut Grace en reportant son regard sur elle. Je n'ai pas vraiment cherché à vous trouver une remplaçante. Je… j'avais de l'espoir. Je me disais que vous aviez besoin d'un peu de temps, tous les deux…

— Je suis désolée, mais le temps n'y peut rien, Grace. Les dés sont jetés. Je veux rentrer à la maison.

Et Flynt n'attend que ça. Vous allez tous me manquer terriblement, mais c'est la vie...

Grace la dévisagea un long moment. Des larmes voilaient ses yeux bleus.

— Vous auriez été une épouse merveilleuse pour Flynt. Pendant quelques jours, je me suis sentie si heureuse, Josie ! Je me disais que Flynt avait enfin trouvé l'amour. Il n'a pas eu une vie facile, comme vous le savez. Si vous l'aviez vu enfant ! Il était si mignon, si affectueux... et si insouciant. Et puis, tout est allé de travers dans sa vie.

— Je sais. Et j'en suis profondément désolée.

— Vous êtes la femme dont il a besoin, la femme qu'il aurait dû épouser dès le départ.

Josie se surprit à esquisser un sourire.

— Il faut avouer que les circonstances ne s'y prêtaient pas, répliqua-t-elle. Je n'avais pas plus de quinze ans quand il a rencontré Monica, et, sauf erreur de ma part, les Carson et les Lavender ne se fréquentaient pas à l'époque.

— Nous aurions dû, pourtant. Et ne me faites pas la leçon, Josie !

— La leçon ?

— Oui. Je sais que j'ai la fâcheuse manie d'employer le verbe « devoir » à tout bout de champ. *Nous aurions dû faire cela*, *vous devriez faire ceci...* J'ai bien vu, la dernière fois, que cela vous agaçait. Le pire, c'est que j'en ai parfaitement conscience... Trêve de plaisanterie : si vous devez partir, je ne vous en empêcherai pas.

— Vous êtes prête à chercher quelqu'un, alors ?

Grace cala le biberon contre sa généreuse poitrine et essuya ses larmes.

— Vous n'êtes pas sans savoir que j'ai reçu quelques candidates dans le but de sauver au moins les apparences.

— Oui, je ne l'ignore pas.

Grace renifla.

— Et l'une d'entre elles m'a paru convenir. Je vais l'appeler tout de suite pour lui demander si elle serait disponible à compter de demain.

— Oh ! Grace, vous allez tant me manquer !

Josie se releva. Emue, Grace s'extirpa du rocking-chair en soulevant délicatement son précieux fardeau.

— Personne n'a jamais dit que nous devions devenir des étrangères l'une pour l'autre.

Ces mots étaient doux à entendre. Néanmoins, Josie savait qu'une relation amicale avec Grace était impossible. Flynt voulait la voir sortir de sa vie. Et elle le comprenait. D'autant mieux qu'elle ressentait la même chose. Le voir était infiniment douloureux.

— Prenez ce petit trésor, voulez-vous ? dit Grace en lui tendant l'enfant. Je vais passer ce coup de fil.

16.

Le lendemain, après avoir montré à la nouvelle nurse tout ce qui pouvait lui être utile, Josie quitta le ranch Carson. Une fois arrivée chez elle, elle rangea ses vêtements dans la vieille commode et brancha son ordinateur. Elle se rendit ensuite au Mission Creek Café et demanda à reprendre son ancien travail.

Gus Andros l'embaucha sur-le-champ.

— Tu commences demain, de 7 à 15 heures.

— Je serai là. Comptez sur moi

Sur le chemin du retour, elle acheta une pizza qu'elle partagea avec Alva dans le séjour, tout en regardant *Loi et Paix*, l'émission favorite de sa mère.

— Ça va, ma chérie ? Tu vas tenir le coup ? demanda Alva lorsque le programme fut achevé.

— Ça fait mal, maman… Terriblement mal. Mais je tiendrai le coup.

Le soir venu, lorsque Flynt se rendit dans la chambre de Lena, il fut accueilli par la nouvelle nurse, comme il s'y attendait. Grace l'avait en effet prévenu.

— Elle est prévenante et intelligente, avait-elle dit. Elle a aussi d'excellentes références. Bien sûr, ce n'est pas Josie, mais cela on ne peut pas le lui demander…

— Parfait, maman. Merci.

— C'est tout ce que tu trouves à dire ? Tu prends, tu jettes, et tu es satisfait ? C'était pourtant la meilleure chose qui te soit jamais arrivée…

— Maman, ne commence pas, s'il te plaît…

Les lèvres pincées, Grace lui avait jeté un regard furibond avant de quitter la pièce.

Lorsqu'il rencontra la nouvelle nurse, un peu plus tard, il échangea quelques plaisanteries avec elle, puis lui proposa de prendre une pause. Il s'occuperait lui-même de Lena pendant une heure ou deux.

Il donna son biberon à la fillette et la changea tout en lui racontant une histoire drôle. Non pas qu'il s'attendait à ce qu'elle comprît. Mais le simple fait de la voir se trémousser en agitant ses petits bras lui mettait du baume au cœur. Il ne se lassait pas non plus de la voir sourire. Et lorsqu'il la prit dans ses bras, il parvint presque à oublier le fait que Josie était partie définitivement.

A 19 heures, il rendit l'enfant à la nurse et descendit rejoindre sa famille pour le dîner. Sa mère et son père, Cara et Matt étaient là. Seule manquait Fiona, probablement occupée quelque part à s'attirer des ennuis.

Le repas fut un véritable calvaire. Ses parents et sa sœur étaient furieux contre lui et ne s'en cachèrent pas. Le charme magique de Josie avait opéré sur eux ; ils l'avaient acceptée, la considérant déjà comme un membre de la famille. Mais ils venaient de la perdre, pour la seconde fois. Même s'ils ne connaissaient pas tous les détails de leur séparation, ils savaient que c'était à cause de lui qu'elle était partie.

La réaction de Matt fut pire encore. Ces derniers temps, quelque chose semblait le ronger de l'intérieur, et il se montrait souvent irritable. Mais ce soir-là, il se montra ouvertement agressif envers Flynt.

— J'ai appris que Josie était partie, lança-t-il dès que tout le monde eut pris place autour de la table familiale.

Ses yeux flamboyaient.

L'air impassible, Flynt acquiesça.

— Oui, c'est exact.

— D'après moi, tu avais tout à gagner en restant avec cette femme.

Flynt se contint.

— Elle est partie, répliqua-t-il. Un point, c'est tout. Veux-tu me passer le sel, s'il te plaît ?

Matt grommela quelque chose d'incompréhensible, puis lui tendit la salière.

Flynt était sidéré. Matt connaissait à peine Josie. Pourquoi était-il à ce point furieux ?

Car il l'était, indubitablement. Etait-ce dû à ses propres soucis ?

Quoi qu'il en fût, il avait de toute évidence décidé de se défouler sur son frère.

Il reprit les hostilités en attaquant Flynt sur une affaire de terrain que ce dernier avait négociée, et qui n'avait pas donné les résultats escomptés. Puis il enchaîna sur les ruptures de stocks, lui reprochant de mal gérer les approvisionnements.

Flynt s'efforça de conserver son sang-froid, mais il ne se sentait pas lui-même d'une humeur franchement sereine.

Il se tourna alors vers sa mère.

— Excellent dîner, maman.

Puis il jeta sa serviette sur la table et quitta la pièce sans ajouter un mot.

Il devait en tirer la leçon qui s'imposait. En général, il partageait avec les siens deux ou trois repas par semaine. Mais il y avait une fin à tout. A compter de ce jour, il s'arrangerait pour éviter toute réunion familiale. Jusqu'à ce qu'ils aient surmonté — lui compris — le départ de Josie !

Le lendemain soir, samedi, il dîna au club. Il y avait des suites à l'étage pour les membres et leurs invités. Flynt y passa la nuit. Le lendemain matin, il faisait les cent pas dans le club-house, attendant que Tyler, Spence et Luke viennent le rejoindre pour leur partie de golf. Luke brilla une fois de plus par son absence. Mais Michael se proposa de nouveau pour le remplacer.

Incapable de se concentrer sur le jeu, Flynt joua particulièrement mal, ce dimanche-là.

Ensuite, ils déjeunèrent ensemble, tous les quatre. A cette occasion, Spence leur annonça qu'il avait loué les services de Ben Ashton. Le détective privé serait en mesure de leur fournir un rapport d'ici quelques semaines.

Après le repas, Flynt retourna au ranch, bien qu'il ne se fît guère d'illusions sur l'accueil qu'on lui réserverait.

Lena lui sourit et brandit vers lui ses petites mains dodues, parfaitement inconsciente d'être la seule dans la maison à bien vouloir communiquer avec lui.

Bon sang ! Ce n'était pas la première fois, après tout, qu'ils se liguaient contre lui. Il n'en mourrait pas !

En ce qui concernait Josie, en revanche, il en était moins sûr...

Car il ne cessait de penser à elle.

Et la nuit, c'était pire encore.

Il se rendit dans son bureau aux alentours de 16 heures. Il vérifiait des comptes quand Matt le joignit sur la ligne intérieure.

— Il faut que je te parle.

— O.K. Vas-y.

Matt se répandit en lamentations : des problèmes au niveau de la chaîne d'alimentation du bétail, des clôtures endommagées sur des centaines de mètres, des ouvriers qui avaient disparu, d'autres qui étaient ivres morts...

Bref, la routine.

Mais pour une raison mystérieuse, Matt avait décidé que la responsabilité de tout cela incombait à Flynt.

— Qu'est-ce qui te tracasse, bon sang, pour que tu sois dans cet état ? aboya Flynt dans le combiné.

Matt jura et lui raccrocha au nez.

Flynt reposa l'écouteur sur son socle avec un soin infini. Il avait une furieuse envie de casser quelque chose... et aussi, une furieuse envie de boire.

Plus que tout, il voulait Josie.

Malheureusement, c'était exclu.

Il retourna donc au club, dîna au Men's Grill et passa une autre nuit dans l'une des suites, à l'étage supérieur.

Le lundi matin, Flynt considéra qu'il n'avait pas à rester au club simplement parce que son frère cherchait la moindre occasion de se disputer. Il rentra donc au ranch.

Il travaillait d'arrache-pied quand sa mère vint frapper à la porte de son bureau. Grace entra et se posta en face de lui.

— Flynt, il faut que tu nous comprennes, dit-elle d'un ton conciliant. Nous sommes bouleversés par le départ de Josie.

Comme s'il ne l'était pas, lui !

— Bien… et alors ? demanda-t-il.

— Nous avons pu voir à quel point vous teniez l'un à l'autre. Il est donc difficile pour nous d'admettre que vous n'arrivez pas à surmonter vos difficultés.

Elle s'arrêta, dans l'espoir qu'il parlerait à son tour.

Mais il n'en était pas question !

Voyant qu'il s'obstinait dans son mutisme, elle poussa un gros soupir, puis reprit :

— Nous ne voulons pas pour autant nous fâcher avec toi. Faisons un effort pour que tout se passe bien… Qu'en penses-tu ?

— Maman, je fais de mon mieux, au cas où tu ne l'aurais pas remarqué.

— Viens dîner avec nous ce soir, tu veux bien ?

Il aurait dû refuser, mais il fut incapable de résister au regard suppliant qu'elle lui lançait.

— D'accord. Je vous rejoindrai.

Elle le remercia et partit.

Ce soir-là, Cara et Fiona dînaient à l'extérieur.

Ils se retrouvèrent tous les quatre : Ford, Grace, Matt et Flynt.

Les efforts de ses parents pour détendre l'atmosphère étaient sincères. Ils parlèrent de la pluie et des récoltes, et s'extasièrent sur le projet de réaménagement urbain à Corpus.

Matt lançait des regards mauvais à son frère et répondait par monosyllabes quand on lui adressait la parole. Flynt faisait de son mieux pour l'ignorer et ne pas sortir de ses gonds.

La première partie du dîner se déroula à peu près sans encombre. Ils avaient fini les entrées, et une domestique venait juste de déposer devant eux de belles entrecôtes saignantes quand Matt déclencha les hostilités :

— Alors, monsieur le président, vous comptez passer le restant de votre vie au club pour améliorer votre swing et épater la galerie ? Ou est-ce que je peux espérer avoir un coup de main au ranch, de temps à autre ?

C'en était trop.

Flynt jeta sa serviette sur la table et se leva.

— Tu cherches la bagarre, Matt ?

Le souffle coupé, Grace hoqueta.

— C'est ça que tu cherches ? répéta Flynt en ignorant la réaction de sa mère.

Matt repoussa brutalement sa chaise, et Ford intervint :

— Ecoutez, les garçons…

Flynt l'entendit à peine. Il avait dépassé le stade où un rappel à l'ordre de son père pouvait encore le calmer. Son sang battait furieusement dans ses veines.

— Si tu veux en découdre, eh bien, viens…

— Pas dans ma maison ! s'écria Grace.

Mais les deux hommes avaient déjà quitté la table.

Matt bondit sur lui. Se courbant, Flynt lui décocha un violent coup de tête au niveau de la ceinture. Matt geignit puis s'agrippa à son frère.

Ils roulèrent au sol en se martelant de coups de poing. Des meubles furent bousculés sur leur passage. Des lampes et des vases atterrirent par terre.

Finalement, Matt parvint à prendre le dessus. Il s'accroupit sur son frère et lui envoya un direct en pleine mâchoire. Puis, de toute sa hauteur, il le fixa avec des yeux étincelant de rage :

— Espèce d'imbécile ! Tu détruis tout ! La seule chose qui te sépare de la femme que tu aimes, c'est toi. Je donnerais tout pour être à ta place, tu sais ça ? Et si je l'étais, tu peux être sûr que je ne me comporterais pas comme toi. Je…

Flynt refusa d'entendre la suite. Pour la simple et bonne raison que Matt n'avait pas tort. Il s'arc-bouta et donna un violent coup de reins pour se dégager. Matt voltigea par-dessus lui, et ils roulèrent de nouveau tous les deux.

Ford hurlait, Grace aussi.

— Ça suffit, bon sang !

— Arrêtez immédiatement !

A son tour, Flynt domina son frère. Il se redressa et lui envoya un direct du droit et du gauche.

Matt gémit deux fois. Son visage et ses cheveux étaient couverts de sang, à cause des coups mais aussi des bris de porcelaine et de cristal. Flynt savait qu'il était en piteux état, lui aussi.

Non pas qu'il s'en souciât...

Plus rien ne comptait. Il y avait seulement lui d'un côté, et son adversaire de l'autre. Et le prochain coup.

Il s'apprêtait à lancer son poing quand deux bras vigoureux l'immobilisèrent.

Quelqu'un avait dû sortir pour chercher du renfort parmi les ouvriers agricoles.

— Calme-toi, ordonna une voix.

Il fallut trois hommes pour le détacher de Matt, et deux autres pour empêcher ce dernier de repartir à l'assaut.

Ford s'interposa entre eux.

— C'est bon, les garçons. Vous vous êtes bien défoulés, mais c'est fini maintenant.

Matt et Flynt convinrent de rembourser les objets qu'ils avaient cassés. Puis ils se réconcilièrent. Matt reconnut qu'il était un peu à cran ces derniers temps, et Flynt accepta ses excuses.

La fureur et l'excitation avaient cédé la place à un sentiment d'amertume et d'incrédulité. Comment diable avaient-ils pu se transformer tous deux en brutes déchaînées ?

Grace voulait les conduire à la salle de bains, et les réprimandait comme s'ils étaient encore des gamins en culottes courtes.

— Pardon, maman, dit Flynt en regardant d'un air consterné les dégâts qu'ils avaient occasionnés. Je suis vraiment désolé.

— Ce n'est pas grave, répondit Grace. Tant qu'il n'y a pas mort d'homme...

Après avoir présenté ses plus plates excuses, Flynt quitta la pièce et se rendit dans ses appartements. Il aurait dû se précipiter dans la salle de bains, ôter ses vêtements et prendre une douche. Au lieu de quoi, il pénétra dans son bureau et ferma la porte.

Il prit une clé dans un tiroir puis se dirigea vers son minibar. Il y conservait une bouteille de scotch pour ses invités.

En l'occurrence, il était seul. Mais avec un profond sentiment d'amertume et de vacuité.

Il était seul. Et vaincu.

Il était fatigué, terriblement fatigué de devoir lutter contre son frère, et contre l'enfer qui le minait intérieurement.

Il mourait d'envie de prendre un verre.

Introduisant la clé dans la serrure, il fit glisser le pêne. La bouteille de scotch scintillait de tous ses feux. Il la prit et saisit un verre à whisky sur une étagère. Il y versa d'abord trois doigts, puis le remplit aux trois quarts.

— Il faut ce qu'il faut, dit-il en rompant le silence autour de lui.

Personne ne vint le contredire.

Etonnant, non ?

Il reposa la bouteille sur le guéridon, à côté du minibar, et leva son verre. Ses narines frémirent au contact de ce parfum fort et suave qui annonçait le merveilleux réconfort dont il avait tant besoin, cette délicieuse sensation d'engourdissement progressif qui précédait la semi-inconscience.

Il posa ses lèvres sur le verre.

Et les paroles de son frère resurgirent à la lisière de son esprit.

« Espèce d'imbécile. Tu détruis tout. La seule chose qui te sépare de la femme que tu aimes, c'est toi... »

Flynt cligna des yeux, puis écarta légèrement son verre pour en étudier le contenu.

Josie...

Oui, il pouvait la voir dans les reflets ambrés. Avec l'expression implacable qu'elle avait prise un an et demi plus tôt, un beau matin, lorsqu'elle lui avait jeté au visage qu'il fichait sa vie en l'air.

Ses yeux papillotèrent de nouveau.

Josie avait disparu.

Mais il continua à scruter les profondeurs ambrées.

« Voilà où j'en suis finalement, songea-t-il. Prêt à replonger dans l'alcool pour supporter l'enfer que j'ai fait de ma vie. »

Et qu'avait-elle dit, une semaine plus tôt, le jour où il lui avait demandé de partir ?

Qu'il ne pouvait pas revenir en arrière. Qu'il devait vivre. Et que, s'il n'en avait pas le courage, mieux valait qu'il rejoigne sa femme et son enfant dans la tombe.

L'enfer... C'était ce qui l'attendait s'il continuait ainsi.

Parce qu'il ne s'autorisait à l'aimer qu'au nom du devoir.

Et subitement, la lumière se fit dans son esprit.

Quel bénéfice en retireraient les morts ? Quel bénéfice en retireraient Monica et le bébé, s'il gâchait sa vie en se réfugiant dans l'alcool ? S'il n'aimait personne, s'il ne donnait rien et n'apportait pas sa pierre à l'édifice ?

Flynt reposa doucement le verre intact.

Peut-être le seul devoir d'un homme, à l'égard des morts, était-il de continuer à vivre pleinement et dignement.

17.

Le lendemain matin, Flynt partit à la recherche de Josie.

La nuit précédente, il avait à peine dormi. Il n'avait cessé de se retourner dans son lit, luttant contre l'envie lancinante d'aller la rejoindre sur-le-champ. Mais il avait tenu bon, car il voulait, cette fois, lui déclarer sa flamme en plein jour.

Un doute énorme, cependant, le rongeait.

Accepterait-elle de le reprendre et de lui donner une nouvelle chance ?

Si elle le repoussait, il ne pourrait l'en blâmer. Il lui avait fait vivre un enfer, et elle méritait mieux qu'un individu comme lui.

Ce qu'il redoutait le plus, c'était de la perdre faute d'avoir eu le courage d'essayer.

Aussi se rendit-il tout droit chez la mère de Josie.

Il sonna et attendit sous le porche affaissé de la maison, le cœur battant à tout rompre et les paumes moites. Finalement, Alva vint lui ouvrir la porte.

— Elle n'est pas là, dit-elle en plissant les yeux.

En général, Flynt ne portait pas de chapeau, sauf pour travailler au ranch avec son frère. Mais ce jour-là, il en avait mis un. Il savait que la politesse exigeait qu'il l'enlevât.

— S'il vous plaît, madame Lavender, dit-il en le prenant par le bord, je sais que je suis loin de valoir votre fille, mais je l'aime. Je vois clair, à présent, je vous l'assure.

Chaque cellule de son corps chantait le nom de Josie comme pour l'appeler.

— Que vous est-il arrivé, Flynt Carson ?

Son visage était méconnaissable. Il avait le cou et la mâchoire tailladés à force d'avoir roulé sur des débris de verre et, pour couronner le tout, un œil au beurre noir.

— Je me suis pris une porte…

Alva sourit.

— *Une* porte seulement ?

— Oh, je ne sais plus… Deux ou trois, peut-être. Il faut vraiment que je sois plus vigilant.

Alva le scruta avec attention, comme si elle voulait s'assurer de quelque chose, puis répondit :

— Allez voir au Mission Creek Café.

Lorsque Flynt fit son entrée dans le restaurant, Josie s'apprêtait à déposer des toasts et du thé devant Mavis, Anna et TildyLee, trois charmantes vieilles dames qui se réunissaient ici tous les mardis matin, à 10 heures.

Elles adoraient que Josie les serve, car la jeune femme prenait son temps avec elles, sans jamais s'énerver quand elles ne se souvenaient plus de leur commande, ce qui se produisait systématiquement.

— Non, Anna, ce muffin anglais est à moi... Tu n'aurais pas pris un muffin au cassis, par hasard ?

— Non, TildyLee, je n'ai pas commandé de muffin au cassis, mais un muffin anglais. Et le toast au levain est pour Mavis.

Scandalisée, Mavis poussa un cri strident.

— Non, ce pain au levain n'est pas pour moi ! D'ailleurs, je déteste ça.

— Alors pourquoi l'as-tu commandé ?

— Mais je ne l'ai pas commandé !

— Mavis Letha Enderberry, tu sais parfaitement que tu l'as commandé.

Le plateau à la main avec leurs commandes prêtes, Josie attendait patiemment qu'elles finissent de se chamailler. Au bout du compte, Josie repartirait pour procéder aux échanges requis et chacune obtiendrait ce qu'elle voulait. Elle avait la nette impression, dans le cas présent, que le toast au levain était de trop. Et peut-être aussi celui au froment. La seule chose dont elle était sûre, c'était que TildyLee et Anna convoitaient toutes les deux le muffin.

Elle avait vaguement conscience, en cet instant, que la porte extérieure s'était ouverte. Elle avait entendu la sonnerie retentir, et puis plus rien.

A part un calme inhabituel.

Tout le monde semblait s'être immobilisé — à l'exception, bien sûr, des trois vieilles amies occupées à se disputer — pour regarder le nouvel arrivant.

— Oh... ! s'exclama Ellie Switzer.

Margie Dodd siffla entre ses dents :

— Eh bien, si je m'y attendais...

Josie se tourna pour voir ce qui suscitait autant d'intérêt, et faillit lâcher son plateau.

— Attention, ma chère, dit TildyLee.

— Oh, là, là ! lança Mavis en gloussant comme une petite fille.

Flynt !

Il avait l'air franchement mal en point. Sans doute s'était-il retrouvé mêlé à une bagarre.

Il se dirigeait droit sur elle.

Mon Dieu, comment devait-elle réagir ?

Se jeter dans ses bras ? S'enfuir à toutes jambes ? L'affronter et lui demander ce qu'il fichait là ?

Elle l'affronta. Plus sous l'effet de la surprise que par choix véritable.

— Josie...

Il avait prononcé son nom comme s'il contenait l'univers entier.

Elle déglutit péniblement.

— Quoi ? parvint-elle à dire, tout en s'efforçant de soutenir son regard. Que veux-tu, Flynt Carson ?

— Toi, répondit-il d'une voix douce.

Il ne portait jamais de chapeau. Mais aujourd'hui il en avait un, qu'il tenait à la main.

Elle déglutit de nouveau, avec la même difficulté.

Margie surgit alors à côté d'elle.

— Il vaut mieux que je te débarrasse de ces assiettes.

Celle-ci s'empara des toasts et du muffin, et les déposa sur le bord de la table où étaient assises les trois vieilles dames, parfaitement calmes à présent.

— Servez-vous, leur ordonna-t-elle d'un ton impérieux.

— Oui, excellente idée, dit Mavis. Je crois que je vais prendre ce délicieux toast au levain.

— Donne-moi une autre chance, Josie, reprit Flynt. Tu ne le regretteras pas. Je te le jure.

Elle leva les yeux vers lui. Elle l'aimait tant qu'une douleur lancinante au fond d'elle ne la quittait plus. Elle savait qu'elle accepterait.

Pourquoi son destin voulait-il qu'elle aimât cet homme à la folie ?

A cet instant, il posa un genou à terre. Il prit sa main et l'embrassa.

Même Margie soupira.

— Je t'aime, Josie Lavender. Tu es faite pour moi. J'ai été aveugle et je t'ai profondément blessée. J'en ai conscience. Je ne mérite pas l'amour d'une femme comme toi. Mais je t'en supplie, reprends-moi. Epouse-moi. Epouse-moi sur-le-champ. Bâtissons ensemble notre vie en nous épaulant mutuellement.

— Oh..., murmura-t-elle tandis que deux larmes glissaient le long de ses joues. Oh, pourquoi suis-je folle de toi, Flynt Carson ?

Il plaqua son chapeau contre sa poitrine.

— Est-ce un « oui » ?

Elle se mordit la lèvre pour contenir le flot de larmes qui menaçait de la submerger, et hocha la tête.

Alors il la souleva dans ses bras et l'emporta vers la sortie, en passant au milieu des clients pétrifiés.

Lorsque le battant de la porte se fut refermé derrière eux, Ellie s'effondra en larmes.

Emu, Gus se tourna vers elle avec une brusquerie affectée.

— Ouste, au travail ! Je ne te paye pas pour sangloter.

— Je ne pleure pas, au contraire ! C'est le bonheur, non ? demanda-t-elle en se tournant vers les trois vieilles dames.

Dans un soupir extatique, TildyLee répondit :

— Oh, oui ! C'est merveilleux ! N'est-ce pas que l'amour est la plus belle chose au monde ?

Épilogue

Flynt n'avait pas menti. Il voulait épouser Josie sur-le-champ. Mais Grace souhaitait qu'ils eussent un mariage digne de ce nom, avec une grande réception.

En fin de compte, la mère et le fils obtinrent tous deux ce qu'ils désiraient. Flynt fit jouer ses relations et put faire préparer la salle de bal du club pour le samedi après-midi. Grace, Ford, Cara et Fiona se mirent de leur côté à passer d'innombrables coups de téléphone. Josie fut expédiée à Mission Creek Création pour sa robe de mariée. Des fleurs furent commandées, un orchestre loué, la carte du menu arrêtée ; bref, tout fut réglé, jusqu'au moindre détail, en un temps record. Grace était comme un poisson dans l'eau. Elle trouva même un moment pour aider Alva, la mère de la future mariée, à choisir un ravissant ensemble bleu ciel. Et Josie prit le temps de s'assurer que ses amies du Mission Creek Café et de Hurst seraient présentes à cette occasion.

Le samedi, à 1 heure de l'après-midi, Josie et Flynt prononcèrent le « oui » fatidique à First Church, avec la bénédiction du révérend Williams. Seule la famille proche fut conviée à la cérémonie religieuse.

Mais la réception qui eut lieu ensuite, dans la vaste salle de bal, à l'étage supérieur du Lone Star Country Club, fut un événement mémorable. On eût dit que le comté entier s'y était donné rendez-vous.

Pour donner le coup d'envoi aux festivités, Josie ouvrit le bal avec Flynt. Ils étaient seuls sur l'immense piste installée pour l'occasion, virevoltant sous les grands lustres en cristal.

— A quoi pensez-vous, madame Carson ? murmura Flynt en approchant son visage du sien.

— Que je ne suis pas si naïve que ça, après tout..., répondit-elle dans un souffle.

Flynt rit et l'embrassa. Tous les invités applaudirent. Les joues de Josie s'empourprèrent. Elle avait oublié qu'elle et Flynt n'étaient pas seuls.

Ils voguèrent longtemps sur la piste et ne s'arrêtèrent que lorsque l'orchestre fit sa première pause. Ils s'assirent alors à côté de Ford, Grace et Alva. Puis Josie s'excusa et se rendit dans le cabinet de toilette réservée à la mariée. C'était un petit endroit charmant, avec un grand miroir et une coiffeuse. Elle se lavait les mains dans le lavabo en marbre lorsque la porte s'ouvrit derrière elle.

— Rose ! s'exclama-t-elle.

Elle s'empressa de se sécher les mains et accourut au-devant de son amie. Les deux femmes s'étreignirent.

— J'ai eu vent de votre mariage, à Flynt et à toi. Les Wainwright n'y sont pas les bienvenus, bien sûr, mais je reste membre du Lone Star, et je n'ai pu résister à l'envie de me glisser ici furtivement pour te souhaiter tous mes vœux... Amour, bonheur, enfants, succès... Toutes ces merveilleuses choses que tu mérites tant.

— Oh, je suis si heureuse que tu sois venue !

Josie prit son amie par les épaules et se recula légèrement pour la regarder.

— Rose, tu es sûre que ça va ? demanda-t-elle d'une voix inquiète.

— Oui, ça va. Je suis juste un peu fatiguée, répondit celle-ci en détournant les yeux. J'ai rompu avec Matt.

— Ne renonce pas, Rose. Je sais que ça va marcher, entre vous. Regarde Flynt et moi : qui l'eût dit ?

Rose s'efforça de sourire.

— Allez, encore une fois, tous mes vœux de bonheur.

Elles s'embrassèrent, puis Rose s'éclipsa.

Josie s'effondra sur la chaise rembourrée, devant la coiffeuse, en maudissant cette guerre stupide que se livraient depuis des générations les Wainwright et les Carson.

Puis elle se remit du rouge à lèvres et partit rejoindre son époux.

Trois heures plus tard, elle se tenait en haut de l'immense escalier qui débouchait sur le hall du club-house, son mari à son bras, son bouquet de lis et de roses à la main. En bas, les femmes levaient vers elle des yeux brillants, pleins de rêve.

Josie parcourut du regard la foule et repéra un visage, un peu à l'écart. Elle lança alors son bouquet. Il s'éleva dans les airs, au-dessus des mains avides qui se tendaient pour l'attraper, et finit par atterrir dans les bras d'une jeune femme mince, aux cheveux noirs, légèrement en retrait.

— Mon Dieu ! s'écria quelqu'un. Vous avez vu ? C'est Rose Wainwright!

Le nom se répandit comme une traînée de poudre dans l'assistance.

— Rose Wainwright. Pas possible ! Elle a vraiment eu le bouquet de la mariée ?

— C'était elle, je vous l'assure !

La mince jeune femme aux cheveux noirs s'était déjà sauvée.

Flynt murmura à l'oreille de Josie :

— Dis-moi que j'ai la berlue.

— Eh bien, je ne peux pas te dire ça.

Elle se tourna vers lui et posa ses mains sur son torse.

— Parce que tu n'as pas rêvé, ajouta-t-elle.

Il fronça les sourcils.

— C'était donc bien Rose Wainwright ?

— Oui, je crois.

— Et c'est tout ce que tu trouves à dire ?

— J'en ai bien peur... pour le moment, du moins.

Elle passa alors ses bras autour de son cou.

— Ce qui veut dire ? murmura-t-il.

— Rien. J'espérais simplement que tu m'embrasserais.

Un sourire se dessina progressivement sur ses lèvres.

— Josie Carson, vos désirs sont des ordres. Je ne peux rien vous refuser.

Et là, avec une tendresse infinie, il posa sa bouche sur la sienne.

BIENVENUE AU LONE STAR COUNTRY CLUB

Qui ne connaît le LSCC, ce club des plus sélects où se côtoient les grandes familles de la société texane ? C'est dans cet endroit éminemment discret et préservé, où passions et compromissions se dissimulent derrière le rideau de la fortune et du bon ton, que le scandale éclate un beau matin, précédant une cascade d'événements qui vont profondément bouleverser la vie du club et de ses membres.

Matt Carson :

Bien que les Wainwright le poursuivent de leur vindicte pour avoir ruiné la réputation de leur fille, rien ne pourra arrêter cet énergique cow-boy et l'empêcher de retrouver celle qu'il aime. Même s'il lui faut aller la chercher jusqu'au cœur de New York…

Rose Wainwright :

Lorsque son roman d'amour avec l'ennemi juré de sa famille prend une tournure des plus inattendues, Rose est prête à tous les sacrifices pour protéger son amant. Elle cache la vérité, qui a parfois des façons bien à elle de sortir du puits…

La mafia :

Qui se cache derrière les menaces anonymes que reçoivent les amis de Haley Mercado et tous ceux qui l'ont protégée ? Si vous êtes proches d'eux, prenez garde ! Car pour conserver leur pouvoir, certains sont prêts à tout, y compris à mettre Mission Creek à feu et à sang…

MARIE FERRARELLA

Marie Ferrarella écrit depuis l'âge de onze ans, mais n'a vendu son premier livre que bien plus tard. Entre-temps, elle a soutenu une maîtrise sur la comédie shakespearienne, trouvé un mari et fait deux enfants (le tout dans cet ordre). Le chien, nous dit-elle, n'est arrivé que des années après.

Son premier roman a été publié en novembre 1981. Cent trente-huit autres livres ont suivi, dont cent vingt pour les éditions Harlequin. Plusieurs fois nominée pour le RITA, qui récompense les meilleures comédies sentimentales, elle a emporté la palme pour *Father Goose.*

Passionnée par son métier d'auteur, Marie espère continuer à écrire jusqu'à la fin de ses jours.

Elle a trouvé particulièrement excitante la série du « Lone Star Country Club », à cause de son atmosphère très particulière. Marie a en effet appris l'anglais en regardant à la télévision les vieux films de John Wayne et, depuis, tout ce qui touche au Texas la passionne.

Nous continuons par ailleurs à maintenir une bougie votive allumée à l'intention d'un des membres les plus éminents de notre club, Luke Callaghan pour ne pas le nommer, qui a brusquement disparu sans prévenir. Nous l'espérons bientôt de retour parmi nous, sain et sauf.

MARIE FERRARELLA

Les familles ennemies

HARLEQUIN

Cet ouvrage a été publié en langue anglaise
sous le titre :
TEXAS ROSE

83-85, boulevard Vincent-Auriol, 75013 PARIS — Tél. : 01 42 16 63 63
Service Lectrices — Tél. : 01 45 82 47 47

La Lettre du Club

(réservée aux membres)

QUAND UN CARSON RENCONTRE UNE WAINWRIGHT...

Pour ceux qui aiment les potins - et ceux-ci ne manquent pas dans notre cercle - voilà une nouvelle qui devrait faire beaucoup parler dans les jours qui viennent : un de nos aînés nous dit avoir décelé une complicité... affectueuse entre un certain cow-boy de la famille Carson et une certaine héritière du clan Wainwright. Je ne tiens pas à déclencher la troisième guerre mondiale ici même, en plein Texas, mais à l'évidence, ces deux-là semblent avoir oublié la querelle ancestrale qui oppose leurs deux familles. Quant à savoir de quel Carson et de quelle Wainwright il s'agit, les paris seront ouverts dimanche prochain, au Yellow Rose Café, après le service du déjeuner. J'espère que vous comprenez bien, chers lecteurs, que tout cela n'est qu'un petit jeu sans aucune méchanceté. Nous ne voudrions surtout pas qu'Archie Wainwright soit victime d'un accident cardiaque, ni que Ford Carson voie monter en flèche son taux de cholestérol.

Nous continuons par ailleurs à maintenir une bougie votive allumée à l'intention d'un des membres les plus éminents de notre club - Luke Callaghan, pour ne pas le nommer, qui a brusquement disparu sans prévenir. Nous l'espérons bientôt de retour parmi nous, sain et sauf.

Certes, il y a fort à parier que notre ami se trouve dans quelque montgolfière au-dessus du Japon, entouré de créatures de rêves, mais nous attendons avec impatience qu'il donne de ses nouvelles.

Bien sûr, notre rôle n'est pas de nous immiscer dans des affaires qui ne nous regardent pas, mais quelqu'un sait-il pourquoi Carl Bridges, d'habitude si charmant, se montre de si mauvaise humeur, ces derniers temps ? Il paraît même qu'il a failli arracher la tête d'une pauvre employée du club, pour la simple raison qu'elle lui avait servi un café trop fort ! Le club est un lieu de loisirs et de décontraction, ne l'oublions pas, et nous devons tous veiller à laisser nos éventuels soucis au vestiaire pour que le Lone Star Country reste le paradis qu'il est.

1.

— De qui est-il ?

La question d'Archie Wainwright avait explosé comme un coup de tonnerre, réduisant à néant le silence de mort qui régnait dans la pièce quelques instants plus tôt. Ce silence médusé avait été la première réaction d'Archie à l'annonce de sa fille Rose. Elle avait fait sa déclaration tranquillement, à la table du dîner où se retrouvait la famille — son père, sa sœur, son frère... et elle.

Ce n'était pas de gaieté de cœur qu'elle s'était résignée à cette révélation. Si la chose avait été en son pouvoir, elle aurait épargné ce choc à ses proches. Apprendre que sa fille de trente ans, paisible bibliothécaire connue de toute la communauté, attendait un enfant hors mariage, n'était pas une nouvelle de nature à réjouir un père de famille... et moins que tout autre Archie Wainwright, grand propriétaire terrien, et chef respecté de l'une des deux plus vieilles familles de Mission Creek. Son caractère sombre et emporté n'était un secret pour personne. Rose savait à quoi elle s'exposait, mais elle ne pouvait reculer plus longtemps.

Elle n'en était qu'à six semaines, mais se persuadait que son état se voyait à l'œil nu, en dépit de sa taille mince et des vêtements ajustés qui lui allaient toujours aussi bien... Rose se *sentait* enceinte. A chaque instant.

Peut-être était-ce le poids du trop lourd secret...

Ou peut-être son monde avait-il basculé à l'instant où elle avait su : dans l'aile de l'immense ranch familial où se trouvait sa salle de bains, elle avait constaté le changement de couleur de la petite languette de papier qui scellait son destin...

Non, rectifia mentalement Rose. Ce n'était pas tout à fait exact. Son monde avait vacillé le jour où elle avait rencontré Matt et succombé à son charme. Au premier moment de leur rencontre, elle en était tombée éperdument amoureuse. Il s'était penché par-dessus le bureau d'accueil, et avait demandé s'il pouvait prendre tout ce qui se trouvait dans la bibliothèque. Ses yeux bleus lumineux pétillaient de malice. Quand Rose avait répondu « oui » d'une voix hésitante, il avait posé la main sur la sienne et déclaré que ce qu'il voulait emporter, c'était *elle*.

Rose se rappelait avoir rougi jusqu'à la racine des cheveux. Comment pouvait-on flirter de manière aussi éhontée ? De toute façon, elle se serait méfiée. N'était-il pas l'ennemi ? *Un Carson...* L'équivalent du fruit défendu, pour une fille Wainwright. Et pourtant, sa défiance n'avait rien empêché.

A quoi pensait-elle donc ? Tomber amoureuse de Matt Carson ! Faire l'amour avec lui... Etait-elle donc devenue folle ?

Sans doute, et c'était bien la seule explication à avancer, songeait Rose en voyant le teint habituellement fleuri de son père tourner au violacé. Folle à lier. Folle de Matt... Mais cela ne modifiait en rien la situation, ni ce qui les attendait. Elle, une Wainwright, était enceinte... d'un Carson !

Détail crucial que personne ne connaîtrait jamais.

Debout dans sa salle de bains, comme pétrifiée, elle avait longuement contemplé la languette colorée. Soudain, elle s'était écroulée et avait pleuré toutes les larmes de son corps, prostrée sur le carrelage. La main sur son ventre plat, comme pour protéger cet enfant qu'elle aimait déjà, elle pleurait non pas sur elle mais pour lui, en pensant à son avenir.

Et finalement, elle en était arrivée à cette conclusion : par son silence, elle épargnerait ceux qu'elle aimait, Matt en tout premier lieu. Car avouer qui était le père, c'était le mettre en danger et accroître le désarroi de tous.

Mais d'autre part, était-il possible de se taire ? Cela voulait dire affronter la fureur de son père ainsi que le mépris glacial de son frère aîné, Justin, shérif de Mission Ridge, la petite ville qui jouxtait le ranch paternel. Cela signifiait aussi soutenir le regard incrédule de sa jeune sœur, Susan.

Tout bien pesé, quelle solution s'offrait à elle ? Rose avait immédiatement décidé de garder le bébé. Elle l'élèverait, seule, quoi qu'il pût lui en coûter. Révéler à Archie le nom du père déclencherait un torrent d'ennuis. Et cela raviverait la guerre entre leurs deux familles, cette guerre dont les tumultueuses origines remontaient au début du XXe siècle. Les Wainwright et les Carson, jadis amis, étaient à couteaux tirés depuis soixante-quinze ans...

Et puisqu'il était inconcevable qu'un mariage eût lieu entre une Wainwright et un Carson, Rose avait délibérément omis de dire à Matt qu'elle attendait un bébé. Elle craignait qu'il ne se crût obligé de l'épouser pour l'enfant. Sa famille l'aurait rejeté. Rose, qui aimait tant la sienne, ne se sentait pas de taille à endosser une telle responsabilité.

A vrai dire, ce qu'elle redoutait le plus, c'était que Matt lui tourne le dos. Qu'il rejette sur elle la faute, en dépit des précautions qu'elle avait prises. Cela, elle ne l'aurait pas supporté. Pour éviter une désillusion, mieux valait rester dans le doute.

Et Rose avait dû se torturer pour imaginer un prétexte, inventer une histoire, quelque chose qui pût les amener à rompre leur liaison clandestine.

Le souvenir de cette rupture était des plus douloureux. Elle avait menti pour la première fois de sa vie d'adulte, en déclarant à Matt que leur aventure ne l'excitait plus, qu'elle s'était lassée de lui...

L'amertume qui l'avait envahie alors, elle la ressentait toujours à présent. Et plus amer encore avait été le regard de Matt, la souffrance qui avait envahi ses yeux bleus. Une souffrance dont Rose détenait la clé... et qu'elle pouvait supprimer d'un mot. Mais elle ne s'en donnait pas le droit.

Rose serra ses poings fermés et affronta le regard choqué du premier homme qu'elle avait aimé, son père.

Archie frottait sa poitrine, traçant de petits cercles concentriques comme pour apprivoiser la douleur. Son regard d'acier rivait Rose à sa chaise.

— Eh bien ? insista-t-il, devant le silence de sa fille. Quel est celui qui a osé te faire cela ? Quel est l'homme dont je vais clouer la dépouille à la porte de ma grange ?

Sous ses sourcils broussailleux, ses yeux étaient comme deux fentes minces.

— Je lui ferai regretter d'être né, à ce voyou ! Dis-moi seulement son nom, Rosie…

Elle leva fièrement le menton. Fille attentionnée, ayant toujours eu le sens du devoir, elle n'en avait pas pour autant abdiqué tout caractère propre. Après tout, elle était la fille d'Archie Wainwright, l'homme qui ne cédait jamais ! Elle saurait se montrer aussi têtue que lui.

— Non.

— Non ?

Susan et Justin échangèrent un regard consterné. La tempête allait éclater.

Frappé de stupeur, Archie avait fait écho à la voix de sa fille. Jamais Rose ne l'avait défié aussi ouvertement. Jamais elle n'avait remis en cause l'autorité paternelle. Il lui semblait que, hier à peine, on avait déposé entre ses mains cette petite vie fragile. Il la tenait dans ses bras, et il n'en revenait pas qu'une enfant aussi minuscule eût une telle volonté de vivre.

Rose Ann Wainwright était prématurée, née deux mois avant terme. Le docteur ne lui avait donné que cinquante chances sur cent de passer les premières quarante-huit heures.

Sa « Rose du Texas » les avait tous surpris. Car non seulement elle avait survécu, mais elle s'était développée, à sa manière secrète et tranquille, pour devenir l'une des plus belles filles de la région. Et derrière la mer calme de son regard, son père avait toujours suspecté un entêtement égal au sien.

Pourtant, jusqu'alors, elle s'était montrée d'une obéissance parfaite. Son père devait admettre que les choses lui convenaient ainsi. Aujourd'hui, l'éclat rebelle des yeux de Rose étincelait comme un défi. Son refus obstiné le prenait presque au dépourvu.

Et Archie n'aimait pas qu'on le prenne au dépourvu. La colère servit à masquer sa surprise.

— Qu'est-ce que tu veux dire avec ce non ?

Rose crispa les poings. Elle devait s'en tenir à sa décision, pour le bien de tous.

— Simplement non.

Incrédules, son frère et sa sœur la dévisageaient. Ils semblaient la voir pour la première fois. La voix de Rose s'affermit, et elle continua :

— Non, je ne te dirai pas qui est le père. Et encore non, je ne l'épouserai pas. Trois fois non, je ne te laisserai rudoyer personne en mon nom.

— *Notre* nom, ma fille, *notre* nom ! rectifia Archie d'une voix dont il contenait difficilement la fureur. Tu ne sors pas du ruisseau, figure-toi, mais de la famille

Wainwright ! Bon sang, Rose, cela veut dire quelque chose, dans cette région !

Les yeux de son père évoquaient la violence des ouragans texans. Pourtant, Rose se refusait à détourner le regard. Elle aurait tout donné pour le satisfaire. Mais pas cela. Ce n'était pas l'heure de se montrer faible. Il fallait qu'elle maintienne sa position. Pour son bébé. Et pour le père de celui-ci...

— Je sais ce que signifie notre nom, papa.

— Je ne le crois pas, ma fille. Sinon, tu ne te serais pas laissé...

Il s'interrompit, luttant pour contrôler sa révolte et sa peine. Sa voix prit une inflexion plus douce pour demander :

— Tu es sûre de ce que tu nous annonces, Rose ? Tu sembles si mince... Ce ne serait pas une erreur... un simple retard par rapport au calendrier ?

— Non, répondit-elle sereinement. Ce n'est pas un retard.

Elle vit son père se décomposer. Elle venait de lui ôter son dernier espoir, le doute derrière lequel il aurait pu se retrancher... La façon délicate dont il avait abordé le sujet la touchait. D'ordinaire, en ce qui concernait les domaines purement féminins, son père avait toute la finesse d'un cow-boy de rodéo. Ce qu'il ne pouvait dompter, attraper au lasso et marquer au fer rouge, il ne le comprenait pas.

Pourtant, à sa manière malhabile, il avait essayé...

Et Rose savait qu'il l'aimait, quelle que fût la maladresse avec laquelle il exprimait ce sentiment.

Il pouvait toujours hurler et tempêter... Montrer de l'affection lui était inhabituel : il ne connaissait que l'échappatoire de la colère.

— Donc, tu es sûre d'être...

Le cœur de Rose souffrait pour lui. Mais à quoi bon tergiverser ?

— Oui, je le suis.

Archie était comme paralysé. L'absence de sensation lui rappelait le jour où son frère, accidentellement, avait lâché son fusil qui s'était déchargé dans sa hanche. Il y avait eu le choc, puis ce vide étrange, pire qu'une douleur...

— Et tu veux le garder ?

C'était à peine une question : il savait que sa fille n'était pas du genre à disposer facilement d'une vie. Mais il restait abasourdi à l'idée que son bébé, sa fillette, pût porter en elle la semence d'un homme. D'un inconnu, en plus ! Cela lui coupait le souffle.

Le regard que Rose leva vers lui répondit éloquemment.

Archie laissa échapper un soupir frustré. Dans son cœur, tout n'était que déchirement et conflit intérieur. Avec, en prime, le terrible défi d'avoir à protéger Rose face à l'opinion publique. Comment allait-il s'y prendre ?

— Tant mieux, aboya-t-il. Car cette vie que tu portes est à moitié Wainwright. Mais c'est l'autre moitié qui m'inquiète. Pourquoi ne me dis-tu pas qui est le père ?

Rose aurait voulu hurler. Depuis que le bébé s'était formé en elle, ses émotions subissaient des changements aussi soudains qu'étonnants. Ses humeurs avaient l'irrégularité des montagnes russes.

— Parce que tu irais immédiatement le tuer et que Justin serait obligé de t'arrêter, intervint Susan, volant au secours de sa sœur aînée.

Archie marmonna quelque chose d'incompréhensible, et qu'il valait mieux, sans doute, que personne ne comprît. Il eut un geste impatient en direction de Rose et s'adressa à son frère.

— Fais-lui entendre raison, Justin. Elle est dans l'obligation de me dire qui est l'infâme suborneur qui lui a fait subir cela.

A l'entendre, on aurait cru qu'elle avait été violentée. Pourtant, ce moment restait pour elle la plus belle expérience de sa vie. Rose sentit l'exaspération la gagner.

— Parviendras-tu à comprendre que personne ne m'a rien fait subir ? demanda-t-elle d'un ton qu'elle réussit à garder neutre.

— Que dis-tu là ? rugit son père.

Il y avait comme le reflet d'une menace dans sa voix, et en toute autre circonstance elle aurait reculé. Mais ce n'était pas le moment.

— C'est un enfant de l'amour, papa, expliqua-t-elle, la bouche sèche. Ce qui veut dire que son père et moi avons fait...

— Je ne veux rien entendre ! coupa son père, sur la défensive. De toute façon, qu'est-ce que tu peux bien connaître à l'amour ? Tu as toujours le nez fourré dans tes bouquins !

Justin eut un rire bref. Il avait toujours su que Rose possédait d'autres ressources que ce qu'elle montrait au monde. Les eaux dormantes ne restaient calmes qu'en surface.

— Eh bien, il faut croire qu'elle en a sorti le nez au moins une fois, commenta-t-il ironiquement.

Son père lui lança un regard peu amène. Justin tenta de se rattraper.

— Rosie, dis à ton père de qui il s'agit, avant qu'il ne parte en ville avec son six-coups et ne menace tout homme ayant passé la puberté...

Rose serra les dents. Ni son frère ni personne ne la persuaderait. Tel qu'elle connaissait son père, il était capable de tuer Matt à mains nues. Un Carson le vengerait alors en tuant un Wainwright, et ainsi se perpétuerait l'horrible querelle qui durait déjà depuis trop longtemps.

— C'est mon affaire, papa, je suis adulte. Je ne suis pas obligée de parler si je ne le veux pas.

Justin hocha la tête, pensif.

— Son argumentation se tient...

Archie lui lança un regard furieux. Il attendait un soutien de la part de son fils, et voilà que celui-ci se rangeait aux côtés de sa sœur !

— Si nous en sommes à argumenter, que dis-tu de ceci ? La famille est en passe de devenir la risée de tout le pays, grâce à l'entêtement stupide de ta sœur ! Les gens vont parler dès qu'on aura le dos tourné !

Susan leva les yeux au ciel. Son père restait un provincial dans l'âme.

— Papa, nous sommes au XXIe siècle ! Personne ne lapide plus les vierges qui ont fauté !

Elle aussi eut droit à un regard courroucé.

— Susie, je te conseille fortement de tenir ta langue, ou je demande à ton frère de te boucler dans ta chambre… dont tu ne sortiras pas avant d'avoir quatre-vingts ans !

La discussion ne menait nulle part. Sur les nerfs, Rose jeta sa serviette et se leva.

— Tu es impossible, papa !

Elle se dirigeait vers la porte, mais son père, avec une agilité surprenante pour un homme de son âge, avait contourné la table et la rattrapait. Il la saisit aux épaules sur le seuil de la porte. Justin s'était levé, prêt à intervenir si les choses se gâtaient ; mais pour l'instant, il jugea bon de rester coi.

— Je suis le chef de cette fichue famille, et j'ai encore mon mot à dire sur ce qui s'y déroule, ma fille ! Maintenant, dis-moi quel est le salaud qui n'a pas le courage de m'affronter en face comme un homme !

Rose regarda les larges mains qui la maintenaient captive, et Archie, prenant soudain conscience de son geste, laissa retomber ses bras.

Alors seulement Rose donna une information.

— Il ne sait pas qu'il est père.

Archie écarquilla les yeux.

— Comment est-ce possible ? Est-ce qu'il est idiot ?

Le besoin de protéger Matt s'intensifia chez Rose.

— Je ne lui ai rien dit, c'est tout.

Archie n'y comprenait rien. Dans son monde, un homme faisait face à ses responsabilités. Mais il fallait pour le moins qu'il fût au courant ! Comment se conduire dignement, si on ne savait rien ? A moins... que Rosie ne lui eût caché l'essentiel ? s'inquiéta soudain Archie. Et si on avait abusé d'elle ?

— Pourquoi ne lui parles-tu pas ?

Rosie ferma un instant les yeux. Si seulement son père pouvait cesser ce harcèlement !

— J'ai mes raisons.

— Et moi, j'ai les miennes pour vouloir être au courant ! Ce qui se passe dans cette famille me concerne au premier chef !

Il fit une pause, le temps de se reprendre. Comprenant qu'il était inutile de se battre contre les moulins à vents, il céda un peu de terrain.

— Bien. Quoi qu'il en soit, je ne vais pas te laisser être la proie des commérages. Tu iras vivre chez ma sœur jusqu'à ce que l'affaire se tasse.

— L'affaire ne risque pas de se tasser, papa, fit remarquer Justin avec pertinence, puisque Rosie garde le bébé.

Archie le fit taire d'un signe de la main.

— Ne me fais pas la leçon. J'ai bien compris qu'elle aura son bébé. J'ai besoin d'un peu de tranquillité pour pouvoir décider ce qu'il convient de faire.

« Ce n'est pas à toi d'en décider, papa, mais à moi », corrigea mentalement Rosie. Mais il valait mieux ne pas ajouter d'huile sur le feu, et elle garda ses pensées pour elle. On ne pouvait se battre sur tous les fronts à la fois.

— Tu veux que j'aille vivre chez tante Beth ? Mais elle habite New York ! protesta-t-elle.

De toute sa stature, Archie dominait sa fille, avec l'air d'un homme qui n'ira pas plus loin dans les concessions. Il en avait assez supporté de la part de Rose.

— Et après ?

Rose se mordit la lèvre. Elle n'avait aucune envie d'aller vivre à New York mais, à la réflexion, l'idée n'était peut-être pas si mauvaise. Un peu de distance apaiserait sans doute les conflits.

Elle avait toujours vécu sous le toit de son père. Elle affectionnait leur chaleureux foyer, la proximité de ceux qu'elle aimait. Quand tant d'autres, à l'âge adulte, souhaitaient prendre leur envol, Rose avait préféré rester. Mais dans sa situation, comment soutenir chaque jour le regard accusateur de son père ? Et rester à Mission Creek, c'était courir le risque de croiser Matt à tout moment…

S'il la voyait enceinte, il saurait que l'enfant était de lui. Et s'il se conduisait de la façon que tout un chacun s'accordait à trouver « honorable », il l'épouserait… Elle n'aurait sans doute pas la force de refuser. Et alors, inévitablement, se produirait l'affrontement entre les deux êtres qu'elle aimait le plus : son père et Matt. Cela, elle ne voulait surtout pas l'avoir sur la conscience.

— Très bien, déclara Rose d'une voix déterminée, puisque c'est ainsi, je vais faire mes bagages.

Elle tourna les talons, laissant le reste de la famille dans un état de stupeur et de confusion.

— Eh bien, il n'a pas fallu longtemps à mon obéissante petite fille pour devenir une vraie rebelle, marmonna Archie, plus pour lui-même que pour les autres. Même en acceptant ce qu'on lui propose, elle vous donne l'impression d'aller à l'encontre de ce qu'on souhaite ! C'est incroyable, ce qu'elle me rappelle sa mère...

— Qu'est-ce qui te prend, en ce moment ?

Flynt Carson avait franchi en coup de vent la porte des écuries, à la recherche de son jeune frère, et surtout d'une réponse claire.

— Je ne vois pas de quoi tu parles, répondit ce dernier.

Depuis une heure, Matt nettoyait sa sellerie. Il cirait, polissait minutieusement. C'était cela ou patrouiller le terrain avec sa Jeep, sans aucun but. Le visage baissé, il frotta énergiquement le rebord de sa selle.

Flynt ne se laissa pas démonter par cette fin de non-recevoir. Il observait Matt depuis quelque temps. Son frère, d'un tempérament d'habitude égal et agréable, devenait de plus en plus maussade au fil des jours. Ce n'était pas normal.

— Bon sang, Matt, ne me sers pas ce genre de discours ! Je t'assure que ces derniers temps, si j'avais été un chien errant, je me serais tenu à carreau quand tu passes, de peur de prendre un coup de pied dans les côtes !

— Et tu aurais bien fait ! ricana Matt en attrapant un chiffon propre.

Flynt posa la main sur l'épaule de son frère, l'obligeant à s'arrêter et à le regarder.

— Quelque chose te travaille...

Matt savait que Flynt cherchait à l'aider, mais son problème n'était pas du genre que l'on partage. Ni avec lui, ni avec personne de la famille. D'un mouvement d'épaule, il se libéra et reprit son polissage. Au risque d'amenuiser la couche épaisse de cuir, depuis le temps qu'il s'y acharnait...

— Non. Rien dont je veuille parler, répondit-il laconiquement.

Flynt contourna la selle pour lui faire face.

— A ton aise. Mais nous autres qui avons les retombées de ta mauvaise humeur, nous ne sommes pas prêts à l'encaisser beaucoup plus longtemps...

Matt leva un sourcil courroucé.

— Alors, restez à l'écart.

— Comme si c'était possible !

D'ordinaire, Flynt avait pour règle de ne pas s'immiscer dans les affaires des autres. Mais la vie de famille vous obligeait parfois à infléchir les règles.

— Ecoute, s'il s'agit d'une femme...

Le regard que Matt lui jeta l'interrompit en pleine phrase. Son frère avait relevé la tête, piqué au vif, et le chiffon pendait immobile dans sa main. Flynt comprit qu'il avait vu juste. Les rumeurs qui couraient sur une histoire entre Matt et une mystérieuse jeune femme étaient donc fondées, de toute évidence...

— Qu'est-ce qui te fait croire qu'une femme y est pour quelque chose ?

La voix de Matt avait claqué comme un coup de fouet. Flynt sentit la compassion l'envahir.

— Je connais les symptômes. Rien de tel qu'une femme pour te mettre la tête à l'envers… De mon point de vue, un homme a deux possibilités : soit l'épouser et lui donner la place qui lui revient, soit l'oublier et tourner la page.

Et parce que la situation était délicate, Flynt se permit un trait d'humour.

— En tout cas, décide-toi pour l'une ou l'autre des options, avant que la famille ne se ligue pour te faire oublier tes malheurs à coups de poing…

Il y avait de la sympathie dans les yeux sombres de Flynt.

Matt jeta son chiffon et soupira :

— J'aimerais que ce soit aussi simple…

— Parle-m'en. Cela peut aider.

Ce n'était pas l'envie qui en manquait à Matt, mais il savait que ce serait une erreur. Leur aventure avait commencé dans le plus grand secret, et tous deux étaient conscients des conséquences.

— Pas cette fois. Rien ne peut m'apporter d'aide.

— Depuis quand es-tu entêté à ce point ? explosa Flynt, perdant patience.

Matt ramassa son morceau de chiffon. Il lui fallait s'occuper les mains et, tant bien que mal, s'abstraire de ce qui l'obsédait.

— Entêté, moi ? Pas plus que le reste de la famille…

— Forcément plus, puisque tu pousses tout le monde à bout !

Le sourire s'était effacé des traits de Flynt. Son frère n'avait jamais été un modèle de sociabilité, mais aujourd'hui il passait les bornes. Signe qu'il s'était mis dans un sacré pétrin...

— Ecoute, Matt, si c'est sérieux au point de te pourrir la vie, tu ferais peut-être bien d'aplanir les différences entre cette fille et toi. Faire la paix avec elle...

Son frère eut un rire bref.

— Les choses ne pourraient pas être plus paisibles entre nous ! Elle m'a plaqué.

— Une femme est capable de te plaquer ?

Flynt le regardait, éberlué.

— Enfin une qui a la tête sur les épaules, dit-il en retrouvant son sens de l'humour.

Il passa le bras autour des épaules de Matt, en un geste de fraternelle camaraderie.

— Désolé, mon vieux, c'est sorti tout seul. Si elle a pris cette décision, peut-être que cette fille ne te valait pas. Tu t'en trouveras mieux, au bout du compte.

— J'essaie de m'en convaincre tous les jours.

Sans succès... Rose restait au cœur de ses pensées.

— Et ça ne marche pas, j'imagine ? reprit Flynt.

— Pas le moins du monde. Il suffit que je pense à elle pour que mon estomac se contracte...

Flynt hocha la tête. Il avait connu cette sensation en son temps, et savait à quel point elle pouvait ravager un homme. Mieux valait tenter de dérider Matt.

— C'est peut-être que tu serres trop ta ceinture...

— Ton humour me sauve, grand frère. Tu en as encore d'autres comme celle-là en réserve ?

Flynt sourit au sarcasme de son frère.

— Dans l'immédiat, non... Résumons-nous : tu sais comme moi qu'il est très facile de confondre certains... appétits sexuels avec ce mot, commençant par un A, que nous autres Carson avons tellement de mal à prononcer ! Si nous sommes dans le premier cas de figure, l'affaire se tassera d'elle-même. Si c'est le second, ça risque fort d'empirer.

Matt leva les yeux vers son frère.

— Ça a déjà empiré...

— Alors qu'est-ce que tu fais ici à frotter des selles qui reluisent depuis longtemps ! Va-le-lui dire ! Qui est-ce, au fait ?

Soit Flynt se montrait suprêmement malin, soit la question était sincère et non intentionnelle. De toute façon, Matt ne pouvait y apporter de réponse. Il secoua lentement la tête.

— Très bien, ne me dis rien ! répliqua Flynt. Mais agis, petit frère, dans ton propre intérêt ! Et tâche de retrouver le sourire qui faisait la joie de ta famille...

Il eut droit à un regard noir. Si Flynt avait appris quelque chose dans la vie, c'était le moment où il était nécessaire de rompre un engagement. Et là, il était temps. Son frère n'en supporterait pas beaucoup plus.

Il se dirigea vers la sortie des écuries.

— A bon entendeur, salut !

Matt ne répondit rien. Il avait repris son polissage, et souhaitait en cet instant n'avoir jamais franchi la porte de la bibliothèque municipale. Ni jeté les yeux sur la bibliothécaire…

Il aurait dû s'en tenir au bétail. Au moins, le bétail, on pouvait le prendre au lasso.

2.

— Bonnes nouvelles, Harrison, annonça Ben Ashton, pointant le nez dans le bureau du procureur.

Spence Harrison, procureur du comté, avait répondu d'une voix indifférente aux coups frappés à la porte, mais, lorsqu'il vit le détective privé, son expression s'anima. Ce dernier ne venait pas échanger des considérations générales sur une quelconque affaire en cours : il apportait des nouvelles bien plus personnelles. Sur une affaire qui était devenue celle de Spence, le jour où lui et ses trois infortunés amis s'étaient trouvés sur le parcours de golf du Lone Star Country Club en même temps... qu'un certain bébé.

C'étaient Spence et ses amis qui avaient découvert l'enfant, pleurant dans ses langes. Celui-ci avait été mouillé par l'arroseur électrique du terrain de golf. Baptisé, aurait-on pu dire... Malheureusement, des gouttes d'eau avaient brouillé l'encre du message épinglé sur la couverture du couffin, message qui, selon toute vraisemblance, était destiné au père.

Et parce qu'on savait les quatre amis fidèles adeptes du parcours, chacun d'entre eux était soupçonné d'être le père. Le meilleur moyen de faire taire les ragots était de se porter volontaire pour un test d'ADN. Ce que n'avait pas manqué de proposer en premier Flynt Carson qui avait décidé de prendre le bébé sous son aile. Les services de protection de l'enfance avaient effectué tous les prélèvements nécessaires. Et le résultat était tombé : Flynt n'était pas le père.

Afin d'enrayer tout scandale lié à son nom, particulièrement au vu de ses aspirations futures, Spence s'était porté volontaire en second.

Et c'était sans doute le verdict du labo que lui apportait Ashton. Spence essaya de déchiffrer le sourire du détective : signifiait-il que les tests d'ADN étaient négatifs, ou que l'enquête avait abouti par d'autres moyens ?

De toute façon, il ne s'inquiétait pas. Il n'y avait aucune raison pour que ce bébé fût de lui. La nouvelle serait donc forcément bonne. Il réprima un soupir et désigna la chaise qui occupait l'autre côté de son bureau d'acajou.

Ashton remercia d'un hochement de tête.

— C'est gentil, mais je ne peux pas rester, Harrison. Je passais juste vous dire que le bébé n'est pas de vous.

Spence lui adressa un regard direct.

— Je n'avais pas besoin de vous pour le savoir.

— Sans doute pas. Mais c'est incroyable ce que les services de police sont pointilleux… Ils veulent des preuves pour tout.

Ashton avait accompagné sa déclaration d'un sourire, gommant ce qu'elle aurait pu avoir de désagréable.

Après tout, décida Spence, c'était pour cela que lui et ses amis le payaient. Pour jouer l'avocat du diable et retrouver les parents de l'enfant.

Il s'adossa à son siège.

— A qui le tour, pour les vérifications ? demanda-t-il.

— Après Carson et vous, il nous reste Tyler Murdoch et Michael O'Day.

Pauvre Michael, songea Spence. Quand ils l'avaient appelé pour compléter leur quatuor, en lieu et place de Luke Callaghan, Michael n'y avait vu qu'une occasion agréable d'occuper sa matinée. Luke absent, certainement parti pour un de ces endroits de rêve auxquels seuls les très fortunés avaient accès, son remplacement temporaire semblait à tous la meilleure solution. Un projet tout simple, en somme, parfaitement innocent. Michael avait accepté l'offre sans savoir dans quoi il s'embarquait... Le destin vous jetait parfois au mauvais endroit, et ce au pire moment. Il aurait droit à ses analyses, lui aussi. D'autant qu'il appartenait au groupe depuis moins longtemps. Raison de plus pour respecter scrupuleusement la procédure.

Ashton était sur le départ.

— Vous voulez mon avis ? lança Spence.

Le détective privé fit poliment une pause sur le seuil de la porte.

— Vous ne trouverez rien. Pas parmi nous. Vous perdez votre temps.

— Certainement pas ! protesta Ashton. Nous avons justement besoin de preuves pour établir que la découverte de ce bébé, à un endroit que vous fréquentez assidûment, relève de la pure coïncidence.

Il termina avec un sourire :

— D'ailleurs, c'est pour cela que vous m'avez engagé, non ?

Spence hocha la tête.

— Bien sûr, bien sûr... Désolé si j'ai paru critiquer votre méthode, mais toute cette affaire...

Il eut un geste vague de la main, laissant la phrase se perdre. Il n'arrivait pas à trouver les mots pour traduire le malaise qu'il ressentait. Puis, reprenant sur son bureau le rapport qu'il lisait avant l'arrivée du détective, il conclut :

— Tenez-moi au courant, Ben.

— Comptez sur moi.

L'entretien était terminé. Ashton ferma la porte derrière lui.

Spence tendit la main vers le téléphone. Son instinct lui soufflait que Tyler serait le prochain sur la liste, même si Ashton ne le lui avait pas dit clairement. Après tout, c'était logique. Le détective essaierait de battre la police de vitesse et de dédouaner Tyler avant que les médias ne s'emparent de l'affaire. Rien de plus tentant pour les journaux à scandale qu'un groupe d'anciens combattants de la guerre du Golfe revenus en héros et ayant parfaitement réussi leur retour à la vie civile. Richesse et prestige étant leur lot, les médias sauteraient avidement sur le moindre écart dans leurs existences.

Tout le monde adorait les héros. En même temps, pour d'obscures raisons, tout le monde adorait voir leur gloire ternie. Spence resta songeur un moment.

Puis, soupirant, il pianota les chiffres familiers sur son cadran.

— Alors, tu as tout ce qu'il te faut ?

Rose reposa le chemisier qu'elle était en train de plier, et qu'elle ne pourrait plus porter bien longtemps. La haute stature de son père s'encadrait dans l'embrasure de la porte.

Malgré sa silhouette imposante et encore athlétique, Archie Wainwright avait l'air un peu égaré. Rose le revit soudain tel qu'elle le voyait enfant : à peu près l'égal d'un géant. Dommage que l'enfance eût une fin, songea-t-elle tristement. Dans le monde des adultes, les colosses avaient parfois des pieds d'argile.

Et depuis quelques mois, la stature morale de son père avait beaucoup diminué à ses yeux. Parce qu'elle savait sa position inflexible au sujet de cette vieille querelle — un ressentiment ancré bien avant sa naissance — qui dressait les Carson contre les Wainwright. Depuis si longtemps que la cause réelle n'avait plus aucune importance... En tout cas, cette dissension la séparait de celui qu'elle aimait.

Si seulement les choses avaient pu être différentes...

Mais elles ne l'étaient pas, se dit-elle sombrement. Et il lui faudrait s'accommoder de la réalité. Elle serait assez forte pour cela.

Du moins l'espérait-elle…

— Sois tranquille, répondit-elle en plaçant le chemisier dans la valise ouverte sur le lit. J'ai tout ce qu'il me faut.

Elle avait parlé froidement, songea Archie. Il n'y était pas habitué. Pas de la part de Rose.

Il s'éclaircit la gorge.

— Quand pars-tu ?

— Demain.

Elle avait répondu fraîchement, un peu trop vite, comme s'il s'agissait pour elle de prendre une petite semaine de vacances dont elle allait revenir avant d'avoir eu le temps de manquer à son père… Archie plissa les yeux, peiné.

D'une voix volontairement plus douce, Rose reprit :

— Je pensais aller faire un tour à Mission Creek une fois ma valise terminée. Histoire de jeter un dernier coup d'œil…

Archie hocha la tête. Il n'était pas spécialement sentimental, mais il comprenait ce besoin de se rendre sur des lieux qu'on ne reverrait pas de sitôt.

— Tu veux que je t'emmène ?

Dans l'état actuel des choses, cela ne semblait pas une très bonne idée à Rose. Et puis, elle voulait être seule avec ses pensées. Des pensées qui tournaient toutes autour de Matt… Elle voulait revoir les endroits qu'ils avaient fréquentés ces derniers mois. Des lieux qui comptaient pour elle, et des mois qu'elle chérirait toujours, malgré la malheureuse issue de leur idylle.

Archie se disposa à faire retraite. Le bon sens lui dictait qu'il valait mieux en rester là. Mais que pesait le bon sens face à son amour de père ? Un amour qui était terriblement frustré. En vain, il essayait de donner un sens à toute cette affaire, et n'y parvenait pas.

— C'est pour ton bien qu'on te fait partir, tu sais...

Rose sentit ses épaules se raidir, comme pour résister à une attaque.

— Non, répliqua-t-elle avec simplicité. Mon bien n'a rien à voir là-dedans. Tu ne gouvernes pas ma vie, papa, pas plus que je ne gouverne la tienne.

Une bouffée de colère monta aux joues d'Archie. Comment Rose pouvait-elle les comparer l'un à l'autre ?

— Je suis adulte, Rosie. Tu n'es encore qu'une enfant.

Au cours d'années pas si lointaines, la moindre trace d'insatisfaction chez son père faisait capituler Rose. Mais elle n'avait plus six ans.

— Tu fais erreur, rétorqua-t-elle. Nous sommes tous deux adultes, et libres de nos choix.

Elle releva le menton fièrement, consciente de son bon droit.

— Et libres aussi d'assumer les conséquences de ces choix, ajouta-t-elle.

Archie recourut à un système de défense vieux comme le monde.

— Tu brises le cœur de ta mère.

Si cela n'était pas si triste, Rose aurait pu en rire. Comment son père osait-il employer cet argument, après ce qu'il avait fait subir à sa mère ? Celle-ci avait demandé le divorce et déménagé pour fuir la conduite de son mari. Et elle n'était revenue que peu de temps auparavant, pour s'occuper de sa propre mère, âgée et malade. Kate Wainwright habitait maintenant un petit bungalow qu'Archie avait fait construire pour elle sur le terrain du ranch.

— Briser le cœur de maman ? répliqua-t-elle. Tu t'en es occupé avant moi !

Elle vit la rougeur envahir le visage d'Archie et la lutte qu'il se livrait à lui-même pour ne pas contre-attaquer.

— Tu vois, je peux jouer aussi la carte de la culpabilisation, papa, poursuivit-elle. Et je crois que cela ne nous aidera ni l'un ni l'autre…

Comme un feu de cheminée jette un dernier éclat avant de s'éteindre, la colère d'Archie brilla une dernière fois dans son œil, puis recula. Sa fille avait réveillé des souvenirs qu'il ne se sentait pas prêt à affronter. Il était trop bouleversé. Savoir qu'elle allait partir était suffisamment douloureux.

Ne voulant pas verser dans la sentimentalité, il serra brièvement Rose contre lui.

— Si tu as besoin de quoi que ce soit…

Rose comprit à demi-mot ce qu'il cherchait à lui dire. Elle lui rendit son étreinte et ses cheveux effleurèrent la solide épaule paternelle.

— Oui, je sais qui appeler.

Craignant que l'émotion ne le submergeât, Archie quitta les lieux sans la laisser rien ajouter.

*
* *

Derrière le bar, la serveuse épingla sur son chemisier le petit carton qui permettait à tous ceux passant la porte du Lone Star Country Club de savoir qu'elle s'appelait Daisy. *Daisy Parker*... C'était le nom qu'elle s'était choisi en lieu et place de sa réelle identité. Car il valait mieux, pour elle, éviter de révéler son vrai nom au grand jour. Ceux qui l'avaient connue seraient surpris de découvrir, sous les cheveux devenus blonds grâce à la teinture, et sous les traits du visage qu'un chirurgien de Londres avait légèrement modifiés, celle qui avait grandi parmi eux sous le nom de Haley Mercado. Celle-là même dont la famille entretenait des liens indissolubles avec la mafia texane. Cette mafia qui la recherchait aujourd'hui...

Daisy se retourna. Le cliquetis des talons sur les dalles était révélateur. Une cliente...

Elle afficha aussitôt son plus beau sourire. Elle avait reconnu Rose Wainwright.

— Pourquoi cette tête de six pieds de long, mon chou ? demanda-t-elle, avec l'accent traînant du Texas qu'elle affectait pour crédibiliser son personnage.

Rose se glissa sur l'un des tabourets du bar. Elle jeta un coup d'œil à la pièce, presque vide à cette heure.

— C'est ma dernière visite avant longtemps.

Daisy inclina la tête, et ses boucles blondes, qui avaient été noir de jais, effleurèrent son épaule.

— Vous nous quittez ?

Rose hocha la tête.

— Je vais à New York.

Elle ne semblait pas très heureuse de ce départ, observa intérieurement Daisy.

— Pour affaires, ou juste pour le plaisir ?

— Un peu des deux.

Rose eut un petit rire amer avant de reprendre :

— Aucun des deux, en fait.

Daisy eut une seconde de distraction. Son patron venait de passer l'entrée du salon, et elle inclina la tête dans sa direction. Une demi-heure plus tôt, il l'avait inconsciemment aidée en lui demandant d'assurer le service au bar, lors de la grande soirée privée qui aurait lieu le jeudi suivant. Plus elle circulait sans se faire remarquer, plus son petit micro enregistrait d'informations... Avec un peu de chance, le calvaire qu'elle endurait serait bientôt terminé.

Daisy regrettait que l'intimité de Rose fût ainsi violée par l'enregistrement de ses paroles, mais elle n'y pouvait rien. Et la jeune femme semblait vraiment avoir besoin de s'épancher.

— Qu'est-ce que je vous sers ? Comme d'habitude ?

Rose secoua la tête.

— Non, je prendrai simplement un soda au gingembre.

Les fois précédentes, Rose prenait un verre de vin blanc. Les sourcils de Daisy s'arquèrent.

— Vous êtes sûre ? Ça ne risque pas de vous monter à la tête...

— Ça tombe bien. J'ai besoin d'avoir les idées claires.

Daisy se pencha pour saisir la bouteille derrière le bar, et, la décapsulant, elle versa une partie du soda dans un verre à whisky.

— Je ne vous ai jamais vue abuser des boissons fortes.

— A présent, je n'y touche plus du tout. J'ai tourné la page.

Daisy reposa la bouteille aux trois quarts vide.

— New York et le soda au gingembre... Pas d'autres nouveautés au programme ?

Un petit sourire triste flotta sur les lèvres de Rose.

— Non, rien d'autre pour l'instant.

Elle prit en main le verre facetté que Daisy avait posé devant elle.

— En tout cas, vous n'avez pas l'air ravie de partir, commenta cette dernière.

— Disons que j'ai quelques soucis.

Ce n'était vraiment pas ce genre de révélations que le FBI s'attendait à récolter, lorsque ses agents avaient équipé Haley d'un micro caché. Rien de ce que cette malheureuse jeune femme pourrait dire n'aiderait Haley à atteindre son but, à savoir reprendre des droits sur sa propre existence. Mais l'évidente détresse de Rose la peinait, et elle aurait voulu pouvoir l'aider.

— Mon chou, si vous avez besoin d'une oreille attentive pour vous confier, vous savez où me trouver...

Rose sourit, visiblement touchée par l'offre.

— C'est gentil à vous. Mais New York est un peu loin pour les confidences.

— Il paraît qu'on a inventé un nouveau système… le « téléphone », comme on appelle ça. On parle à un bout, et ceux qui sont à l'autre bout entendent chaque mot. Incroyable, non ?

Les yeux de Daisy pétillaient de malice et, cette fois, Rose se mit à rire.

La serveuse afficha un sourire satisfait.

— Ah, voilà qui est mieux.

Au moins, pour la journée en cours, elle avait fait sa bonne action.

Matt comprenait enfin ce que signifiait l'expression « être à court d'idées ». Cette fois, il avait épuisé toutes les siennes.

Et il ne savait toujours pas quoi faire.

Après avoir réfléchi à l'attitude suggérée par Flynt, il avait décidé que son frère avait raison : mieux valait prendre le taureau par les cornes que de se laisser piétiner. En conséquence, il était allé voir Rose.

Mais elle n'était pas là.

Pas plus à la bibliothèque qu'en aucun autre endroit de la ville.

Finalement, il s'était résolu à appeler au ranch Wainwright, pour s'entendre dire que Mlle Rose n'était pas disponible. Sans autre détail. Rien qui ressemblât à une explication… Impatiemment, il avait demandé à quel moment il pourrait la joindre. La seule réponse qu'il avait obtenue était qu'on ne le savait pas. Un déclic lui avait fait comprendre qu'on avait raccroché.

Furieux, il avait fait de même, brutalement. Quelle sorte de langage était-ce là ?

Rose était *indisponible* ! Elle ne l'avait pas toujours été !

C'était bien là tout le problème. Rose n'aurait jamais dû se rendre « disponible » pour lui, un Carson. Et pourtant... Elle s'était offerte, légère et scintillante dans ses bras comme la libellule irisée aux rayons du soleil. Le souvenir de l'amour qu'ils avaient fait jusqu'aux petites heures du matin l'obsédait, colorant chaque instant du désert qu'était devenue sa vie.

Il ne pouvait continuer ainsi.

Bon sang, même si un homme était censé savoir tourner la page, il ne pouvait oublier Rose ! Il avait besoin de lui parler face à face, de lui dire qu'elle l'avait marqué à jamais.

Certes, maintenant qu'elle l'avait quitté, il aurait dû ranger toute cette affaire dans les tiroirs du passé, comme si elle ne signifiait rien. Mais il en était proprement incapable.

Et ce n'était pas une histoire de fierté, non... C'était son cœur qui était en jeu.

Comment Rose ne l'avait-elle pas senti ? Elle, si fine, si sensible, comment n'avait-elle pas prévu que son départ le ravagerait ?

Il avait bien essayé de se mentir, de se convaincre que tout cela n'était que le plaisir d'un moment, une relation purement physique. C'était un effort risible et, bien entendu, voué à l'échec.

Ce qu'il lui fallait à l'instant, c'était un verre. Quelque chose de raide.

Comme un ouragan, il franchit les portes du Men's Grill, au Lone Star Country Club. Le bâtiment était en réfection depuis qu'une bombe l'avait dévasté, quelques mois plus tôt, et les clients se contentaient de l'espace restreint que leur laissaient les travaux.

Il se planta sur un tabouret et jeta un œil furieux à son image, dans la grande glace derrière le bar.

Haley le repéra tout de suite malgré l'affluence. Le jeune frère de Flynt Carson... Flynt avait été l'un des meilleurs amis de Ricky, son frère, avant que la vie ne les sépare. Elle se dirigea vers lui, repassant derrière le bar.

— Salut, beau gosse. Que diriez-vous d'un petit sourire à la serveuse, hein ?

Sans attendre de réponse, elle plaça devant lui un whisky bien tassé.

Matt remercia d'un hochement de tête.

— Merci, Daisy. Mais pour le sourire, rien ne m'en donne envie en ce moment...

Il vida son verre d'un trait et le reposa sur le comptoir.

— Remettez-moi la même chose.

Daisy s'exécuta, cette fois à contre-cœur.

— Allez-y doucement... Vous ne tenez pas à fournir du travail supplémentaire au shérif, non ? Racontez-moi plutôt quel est le problème.

Matt leva les yeux vers elle. Tout d'un coup, il s'aperçut que ceux de Rose, d'un violet profond, lui manquaient terriblement. Et il maudit la jeune femme pour ce qu'elle lui faisait subir.

— Rien, répondit-il à mi-voix, perdu dans ses pensées. Tout.

— Voilà qui parcourt toute la gamme !

Haley le vit avaler le second whisky aussi vite que le premier et rangea la bouteille. A ce rythme-là, Matt Carson se préparait une gueule de bois de premier ordre.

— Très juste, reprit-il avec un petit rire sans joie. La totale ! Et moi qui croyais avoir balisé mon terrain... Je me suis fait avoir en beauté.

Il fixa le verre vide... Vide, exactement comme lui à présent.

— Elle m'a vraiment pris de court.

— *Elle ?*

Matt hocha la tête. Il détestait ce sentiment d'impuissance. Où pouvait-elle bien se trouver à cette heure ? Il se pencha sur le comptoir, parlant si bas que la serveuse fut aussi obligée de se pencher pour l'entendre.

— Elle est partie. Disparue. Pas moyen de la retrouver.

Ce regard noyé, Haley l'avait déjà vu dans les yeux de Rose, deux jours plus tôt. Pas besoin d'être un génie pour faire le rapprochement...

— Elle... Ce ne serait pas Rose Wainwright, par hasard ?

Matt lui lança un regard vif, et jeta rapidement un coup d'œil alentour. Mais il était peu probable que quiconque eût entendu, avec le bruit qui régnait dans le bar...

— Comment avez-vous... ?

Daisy lui adressa un sourire rassurant.

— Ne vous inquiétez pas, les serveuses sont formées à garder les secrets ! Par ailleurs, je connais votre histoire de querelle familiale. Grosse perte d'énergie pour pas grand-chose, si vous voulez mon avis... Mais personne ne me demande rien.

— Je vous demande, moi, si vous savez quelque chose sur Rose. Elle est passée ici ? Quand ? Qu'est-ce qu'elle vous a dit ?

— Oui, avant-hier, répondit la serveuse, qui ne se laissa pas démonter par ce feu roulant de questions. Elle disait qu'elle allait partir.

— Partir ?

C'était donc pour cela qu'il ne la trouvait nulle part !

— Elle a dit pour où ?

— New York.

— New York ?

Sous l'effet de la surprise, Matt ne s'apercevait pas qu'il répétait en écho chacune des précieuses informations fournies par la serveuse. Mais le dernier détail le laissait sceptique. New York était le dernier endroit où une personne telle que Rose aurait eu envie d'aller. Et puis, soudain, il se souvint. Rose avait une tante qui habitait Manhattan. Son nom... Oui, il s'en souvenait. Beth Wainwright !

Une vague de soulagement le submergea. Rose ne s'était pas évanouie dans la nature. Il savait où elle se trouvait. Il pourrait la récupérer. Plein de gratitude, Matt se pencha, attrapa Daisy par les épaules et lui planta un gros baiser sur la joue.

— Merci. Vraiment.

— Mais de rien, mon chou.

Presque rougissante, elle ajouta avec un clin d'œil :

— Aussi agréable que ce soit, ça ne tient pas lieu de pourboire...

En riant, pour la première fois depuis bien des jours, Matt déposa un billet de vingt dollars sur le comptoir.

— Gardez la monnaie. Et encore merci.

Pour la première fois depuis bien longtemps, en sortant du Grill, il savait précisément où il allait.

Encore ! Ne pouvait-on la laisser tranquille ? Le carillon de la porte ne semblait pas vouloir s'arrêter. Mais Rose n'avait pas le courage de voir qui que ce fût.

Depuis qu'elle était à New York, une mélancolie sourde s'était emparée d'elle ; chaque jour pesait un peu plus, comme une chape de plomb sur ses épaules. Oh, bien sûr, sa tante avait été merveilleuse, l'emmenant dans tous les lieux qu'elle appelait « amusants » avec l'espoir de la distraire, de lui arracher un sourire. Rose faisait de son mieux pour ne pas l'inquiéter, mais elle voyait bien que celle-ci, forte d'une expérience due aux années, ne se laissait pas tromper par ces manifestations de fausse bonne humeur.

Chaque matin, elle se réveillait plus déprimée que la veille. C'était sans doute le début du chemin qui était le plus difficile à parcourir. Les regrets poignants finiraient bien par se calmer, et un jour, le nom de Matt Carson ne signifierait plus rien pour elle.

D'ici un petit million d'années, elle parviendrait à dormir tranquille...

— Tu ne veux pas répondre, chérie ? J'ai les mains dans le caviar ! lança la voix de Beth depuis la cuisine.

Rose ne prit même pas la peine de demander une explication. Les excentricités de sa tante lui devenaient familières. Elle se leva. Déprimée ou pas, elle ne s'imaginait pas refuser un service à une personne aussi adorable que tante Beth.

— J'y vais.

Après tout, pensa-t-elle en débloquant le verrou, dans son état, toute distraction était bonne à prendre.

Toutes... sauf celle-ci !

Rose en resta interloquée.

Sur le pas de la porte se tenait Matt Carson.

3.

Matt était la dernière personne que Rose s'attendait à voir à New York. L'espace d'un instant, elle crut à une hallucination. Il était si présent en elle, dans son cœur et dans ses pensées, qu'elle s'imagina projeter son image sur quelqu'un d'autre.

Mais non, elle ne rêvait pas.

C'était bien Matt, devant elle !

Il fallut plusieurs secondes à Rose pour calmer les battements erratiques de son cœur. A force de volonté, elle parvint à recouvrer son calme.

— Que… que fais-tu ici ?

Matt reprit lentement son souffle. Depuis son départ du Texas, il ne s'était pas écoulé une minute sans qu'il ne préparât leur entrevue, répétant ce qu'il allait dire, ajoutant, retranchant des mots, modifiant tout… et maintenant qu'il se tenait devant Rose, son cerveau lui refusait tout service. Il répondit la première chose qui lui vint à l'esprit.

— Je te cherchais, et j'ai su…

Non ! Elle n'allait pas craquer, et lui tomber dans les bras pour tout recommencer de zéro ! Elle n'avait pas souffert pour rien l'angoisse des mensonges, le déchirement de la rupture. Revivre ce chemin de croix, Rose ne pouvait pas se le permettre.

— Eh bien, tu m'as trouvée, coupa-t-elle, presque brutale, s'agrippant à la poignée de la porte. A présent, tu peux repartir.

C'était la chose à ne pas dire. Matt sentit la colère monter, avivant sa blessure.

— Tu crois peut-être que je vais prendre congé bien gentiment, après avoir parcouru des milliers de kilomètres pour te parler ?

Ses yeux lançaient des éclairs, et il était plus beau dans sa fureur qu'aucun homme n'avait raisonnablement le droit de l'être. Tout ce que Rose aurait voulu, c'était se jeter dans ses bras et lui avouer qu'elle portait un enfant. *Son* enfant.

Quelque part, elle trouva la force de s'abstenir.

— Désolée, mais tu as perdu ton temps et ton argent, car je n'ai rien à te dire.

Elle s'était raidie, faisant de son mieux pour paraître froide, mais les mots laissaient un goût amer dans sa bouche et l'écœuraient presque. Etait-ce vraiment pour le bien de Matt qu'elle agissait ainsi ? Elle avait de plus en plus de peine à s'en persuader.

— Rappelle-toi, tout a été dit à Mission Creek.

Les yeux de Matt étincelèrent, dangereux. Il lutta pour ne pas franchir le seuil de force. Il n'était pas venu pour la rudoyer, mais il n'avait pas non plus traversé la moitié du pays pour se faire éconduire comme un vulgaire démarcheur !

— Tu m'as peut-être dit tout ce que tu voulais, à Mission Creek, mais tu ne m'as pas laissé l'occasion de te répondre ! Je t'aurais...

La vue d'une petite femme aux cheveux noirs, dont le caftan brodé d'un dragon bleu habillait les formes généreuses, l'interrompit net. Elle se tenait derrière Rose et le regardait avec une bienveillante curiosité. Dans son visage ovale, en forme de cœur, brillaient des prunelles sombres pleines d'humour.

— Un problème, ma chérie ?

Elle parlait à Rose, mais ses yeux ne quittaient pas Matt, qui se sentait scruté, littéralement disséqué par ce regard souriant.

— Tiens, tiens... Qui est donc ce bel inconnu ?

Elle rit doucement et posa une main potelée sur le bras de Matt.

— Si vous vendez des encyclopédies, je signe immédiatement pour la première série. Mais j'ai une meilleure idée. Pourquoi n'entreriez-vous pas pour me convaincre d'acheter la série complète ?

« Seigneur, non ! » songea Rose en vacillant. C'était la dernière chose à proposer !

— Tante Beth, je ne crois pas que... Je ne vous ai pas présentés, mais...

Elle s'interrompit, sentant ses jambes se dérober sous elle. C'était sans doute l'effet de la grossesse. Pourvu qu'il ne lui prît pas la mauvaise idée de s'évanouir ! La tête lui tournait, et elle avait du mal à conserver une vision claire.

— Pas besoin de présentations, chérie, reprit Beth, avec un clin d'œil à l'adresse de Matt. Je devine de qui il s'agit.

Sa nièce n'était pas arrivée depuis plus d'une heure qu'elle lui avait déjà soutiré toute l'histoire. Beth avait le chic pour provoquer les confidences : elle faisait parler qui elle voulait, même les interlocuteurs les plus réticents. Car elle croyait fermement qu'un secret, un chagrin, étaient moins lourds à porter si l'on était deux. Et elle avait compris à quel point cette grossesse imprévue troublait sa nièce.

— Avec ces yeux bleu d'acier, ce visage taillé à la serpe, et à en juger par votre âge… vous ne pouvez être qu'un des fils de Ford Carson.

Beth avait incliné la tête sur le côté, prétendant détailler le nouvel arrivant, car elle voulait faire semblant de tâtonner un peu. Donner d'emblée à Matt l'impression de tout savoir sur eux, ce serait blesser Rose. Quant à la grossesse, bien sûr, elle n'en piperait mot, puisque Matt était dans la plus complète ignorance à ce sujet. Elle respecterait la décision de Rose. Quoi qu'elle en pensât…

— Vous n'êtes pas le plus âgé des fils Carson… Voyons… Matt, sans doute ?

Matt la regarda, médusé qu'on pût le reconnaître sans l'avoir jamais connu. Dans son extravagant caftan de soie, son hôtesse ressemblait exactement à la description qu'en avait donnée Rose : une femme sans âge, dont l'expérience était immense et qui avait bourlingué partout. Il savait que Beth était la sœur cadette d'Archie Wainwright, ce qui devait lui faire une soixantaine d'années. Mais elle les portait bien, avec une étonnante jeunesse de traits. Les seules rides visibles se réduisaient à quelques lignes autour de sa bouche, lorsqu'elle souriait ou s'esclaffait.

— Vous avez deviné, répondit-il.

— Eh bien, Matt, ne restez pas planté sur le perron. Il fait bien trop froid, dans ce hall !

Beth s'écarta pour le laisser entrer dans le couloir du vaste six pièces qu'elle occupait à l'ouest de Central Park, mais Rose s'interposa.

— Matt allait justement partir, tante Beth...

Du regard, elle lança un regard suppliant à Matt pour qu'il confirmât son propos. Du fond du cœur, elle aurait souhaité qu'il ne mît jamais les pieds ici.

Silencieusement, Matt évaluait la situation. Etait-elle si pressée de le renvoyer ? N'était-il qu'un pauvre idiot d'amoureux, éconduit pour la première fois de sa vie ? Il n'avait pas d'expérience pour qualifier ce qu'il vivait en cet instant. Aucune mesure à laquelle jauger son désespoir... Car il n'avait jamais éprouvé pour aucune femme ce qu'il ressentait pour Rose. Mais il était possible que cette folie ne fût pas partagée, après tout...

— Oh, mais il ne peut pas repartir si vite ! expliquait Beth à Rose, du ton qu'elle aurait employé pour convaincre une enfant. Il vient à peine d'arriver...

Pour couper court à toute discussion, Beth glissa sa main couverte de bijoux sous le bras de Matt.

— Allons, entrez donc... Un peu de repos ne vous fera pas de mal, après un tel voyage. Venez secouer la poussière de vos bottes ! Vous voyez, je n'ai pas oublié toutes nos expressions du Texas...

Prisonnier du bras de Beth, Matt avait-il d'autre choix que d'entrer ? Il se laissa faire et regarda autour de lui, stupéfait. Jamais il n'aurait imaginé qu'un tel appartement pût exister en plein cœur de New York, la cité bondée et bruyante qu'il venait de traverser. Du haut de son vingtième étage, il dominait, laissant les nuisances sonores aux étages inférieurs. Le living, immense, à l'ameublement ultramoderne, était entièrement recouvert d'un épais tapis blanc. Aux murs, des photos encadrées de Beth retraçaient sa vie et sa carrière d'actrice. On la voyait en compagnie de différentes personnalités, d'acteurs avec lesquels elle avait tourné. Sur d'autres, elle posait à côté des hommes qui avaient successivement partagé sa vie. Et sur chacune, Matt lisait la vitalité qui animait encore Beth aujourd'hui.

Presque honteux de ses bottes, il osait à peine marcher sur la laine soyeuse du tapis. On aurait dit le sable intact d'une plage au petit matin,

— Comment faites-vous pour le conserver de ce blanc immaculé ?

Le clin d'œil qui lui répondit ressemblait à celui d'une femme désireuse de flirter. Matt eut l'impression que, dans ses jeunes années, Beth avait été de la dynamite. Et encore aujourd'hui, elle semblait animée d'une énergie peu commune.

— A cœur vaillant, rien d'impossible, mon chou ! répondit-elle en riant. Surtout quand on a de l'argent...

Matt eut une moue dubitative. Il était venu, le cœur vaillant, plein d'espoir. Pour se faire pratiquement claquer la porte au nez. Et jamais l'argent ne lui permettrait de conquérir l'amour de Rose, si elle ne voulait plus de lui.

Beth s'installa sur un vaste sofa de facture italienne, en cuir bleu glacé. Elle tapota la place à côté d'elle.

— Venez vous asseoir...

Rose voyait bien que sa tante agissait avec les meilleures intentions du monde, mais si elle n'y mettait pas bon ordre, elle ne conserverait plus aucun contrôle sur la situation. Elle adressa à Beth un regard appuyé.

— Tante Beth, puis-je te parler un instant ?

Beth leva vers elle son regard pétillant. A côté d'elle, Matt s'enfonçait dans les coussins moelleux. Le canapé le happait littéralement.

— Je t'écoute, ma chérie...

— Seule à seule, s'il te plaît.

Matt se redressa, pour se pencher vers la maîtresse de maison.

— Je crois qu'elle veut dire : sans moi.

Beth hocha la tête.

— Je le crois aussi. Elle a toujours été assez têtue, depuis l'enfance. Mais croyez-moi, elle vaut la peine qu'on la supporte, ajouta-t-elle avec un sourire.

Elle se leva, rassemblant son caftan en un grand mouvement de tissu.

— Je suis toute à toi, ma chérie. Dans quelle pièce préfères-tu aller ?

— Dans ton bureau, répondit Rose.

Au moins, le bureau se trouvait à l'autre bout de l'appartement, et l'on pouvait s'y isoler. Car Rose ne tenait pas à ce que Matt l'entendît.

Seigneur, si elle s'était exilée, c'était autant pour oublier cet homme que pour protéger sa famille de tout embarras lié à sa grossesse ! Quel besoin avait-il de la poursuivre jusqu'ici ?

« Qui crois-tu tromper ? dit une petite voix dans sa tête alors qu'elle se dirigeait résolument vers le bureau. Tu ne peux pas l'oublier. Tu n'as même pas commencé ! »

Rose savait que c'était l'exacte vérité. Mais s'il était difficile de le chasser de son esprit dans des circonstances normales, cela deviendrait impossible s'il restait ! Ce qu'il ne manquerait pas de faire, pour peu que sa tante continuât à le traiter en vieil ami de la famille... La priorité des priorités, c'était d'empêcher tante Beth de déployer tant d'amabilité.

Rose laissa entrer sa tante dans le bureau et referma soigneusement derrière elle.

Beth ouvrit tout grand les bras, en un geste qui rappelait une de ses attitudes de théâtre.

— Alors, ma chérie, qu'as-tu de si important à me dire ?

Jamais Rose n'aurait voulu vexer quelqu'un qu'elle aimait à ce point. Mais il fallait que sa tante comprît !

— Je ne veux pas que tu l'encourages à rester...

Beth se mit à rire.

— Cet homme n'a besoin d'aucun encouragement ! Ce n'est pas sur mon invitation qu'il a parcouru ces milliers de kilomètres !

Elle soupira, comme elle le faisait à la dernière page des romans d'amour dont elle affectionnait la lecture.

— Il n'est venu que pour toi...

Frustrée, presque furieuse, Rose se mit à arpenter le bureau.

— Mais je ne veux pas le voir !

Beth, soudain sérieuse, lui adressa un curieux petit regard. Sa voix prit une inflexion douce, presque insinuante.

— Bien sûr que si...

Rose se mordit la lèvre. La situation était suffisamment compliquée ainsi... S'il fallait en plus se mettre à discuter !

— Tante Beth...

Beth n'avait pas d'enfant, mis à part un beau-fils adulte qu'avait eu un de ses époux lors d'un premier mariage. George vivait au Chili, sur une plate-forme pétrolière. Elle n'avait jamais eu l'occasion de le materner. En conséquence, toute son affection s'était reportée sur Rose.

— Je te conseille d'y réfléchir, chérie, reprit sa tante. A tête reposée. Il y a... cette *étincelle* entre vous. Je l'ai sentie à la minute où je vous ai vus ensemble.

Rose poussa un soupir exaspéré.

— Des étincelles, je suis sûre qu'il y en a ! De fureur, si tu veux mon avis ! J'essayais de trouver un bon moyen pour le renvoyer !

Beth prit la main de sa nièce entre les siennes, l'obligeant à la regarder.

— Mon cœur, ne laisse pas une stupide querelle ruiner ce qui pourrait être un merveilleux avenir.

Rose secoua la tête et retira sa main.

— Ce n'est pas seulement la querelle familiale, tante Beth. Et même si c'était le cas, ce serait un obstacle majeur pour papa.

Beth eut un geste impatient de la main.

— Ton père se montre toujours d'une incroyable fidélité quand il s'agit de s'attacher à des sottises !

Elle entoura les épaules de sa nièce d'un bras protecteur, se haussant un peu pour se mettre à la hauteur de Rose, qui la dominait d'une bonne tête.

— Ma chérie, crois-tu vraiment que, si ton père s'était épris d'une Carson, il aurait laissé une quelconque querelle se mettre en travers de son chemin ?

Elle se mit à rire, au souvenir de l'homme qu'était son frère avant que l'âge et la stabilité ne l'eussent contraint à plus de sérénité.

— Sûrement pas ! Ton père était un vrai bulldozer, à cette époque ! Il aurait tout renversé sur sa route pour obtenir ce qu'il voulait. Et s'il était tombé amoureux d'une Carson…

— Mais cela ne s'est pas produit pour lui, interrompit doucement Rose. Pour moi, si. Cela fait une grande différence…

Le visage de Beth se fendit d'un large sourire. Elle avait obtenu ce qu'elle voulait.

— Donc, tu admets que tu l'aimes…

Rose leva les yeux, interloquée. Elle avait parlé sans même y penser. Sa tante était très douée pour extorquer des aveux !

— Peut-être, répondit-elle en guise de demi-concession. Mais je comprends bien à quel point je me fourvoie !

Le regard de Beth, d'un violet aussi sombre que celui de Rose, devint soudainement rêveur. Elle repensait à ses propres expériences, aux hommes qu'elle avait aimés.

— On ne se fourvoie jamais quand on aime, Rose. Vous êtes comme Roméo et Juliette. Mais pour vous, s'empressa-t-elle d'ajouter d'un ton confiant, il peut y avoir une fin heureuse.

Rose eut l'impression que sa tante faisait une prédiction. Beth semblait y croire... Elle-même, hélas, ne le pouvait pas.

— Je crois surtout qu'il va y avoir une fin, un point c'est tout. Et aujourd'hui même.

Mais Beth avait déjà ouvert la porte et se dirigeait vers le salon.

— Je n'entends rien, ma chérie... Tu sais, ma mauvaise oreille...

Rose leva un sourcil soupçonneux.

— Ta mauvaise oreille ? Je croyais que tu t'étais fait soigner...

Sans s'émouvoir, Beth lui répondit tranquillement :

— Tu sais ce qu'il en est de ces problèmes de santé : ça va, ça vient... Surtout chez quelqu'un d'aussi excentrique que moi !

Rose l'arrêta avant que Beth ne parvînt dans le salon. Il n'était pas question qu'elle y retournât avant d'avoir promis de respecter une stricte neutralité !

— Tante Beth, te rappelles-tu les détails de la querelle entre les familles ?

— Si je m'en souviens ?

Sa tante se mit à rire.

— On m'en a rebattu les oreilles matin et soir, lorsque j'étais enfant ! Il m'a fallu attendre mes dix ans pour comprendre que ça ne faisait pas partie de la mythologie antique !

Rose bloqua l'avancée de sa tante en posant fermement les deux mains sur ses épaules.

— Alors, tu te souviens que Jace Carson a demandé la fille du maire en mariage uniquement parce qu'il la croyait enceinte de lui… Il ne l'aimait pas, mais il était prêt à se conduire honorablement.

Beth l'interrompit, le doigt levé.

— Mais l'enfant n'était pas de lui ! La fille du maire l'avait eu avec le jardinier, mais elle avait tellement peur de la réaction de son père qu'elle avait gardé le secret de sa grossesse jusqu'à ce qu'elle imagine pouvoir en accuser Jace. Tout s'est bien terminé pour lui. Malheureusement, celle qui a payé dans l'affaire, c'est cette pauvre Lou-Lou…

Depuis longtemps, Beth souhaitait écrire une pièce sur les débuts de la querelle qui avait impliqué Lou-Lou Wainwright, dont elle aurait pu jouer le rôle. Celle-ci avait préféré mettre fin à ses jours quand elle avait compris qu'elle ne pourrait jamais épouser Jace Carson,

son amour de jeunesse. Et c'était à partir de cet événement que les deux familles s'étaient divisées.

Beth risquait de se perdre dans les souvenirs du passé, et Rose la ramena fermement au point qu'elle entendait développer.

— Mais ce qui compte, c'est que Jace était prêt à épouser la fille du maire, par sens du devoir !

— Tu penses donc, devina Beth, lisant dans ses pensées, que si Matt te savait enceinte, il ferait la même chose ?

— Exactement !

Il était vraiment curieux de voir comment deux personnes si visiblement amoureuses pouvaient se montrer aveugles l'une envers l'autre... Beth sourit. Cela lui rappelait ce qu'elle avait vécu avec Garrison.

— Rose, écoute-moi : Matt a sûrement un grand sens du devoir, mais je ne crois pas que ce jeune homme ferait quoi que ce soit dont il n'ait pas foncièrement envie...

— Justement. Il aura envie d'être considéré comme un homme d'honneur !

— Et ça te dérange ? demanda Beth, essayant de suivre le raisonnement de sa nièce.

— Ça me dérange qu'il m'épouse par devoir, ou pour donner un nom au bébé.

Elle s'accrocha aux épaules de sa tante, désespérant de lui faire comprendre ce qu'elle éprouvait

— Ce que je veux, c'est qu'il m'épouse par amour, parce qu'il veut un enfant avec moi, et pas seulement pour assurer une situation honorable à celle qui, par hasard, porte son enfant ! Tu sens bien la différence, tante Beth ?

— Très bien. Mais si, toi, tu ne sens pas que ce malheureux cow-boy est fou amoureux de toi, il va falloir que nous ayons une petite conversation…

Rose l'arrêta du geste.

— Non. Plus de conversation. Pas maintenant. Je veux juste qu'il parte pour pouvoir reprendre le cours de ma vie.

Décidément, songea Beth, les jeunes ne savaient plus aimer ! Ils prenaient systématiquement le problème à l'envers…

— De quelle vie parles-tu ? Tu crois vraiment que tu seras heureuse sans lui ?

Avant que Rose ait eu le temps d'argumenter, Beth se dégagea et fila en direction du salon.

Elle adressa un large sourire à Matt qui s'était levé en la voyant revenir. Beau garçon… Et poli, avec ça. Sa nièce avait bien de la chance. Le seul point noir, c'était qu'il fallait l'en persuader !

— Désolée de vous avoir abandonné si longtemps, Matt… Oh, je vois que vous avez trouvé mon album !

Elle désignait le gros volume relié de cuir et doré sur tranche que Matt avait commencé à feuilleter. Elle s'assit à côté de lui pendant qu'il tournait les pages. Une photo arrêta soudain l'œil de Matt, et il dut se retenir pour ne pas dévisager Beth dans le même mouvement. La page ouverte montrait une jeune femme nue, dont de grandes plumes blanches, disposées de façon stratégique, couvraient certaines parties du corps.

— C'est… vous ? hasarda-t-il.

— Oui. Il y a longtemps !

Elle avait dix-huit ans alors, et venait à peine de quitter le ranch. Cela semblait dater d'un million d'années. Et, pour elle, c'était hier...

— Je me produisais à Broadway, alors. Oh, pas dans les théâtres officiels, non, mais dans les spectacles « off ». Tellement « off » qu'aucun critique ne s'y risquait jamais !

Elle avait fait son chemin depuis, gagnant ses galons d'actrice, recherchée par les metteurs en scène les plus réputés. Moissonnant la gloire et pas mal d'hommes en cours de route.

Beth soupira.

— Ça a été une vie merveilleuse. Mais vous n'êtes pas ici pour m'entendre égrener mes souvenirs, n'est-ce pas ?

Matt lui sourit et s'aperçut qu'il se sentait bien en sa compagnie. Pourtant, il ne la connaissait que depuis quelques minutes. Ce sentiment de bien-être immédiat et complet, il l'avait déjà éprouvé une fois... avec Rose. Avant qu'elle ne le chassât de sa vie. C'était peut-être un trait de famille. Pourtant, Rose était franchement moins extravertie que sa tante. Du point de vue de Matt, ce n'était pas un mal, car si Rose avait été tout le portrait de Beth, il aurait dû prendre son tour dans une longue file de soupirants, au lieu de l'avoir à lui tout seul. Enfin, s'il parvenait un jour à la récupérer... Mais il sentait une alliée en Beth et, comme telle, il se devait de la ménager.

— Ça ne me dérange pas le moins du monde..., répondit-il. Vos souvenirs semblent passionnants.

Beth lui tapota la main en riant. Ses yeux violets pétillaient comme du champagne dans une coupe de cristal.

— Alors, vous ne vous contentez pas d'être beau, en plus, vous êtes malin... Rose ! lança-t-elle à l'adresse de sa nièce qui les rejoignait, ce garçon est un charmeur !

— Je sais, déclara Rose en le regardant froidement. Mais on en a vite fait le tour.

La remarque atteignit le cœur de Matt, comme la flèche bien acérée qu'elle était. Que faisait-il ici, à s'humilier devant une femme qui ne voulait plus de lui ? Elle le lui avait dit clairement : elle s'était bien amusée et, une fois l'excitation des premiers moments disparue, elle lui avait signifié qu'il était temps pour chacun de reprendre sa route !

A quoi bon rester plus longtemps ? Que faisait-il de sa fierté ?

— Puisque je suis ici, s'entendit-il dire comme si un autre parlait, je pourrais aussi bien m'offrir ces vacances dont j'ai besoin depuis longtemps. Mais cette ville est un vrai puzzle, pour un Texan !

Il s'adressait à Beth comme si Rose n'existait pas.

— Je vais avoir besoin d'un guide...

Il s'attendait à une offre, au moins par politesse, mais pour une fois les deux femmes restèrent muettes. Alors, courageusement, il reprit, regardant toujours Beth :

— Pourquoi pas vous ?

— Oh, j'adorerais cela ! dit-elle en secouant la tête. Mais je suis en plein cours de théâtre. J'enseigne à un groupe de jeunes gens, et je ne peux vraiment pas les lâcher en ce moment.

Un sourire illumina son visage, comme si elle venait juste de trouver une excellente idée.

— Mais Rose pourrait me remplacer ! Elle est libre de son temps.

Matt évita de regarder la jeune femme.

— Elle ne sait peut-être pas bien s'y retrouver dans la ville...

— Croyez-moi, Matt, elle sait bien plus de choses que vous ne le pensez.

Cette fois, il leva les yeux vers Rose. Etait-ce son imagination, ou avait-elle pâli ?

— Très bien, dit-il avec un enjouement de façade. Rose, tu es d'accord ? Tu me montreras les hauts lieux de New York ?

A quoi rimait ce jeu ? Ne pouvait-il la laisser tranquille et partir ?

— Tu n'as aucune envie de découvrir cette ville, rétorqua-t-elle.

De nouveau, Matt sentit la colère l'enflammer. Il n'y avait aucun doute à ce sujet : Rose parvenait à l'irriter comme personne !

— Je viens d'affirmer le contraire ! Pourquoi dois-tu me contredire tout le temps ?

Rose n'était pas d'humeur à se montrer diplomate.

— Peut-être parce que tu ne dis jamais le fond de ta pensée !

Beth dut taper trois fois dans ses mains pour attirer leur attention.

— Allons, les enfants, cessez de vous disputer tout de suite et faites amis-amis... Sinon, c'est au lit sans souper !

Il était temps de les arrêter, avec humour de préférence. Elle leur adressa un grand clin d'œil.

— Enfin, disons... privés de dessert ! Je ne veux pas être trop dure avec vous !

Rose pressa ses mains jointes l'une contre l'autre et prit une profonde inspiration. Leur dispute avait de quoi paraître infantile... Et puisque Matt semblait décidé à rester, autant lui faire visiter la ville. En espérant qu'il partirait ensuite. Ce ne serait pas trop cher payé pour obtenir ce qu'elle voulait.

— D'accord, je te guiderai pour la visite, si c'est ce que tu veux vraiment...

— La spontanéité de ton invitation m'enchante, répliqua Matt, sarcastique.

Beth se leva.

— Allons, répondez-lui aimablement, que nous en finissions et que je puisse vous montrer votre chambre !

Rose sursauta sous le choc. Elle regarda Matt, puis sa tante, espérant avoir mal compris.

— Il... couche ici ?

Beth prit l'air innocent.

— Il y avait une valise dans l'entrée, j'ai présumé qu'il s'agissait de la sienne.

— Ce n'est pas parce qu'il a une valise qu'il doit s'installer ici ! rétorqua Rose. Nous ne sommes pas un hôtel !

A peine avait-elle parlé qu'elle comprit son erreur.

— Non, bien sûr, susurra Beth. Pourtant, je te loge, non ?

Rose tenta de s'extirper du mauvais pas où elle s'était elle-même placée.

— Ce n'est pas la même chose, je suis de la famille...

Beth eut un regard plein de sagesse. Depuis qu'elle avait failli mourir sur une table d'opération, elle avait rétabli les liens avec le pouvoir céleste.

— Nous sommes tous une grande famille au regard de Dieu. Et Matt doit passer la nuit quelque part... N'est-ce pas, Matt ?

Ce dernier se leva instantanément.

— Bien sûr. Mais je comptais aller à l'hôtel...

S'appuyant sur le bras du sofa, Beth se leva à son tour.

— Eh bien, cela vous épargnera le souci d'en chercher un. D'autant qu'il est déjà tard. Troisième porte à gauche, la chambre d'invité.

— Vraiment, madame, je ne sais si...

— Appelez-moi Beth, je vous en prie. Ne vous en faites pas, j'adore avoir des invités, ajouta-t-elle gaiement. Cela met un peu d'animation dans la maison.

— Mais Rose me paraît...

— Si vous continuez à protester, vous allez me blesser ! Vous ne voudriez pas vous montrer désagréable, quand même ?

Matt s'inclina. Rose allait ouvrir la bouche, mais sa tante ne lui en laissa pas le temps.

— Eh bien, c'est réglé !

Encore une fois, Rose dut presser ses mains l'une contre l'autre pour conserver son calme.

— Donc, vous restez, continua Beth. Vous verrez, l'appartement est grand, nous ne nous gênerons pas. On pourrait même vivre ici longtemps sans se croiser !

« A moins, se dit-elle intérieurement, que je me débrouille pour que certains se croisent un peu plus que d'autres... »

4.

Rose ressentait douloureusement la présence de Matt, qui s'installait dans la chambre voisine.

Sa tante disposait d'une autre chambre d'invité, située de l'autre côté de la sienne. Pourquoi ne la lui avait-elle pas proposée ? Rose ne cessait de s'interroger, et son humeur s'assombrissait. N'était-il pas assez difficile de se battre avec ses propres sentiments, dans l'état d'émotivité où la mettait sa grossesse, sans avoir à repousser les barbares aux portes de la ville ? Surtout lorsque ces barbares venaient d'enfoncer les portes et s'imposaient sans autre forme de procès !

Matt avait prévenu Beth qu'il comptait rester une semaine ou deux, tout en regardant Rose comme si la longueur de son séjour dépendait d'elle. Si tel avait été le cas, il serait déjà dans l'avion pour le Texas, se dit Rose en ruminant son exaspération.

Mais peut-être n'était-il pas trop tard pour persuader sa tante d'abréger le séjour... Déterminée, Rose se lança à la recherche de Beth.

Cependant, au lieu de sa tante qu'elle espérait trouver dans le salon, elle tomba sur une armée de serveurs en uniforme : l'appartement était littéralement envahi ! Plateau à la main, ils se dirigeaient en file vers la terrasse. Les suivant machinalement des yeux, Rose aperçut sa tante.

D'un air décidé, comme à son habitude, Beth donnait ses ordres d'une voix ferme, organisant le ballet des serveurs qui disposaient une table et un repas entier sur la terrasse. Son caftan flottait autour d'elle comme la cape d'un général.

— Tante Beth, interrogea Rose, slalomant entre les serveurs, que signifie tout cela ?

— Oui, posez cela ici, c'est très bien, dit Beth à l'adresse d'une jeune femme en livrée noire qui tenait un bol de maïs égrené. Cela ? Mais c'est le dîner, ma chérie. De quoi croyais-tu qu'il s'agissait ?

Il y avait des verres en cristal élégamment disposés sur la table ronde, dressée d'une nappe de dentelle immaculée. Deux bouteilles attendaient dans un rafraîchissoir, l'une de soda au gingembre et l'autre de champagne. Des plats, couverts d'une cloche argentée, patientaient sur une desserte. Et sur ce décor de rêve, le crépuscule de la ville tombait lentement, parmi les bruits assourdis du soir.

— Tu plaisantes, tante Beth ! Jeter deux steaks dans une poêle et préparer quelques feuilles de salade, voilà ce que les gens raisonnables appellent dîner. Mais tout cela, c'est... une véritable conspiration !

Beth se mit à rire et tapota gentiment la joue de sa nièce.

— Tu vois des complots partout ! Tu sais, ajouta-t-elle en baissant d'un ton, il est reconnu que dans ton état, on devient facilement paranoïaque...

Paranoïa ou pas, son état était supposé rester secret ! Si sa tante se mettait à en parler sur la place publique... Rose se tourna vers l'appartement, pour s'assurer que Matt ne se trouvait pas à portée de voix.

— Tante Beth..., commença-t-elle, les dents serrées.

— J'ai parlé tout bas, ma chérie, murmura Beth. Aucun des serveurs n'a pu entendre. Même toi, tu as eu du mal...

Un jeune homme en boléro noir et nœud papillon se présentait, porteur d'une boîte que Beth lui prit des mains.

— Merci, je m'occuperai de cela moi-même.

Sans plus s'occuper de Rose, Beth sortit de la boîte deux bougeoirs d'argent, dans lesquels elle disposa deux longues bougies.

Les yeux de Rose s'arrondirent d'incrédulité.

— Des bougies ? Tu as fait venir des bougies ? cria-t-elle presque, alors que sa tante les allumait posément. Depuis quand ce décorum fait-il partie d'un dîner ?

Beth la regarda et haussa malicieusement un sourcil parfaitement dessiné.

— Disons qu'il y a dîner... et *dîner*.

Rose n'en croyait pas ses oreilles. De ce dîner-là, il était évident qu'elle constituait le plat de résistance !

— Ça ne se passera pas comme ça.

— Pourquoi ? Tu n'as pas faim ?

Comme s'il était question de cela ! Rose étouffa un soupir excédé.

— Ce que tu manigances avec cette mise en scène n'aura pas lieu.

Beth la regarda avec tant d'ingénuité que Rose comprit pourquoi on la considérait comme l'une des meilleures actrices de son temps.

— Je ne manigance rien d'autre qu'un bon repas, ma chérie. Vous voir sourire l'estomac plein est mon seul but.

Elle regarda les mets délicats qu'elle avait fait venir de chez Claude, son restaurant favori, puis elle hocha la tête, satisfaite. D'un geste, elle congédia les serveurs.

— C'est parfait, merci.

Ces derniers s'éclipsèrent en un clin d'œil, comme des elfes bien stylés ayant accompli leur devoir. Et Rose, regardant la table d'un air toujours aussi sceptique, y trouva un nouveau sujet d'alarme.

— Mais... je ne vois que deux couverts !

La simplicité de la réponse fut déconcertante.

— C'est qu'il n'y a que deux personnes à dîner...

L'estomac de Rose se tordit. Cela aurait déjà été assez problématique s'ils avaient dîné tous les trois, mais là... Espérant contre tout espoir, elle se força à poser la question qui lui brûlait les lèvres.

— Tu... ne dînes pas ici ?

Beth parut soudain aussi jeune que sa nièce quand elle répliqua :

— A ton avis...

— Oh, non !

Rose secoua obstinément la tête.

— Non. Je suis désolée, mais je refuse de passer la soirée en tête à tête avec lui.

Beth semblait imperméable à la révolte de sa nièce.

— Il le faudra bien, chérie. Je dois faire répéter les élèves en cours du soir…

Désespérée, Rose cherchait une porte de sortie.

— Je vais venir avec toi. Je ne t'ai jamais vue enseigner !

Sa tante, du geste, chercha à l'en dissuader.

— C'est long et ennuyeux ; nous répétons toujours la même chose. Tu te lasserais.

— Eh bien, je m'endormirai ! reprit Rose, décidée à ne pas se laisser convaincre. J'ai du sommeil en retard, cela me fera du bien !

— Tu as plus besoin de te nourrir que de dormir, en ce moment. N'oublie pas que tu manges pour deux.

Beth passa un bras potelé autour des épaules de sa nièce.

— C'est un très gentil garçon qui se prépare dans la chambre d'invité, tu sais. Il ne va pas sauter par-dessus la table pour prendre des libertés avec toi…

Elle regarda la taille toujours aussi fine de sa nièce — une taille qui n'allait pas tarder à évoluer —, et sourit largement.

— D'ailleurs, d'après ce que je comprends, vous avez déjà pris vos libertés l'un envers l'autre, non ?

Soupirant, Rose se rappela combien son père trouvait sa sœur têtue… et excentrique ! Pour une fois, Archie avait raison. Il était même au-dessous de la vérité !

Elle sentit poindre un douloureux mal de tête.

— Tante Beth, tu ne m'aides pas…

Beth regarda sa montre.

— Ma chérie, je n'ai pas la moindre idée de ce que tu veux dire, mais nous éclaircirons ce détail plus tard, car je vais être en retard à mon cours ! Tout ce que je souhaite, c'est que tu dînes tranquillement en mon absence. Et Matt pourra te tenir compagnie ; ainsi, tu te sentiras moins seule.

Elle se prépara à faire sa sortie. Une actrice, même à la retraite, n'était rien si elle ne soignait pas ses entrées et sorties…

— Crois-moi, il pourrait t'arriver pire mésaventure que de dîner en tête à tête avec un aussi bel homme, ajouta-t-elle avec un clin d'œil. Tu peux me faire confiance sur ce point !

Rose se demanda si elle allait tenir nerveusement. Tante Beth semblait apprécier la situation, mais ce sentiment était loin d'être partagé. Tout ce qu'elle aurait voulu, c'était un peu de paix, et de la solitude.

— J'essaie de classer cette affaire…, protesta-t-elle. C'est du passé, pour moi.

Sa tante regarda délibérément son ventre plat.

— Je crains qu'une partie du problème ne soit devant toi, au contraire.

Elle s'interrompit pour effleurer des lèvres la joue de sa nièce.

— Allons, ne t'inquiète pas. Tout va bien se passer, je te le promets !

Rose fronça les sourcils. Non, tout ne se passerait pas bien… Mais elle, au moins, en avait pris son parti. Pourquoi sa tante s'obstinait-elle à refuser l'évidence ?

— Tu n'es pas en position de promettre quoi que ce soit dans ce domaine, tante Beth.

Beth haussa les yeux au ciel.

— Parfois, j'ai l'impression d'entendre ton père... Plus un mot ! Je suis partie.

Elle disparut dans les profondeurs de l'appartement, laissant Rose en tête à tête avec des blancs de poule faisane en sauce madère, du maïs doux à la vinaigrette de truffe et des pommes soufflées...

Rose avait l'impression de sombrer. Presque hypnotisée, elle regardait la nuit, à la lumière vacillante des bougies. Sur le ciel sombre se détachaient les premières étoiles. Pouvait-elle faire un vœu, même s'il ne s'agissait pas d'étoiles filantes ? Serait-il exaucé ? Si cela pouvait marcher, elle savait bien ce qu'elle souhaiterait. Une seconde chance, l'occasion de repartir de zéro. En faisant les choses correctement, cette fois. Sans se retrouver enceinte. Ainsi, son aventure avec Matt pourrait peut-être durer...

Mais depuis quelque temps tout contrôle sur sa vie semblait lui échapper. Elle n'avait pas voulu de cette grossesse. Elle avait pris les précautions nécessaires, avait rendu visite au médecin, s'était fait prescrire la pilule. Néanmoins, avait déclaré le praticien en rédigeant l'ordonnance, aucun contraceptif n'était fiable à cent pour cent...

C'était surtout elle qui n'était pas fiable, ni à cent pour cent, ni même à vingt ! Sachant ce qu'elle savait, quelle idée avait-elle eu de s'enticher d'un Carson ? Il avait fallu qu'elle se risquât en terrain miné, qu'elle longeât témérairement le bord du précipice !

Et maintenant, se dit-elle en portant la main à son cœur, le précipice s'ouvrait devant elle.

Mais elle pouvait au moins protéger sa famille. Et Matt. Si elle se taisait, elle n'entraînerait personne avec elle dans sa chute. Le désastre pouvait être évité. A condition de ne rien dire, et surtout pas à Matt.

Voilà pourquoi elle voulait se débarrasser de lui au plus vite. Dans ces conditions, les bougies, le dîner romantique, tout cela n'était qu'obstacle à sa décision ! Plus Matt prolongerait son séjour, plus elle risquait de craquer et de tout lui avouer...

Certes, elle ne voulait pas lui forcer la main. Mais s'il apprenait que l'enfant était de lui et qu'il ne lui proposait pas le mariage, elle savait que son cœur en serait irrémédiablement brisé. Et rien ne garantissait qu'il lui ferait cette offre. Car ils n'avaient jamais parlé mariage, pas même sous forme d'allusion. Leur relation n'avait pas commencé sous ce genre d'auspices. Il s'agissait d'une aventure intense, purement physique, supposée de part et d'autre sans souci, sans attaches... Mais ce qui les attachait maintenant l'un à l'autre menaçait aussi de les perdre...

— Waouh...

Rose se retourna, tremblante. Le son de la voix de Matt avait toujours eu le même effet sur elle.

Mais ses regards s'attachaient à la table, pas à elle. En dépit de la situation, elle ne put retenir un sourire. Matt avait toujours eu un faible pour la bonne cuisine.

Il s'approcha, lui avança une chaise pour qu'elle pût s'asseoir. Elle n'avait d'autre choix que de se résigner. Après tout, il ne s'agissait que d'un repas... Ce serait vite terminé. Et comme elle avait faim, elle s'assit.

— Ta tante dîne toujours aussi fastueusement ?

— Ce soir, elle ne dîne pas du tout.

— Oui, j'ai remarqué les deux couverts. On dîne en tête à tête, alors ?

L'appétit de Rose s'évanouit soudain.

— Commence, je n'ai pas très faim.

Matt reposa sa serviette.

— J'ai un bon coup de fourchette, mais pas au point d'avaler cette montagne de nourriture tout seul ! Ne me confonds pas avec un lion !

Il vit une amorce de sourire sur ses lèvres, et cela lui fit chaud au cœur. Il avait oublié à quel point le sourire de Rose illuminait, réchauffait tout autour d'elle. Y compris lui.

— Qu'est-ce qui te fait sourire ?

Rose versa un peu de vinaigrette sur son maïs, afin de s'occuper les mains.

— Rien... Je me rappelais simplement cette fois où nous sommes partis pique-niquer. Tu as dévoré tout ce qu'on avait apporté, à part le panier !

Elle leva les yeux vers lui.

— Un tel appétit m'avait sidérée !

Matt laissa son regard errer sur elle. Il n'aurait pas cru possible qu'elle pût lui manquer à ce point. Après tout, ils ne s'étaient quittés que peu de temps...

— Oui, je m'en souviens...

Les yeux de Matt indiquaient clairement qu'il pensait à la suite du pique-nique, lorsqu'ils s'étaient allongés dans l'herbe après avoir rangé le panier vide... et Rose se sentit rougir.

— Je parlais... de la nourriture, précisa-t-elle.

— Ah, oui... C'était très bon aussi.

Pour ne pas l'effaroucher, et aussi parce qu'il avait faim, Matt essaya de se concentrer sur les mets délicieux qui les attendaient. Il fallait qu'il se contentât d'une conversation ordinaire et polie. Il y réussit assez bien pendant le premier quart d'heure, puis, repoussant son assiette, il fut incapable de retenir plus longtemps la question qui le harcelait jour et nuit. Il prit la main de Rose.

— Rose, pourquoi as-tu rompu ?

Avait-elle été assez naïve pour croire que ce repas était sans danger ?

Elle retira sa main.

— Je te l'ai dit, la relation s'est éteinte d'elle-même...

— C'est faux. Je sens les vibrations entre nous, à l'instant même.

Il chercha de nouveau sa main.

— C'est magique, Rose...

De nouveau elle lui déroba sa main, mais pas son regard. Elle ne voulait pas sembler perturbée... Et pourtant, le regard de Matt était si intense qu'elle en était profondément troublée.

— C'est New York qui vibre autour de nous, objecta-t-elle. La ville fait toujours cette impression aux nouveaux arrivants.

Comme elle semblait indifférente… Matt ne voulait pas déguiser ses sentiments, mais comment avouer à Rose ce qu'il ressentait, si elle ne le partageait plus avec lui ?

— Peux-tu honnêtement prétendre que tu ne ressens rien pour moi ?

« Je meurs d'amour pour toi, mais cela ne change rien ! »

Rose haussa les épaules d'un air détaché.

— Je ressens de l'amitié.

Quand elle détourna les yeux, il lui prit le menton et l'obligea à le regarder.

— Ce n'est pas ce dont je parlais.

Les yeux de Matt s'étaient dangereusement étrécis, mais Rose tint bon.

— Moi, si, répliqua-t-elle.

Il se leva alors, l'entraînant avec lui.

— Embrasse-moi.

C'était la dernière des choses au monde qu'elle voulait faire… car c'était ce qu'elle désirait le plus.

Rose essaya de se dégager, mais Matt referma son étreinte sur elle.

— Matt…

Il prit sa main, et la porta à sa poitrine.

— Tu sens ? Il bat plus fort, non ? C'est un test. Maintenant, à moi d'en faire un. Je t'embrasse, et si tu ne ressens rien, très bien, je te laisse. C'est simple, non ?

Il cherchait à distinguer l'expression de son visage dans la nuit, afin de savoir s'il se conduisait en parfait imbécile ou si son instinct le guidait dans la bonne voie.

— C'est tout ce que demande le futur condamné : un dernier test...

Rose sentit la panique l'envahir. S'il l'embrassait, nul doute qu'il saurait la vérité.

— C'est un dernier repas qu'on offre au condamné, pas un dernier baiser ! protesta-t-elle.

— On peut s'arranger avec le règlement, non ? Toi et moi, dit-il en se rappelant l'irrépressible pulsion qui les avait portés l'un vers l'autre, toi et moi, nous nous sommes déjà autorisé quelques écarts...

— Matt...

Visiblement, il ne céderait pas. Rose prit une profonde inspiration. Elle pouvait y parvenir. Faire semblant. L'embrasser comme s'il s'agissait de son frère. A condition de conserver l'image de Justin dans la tête, elle y parviendrait sûrement. Pourvu... pourvu qu'elle ne fût pas en train de commettre une irrémédiable bêtise !

— D'accord, un simple baiser..., dit-elle. Et tu pars ?

— Si tu ne ressens rien, je pars.

Rose reprit une bouffée d'air et s'entoura mentalement d'une armure. Elle lui offrit ses lèvres comme si elle se préparait à embrasser un serpent.

Matt encadra son visage de ses mains puissantes, tannées par le soleil.

Priant en silence, Rose s'obligea à respirer calmement alors qu'il approchait sa bouche.

« Justin, Justin, Justin », se forçait-elle à répéter.

Cela ne servit à rien.

Son cœur la trahit au moment même où les lèvres de Matt touchaient les siennes. Pourquoi ne pouvait-elle contrôler son propre corps ? Elle s'évertuait à préserver la paix dans son petit coin de Texas ! Il lui fallait garder ce but présent à l'esprit et conserver toute sa tête !

Sa tête ? Etait-il question de cela quand Matt l'embrassait ? Non, c'était tout le reste qui la gouvernait. Son corps auquel il avait tant manqué… Qui se tendait vers lui alors même qu'elle voulait mettre fin à leur relation. C'est du reste parce qu'elle se méfiait de lui qu'elle avait choisi de rompre à la bibliothèque. Elle avait choisi ce terrain neutre pour s'assurer qu'il ne laisserait pas libre cours à sa colère ou, pire, qu'il ne ferait pas ce qu'il était précisément en train de faire à l'instant.

Lui faire tout oublier dans la chaleur de son baiser.

Seigneur, pourquoi n'arrivait-elle plus à se rappeler le visage de Justin ? Elle était censée songer à son frère, pas aux moments où Matt lui avait fait l'amour !

A quoi pouvait-elle donc se raccrocher ? Rien n'était en mesure d'éteindre le feu qui l'embrasait, cette attente palpitante née au plus secret de sa féminité, qui irradiait tout son corps et durcissait l'extrémité de ses seins. Rien ne pourrait la rafraîchir, elle qui brûlait de retrouver ce qu'elle avait connu entre les bras de Matt…

Il l'avait plaquée contre lui et, à présent, ce n'était plus seulement leurs lèvres qui se touchaient, mais leurs corps. Elle sentait ses muscles durs pressés contre ses courbes alanguies, et la seule image que son esprit évoquait, c'était celle de la dernière fois où il l'avait prise.

Pas seulement : elle imaginait déjà la prochaine...

Mais il n'y aurait pas de prochaine fois. *Jamais.*

Il fallait qu'elle parvînt à s'en persuader, au lieu de se laisser aller et de trahir tout ce qui importait à ses yeux ! Elle qui se voulait la plus forte !

Forte ? Elle partait à la dérive, perdue corps et biens dans la vague de plaisir que le baiser de Matt suscitait en elle.

Un baiser d'autant plus passionné que ce dernier avait de plus en plus de mal à se maîtriser. Bouleversé de sentir Rose trembler contre lui, il aurait voulu la prendre, là, tout de suite, l'allonger sur la table sans égard pour les verres en cristal et les desserts intacts. Cette femme était la seule subsistance dont il aurait jamais besoin. Il était affamé d'elle, après tous ces jours de privation, et il voulait désespérément retrouver son odeur et sa peau, s'en rassasier, la goûter à pleine bouche...

Elle avait manifestement envie de lui. Matt le sentait, il le savait. Toutes les preuves nécessaires lui étaient offertes par la douceur de ses lèvres, par son corps avide de caresses ployé contre le sien.

Elle le désirait ! Dans ce cas, pourquoi s'acharnait-elle à nier cette précieuse attirance ? Pourquoi était-elle si déterminée à lui résister ? Et plus que tout, ce qu'il désirait comprendre, c'était pourquoi elle était partie.

A ses yeux, cela n'avait aucun sens.

Alors, au diable la raison et le sens des convenances ! Ils étaient seuls, perdus sous les étoiles au vingtième étage, surplombant l'océan de verdure d'un parc féerique au cœur de la ville la plus extravagante du monde. Il avait entendu la porte d'entrée se refermer derrière Beth, il savait qu'elle ne reviendrait pas avant des heures.

Ils avaient le temps de faire l'amour, de savourer longuement leurs retrouvailles en plein ciel, sur cette terrasse. Il avait tout le temps nécessaire pour la convaincre qu'ils s'appartenaient mutuellement.

Rose dérivait, Rose coulait, submergée par le flot d'érotisme que Matt faisait naître sous sa langue. Elle allait rendre les armes, se livrer toute à son amour…

Brutalement, ce fut comme un poignard qui la clouait sur place. *La peur.* La peur refit soudain surface, issue précisément de l'euphorie qui la grisait. Rose tressaillit. Si elle ne se reprenait pas immédiatement, elle était perdue, et elle le savait. Matt avait toujours eu ce pouvoir sur elle, dès le premier instant. La première fois qu'il avait scellé ses lèvres aux siennes, elle avait senti s'évaporer toute velléité de résistance. Elle avait été à lui, totalement.

Eh bien, ce n'était plus possible… Elle ne pouvait pas laisser cela se reproduire. Elle avait beaucoup mûri au cours des derniers mois, particulièrement ces six dernières semaines. Et les conséquences terribles qu'elle essayait d'éviter, et qui projetaient leur ombre fantomatique sur son avenir, allaient prendre une dimension bien réelle si elle ne disait pas non, à l'instant même.

Désespérément, elle s'écarta et chercha à repousser Matt, les deux mains posées sur sa poitrine. Il lui fallut une seconde pour récupérer le souffle qu'elle avait perdu dans l'ardeur de leur baiser.

— Très bien, je t'ai autorisé à m'embrasser... Maintenant, va-t'en.

Matt ne bougea pas, solide comme un roc, déterminé à ne pas la laisser échapper.

— Tu ne m'y as pas *autorisé*, Rose. Tu en avais envie autant que moi.

Il lui fallait se battre contre l'évidence, et Rose, avec l'énergie du désespoir, tambourina des poings contre son torse.

— Espèce de prétentieux !

Matt relâcha sa taille pour la saisir aux poignets, mais ce fut son regard, bien plus que son geste, qui arrêta Rose.

— Tu avais envie de ce baiser, Rose, presque autant que moi. Tu as aimé cela... Je le sais. Alors arrêtons ces petits jeux et retournons à Mission Creek.

Du fond de son cœur, elle ne souhaitait rien d'autre.

Mais lui, ne pouvait-il comprendre que leur relation n'avait aucun avenir ? Sans même parler des complications engendrées par la venue du bébé...

— Pour y faire quoi ? Te rencontrer à la sauvette, voler quelques minutes par-ci par-là ?

Qu'avait-elle à reprocher à cela ? Leurs rares instants ensemble avaient été si bons !

— Pourquoi pas ? Où est le mal ?

Dans un sursaut, elle s'arracha à lui.

— Ce mode de relation ne peut continuer. Ecoute-moi, ce baiser ne prouve rien, sinon que tu m'attires physiquement. Le chocolat aussi m'attire, mais je ne me laisse pas aller pour autant. J'évite d'en manger trop. J'essaie aussi de manger autre chose.

Matt essayait désespérément de trouver un sens à ce raisonnement, mais il se sentait perdu.

— Qu'est-ce que tu es en train de me dire ? Que tu veux essayer... d'autres hommes ?

Rose sauta sur le prétexte. Elle aurait admis n'importe quoi pour éviter qu'il ne la reprenne dans ses bras. Car cette fois, elle n'aurait pas le courage de s'en arracher.

— C'est cela, répondit-elle avec humeur. Des dizaines d'autres. Des centaines. Maintenant, vas-tu me laisser ?

Matt décida de s'accorder du temps. Au moins celui de la réflexion.

— Non, répondit-il.

— Comment cela, non ?

Il se rassit à table et se servit, piochant au hasard dans la coupe de fruits rafraîchis.

— Je suis toujours en vacances, aux dernières nouvelles. Et j'ai toujours besoin d'un guide, ce que tu as accepté d'être, permets-moi de te le rappeler.

Rose le regardait, incrédule, les yeux écarquillés.

— Mais je viens de te dire...

— Je sais parfaitement ce que tu viens de me dire. Tu veux fréquenter d'autres hommes. Très bien, je respecte ton choix.

Chaque mot lui enfonçait une lame dans le cœur, mais Matt continua, impassible, goûtant aux saveurs sucrées d'un ananas :

— Nous n'avions pas fait serment de fidélité l'un envers l'autre.

Il ne l'aimait donc pas... Rose s'en rendait compte, et il lui sembla que son être entier se déchirait. C'était la fierté de Matt qu'elle avait blessée en le quittant, la fierté encore qui lui avait fait traverser le pays à sa recherche. Rien de plus. Et comme il avait obtenu la preuve qu'il l'attirait toujours, il était satisfait. Car c'était bien là tout ce qui l'intéressait : satisfaire sa vanité masculine.

Comment avait-elle pu se montrer aussi stupide et croire un instant...

Matt continuait à grignoter, sans savoir exactement ce qu'il avalait. Il lui fallait sauvegarder les apparences, pour ne pas être tenté d'avouer ce qui hurlait au fond de son cœur,

— Tu devrais essayer ces fruits... C'est délicieux.

Rose refoula l'envie d'attraper la coupe et de la lui renverser sur la tête.

— Non merci, je n'ai vraiment plus faim.

Et elle quitta la terrasse à la hâte, avant qu'il ne la vît pleurer.

5.

Fatiguée, Beth prit néanmoins le temps d'écouter sur le pas de la porte avant d'introduire sa clé.

Puis, fronçant les sourcils, elle se rappela qu'une porte antifeu étouffait parfaitement les bruits : si quelque chose était en cours de l'autre côté, elle ne le saurait pas avant d'avoir franchi le seuil.

Sa classe avait pris fin des heures auparavant, mais pour ne pas rentrer trop tôt, elle était allée prendre un cappuccino avec quelques-uns de ses étudiants. A une autre époque, elle aurait pu rester debout jusqu'aux petites heures du matin, à partager quelque chose de bien plus fort qu'une simple tasse de café. Mais d'une façon ou d'une autre, admettait-elle avec morosité, il fallait bien faire quelques concessions à l'âge... Même elle n'y échappait pas.

Lorsque les étudiants l'avaient quittée — ils travaillaient presque tous et devaient se lever tôt le matin —, elle avait opté pour une balade dans le parc, en calèche. Sa dernière promenade romantique remontait à bien longtemps, mais rien n'avait changé. C'était tout aussi charmant. Elle était alors en compagnie d'Edward, son dernier mari.

Le meilleur du lot, songea-t-elle, emportée par un flot de souvenirs. Cet homme-là, elle l'aurait volontiers gardé. S'il n'était pas mort d'une crise cardiaque, ils seraient toujours mariés, elle le savait.

Et tout ce qu'elle souhaitait à sa nièce, c'était un amour comme celui qu'elle avait finalement partagé avec Edward.

Mais Rose n'avait pas besoin de le chercher bien loin ! Il se trouvait là, juste sous son nez ! Ce fils Carson avait un sacré potentiel, Beth en était sûre. Il lui avait suffi de voir ses yeux. Car le regard ne mentait pas : il était bel et bien la vitrine de l'âme...

Beth ne laisserait certainement pas un obstacle aussi stupide que cette vieille querelle se mettre en travers de leur route. De toutes ses forces, elle voulait le bonheur de Rose. Et celui de Matt aussi, d'ailleurs. Il lui avait plu tout de suite. Peut-être parce qu'il lui rappelait un peu son dernier mari.

Elle soupira et fit tourner sa clé dans la serrure, très doucement. La porte s'entrouvrit.

Rien.

Toujours avec la plus grande discrétion, Beth se faufila à l'intérieur. Sur la pointe des pieds, elle progressa dans le salon, espérant trouver des vêtements tout le long du chemin menant de la terrasse aux chambres.

Mais rien ne déparait la moquette, tout aussi impeccable que lorsqu'elle était sortie.

Combattant sa déception, Beth se rendit sur la terrasse. Les bougies avaient été soufflées, et seule une part du dîner était consommée. Dans la deuxième assiette, on avait joué avec la nourriture, mais l'essentiel restait figé dans la sauce, intact.

L'assiette de Rose, évidemment...

Beth soupira. Bougies, clair de lune et souper fin s'avéraient donc insuffisants. La partie serait plus dure qu'elle ne l'avait prévu.

Elle revint dans le salon, fermant les baies vitrées derrière elle. Le personnel de chez Claude serait là au matin pour tout remettre en état. Elle n'avait à se soucier de rien, de ce côté-là. Ce qui l'inquiétait plus, c'était l'état mental dans lequel se trouvaient les deux jeunes gens...

Etaient-ils réveillés ? Terrés dans leur chambre, le regard fixé sur le mur qui les séparait ? Elle croyait les voir, chacun de son côté, rigides et assis sur leur lit, trop butés pour faire le premier pas et malades d'amour l'un pour l'autre.

La scène méritait d'être jouée ! Elle en ferait peut-être une pièce, un jour. Mais en attendant, elle devait se consacrer aux protagonistes de cette tragi-comédie et se débrouiller pour leur ouvrir les yeux !

Beth se mordilla la lèvre, pesant le pour et le contre. Allait-elle chercher à leur parler ce soir, ou, pour une fois, ferait-elle preuve de patience en laissant les choses se décanter jusqu'au lendemain ?

Elle n'avait jamais été précisément patiente, mais son métier lui avait appris à exercer un authentique contrôle sur ses émotions. Et elle connaissait le danger inhérent aux actes précipités. L'excès, comme l'insuffisance, pouvait très vite gâcher le jeu...

Un bruit de porte au bout du couloir interrompit ses réflexions. L'instant d'après, Matt apparaissait, sa valise à la main.

C'était sérieux. Beth lui jeta un long regard et s'approcha.

— J'espère que vous n'êtes pas un de ces fous qui trimballent toutes leurs affaires avec eux quand ils sortent pour une simple promenade...

La vue de Beth avait surpris Matt. Il ne s'attendait pas à la trouver debout à cette heure de la nuit. Mais New York était réputée pour ne jamais dormir... Ses habitants non plus, apparemment.

— Je ne pars pas pour une simple promenade, madame. Je rentre au Texas.

« Oh non, sûrement pas sans ma nièce ! » pensa Beth.

Elle posa la main sur la valise de Matt, ne cherchant pas à dissimuler ses intentions.

— Donnez-moi cela, mon garçon.

Elle lut la résistance dans ses yeux et reprit avec une petite moue :

— Ne me regardez pas comme si j'étais une vieille folle. Je suis assez forte pour vous la prendre contre votre gré, vous savez !

Matt ne put résister et se mit à rire.

— Je veux bien le croire ! Vous savez, je n'ai jamais pensé à vous comme folle, et encore moins comme vieille !

Elle le remercia d'un regard qui n'était pas exempt d'une certaine coquetterie. Mais chez elle, même ce défaut devenait attachant, car il trahissait les griffures de l'âge, et Matt sentit qu'on pouvait la blesser facilement sur le sujet. Ce que pour rien au monde il n'aurait voulu faire.

Beth souriait, à présent. Elle tapota la joue de Matt.

— Je savais bien qu'il y avait des raisons pour que je vous trouve d'emblée sympathique. Posez donc cette valise, Matt, et bavardons un peu.

Il ne voulait pas la vexer, mais à quoi servait de s'attarder ? Rose voulait le voir parti — sa présence lui coupait même l'appétit —, et il ne mendierait pas une seconde de plus à ses côtés. Un homme avait sa fierté, après tout.

— Il vaut mieux que je parte.

Beth ne se laissait pas si facilement démonter.

— Vous, les jeunes, vous êtes toujours pressés d'aller partout, et une fois que vous y êtes, vous vous étonnez de ne pas y trouver ce que vous cherchiez. Restez. Donnez une chance au temps...

C'était exactement ce qu'il avait fait, et il avait même pris le risque de venir chercher Rose. Il lui avait demandé de repartir avec lui ; si elle l'avait aimé, elle n'aurait pas été si difficile à convaincre. Ce baiser au clair de lune aurait suffi. Pour lui, ç'avait été plus que suffisant. Mais Rose avait peut-être raison quand elle disait qu'il s'agissait d'une attirance purement physique. De cela, on se remettait, avec le temps.

— J'ai eu tort de venir.

Beth secoua la tête avec conviction.

— Certainement pas ! Mais vous auriez tort d'abandonner.

Elle paraissait si sûre d'elle ! Rose lui avait-elle parlé ?

— Vous avez une bonne raison de me dire cela ? demanda-t-il.

Beth prit place sur le sofa et lui indiqua le coussin à côté d'elle. Matt n'avait d'autre choix que de s'asseoir, en espérant qu'elle allait trouver un argument décisif. Car il ne demandait qu'à être persuadé...

— Je suis vieille..., commença Beth. Enfin... plus vieille que vous, et j'ai pas mal roulé ma bosse. Ce qui m'a donné l'expérience des êtres. Je ne vous avais pas vus ensemble depuis plus d'une minute que j'étais frappée par la force qui se dégage de votre couple.

En tant qu'actrice, se dit Matt, Beth avait le sens des phrases et des effets. Mais il ne se laisserait convaincre que par des faits objectifs.

— Elle m'a dit que tout était terminé entre nous, madame.

— « Beth », si vous voulez me faire plaisir. Je ne suis pas très à cheval sur l'étiquette, vous savez.

Et heureusement, sans quoi elle n'aurait jamais quitté le ranch et aurait fini comme sa mère, raide et corsetée dans une position sociale qui lui avait fait tout supporter de son père, y compris les insultes. Elle s'était montrée stoïque jusqu'au bout, mais Beth n'était pas sûre qu'elle eût jamais aimé son mari. En tout cas, sur le lit de mort de sa mère, elle s'était juré de ne jamais devenir comme elle. Et sur ce point, elle avait plutôt réussi.

— Continuez, dit-elle avec un sourire encourageant, je ne voulais pas vous interrompre.

Matt dévida l'écheveau de preuves qu'il s'était répété cent fois.

— Rose m'a déclaré que tout était fini entre nous. Elle me l'a dit à Mission Creek, et ici aussi. En ajoutant que ma présence lui coupait l'appétit... Je ne peux que la croire.

Beth contre-attaqua avec une simplicité désarmante :

— Et que disaient ses yeux ?

Matt regarda la tante de Rose, perplexe. Il s'était attendu de sa part à un plaidoyer passionné pour le côté romantique de leur histoire, mais pas à cette question directe.

— Ses yeux ?

— Bien sûr. Les mots ne sont pas fiables : on peut leur faire dire n'importe quoi, mon garçon. Si vous ne le saviez pas, il est temps pour vous de l'apprendre. Mais le corps, les yeux... C'est une autre affaire. Il est beaucoup plus difficile de les faire mentir. Alors, avez-vous regardé ses yeux ?

Rose avait les yeux de la couleur des violettes sauvages, celles qu'on ramassait sur les talus au printemps. Ils étaient fascinants.

— C'est là que je me suis perdu... dans le violet de ses yeux.

Il eut un sourire pour se moquer de lui-même.

— On dirait que je ne suis pas prêt de retrouver mon chemin...

Beth posa une main rassurante sur son bras.

— Vous le retrouverez... à condition de ne pas vous précipiter chez vous tête baissée.

— Il n'y a rien de précipité dans ma décision. Je me montre réaliste, c'est tout.

Beth lui adressa un regard intense et pénétrant.

— Moi, j'appelle cela jeter l'éponge.

Matt haussa les épaules.

— Peut-être n'ai-je pas tant que cela besoin de vacances, après tout, murmura-t-il presque pour lui-même.

Son regard se perdit. La pression de Beth sur son bras le ramena à la réalité.

— Je ne sais pas si vous avez besoin de vacances, mais vous avez besoin d'elle, Matt. Et elle de vous.

La voix de Beth baissa d'un ton alors qu'elle ajoutait :

— Plus que vous ne le pensez.

Encore une fois, Matt eut l'impression que Beth savait quelque chose.

— Pourquoi dites-vous cela ? Rose vous a parlé de moi ?

Il avait l'air tellement anxieux d'entendre la raison qui lui permettrait de rester ! Beth fut grandement tentée de tout lui révéler, mais le secret ne lui appartenait pas. Elle ne voulait pas trahir la confiance de sa nièce, même pour la meilleure des causes.

— Je l'ai lu dans ses yeux.

Beth pratiquait peut-être la divination, mais ce n'était pas assez probant pour lui donner une raison de rester. Matt se renfrogna :

— J'ai peur de ne pas avoir ce talent.

Il allait se lever, mais elle le retint.

— Aucune importance, je l'ai pour vous. Restez ! Au moins, reprit-elle devant son évidente réticence, restez pour la nuit.

Beth désigna du menton la baie vitrée et l'obscurité qui drapait la ville.

— Où voulez-vous aller, à cette heure de la nuit ? New York a réduit son taux de criminalité, mais ce n'est pas Mission Creek, et de loin, je vous l'assure ! Ne vous ruez pas à la recherche des ennuis.

Les ennuis n'étaient pas dehors, songea Matt avec amertume. Ils se trouvaient ici, dans cette chambre qui jouxtait la sienne.

Pour autant, Beth n'avait pas tort quant à l'inutilité d'un départ improvisé. Matt n'avait d'ailleurs même pas de réservation pour le vol. Il faudrait qu'il s'en occupe au plus tôt.

— Vous avez sans doute raison.

Beth sourit aux anges.

— Matthew, mon garçon, vous vous rendrez bientôt compte que j'ai *toujours* raison. Et quand ce n'est pas le cas, je m'arrange pour avoir raison quand même, ajouta-t-elle avec un clin d'œil. Maintenant, allez vous coucher. Vous aurez besoin de forces pour demain. Je vous prépare un petit itinéraire touristique, au cas où vous ne seriez pas si pressé de sauter dans l'avion.

Matt eut l'étrange impression que Beth lui aurait volé ses bottes et sa valise plutôt que de le laisser partir... Peut-être avait-elle raison sur ce point-là aussi. Qui sait s'il n'allait pas trop vite en besogne ? Il n'en aurait pas fallu beaucoup pour penser qu'il fuyait, de peur d'affronter quelque chose qu'il maîtrisait mal et dont l'intensité l'effrayait.

Les relations intimes étaient toujours source d'ennui. N'était-ce pas le principe qui avait gouverné sa vie jusqu'alors ? Sans doute. Et peut-être était-il temps d'en changer.

— Alors, que décidez-vous ? N'êtes-vous pas bien, ici ?

Devant tant d'obstination, Matt rendit les armes.

— D'accord, je reste. Au moins pour la nuit.

Beth se leva, radieuse, ravie d'avoir eu gain de cause.

— Et celles qui suivront. Allez, du vent, comme on dit chez nous pendant les ouragans, dit-elle avec son plus bel accent du Texas. Moi aussi, j'ai besoin de sommeil.

Elle désigna la chambre qui l'attendait au bout du couloir.

Matt se mit à rire et l'embrassa sur la joue.

— Bonne nuit, tante Beth. A part Rose, je n'ai jamais connu personne d'aussi têtu que vous !

Il reprit sa valise et gagna sa chambre.

Oui, pensa Beth en le suivant d'un œil vigilant, elles partageaient ce défaut. Ou cette qualité… Bien des années avant Matt, Archie avait fait la même constatation : elle le revoyait encore, hurlant qu'il n'y avait personne de plus obstiné qu'elle sous le soleil. En tout cas, Rose pourrait toujours faire sa mauvaise tête, tout irait bien. Elle y veillerait.

*
* *

Rose s'éveilla en proie à une insupportable fatigue.

Elle avait passé les trois quarts de la nuit à s'agiter dans son lit, incapable de dormir à cause de l'homme qui se trouvait allongé de l'autre côté de la cloison. Un homme qu'elle voulait, quoi qu'elle pût en dire, à ses côtés et dans son lit.

Et lorsque, au point du jour, elle avait enfin réussi à s'endormir, une vague de nausées l'avait réveillée. Elle s'était précipitée dans la salle de bains, priant le ciel de ne pas alerter Matt.

Le bébé la vidait de toute son énergie : elle était blanche, les traits tirés... A moins que le désespoir ne fût à l'origine de sa pâleur.

Rose soupira. Elle était trop lasse pour résoudre la question sur l'heure. Et elle ne se sentait aucun courage pour affronter ce qui l'attendait, surtout si ce qui l'attendait s'appelait Matt.

Le coup frappé à la porte retentit douloureusement dans sa tête.

— Laissez-moi mourir tranquille, gémit-elle en portant les mains à ses tempes.

Elle enfouit sa tête sous l'oreiller, souhaitant presque que ses paroles soient prophétiques. Pouvait-on mourir d'amour ?

L'oreiller amortissait les bruits mais elle entendit quand même tourner la poignée de la porte. Elle se doutait que Beth agissait dans une bonne intention, mais elle ne pourrait jamais supporter son exubérance dans l'état de fatigue où elle se trouvait. Pas ce matin ! Rose hasarda un coup d'œil, soulevant un coin d'oreiller. Est-ce que Beth lui apportait un petit déjeuner ?

— Non merci, je...

Les mots se bloquèrent dans sa gorge. C'était Matt, et non pas Beth, qui se tenait sur le seuil.

L'oreiller tomba à terre, tandis que d'un bond elle se redressait, se couvrant du drap jusqu'aux oreilles comme si l'homme en face d'elle ne l'avait jamais vue dans le plus simple appareil, seulement nimbée du bonheur d'avoir fait l'amour avec lui...

Mais pourquoi Matt s'obstinait-il ainsi ?

Avec ses cheveux en bataille et ses paupières encore alourdies de sommeil, Rose restait la femme la plus séduisante que Matt eût jamais vue. Rien qu'à la regarder, il sentait le désir monter dans ses reins. Elle avait dormi nue, et ce drap n'offrait qu'une bien faible protection...

S'il avait été un autre homme, il n'aurait pas hésité un instant à la rejoindre. Heureusement qu'il savait se tenir... Car, il en était certain, il aurait suffi d'un baiser pour effacer toute protestation de sa part. Ou bien il se trompait fort, ou elle n'aurait pas tardé à en avoir aussi envie que lui...

Le goût de ses lèvres restait sur sa bouche, et ce qu'il avait ressenti la veille brûlait encore son âme et sa mémoire.

Il sourit, se rappelant les consignes de Beth.

— Bonjour. C'est le matin...

Rougissante, Rose répondit en désignant les rais de lumière filtrant sous les rideaux :

— J'aurais pu m'en apercevoir sans ton aide. Y a-t-il d'autres fracassantes nouvelles que tu veuilles m'annoncer ?

Elle était irritable, et il n'était pas habitué à cela. Pourtant, il allait falloir s'y faire, étant donné la ligne de conduite qu'il venait d'adopter.

Il s'appuya contre l'embrasure de la porte et, bras croisés sur la poitrine, se contenta de la regarder. Presque heureux, sans penser à rien.

Mais, bien sûr, il lui fallait se secouer. Répondre à sa question.

— Oui. C'est l'heure de nous mettre en route.

— En route ?

Que voulait-il dire ? Qu'est-ce que Beth avait bien pu lui raconter ?

— Pour aller où ? demanda Rose, presque affolée.

Il prit son air le plus innocent pour répondre.

— En ville. Tu dois me servir de guide, non ? Et ta tante a même pris la peine de nous établir un itinéraire.

Furieuse, Rose fronça les sourcils. De quel côté était donc sa tante ?

— Tu prétends toujours vouloir jouer les touristes ?

Elle espérait l'en avoir découragé, la veille. Ce qui l'intéressait, ce n'était pas de découvrir la ville, mais bien de raccommoder sa fierté blessée !

Matt lui adressa un sourire conquérant et elle fit de son mieux pour ne pas succomber.

— C'est ce que j'ai dit, et je m'y tiens.

Les yeux de Matt cherchèrent les siens, et accrochèrent son regard. Peut-être Beth arrivait-elle à le déchiffrer, lui n'y parvenait pas. Sauf lorsqu'elle était en colère, la signification de son regard restait lettre morte pour lui.

— Nous nous trouvons dans le lieu de toutes les fascinations, alors vas-y. Fascine-moi !

— C'est New York qui est censée fasciner, pas moi.

— Mais tu connais la ville, ses dédales, ses secrets. Guide-moi. Tu ne voudrais pas que je me perde… Imagine qu'il m'arrive quelque chose, ajouta-t-il presque ironiquement, tu ne cesserais de te le reprocher.

Elle soupira. Le bébé réduisait à néant ses réserves de tolérance, et le fait de se voir assiégée par Matt, avec sa tante pour alliée, ne la mettait pas d'excellente humeur.

— Tu veux parier ? rétorqua-t-elle d'un ton acerbe.

Parier ? Mais c'était exactement ce qu'il faisait ! Il pariait tout : le ranch, la ferme, son avenir. Tout sur elle.

— Je peux t'apporter un petit déjeuner, proposa-t-il. Il reste de l'excellente salade de fruits d'hier soir.

Rose grimaça à cette idée.

— Seulement du jus de pomme, merci.

Elle ne supportait plus rien d'autre le matin, et encore, pas toujours.

— Pas de café ?

La simple mention du nom lui retournait l'estomac.

— Non, surtout pas de... café.

Sans réfléchir, elle jeta ses jambes hors du lit... et s'arrêta net. Matt restait là, à la regarder.

— Si ça ne te dérange pas, il faut que je me lève et que je m'habille.

Un sourire taquin joua sur les lèvres viriles.

— Ça ne me dérange pas. Et, si je me souviens bien, ça ne t'avait pas gênée non plus, la dernière fois...

Elle ne se le rappelait que trop. Et aussi de son regard tendre sur elle pendant qu'elle passait sa robe.

Rose lutta pour étouffer son désir avant qu'il ne s'ancre en elle.

— C'était *avant*, et nous sommes *maintenant*. Pars !

Comme il ne faisait pas mine de bouger, elle attrapa son oreiller et le balança vigoureusement dans sa direction.

Il plongea en riant pour l'éviter.

— D'accord, d'accord, j'y vais !

L'oreiller heurta la porte enfin close et tomba sur le sol.

6.

Dans les locaux temporaires qui abritaient le Grill, Spence Harrison, portable à l'oreille, attendait vainement une réponse. A l'autre bout de la ligne, la sonnerie s'éternisait. Sourcils froncés, il referma le volet d'un coup sec. Toujours rien... Les choses prenaient un tour alarmant.

Il aimait à se croire peu porté aux inquiétudes vaines. A trente ans passés, avec son expérience de procureur, il avait vécu des scénarios bien pires que celui-ci. Sans parler de la période où il avait fait partie des marines avec Ricky, Tyler et Flynt, et où ils s'étaient retrouvés prisonniers de l'ennemi.

Spence avait été leur soutien, à ce moment-là. C'était lui qui les poussait à garder confiance, fermement convaincu que leur supérieur, le lieutenant-colonel Phil Westin, ferait tout pour les localiser et les aider à sortir du piège. C'est ce qui s'était produit. Westin avait mis au point un plan ingénieux et, grâce à leur courage, les quatre hommes avaient recouvré la liberté.

Pour Spence, l'optimisme était un principe de conduite. Ancien délinquant destiné, selon toute probabilité, à une fin précoce, il avait su saisir la planche de salut qu'on lui tendait et donner une autre direction à sa vie. Depuis ce miracle, il se refusait à désespérer.

Mais il savait aussi rester vigilant. La vie vous jouait ses plus sales tours au moment où on s'y attendait le moins...

Ce qui arrivait au lieutenant-colonel Westin en était un exemple : envoyé en Amérique centrale en mission secrète pour contrer les agissements d'un baron de la drogue, il avait cessé tout contact avec sa base. Le baron était un homme puissant. Les tentacules de son organisation se prolongeaient jusqu'au Texas. Mais si quelqu'un pouvait venir à bout d'El Jefe, c'était bien Westin.

Pourtant, l'officier des marines était actuellement porté disparu...

Et, comme si cela ne suffisait pas, on était maintenant sans nouvelles de Luke.

A ce que Spence en savait, personne de leur petit groupe ne l'avait vu depuis plusieurs semaines. Bien sûr, Luke Callaghan, le play-boy millionnaire, n'avait de compte à rendre à personne. Du jour au lendemain, cet homme de trente-quatre ans pouvait sauter dans un avion sans en avertir qui que ce soit et filer à l'autre bout de la planète. Ce qu'il faisait d'ailleurs assez souvent.

Mais cette fois... Spence réfléchit, tout en remuant le whisky qu'il tenait à la main. Le liquide ambré nappa les bords du verre. Cette fois... il avait un mauvais pressentiment. Habituellement, même à des milliers de kilomètres, Luke restait joignable, soit par l'intermédiaire des messages que lui délivrait sa Rolex, équipée d'un système spécial, soit par le biais du portable qui ne le quittait jamais. Et Spence savait qu'il avait choisi le plus fiable des opérateurs cellulaires, celui-là même qu'utilisait le gouvernement, et qui ne connaissait ni défaillance, ni zones hors couverture.

Le malaise s'était installé lorsque Spence, après plusieurs tentatives infructueuses, s'était rendu compte qu'on ne pouvait joindre Luke par aucun de ces moyens. Que lui arrivait-il ?

Un bruit à la porte lui fit lever les yeux. Tyler Murdoch et Flynt Carson venaient d'entrer. C'était le lieu de rendez-vous qu'il leur avait fixé, au bar du Grill.

— Alors, les lions sont de retour au point d'eau ? demanda Flynt en guise de salut, prenant une chaise près de Spence.

Tyler, s'asseyant de l'autre côté, regardait autour de lui. L'ancien expert en explosifs semblait légèrement mal à l'aise.

— Qu'est-ce qui t'arrive ? interrogea Flynt.

Tyler ne l'aurait admis devant personne d'autre, mais ces deux-là étaient ses frères d'armes. Il avait en eux une confiance totale, ayant plusieurs fois remis sa vie entre leurs mains. Dans n'importe quelle situation dangereuse, il se sentirait moins menacé s'il savait que ceux-là, Flynt, Spence ou Westin, allaient venir à sa rescousse. De même pour Ricky Mercado, en dépit de ce qui l'avait récemment opposé à leur petit groupe.

— C'est cette histoire de bombe, confia-t-il en souriant. Depuis qu'elle a fait sauter le Grill, je ne suis jamais très à l'aise ici. J'ai toujours l'impression que ça va recommencer.

Flynt assura, pragmatique :

— Les bombes n'explosent jamais deux fois au même endroit.

— Tu confonds avec la foudre, corrigea Spence. Et de toute façon, même pour la foudre, c'est faux.

— Merci bien, les gars, dit Tyler en se concentrant sur la carte des boissons. On ne peut pas être plus rassurant que vous.

— Je te rappelle que cette bombe n'est pas venue là par hasard, lui rappela Flynt. Elle était destinée à Westin, pour l'empêcher de se rendre en Amérique centrale. Le shérif Stone souhaitait que personne ne vienne fourrer son nez dans le fructueux petit commerce qu'il entretenait avec El Jefe. Et le poseur de bombes est maintenant sous les verrous...

Effectivement, Stone et son gang, connu sous le nom de la « Dent du Lion », avaient été arrêtés et attendaient leur jugement. L'une au moins des tentacules d'El Jefe avait été coupée, mais ils savaient tous qu'il lui en restait d'autres.

— Stone n'aurait pas dû perdre son temps à poser la bombe, déclara amèrement Tyler. Les gens d'El Jefe semblent avoir été plus efficaces là où Westin se trouve...

Il essayait de ne pas trop s'inquiéter pour son ancien supérieur, mais c'était bien difficile. Il y avait des zones, en Amérique centrale, où un homme pouvait disparaître du jour au lendemain sans laisser la moindre trace...

Pour ne pas s'appesantir, Tyler se tourna vers la serveuse blonde qui approchait. Pendant une seconde, il eut l'impression de la connaître. Quelque chose en elle semblait vaguement familier. Mais sans doute se trompait-il.

— Un scotch, pour moi.

— Westin n'a toujours pas refait surface, hélas, confirma Spence pendant que Flynt passait commande et qu'il renouvelait la sienne. Et en parlant de disparition, est-ce que l'un d'entre vous a des nouvelles de Luke ?

— Pourquoi ? demanda Tyler. Tu penses que c'est lui le père ?

Spence reposa son verre, pris au dépourvu par une question qui l'éloignait considérablement de ses préoccupations présentes.

— De qui ?

— Du bébé que Flynt a trouvé, évidemment. Moi qui croyais que les procureurs avaient l'esprit vif ! Ils ont dû abaisser leurs exigences, en ce qui te concerne ! conclut ironiquement Tyler.

Spence fit une grimace qui n'était pas seulement due à la réflexion de son camarade. Celui-ci s'en aperçut et son sourire s'effaça.

— Que se passe-t-il, Harrison ? On dirait que tu portes le poids du monde entier sur tes épaules, tout à coup... Pour quelle raison nous as-tu convoqués ?

La serveuse déposa les consommations. Spence but une longue gorgée avant de répondre. Même si ce n'était que pour un bref instant, il voulait tenir éloigné le souci qui rongeait son esprit.

— Pour le plaisir de contempler vos têtes de ruffians, rétorqua-t-il, avant d'ajouter plus sobrement : et faire le point sur ce que nous savons de Luke. Quelqu'un a-t-il eu des nouvelles récemment ?

— Pas moi, commença Flynt en sirotant sa boisson.

— Ni moi, compléta Tyler. Et je doute fort qu'il se soit mis en rapport avec Ricky.

Cette hypothèse n'avait effleuré aucun d'entre eux, car ils savaient tous que le cinquième membre de leur groupe, qui avait suivi avec eux la formation à l'institut militaire de Virginie, puis fait la guerre du Golfe, avait pris ses distances et ne les fréquentait plus.

La famille de Ricky Mercado avait des liens avec la mafia texane par le biais d'un oncle, à la tête de l'organisation mafieuse. Le père de Ricky, Johnny Mercado, avait tenté de se tenir à l'écart, mais il avait été rappelé à l'ordre par l'organisation qui n'appréciait guère les défections ; dans l'espoir de protéger sa famille, il était rentré dans le rang. Vain effort : sa femme avait été assassinée par la mafia, à titre d'avertissement. Et son fils Ricky, apparemment séduit par les sirènes de l'argent facile, avait volontairement rejoint l'organisation. Dans le même temps, Ricky renonçait à l'amitié qui le liait au groupe des marines, suite à la mort de sa sœur, Haley, qui s'était accidentellement noyée alors qu'elle se trouvait en compagnie de Luke, Spence, Flynt et Tyler. Ricky les rendait responsables de sa mort. Ils étaient partis avec Haley pour une promenade en bateau, les garçons avaient un peu abusé de la boisson, et, pendant qu'ils dormaient, elle était tombée par-dessus bord. Ils ne s'étaient aperçus de sa disparition que trop tard. Ricky ne le leur avait jamais pardonné.

Tyler se pencha vers Spence.

— Tu t'inquiètes pour Luke ?

— On ne sait jamais ce qui peut arriver. Regarde ce qui se passe pour Westin.

— Hé ! intervint Flynt. Outre le fait qu'il est plus riche que Crésus, Callaghan est parfaitement capable de prendre soin de lui-même.

— Oui, c'est ce que nous pensions tous de Westin aussi, répliqua Spence.

Là-dessus, il sortit son téléphone portable.

Haley Mercado, alias Daisy Parker, sentit son cœur battre plus vite lorsque le groupe attablé mentionna le nom de son frère Ricky. Il s'agissait des hommes qui, à cause d'elle et de sa « mort » soi-disant accidentelle, avaient été inculpés d'homicide involontaire par négligence. Elle n'avait entendu parler de l'inculpation que bien plus tard. A ce moment-là, elle était à Londres, subissant l'opération de chirurgie esthétique qui lui permettrait de réapparaître sans risque au Texas.

Sa disparition, dont elle avait soigneusement mis en scène les circonstances, était en effet le seul moyen qu'elle avait pu trouver pour rester en vie. Elle avait su par la suite que le juge Carl Bridges avait acquitté les quatre hommes des charges qui pesaient contre eux.

C'était, du reste, ce même juge qui l'avait avertie de l'attentat dont sa mère était victime, et qui avait arrangé sa dernière entrevue avec elle, sur son lit d'hôpital. Haley avait pu pénétrer dans l'hôpital déguisée en religieuse. Ensuite, elle n'avait jamais revu sa mère. Celle-ci avait expiré la nuit suivante. Le diagnostic officiel différait soigneusement de la réalité.

En vérité, Isadora Mercado avait été étouffée.

Les quatre clients de Daisy n'avaient plus mentionné Ricky dans la suite de leur conversation. Mais ils parlaient de Luke. Luke dont on était sans nouvelles...

La peur serra les entrailles de Haley.

Et elle se hâta de regagner son comptoir, soudain effrayée à l'idée que l'un d'entre eux pût la reconnaître. Bien sûr, elle se sentait plus en sécurité, après les modifications qu'elle avait fait subir à son visage, et le fait de circuler incognito parmi eux lui donnait un réel sentiment de puissance. Mais que se passerait-il si l'un d'entre eux la fixait, et retrouvait dans son regard la jeune fille qui les suivait partout à une certaine époque, amoureuse folle qu'elle était de leur ami Luke ?

La jeune fille pour laquelle ils avaient risqué la prison...

Elle était véritablement à croquer.

Matt Carson sourit, juste pour lui-même.

C'était exactement ce qu'il avait pensé la première fois qu'il l'avait aperçue, derrière le comptoir de la bibliothèque. Il venait y chercher un vieux magazine sur l'élevage des chevaux qu'un ami lui avait recommandé.

Rose se trouvait au centre, au bureau d'accueil. Le voyant approcher, l'air un peu perdu, elle lui avait demandé si elle pouvait lui rendre service.

Matt avait instantanément réprimé la repartie qui lui venait à l'esprit. La jeune femme ne lui semblait pas du genre à apprécier les sous-entendus grivois. Il lui avait alors demandé s'il lui était possible d'emprunter n'importe quel article et, sur sa réponse affirmative, il n'avait pas, cette fois, hésité à lui dire que c'était *elle* qu'il voulait emprunter.

Elle l'avait quasiment mis dehors, jusqu'à ce qu'il protestât de son besoin réel de consulter le fonds des magazines. Elle l'avait alors dirigé vers un ordinateur, mais Matt n'avait pas l'habitude de ce type de recherche. Il avait supplié la jolie bibliothécaire de ne pas le laisser seul face à cette machine qu'il ne maîtrisait pas. Bien obligée, elle avait dû l'aider. Elle s'était penchée vers lui... La proximité de son corps souple, son sourire, les seins qui pointaient sous sa légère robe d'été bleu ciel, l'odeur de jasmin qu'exhalait sa peau, tout s'était combiné pour ensorceler Matt. Il s'était passé quelque chose de magique entre eux pendant le temps qu'il leur avait fallu pour trouver et imprimer l'article, tellement bien qu'il lui avait demandé d'accepter une invitation à dîner avant même de connaître son nom.

Apprenant qu'elle était une Wainwright, Matt s'était accordé une minute de réflexion. Mais, à tout prendre, quelle importance cela avait-il puisqu'il ne songeait qu'à une aventure passagère, un bon moment à partager et rien de plus ?

Pourtant, l'aveu de son propre nom avait eu l'effet opposé chez Rose. Elle avait immédiatement refusé son invitation, ainsi que toutes celles qu'il lui avait fait parvenir les jours suivants, car Matt ne renonçait pas. Plus tard, elle lui avait avoué que sa détermination l'avait séduite, mais à l'époque elle ne voulait pas le reconnaître. Matt passait presque chaque jour à la bibliothèque, officiellement pour consulter, officieusement pour épuiser sa résistance.

Et plus Rose se défendait — ce qu'aucune autre n'avait jamais fait –, plus Matt se promettait de la conquérir.

Sa campagne avait duré plusieurs mois, mais il n'avait pas regretté ses efforts. Rose en valait la peine.

Seigneur, pensa-t-il, elle en valait toujours la peine aujourd'hui, et plus que jamais !

La première fois qu'il l'avait embrassée, c'était pour effacer une trace de crème glacée au coin de sa bouche. Tel était le prétexte qu'il s'était donné, et son cœur battait comme celui d'un collégien au moment où il s'était emparé de ses lèvres.

Sa bouche avait un goût de paradis, et il avait été complètement conquis.

Peu de temps après, sortis pour un pique-nique, ils avaient fait l'amour pour la première fois dans un champ inondé de soleil. Par cela aussi il avait été conquis, et il s'apercevait qu'il ne pouvait plus s'en passer.

Dès le début, il s'était rendu compte qu'il ne se rassasiait pas d'elle. S'il avait un moment pensé que cela, comme le reste, s'affadirait avec le temps, il s'était leurré. Avec les autres, ses désirs perdaient de leur acuité, une fois leur objet conquis. Mais avec aucune femme il n'avait vécu d'expérience aussi intense...

Lors de la cour assidue qu'il lui avait faite, Matt avait été si déterminé à l'emporter qu'il s'était totalement, irrémédiablement, épris d'elle. Sans même s'en rendre compte...

Et lorsqu'elle l'avait quitté, il avait tenté de se reprendre, de redevenir celui qu'il était auparavant et qui aimait sa liberté par-dessus tout. Malheureusement, cet homme-là avait cessé d'exister. Matt ne parvenait même plus à raisonner comme avant : la liberté, commençait-il à soupçonner, n'était que l'autre mot pour désigner l'errance. Or, il en avait assez d'errer sans but, de vivre sans se fixer.

Il se leva de la table où il partageait un petit déjeuner avec Beth, qui, les yeux lourds de sommeil, tentait d'entretenir un semblant de conversation et le questionnait.

La réponse de Matt resta bloquée dans sa gorge : Rose venait de faire son apparition, au sortir de la salle de bains.

Il ne l'avait jamais vue ainsi vêtue au Texas. Elle portait une jupe portefeuille très courte qui mettait ses jambes en valeur, et son ventre était à peine couvert par un petit haut bleu électrique, sans manches.

— Tu es prête ? demanda-t-il en se rappelant juste à temps de ne pas lui proposer de café.

Beth secoua les derniers restes de sommeil pour intervenir :

— Mais tu ne peux pas partir sans déjeuner, ma chérie !

Ada, qui faisait à mi-temps le ménage et la cuisine de Beth, se trouvait dans la pièce à côté. Beth se pencha pour l'appeler :

— Ada, Rose prendra deux œufs !

La simple évocation d'un quelconque déjeuner était insupportable à Rose. Sa tante aurait dû le savoir ! Concentrant toute sa volonté pour empêcher son estomac de protester, elle répondit, d'un ton qu'elle espérait badin :

— Durs, alors, et uniquement si tu veux me voir jongler avec !

— Voyons, le petit déjeuner est le repas le plus important de la journée, insista Beth.

Rose lui lança un regard affolé. Qu'est-ce que sa tante essayait donc de faire ? Elle lui avait dit qu'elle ne supportait plus rien le matin !

— Je ne peux rien avaler à cette heure-ci. Ça me ralentirait pour toute la journée, déclara Rose d'un ton définitif.

— Ce serait dommage, intervint Matt, avec le programme que nous avons...

Il voulait Rose en parfaite forme, aujourd'hui. Car ce matin était le jour n° 1 de son plan de reconquête. Il prit sa main, mais Rose la retira immédiatement.

— J'ai accepté de te guider, mais il nous faut édicter quelques règles. Règle primordiale : pas touche !

Après avoir parlé à Beth la veille, Matt avait compris qu'il lui faudrait se montrer extrêmement patient.

— Même si le bus est bondé et que la foule nous jette l'un contre l'autre ?

— Nous prendrons des taxis. Chacun de son côté du siège arrière.

Rose l'entendit soupirer et précisa :

— C'est ça ou rien !

Matt acquiesça, apparemment résigné mais convaincu en son for intérieur qu'il pourrait très vite la faire déroger aux règles. La femme qui l'avait embrassé avec tant de passion sur la terrasse, la veille, ne pourrait pas maintenir bien longtemps les barrières qu'elle tentait de dresser ce matin.

— Bien, si tu le dis…

Matt partit chercher le Stetson qu'il avait laissé sur la table basse, et, au passage, surprit le sourire malicieux de Beth. Il lui fit un petit clin d'œil, qui n'échappa nullement à Rose.

Qu'est-ce que ces deux-là mijotaient ? se demanda-t-elle. Quoi qu'il en fût, elle se sentait de taille à les battre à leur propre jeu. Car à présent, elle jouait pour deux…

— Où veux-tu aller en premier lieu ? demanda-t-elle à Matt qui revenait, coiffé du Stetson.

Le regard qu'il avait fixé sur les jambes de Rose ne le préparait en rien à cette question, et le temps qu'il recouvre ses esprits, Beth s'interposa :

— A mon avis, il faut commencer par l'Empire State Building. La vue y est imprenable, et puis c'est là que King-Kong a emmené son amour de blonde…

— Oui, c'était leur dernière petite sortie ensemble, rétorqua froidement Rose. Après cela, ils ont rompu brutalement.

Matt se rappelait avoir vu la première version du film en noir et blanc, quand il était enfant.

— Excusez-moi, mesdames, si je vous parais un peu lent ce matin, mais seriez-vous en train de me comparer à cette grosse bête ?

Bien que résolue à demeurer distante, Rose ne put réprimer une amorce de sourire.

— Personnellement, je n'ai rien dit.

Beth se leva et glissa son bras sous le bras de chacun d'eux.

— Après cela, dit-elle en les escortant vers la porte, vous pourriez essayer un musée. C'est si excitant, de découvrir le travail de ceux qui ont souvent tout sacrifié à leur art, à leur passion... Ceux qui ont assumé pleinement leurs choix de vie...

Elle regardait délibérément sa nièce, qui saisit la balle au bond.

— Essaierais-tu de me dire quelque chose, tante Beth ?

— Rien du tout, ma chérie, répondit Beth avec une parfaite innocence, si ce n'est qu'il faut vivre l'instant présent à fond. Les occasions ne se présentent pas deux fois.

— Cela dépend avec qui, répliqua Rose en jetant sur Matt un regard en biais. Certains s'ingénient à repasser les plats.

Matt lui adressa un sourire charmeur.

— Si ce commentaire désobligeant m'était destiné, je te signale que j'ai la peau dure.

A présent qu'il était décidé à la reconquérir, il allait falloir qu'elle se donne un peu plus de mal pour le dégoûter !

Sa remarque fit naître un deuxième sourire sur les lèvres de Rose. Lui, la peau dure ? Ses muscles, certes, étaient durs comme l'acier à force de travailler avec les chevaux. Mais pour le reste, elle avait le souvenir d'une peau souple et très douce au toucher...

Brutalement, elle comprit sur quelle pente dangereuse elle se laissait dériver, et verrouilla les portes de sa mémoire.

— Eh bien, passez une bonne journée, tous les deux, reprit Beth en les poussant dehors.

— A quoi pensais-tu ? demanda Matt tout contre son oreille, au moment où ils franchissaient le seuil.

Son souffle caressa la peau nue de son cou, et Rose frémit.

— A rien, mentit-elle.

C'était exactement le but qu'elle se fixait : parvenir à ne penser à rien.

Ils entrèrent dans l'ascenseur, et, tendant le bras pour appuyer sur la touche du rez-de-chaussée, Matt effleura sa poitrine. Rose recula comme si sa main l'avait brûlée.

— Désolé, murmura-t-il d'un ton indifférent, cherchant à la persuader que ce geste calculé était purement fortuit.

Elle haussa les épaules.

— Ce n'est pas grave.

Elle mentait pour la deuxième fois. Car cela lui rappelait, dans le cadre intime de ce petit ascenseur, tout ce qu'elle avait ressenti pour Matt.

Et tout ce qu'elle ressentait encore.

7.

Une vague houleuse les assaillit dès qu'ils posèrent le pied hors de l'immeuble.

Matt fut surpris par la densité de la foule qui déferlait autour d'eux, comme prête à les submerger. Où qu'il regardât, ce n'étaient que hordes de piétons et fleuves de voitures : bousculades et Klaxon se partageaient la rue, chacun poussait l'autre, cherchant à se frayer un passage ou à traverser pour gagner l'autre rive — ce trottoir d'en face inaccessible, qui dégorgeait son flot humain jusque sur la chaussée.

Jamais Matt n'avait vu autant de vies rassemblées sur un si petit espace, pas même au ranch lorsqu'ils parquaient les taureaux dans le corral avant de les marquer.

Et parce qu'il n'avait pas l'habitude du bruit, il se pencha vers Rose pour lui parler.

— Combien dis-tu que cette ville compte d'habitants ?

Elle s'écarta un peu, ne voulant pas se laisser distraire par sa proximité. Elle avait suffisamment conscience de sa présence…

— Huit millions, environ.

— Et ils sont tous dans cette rue en même temps ?

La veille, quand son avion avait atterri à l'aéroport Kennedy, Matt s'était consacré à son objectif primordial : trouver l'appartement de Beth. Il avait sauté dans un taxi et s'était retrouvé directement au pied de l'immeuble. Une armée de pingouins en livrée aurait pu saluer son arrivée qu'il n'y aurait sans doute pas prêté attention : il était bien trop concentré, répétant le discours qu'il se promettait de tenir à Rose. Ce qui ne laissait pas beaucoup de place à la découverte de l'environnement...

Ce matin, c'était différent, et il comprenait enfin ce que New York avait à offrir de particulier.

— Non, répondit Rose en riant, se rappelant sa propre réaction de panique la première fois qu'elle avait visité New York. Non, je t'assure qu'ils ne sont pas tous de sortie...

Elle avait dix ans lors de son premier voyage. Tante Beth était venue passer quelques jours à Mission Creek et, en partant, elle avait proposé d'emmener un des enfants avec elle pour un mois. Susan était alors trop petite, et Justin n'était pas emballé par la proposition. Rose, elle, était assez curieuse pour dire oui.

C'était l'été, comme aujourd'hui, mais la chaleur l'incommodait moins, à l'époque. Son séjour avait été une suite ininterrompue de découvertes fabuleuses. Beth l'avait emmenée au musée, au théâtre, et dîner à Greenwich Village, le quartier des artistes. En un mot, elle avait fait tout ce qui était en son pouvoir pour que Rose, émerveillée, goûtât à la diversité culturelle de New York et en conservât un souvenir ébloui.

Elle sourit en pensant à cette époque déjà lointaine, et Matt s'étonna de voir à quel point son sourire la transformait tout entière, comme un rai de soleil qui atteindrait une terre d'ombre pour l'illuminer.

— Ne me dis pas que tu ne penses à rien, cette fois.

Elle leva les yeux vers lui.

— Je me rappelais ma première visite. J'étais un peu dépassée par tout ce monde, ces gens si différents, ces langues si nombreuses, ces coutumes si variées... J'imagine bien ce que tu peux ressentir.

Matt prit sa remarque comme un signe encourageant.

— Cette cohue est incroyable ! s'exclama-t-il en désignant un groupe de personnes sur la chaussée, entre les voitures. Regarde ces gens... On dirait un défilé !

— Pas du tout, répondit-elle en riant, la fête nationale est passée ! Ils se rendent simplement à leur travail.

Matt regarda, dubitatif, ce qui lui avait paru un mouvement de foule organisé.

— Si tu le dis...

Il leva la tête et, subitement, devant la hauteur des gratte-ciel, éprouva une sorte de vertige. Jamais les montagnes de son pays ne lui avaient donné une aussi étrange sensation.

— On se sent diminué...

Rose regarda tour à tour Matt et les bâtiments.

— Il faut plus que quelques buildings pour te diminuer, dit-elle en souriant.

Le compliment, inattendu et spontané, lui fit chaud au cœur. Il avait peut-être raison d'insister, après tout, et de suivre les conseils de Beth. Tout espoir n'était sans doute pas perdu…

— Merci, répondit-il doucement, la regardant droit dans les yeux.

Rose comprit trop tard son erreur. Si elle ne se surveillait pas, il aurait tôt fait de découvrir ce qu'elle ressentait réellement pour lui.

— Simple constatation, reprit-elle en haussant les épaules.

Matt la dévisagea, intrigué par son brusque changement d'humeur.

— Alors, explique-moi pourquoi…

Elle l'arrêta en pleine phrase, d'un doigt posé sur sa bouche.

— Règle n° 2 : pas d'explications, pas de questions. La seule façon qui peut marcher entre nous, c'est d'éviter de mentionner certaines choses. Le passé récent, par exemple.

Et, comme le fait de toucher ses lèvres créait chez elle un drôle de fourmillement, elle laissa retomber son doigt.

— Contentons-nous de profiter de la journée, d'accord ?

Savait-elle l'extraordinaire contrôle qu'il devait exercer sur lui-même, pour ne pas la prendre à l'instant dans ses bras et embrasser fougueusement sa bouche, en pleine rue, jusqu'à lui faire perdre haleine ? Jusqu'à leur faire perdre à tous deux la raison… Pourtant, il parvint à poursuivre le jeu, puisque c'était la seule façon de se faire accepter.

— Je te fais remarquer que tu viens juste d'enfreindre la règle n° 1, objecta-t-il.

Devant son air surpris, il ajouta :

— C'est toi qui l'as édictée, pourtant. *Pas touche…*

Comment s'empêcher de sourire ? Espérant qu'elle ne l'encourageait pas trop, Rose répliqua :

— J'avais oublié de préciser. La règle vaut pour toi, pas pour moi.

— Oh…

Il fit semblant de réfléchir un moment.

— Cela ne me semble pas très juste…

— Non, répondit-elle, autant pour elle-même que pour lui. Des tas de choses ne le sont pas.

Rose s'était familiarisée avec l'injustice, ces derniers temps : celle qui la séparait de lui et celle qui, d'ici peu, séparerait Matt de son enfant. Mais il était trop risqué de prolonger la réflexion en ce domaine. Affermissant sa volonté, elle se secoua.

— Pensons à notre itinéraire, d'accord ? Tante Beth a conseillé l'Empire State Building en premier. Alors, allons-y. On pourrait prendre un taxi, à moins que…

Considérant l'état congestionné du trafic, où le flot des voitures s'écoulait au compte-gouttes, elle reprit :

— Nous y serions peut-être plus vite à pied.

Matt prit son bras.

— Excellente idée !

Si elle avait suivi son premier mouvement, Rose aurait laissé son bras exactement là où Matt l'avait glissé. Et elle se serait serrée contre lui pour fendre la foule compacte qui les entourait. Mais l'instinct de survie commandait d'agir autrement : elle retira son bras.

— Règle n° 1..., répéta-t-elle pour se justifier.

Matt hocha la tête. Il lui faudrait de la patience. Mais la patience était toujours récompensée.

— Parfait... Règle n° 1.

Il raidit les bras et ne la toucha plus.

Soulagée, Rose lui adressa un éblouissant sourire et le précéda, se frayant un chemin dans le flot humain qui les enserrait.

— Quelle vue ! s'écria Matt, abasourdi.

La plate-forme d'observation, au quatre-vingt-cinquième étage de l'Empire State Building, leur permettait de découvrir New York en son entier. Matt avait espéré que, à cette hauteur, une petite brise viendrait rafraîchir l'insupportable chaleur qui les assaillait, mais la moiteur était la même qu'en bas.

— Essaie un télescope, lui conseilla Rose, désignant l'un de ceux qui équipaient la plate-forme. Pour un dollar, tu peux t'offrir New York en gros plan ! C'est extraordinaire.

— Je suis en train de m'offrir un gros plan sur une vue extraordinaire, répliqua Matt en la fixant délibérément. Et en plus, ça ne me coûte rien.

Rose sentit ses joues s'enflammer. Cet homme avait la façon la plus charmante de tourner un compliment sans en avoir l'air, et elle... Quelle idiote elle était, de rougir au moindre mot prononcé par Matt Carson ! Comme s'il ne l'avait pas déjà vue nue... Elle se comportait comme une adolescente à son premier rendez-vous !

Mais au fait, Matt n'était pas si galant quand elle l'avait connu au Texas...

— Que t'arrive-t-il ? C'est tante Beth qui t'a soufflé ta réplique ?

Matt secoua la tête, fermement décidé à ne rien laisser filtrer d'un entretien qui s'était prolongé tard dans la nuit.

— Pas du tout, elle m'a seulement suggéré les lieux à visiter. Pourquoi me demandes-tu cela ?

— Pour rien. Je ne me souvenais pas que tu étais si prodigue en compliments, d'habitude.

Un souffle chaud souleva une mèche qui vint s'égarer sur sa joue, et Rose sentit la main de Matt qui, doucement, la remettait à sa place. Elle haussa un sourcil et, immédiatement, il retira sa main.

— Peut-être ai-je appris une chose ou deux depuis que tu m'as quitté...

Rose tressaillit. Le souvenir évoqué lui était insupportable. Elle tenta de se leurrer en prétextant le consentement mutuel.

— Je ne t'ai pas quitté..., commença-t-elle.

— Non ?

Il l'avait interrompue d'un ton léger, comme si tout cela n'avait qu'une importance relative.

— Disons que tu m'as fui, alors.

Ce qui était plus proche de la vérité, finalement. Elle s'était enfuie en piétinant son cœur au passage.

Rose se déplaça, à la recherche de l'ombre dispensée par un surplomb du bâtiment.

— Nous étions d'accord pour mettre fin à cette relation, Matt.

Effectivement, elle avait pris toutes ses précautions pour que cela parût être le cas, en faisant jouer la fierté blessée de son compagnon.

Rose savait donc qu'elle travestissait la vérité. Et Matt savait qu'elle le savait.

— L'un de nous deux m'a semblé beaucoup plus d'accord que l'autre, objecta-t-il. Dans mon souvenir...

— Règle n° 2, s'empressa de dire Rose.

Matt soupira. Maîtriser son impatience allait se montrer plus difficile que prévu, mais il ne gagnerait rien à brusquer les choses entre eux.

— Bien. Je me tais.

Il sortit un dollar de sa poche et prétendit s'intéresser à ce qu'il pouvait découvrir au bout du télescope. La pièce tinta dans la fente, et un petit claquement le prévint que le volet s'était ouvert. Il plaça son œil contre l'objectif.

— Fascinant... Qui m'aurait dit que je devrais payer un dollar pour voir un pigeon s'ébattre sur un toit, alors qu'il me suffit de regarder autour de moi dans la rue pour en voir des dizaines ?

— Tu oublies un détail qui a son importance : tu as la chance d'apercevoir ce pigeon du haut de l'Empire State Building !

Il lui retourna un regard incrédule.

— Et alors ?

Elle eut envie de sourire. Parfois, il réagissait comme un petit garçon. Adorable...

— Alors, tout est une question de perspective.

— Je suis assez d'accord avec ça...

Il la fixait sans ciller, tenant son regard captif.

La chaleur qui envahit Rose n'avait rien à voir avec la température ambiante. Elle préféra l'attribuer à un déséquilibre hormonal plutôt qu'aux paroles de Matt. Ou à ce qu'elle lisait dans ses yeux...

Elle se sentait moite, et la touffeur humide de l'air collait les vêtements à sa peau comme si elle s'était baignée dans du miel. C'était intenable. A la recherche d'un peu de fraîcheur, tout en comprenant l'inutilité de son geste, elle s'éventa avec le petit dépliant que Matt avait pris à l'entrée. Le soleil frappait sans pitié, comme pour assouvir une vengeance personnelle.

— On pourrait peut-être trouver un endroit moins chaud, suggéra-t-elle.

— Pour moi, ce ne sera pas possible, dit-il en repoussant le télescope. Pas tant que je serai à côté de toi...

— Matt !

S'il continuait à la courtiser ainsi, elle n'y arriverait jamais. C'était déjà assez difficile de ne pas avoir envie de lui !

— Qu'y a-t-il, Rose ? Tu vas édicter une troisième règle ? Parce qu'en ce qui concerne les numéros 1 et 2, j'ai fait bien attention à ne pas les enfreindre...

Le regard qu'il lui adressa la fit littéralement fondre. D'un pas décidé, elle rebroussa chemin en direction des ascenseurs de la plate-forme.

Matt, rapide comme l'éclair, lui coupa la route. Il tenait les mains au-dessus de lui, mais son torse la frôlait.

— Tu vois, sans les mains !

Il aurait pu l'embrasser, profitant de l'effet de surprise. Mais elle semblait soudain si vulnérable... Il prit une profonde inspiration et s'écarta, presque penaud.

— Excuse-moi, Rose. C'était stupide.

Rose étouffa un soupir. Elle était folle... Folle d'être ici avec lui, folle d'avoir accepté un jeu où elle avait tout à perdre. Où elle perdrait bientôt tout, puisque d'ici peu il serait parti.

— N'en parlons plus. Descendons... La cathédrale Saint-Patrick nous attend.

A la cathédrale, au moins, Matt serait obligé de se tenir correctement...

Il n'y avait pas si loin de l'Empire State Building, situé sur la 34ᵉ Rue, à la cathédrale Saint-Patrick, Vᵉ Avenue.

Le taxi étant toujours à proscrire dans un trafic presque bloqué, et Rose ne supportant pas l'idée du métro par cette chaleur, ils décidèrent d'y aller à pied.

D'ordinaire, le trajet ne lui aurait demandé aucun effort. Elle l'avait fait des dizaines de fois sans en être incommodée. Mais elle n'était pas enceinte, alors, et, de surcroît, la température de la journée atteignait des records insupportables. Il avait un peu plu au milieu de la nuit, mais au lieu d'alléger l'atmosphère, l'humidité qui se dégageait en vapeur des trottoirs augmentait la sensation d'étouffement.

Rose avait de plus en plus de mal à avancer. Et par instants, un voile, comme un brouillard, passait devant ses yeux.

A plusieurs reprises, prenant prétexte des vitrines, elle s'était arrêtée, reprenant discrètement son souffle. Si seulement son cœur voulait bien arrêter de tambouriner !

Quand ils arrivèrent enfin à la cathédrale, elle était rompue de fatigue. Enfin, elle allait pouvoir se reposer ! Elle en aurait pleuré de soulagement. A l'intérieur du sanctuaire régnait une fraîcheur merveilleuse, entretenue par un puissant circuit de climatisation. Remontant la nef et admirant les vitraux célèbres du pourtour, Rose remercia intérieurement le Seigneur de cette halte.

La majesté du lieu l'impressionnait et, en même temps, elle ne pouvait se défendre d'une certaine mélancolie. A une époque, elle rêvait d'une église comme celle-ci pour se marier. Elle s'était représenté un grand mariage en blanc avec une foule d'invités... Mais le temps s'était effiloché, et aucun homme n'avait su toucher son cœur.

Jusqu'à l'arrivée de Matt.

Elle le regarda à la dérobée. Il se tenait dans l'une des travées et lisait le nom des saints représentés sur les autels. Cet homme avait su l'émouvoir comme aucun autre, et pourtant elle n'était pas plus près du mariage qu'au moment où, jeune fille, elle l'imaginait dans ses rêveries.

La visite terminée, ils se dirigèrent vers la sortie. Rose se sentait mieux, mais à l'instant où elle passa le portail, l'air chaud l'assaillit comme une boule de feu. Elle vacilla et se rattrapa à la rampe de l'escalier. Doucement, avec précaution, elle descendit une marche… puis une autre.

Mais la sensation d'étouffement empirait. L'air, de façon tangible, pesait sur son corps. Elle chercha le bras de Matt, craignant que ses jambes ne la trahissent.

— Et la règle n° 1 ? demanda Matt d'un ton badin. Ah, j'oubliais… Toi, tu peux l'enfreindre.

Son ironie céda vite le pas à l'inquiétude quand il la regarda.

— Rose, ça va ?

Ses joues s'étaient empourprées, des gouttelettes de sueur perlaient à son front. La voix de Matt lui parvint au travers d'un brouillard distant.

— Oui… Ça ira. On pourrait… peut-être aller… prendre une boisson fraîche… quelque part.

Les mots trébuchaient sur ses lèvres et, de toutes ses forces, elle essayait de rester debout ; mais le monde autour d'elle tanguait dangereusement. Soudain, elle eut l'impression que tout basculait, et ses jambes se dérobèrent.

— Rose !

Matt eut juste le temps de la recevoir dans ses bras. Elle était évanouie contre lui et, le cœur battant, il se sentit étrangement désemparé. Que valait-il mieux faire ? L'emmener à l'hôpital, ou attendre à l'ombre qu'elle revînt à elle ?

Ce fut à cet instant qu'une main calme se posa sur son bras.

Derrière lui se tenait une femme d'un certain âge, vêtue d'un tailleur bleu sur un chemisier blanc. Sa coiffe, un petit voile de toile bleue, laissait voir une frange de cheveux blancs. Elle penchait sur Matt un regard pétillant d'intelligence et plein de sollicitude.

— Elle va bien ?

— Je ne sais pas. Elle vient de s'évanouir.

— C'est peut-être cette chaleur. Portez-la à l'intérieur un moment, voulez-vous ? Je suis sœur Mary Katherine. Je pense que le père Malkowski ne verra aucun inconvénient à ce que nous utilisions son bureau le temps qu'elle se remette.

La religieuse lui ouvrit le chemin, montant les marches, et Matt la suivit, plein de gratitude, portant Rose dans les bras. Quand il pensait à tous ces gens qui lui avaient jeté un regard curieux sans proposer leur aide, il remerciait le ciel que sœur Mary Katherine fût passée par là.

Elle le conduisit à un petit bureau, meublé sobrement d'un secrétaire usé, d'une bibliothèque qui courait sur deux murs et d'un petit canapé de cuir bordeaux. Une large fenêtre ouvrait sur la cour intérieure.

— Installez-la sur le canapé, lui dit sœur Mary Katherine.

Pendant qu'il déposait Rose, elle se rendit dans une minuscule salle de bains qui jouxtait le bureau, et Matt entendit l'eau couler. Il dégagea le visage de Rose des cheveux qui s'y étaient collés et prit son pouls. Il était régulier, mais elle avait toujours les yeux clos.

— Est-ce qu'elle se sentait mal ? demanda la sœur en posant une serviette mouillée sur son front.

— Non, je ne crois pas... Elle ne m'avait rien dit.

Il frottait la main de Rose, malheureux de ne pas pouvoir faire plus pour l'aider.

— Elle ne serait pas enceinte, par hasard ?

— Non, répondit Matt du tac au tac. Enfin...

Il prit une seconde de réflexion. L'idée ne l'avait jamais effleuré, mais...

— Non, répéta-t-il, moins assuré cette fois.

Rose lui en aurait parlé, forcément.

Forcément ?

Indécis, il regarda la femme qui lui avait fait perdre la tête. Celle qui avait transformé sa vie sans rien exiger de lui.

Sœur Mary Katherine hocha la tête.

— Alors, c'est sûrement cette affreuse chaleur. Cela arrive plus souvent qu'on ne le croit. C'est pourquoi nous gardons toujours des sels à portée de main. Je vais lui en faire respirer, et vous allez la retenir au cas où elle reviendrait à elle brutalement. Nous ne voudrions pas qu'en plus elle tombe du canapé !

Elle attendit que Matt eût stabilisé Rose — ce qu'il fit en plaçant les mains sur ses épaules —, et elle décapsula le petit flacon qu'elle avait apporté de la salle de bains. Rapidement, elle le fit passer sous les narines de Rose.

Une odeur âcre assaillit l'odorat de la jeune femme. Elle eut un sursaut assez violent pour échapper aux effluves irritants, et Matt comprit la pertinence des recommandations de sœur Mary Katherine. En gémissant, Rose ouvrit les yeux.

Un flot de soulagement envahit Matt, l'aidant à mettre de côté l'innocente question de la religieuse qui lui restait présente à l'esprit. Bien sûr, la suggestion était absurde, et cependant...

Rose cligna plusieurs fois des paupières, tâchant d'accommoder sa vue à la pénombre apaisante du lieu. La dernière chose dont elle se souvenait, c'était l'air étouffant qui lui avait sauté à la gorge sur les marches de Saint-Patrick...

— Que... que s'est-il passé ?

— Tu t'es évanouie.

— Ce n'est pas possible, protesta-t-elle, incrédule.

— Mais si. Et cela a donné une belle frayeur à votre compagnon, assura sœur Mary Katherine.

Stupéfaite, Rose comprit qu'elle se trouvait à l'arrière de l'église.

— Vous m'avez emmenée au presbytère ?

— C'était l'endroit le plus frais, expliqua sœur Mary Katherine en se présentant avec un sourire accueillant. Restez ici aussi longtemps que vous en aurez besoin. A moins que vous ne préfériez que je vous appelle un taxi...

— Non, je vous remercie. Je vais mieux, à présent, dit Rose en essayant de se lever.

Mais l'étreinte de Matt la maintenait toujours fermement en place.

— Matt, je vais bien... Tu peux me lâcher...

Il retira ses mains.

— Bien sûr. Règle n° 1...

Elle sentit l'amertume de sa voix.

— Non, c'est une simple demande de ma part, répliqua-t-elle doucement.

La tête lui tournait encore un peu et elle se mordit la lèvre, dubitative.

— Je n'arrive pas à croire que j'ai pu m'évanouir !

— Tu es tombée comme une pierre. J'ai juste eu le temps de te retenir !

— Alors je te dois une fière chandelle d'avoir enfreint la règle ! dit-elle piteusement.

Matt ne répondit rien, heureux de voir la couleur revenir sur ses joues. Sœur Mary Katherine leur sourit et se dirigea vers la porte.

— Puisque vous voilà rétablie, je file. J'ai encore un million de choses à faire.

— Nous allons partir aussi, reprit Rose en se levant.

Ses jambes étaient encore un peu faibles, mais au moins elles la soutenaient.

— Merci de votre aide, ma sœur.

Sœur Mary Katherine prit sa main tendue.

— Ce n'est pas moi qu'il faut remercier, mais l'homme qui se trouve à vos côtés. C'est lui qui vous a attrapée, et juste à temps !

8.

Le jeune homme, extrêmement plaisant à regarder, lançait ses répliques d'une voix chaude dont la riche tonalité rappelait celle d'un Marlon Brando.

Beth Wainwright le regardait, assise au milieu de la vingtaine d'étudiants qui venaient profiter de son expérience et de ses conseils, lors des cours de théâtre qu'elle dispensait deux fois par semaine. Ils étaient rassemblés dans son living, et, de répétition en répétition, l'heure avançait.

Tucker Stephens se sortait avec brio de la scène, mais Beth, malgré l'intérêt qu'elle y portait, avait du mal à se concentrer. Ses pensées étaient ailleurs.

Une semaine déjà s'était écoulée.

Une semaine pendant laquelle Matt avait continué à jouer le rôle du touriste patient et curieux, alors que Rose affectait celui du guide poli mais distant... Beth savait que rien n'évoluait, car Matt la tenait au courant. Et elle sentait le découragement gagner ce dernier, malgré la patience dont il faisait preuve.

Car il n'avait rien du genre « homme des cavernes » : il ne fallait pas compter sur lui pour saisir Rose par les cheveux et la traîner de force au Texas.

Ce point, d'ailleurs, était plutôt en sa faveur, songea Beth. Il devait bien exister un moyen de faire bouger les choses, d'obliger Rose à abandonner sa noble raideur ! Il suffirait de lui ouvrir les yeux, qu'elle voie enfin celui qui transformerait sa vie… si seulement elle lui en laissait l'occasion !

Au fond d'elle-même, Beth était persuadée que Matt était fait pour Rose et que Rose, en dépit de tout, le savait.

Si seulement elle n'était pas aussi têtue ! Une vraie Wainwright…

Ce dont Rose avait besoin, c'était d'un catalyseur, décida Beth alors que Tucker terminait sa tirade. Un choc, quelque chose qui la rapprocherait de Matt. Quelque chose… ou *quelqu'un*.

Lentement, une idée se faisait jour dans son esprit, ne demandant qu'à être développée.

Beth sourit, alors que Tucker recevait une moisson d'applaudissements de la part des autres jeunes acteurs.

— Bravo, Tucker, dit-elle en se levant du fauteuil imposant qui lui donnait l'air d'une reine régnant sur sa cour. Très bien, mes enfants, c'est tout pour ce soir !

Les étudiants rassemblèrent leurs affaires pendant qu'elle dispensait ses derniers conseils.

— Et n'oubliez pas de répéter les scènes sélectionnées en début de cours. Je vous veux fin prêts pour la prochaine fois !

D'un geste royal de la main, elle leur donna congé. L'un d'entre eux, néanmoins, demeura.

Bryce Keaton avait suivi les cours de Beth plus d'un an auparavant. Avec succès. Elle était tellement convaincue de son talent qu'elle l'avait recommandé à l'un de ses amis qui montait un spectacle « off Broadway ». Diplômé et déjà lancé dans le métier, plus âgé que la plupart des élèves de Beth, Bryce revenait régulièrement fréquenter sa classe, disant qu'il ne cesserait jamais d'apprendre en sa compagnie.

Il s'était créé entre eux deux une intimité que chacun appréciait.

— Bryce, peux-tu rester un instant ? avait demandé Beth au moment où les autres partaient. J'aimerais discuter de quelque chose avec toi.

Elle avait vu l'un des étudiants pousser un camarade du coude avec un sourire entendu. Ce qu'ils pensaient n'était pas bien difficile à imaginer. Beth avait souri intérieurement. Depuis toujours, elle aimait être le centre des attentions, celle dont on se demandait ce qu'elle allait encore inventer… Ses jeunes étudiants ne connaissaient pas Bryce comme elle, ils ne voyaient que leur différence d'âge. Mais elle savait Bryce bien différent d'eux : après le lycée, et avant l'université, il avait décidé de rouler sa bosse en Europe, partant seul, assumant sur place les frais du voyage. Il avait travaillé, gagné sa vie, et ce passé déjà riche lui avait apporté une maturité qui manquait bien souvent aux jeunes gens de sa tranche d'âge. Ses presque trente ans avaient le poids de l'expérience.

Quant à Beth, elle avait mentalement arrêté de vieillir à vingt-neuf ans…

Bryce s'avança en souriant. Beth venait de refermer la porte sur le dernier élève.

— Qu'est-ce que tu as derrière la tête ? demanda-t-il.

Il avait remarqué son air pensif pendant la fin du cours, et se doutait bien qu'elle n'était pas entièrement absorbée par la performance de Tucker.

Beth le rejoignit, le détaillant du regard comme si elle le voyait pour la première fois. Il était venu entièrement vêtu de noir, ce qui avait certainement aidé son plan à germer. Et plus elle y pensait, plus elle aimait son idée.

Bryce avait le corps qu'il fallait pour mettre son plan en œuvre, se dit-elle en lui jetant un coup d'œil approbateur. Mais encore fallait-il qu'il fût d'accord…

— Tu m'as bien dit que tu t'entraînais au sprint, à l'université…

— Exact.

Elle était tout près de lui, à présent. Elle se rendit compte qu'il la dominait de deux bonnes têtes. Son jean noir mettait en valeur des jambes longues et déliées.

— Et tu cours toujours… vite ?

— Pourquoi ? demanda-t-il en riant. Tu as décidé de me courir après ?

Il avait eu une inflexion un peu rauque en posant la question, avec un accent traînant, pas éloigné de celui de Matt, et qui rappelait le Texas. Beth étouffa une bouffée de nostalgie pour répondre :

— Peut-être, plus tard…

Un sourire joua sur ses lèvres.

— Mais pour le moment, j'aimerais savoir quelle est ta meilleure performance.

Bryce chercha un instant.

— Disons que je peux courir un cent mètres en un peu plus de dix secondes.

Beth applaudit des deux mains.

— Excellent !

Il allait très bien s'en sortir. Le scintillement de son œil s'accentua.

— Que dirais-tu d'aider Cupidon dans sa tâche ?

— Tout dépend quelle est la tâche de Cupidon..., déclara Bryce, amusé, croisant les bras sur sa poitrine.

Beth se laissa aller dans son fauteuil avec un soupir d'aise.

— Agresser une femme.

Le sourire de Bryce vacilla, incrédule.

— Répète-moi cela ?

— Ce que je veux dire, mon cher, c'est qu'une petite dose d'improvisation te ferait du bien au niveau théâtral. J'ai peur que tu ne te rouilles.

— Je suis ravi que tu souhaites maintenir mon niveau d'excellence, mais si tu me disais où cette improvisation est censée avoir lieu ? Au théâtre ? Sur quelle scène ?

Pas précisément sur scène... Mais après tout, ne disait-on pas que la rue était le premier des théâtres ?

— Au Metropolitan. Ou plus exactement dans la contre-allée, juste à la sortie du musée.

Bryce se percha sur le bras du fauteuil où trônait Beth.

— O.K. Tu as réussi à éveiller ma curiosité. Donne-moi tous les détails.

Elle l'avait alléché, et il était partant. Bryce se donnait à fond quand quelque chose lui plaisait, et c'était ce qu'elle aimait le plus chez lui : son incroyable dynamisme.

— Les détails ? Avec plaisir, mon chou.

Matt n'avait rien contre la peinture. Il était obligé de le reconnaître, après les heures passées au Metropolitan en compagnie de Rose. Ils avaient traversé un nombre incroyable de salles au fil des heures, et il avait pris un grand plaisir à regarder ces tableaux peints en France, sur les bords de Seine — Manet, Monet, Renoir... Les noms dansaient dans sa tête.

Mais s'il voulait se montrer parfaitement honnête avec lui-même, ce qu'il appréciait le plus dans le célèbre musée, c'était sa climatisation. D'ailleurs, il avait le pressentiment qu'il en était de même pour la moitié des gens qui circulaient devant les tableaux !

Matt se déplaçait lentement, comme le lui avait conseillé Rose, afin d'apprécier les mélanges subtils de couleurs, mais toutes ces impressions colorées commençaient à lui saturer le cerveau. D'autant que son esprit était depuis quelques jours perturbé par la dérangeante petite question de sœur Mary Katherine :

Rose était-elle enceinte ?

Sans doute était-il ridicule de se poser pareille question, et pourtant, Matt ne parvenait pas à la rayer de son esprit. Elle le harcelait, resurgissant de jour comme de nuit, aux moments où il s'y attendait le moins. Poser directement la question à Rose aurait été insultant, il le sentait. Le plus sage était d'attribuer son malaise à la chaleur qu'il faisait ce jour-là.

Mais si elle l'était...

Si c'était la raison pour laquelle Rose l'avait quitté ? Parce qu'elle n'osait pas le lui avouer ?

Mais non, l'idée était absurde. Ne s'agissait-il pas *aussi* de son enfant !

A moins que... Pouvait-il y avoir eu un autre homme ?

Conscient qu'il divaguait, Matt s'obligea à regarder le tableau devant lui. Il se laissait emporter trop loin, par une spéculation qui n'avait pas la moindre parcelle de vraisemblance.

— Alors, qu'est-ce que tu penses de celui-là ?

— Bien, très bien, répondit Matt en se forçant à écarquiller les yeux devant une débauche de rouge et de jaune qui lui donnait presque mal à la tête.

Il mentait déplorablement mal.

— Tu t'ennuies, conclut Rose, souriant avec indulgence.

— Pas du tout. C'est simplement que... je n'ai pas très bien dormi cette nuit.

Et ceci, au moins, n'était pas un mensonge. La pensée de Rose l'avait tenu éveillé jusqu'à l'aube. Il aurait tant voulu abolir la distance stupide qui les séparait ! Il s'était d'ailleurs levé plusieurs fois, puis, se ravisant, s'était recouché, remâchant son amertume.

Rose jeta un coup d'œil à sa montre.

— Peut-être avons-nous absorbé assez de culture pour aujourd'hui. D'ailleurs, le musée ferme dans un quart d'heure. Si nous passions prendre tante Beth pour dîner dehors ?

Matt aurait préféré un tête-à-tête, mais il n'était pas en position de discuter. Rester agréable jusqu'au bout, telle était sa résolution. Il finirait par vaincre les défenses de Rose, dût-il y sacrifier sa santé !

— Bonne idée.

Ils descendirent au rez-de-chaussée, Matt retrouvant instinctivement son chemin dans le dédale des salles. Rose songea qu'elle ne l'avait jamais entendu demander sa route, où qu'il se trouvât. Il avait un sens inné de l'orientation.

Il y avait tant de choses en Matt qui tranchaient sur les autres hommes ! Parfois, en dépit de ses résolutions, elle aurait voulu tout abandonner pour être avec lui, tout simplement et totalement... Bien sûr, ç'aurait été faire peu de cas des efforts insensés qu'elle avait fournis pour garder ses distances... Mais justement, cela devenait trop dur. Comment maintenir plus longtemps l'attitude que lui dictait la raison ? Car elle ne voulait rien d'autre qu'être dans ses bras.

Et faire l'amour avec lui.

Le plus triste, c'était qu'elle avait réussi à convaincre Matt que cela ne l'intéressait plus. Depuis une semaine, quel que fût le lieu visité, il s'était comporté en parfait gentleman. Les règles 1 et 2 n'avaient pas été enfreintes une seule fois depuis son évanouissement à Saint-Patrick. Matt n'avait même pas essayé...

Peut-être souhaitait-il réellement visiter la ville, en définitive. Peut-être avait-elle imaginé tout le reste... En tout cas, elle semblait avoir perdu tout attrait pour lui.

Cette pensée lui serra le cœur. Et les entrailles... C'était sûrement une bonne chose, mais elle ne parvenait pas à s'y résigner. Le seul fait d'y songer la bouleversait, comme si on venait de lui arracher ce qu'elle avait de plus précieux. C'était terrible, insupportable, aussi insupportable que ce qu'elle avait éprouvé le jour où elle s'était décidée à lui mentir, à prétendre qu'il ne l'intéressait plus et qu'il valait mieux, pour eux, cesser de se voir.

Peut-être, aujourd'hui, payait-elle pour cette tromperie.

A moins que tout cela ne fût qu'un jeu, orchestré par Matt pour lui faire sentir ce qu'il en coûtait d'être rejetée à son tour ?

Mais pourquoi se torturer ? se dit-elle. Les réponses ne changeraient rien à sa résolution. Mieux valait ne penser à rien.

A l'extérieur du musée, la chaleur était accablante. Comme les jours précédents.

— Eh bien, ça ne s'est pas rafraîchi pendant que nous étions là-dedans, soupira Rose alors que les portes du musée se refermaient derrière eux.

Il la regarda, inquiet.

— Tu ne prévois pas de t'évanouir de nouveau ?

— Je t'assure que ce n'était pas prévu !

Ils descendirent la rue. Matt voulut héler un taxi, mais ceux qui passaient étaient tous occupés. Il marchait lentement et Rose se demanda s'il craignait de la fatiguer. En temps normal, l'idée l'eût agacée, l'incitant à adopter une allure plus rapide, mais le bébé faisait valoir ses droits et sapait son énergie.

— J'aimerais autant que tu oublies cet incident, reprit Rose.

— Pourquoi donc ?

— Parce que je n'ai pas envie de passer pour une femme fragile.

Il lui lança un regard en coin.

— Aucun risque ! Tu as une volonté d'acier. Ta tante m'avait prévenu, d'ailleurs. Elle avait raison, comme souvent, ajouta-t-il presque malgré lui.

Rose sourit, luttant contre la tentation de glisser son bras sous le sien. Le geste aurait été si naturel...

— Tu l'aimes bien, n'est-ce pas ?

— J'aime mieux sa nièce...

Il se mordit la lèvre. La repartie avait fusé d'elle-même, et Matt espéra ne pas avoir gâché le travail de ces derniers jours. Beth lui avait promis que, s'il savait tenir ses distances, Rose se rapprocherait d'elle-même. Pourvu que le conseil fût aussi avisé que les précédents !

— Désolé, je ne suis pas censé parler comme cela..., reprit-il.

Mais Rose était toute rayonnante, comme après un verre d'excellent vin que l'on aurait gardé pour une occasion très spéciale. Les mots lui étaient allés droit au cœur et ils lui tenaient chaud.

— Oh, ce n'est rien, je...

Elle ne put terminer sa phrase. Jailli derrière elle d'une allée transversale, un homme l'avait saisie au collet et la traînait dans la ruelle sombre.

Maintenue contre lui, Rose ne pouvait voir son assaillant, mais l'odeur de son eau de toilette s'imprima dans sa mémoire, en même temps que la peur sourdait en elle. Car elle voyait la fureur brutale qui s'était emparée de Matt et elle craignit soudain qu'il ne fît quelque chose d'héroïque et de stupide, mettant pour elle sa vie en danger. S'il lui arrivait quoi que ce fût alors qu'il cherchait à la protéger, elle ne pourrait se le pardonner...

— Tenez, dit-elle, sortant son porte-monnaie de son sac et le tendant par-derrière à l'homme dont elle ne voyait toujours pas le visage. Prenez et laissez-nous tranquilles.

Un bras mince, vêtu de noir, se saisit de l'argent, et Rose se sentit poussée en avant, sans brutalité. Matt s'avança vers l'assaillant, dont un masque noir dissimulait les traits.

— Matt, je t'en prie, ce n'est que de l'argent !

— Il t'a agressée, gronda Matt sourdement.

L'homme ne l'attendit pas. Il laissa tomber le porte-monnaie et prit ses jambes à son cou. Matt se lança à sa poursuite mais l'homme courait à une vitesse incroyable, digne d'un champion olympique ! Au bout d'un moment, distancé, Matt comprit qu'il ne le rattraperait pas. Il jura, furieux. Rose l'attendait au bout de la ruelle, et quand il la rejoignit, il vit qu'elle tremblait. Ses yeux étaient pleins de larmes.

Est-ce que cette ordure lui avait fait mal ? Si seulement il avait pu l'attraper ! Il le lui aurait fait payer !

— Tu vas bien ?

Il la toucha, pour s'assurer qu'elle n'avait rien de cassé, et soudain, Rose s'effondra dans ses bras.

— Oh, Matt, j'ai eu si peur pour toi ! Quand je t'ai vu te lancer derrière lui…

Elle ne put achever. Un sanglot l'interrompit et elle jeta les bras autour de son cou, l'embrassant à cœur perdu, mettant dans son baiser tous les sentiments qu'elle étouffait depuis une semaine.

Matt l'enserra de ses bras. Il savait que la patience était une vertu, mais la récompense s'avérait beaucoup plus douce qu'il ne l'aurait imaginée.

Leur baiser se prolongea, intense, menant Matt vers des chemins qu'il avait déjà arpentés et qu'il brûlait de redécouvrir.

Brutalement, comme sonnée, Rose s'écarta. Ses poings se serrèrent et une grêle de coups s'abattit sur la poitrine de Matt.

Il lui saisit les poignets, non parce qu'elle lui faisait mal, mais parce qu'il ne comprenait pas.

— Rose, que t'arrive-t-il ?

De nouveau, les larmes montèrent aux yeux de Rose. Il était en vie. Mais il aurait pu tout aussi bien être tué. Et il serait mort en croyant qu'elle ne l'aimait pas !

— Il aurait pu te tuer, gémit-elle.

— Je ne crois pas qu'il était armé, et il n'avait rien d'un mastodonte, à bien le regarder.

— Mais il aurait pu avoir un revolver ! s'écria Rose. Matt, il ne s'agissait que de mon porte-monnaie, et il l'a laissé tomber dans sa fuite ! Ce n'était pas une raison pour risquer ta vie !

— Rose, répliqua-t-il en posant les mains sur ses épaules et en la regardant bien dans les yeux, je n'ai pas risqué ma vie pour cela, mais parce qu'il avait osé te toucher. Il aurait pu te faire mal.

Doucement, il laissa ses doigts effleurer sa joue.

— Je n'autorise personne à te faire mal.

Elle rendit les armes en fondant de bonheur. Enserrant de nouveau son cou, Rose scella ses lèvres à celles du seul homme qu'elle avait jamais aimé.

9.

Matt rompit leur étreinte, s'écartant de Rose dans un terrible effort de volonté. Il aurait voulu rester là, contre elle, à l'embrasser jusqu'à la fin du monde, et plus longtemps encore... Mais il savait qu'il ne se rassasierait pas de sa bouche, et que ce désir conduirait vite à un autre. Or, il s'était promis de ne rien brusquer.

— Ne restons pas là, dit-il d'une voix basse et voilée.

Rose pressa ses lèvres l'une contre l'autre, savourant le goût qu'il y laissait. Cela n'était pas possible, mais elle brûlait de lui dire que le seul endroit où elle souhaitait aller, c'était sa chambre, à condition qu'il l'y suivît. Impossible... mais tellement tentant !

Matt aurait voulu la ramener immédiatement et lui faire l'amour si lentement, si langoureusement qu'ils se seraient tous deux consumés dans l'attente du plaisir. Pourtant, comme il craignait de l'effaroucher, il choisit un chemin de traverse qui, il l'espérait, mènerait au même but, bien que par des voies plus sûres.

— Allons dîner, et ensuite nous pourrions faire une de ces balades en charrette dans Central Park, comme l'a suggéré ta tante...

— En calèche, rectifia machinalement Rose.

— Si tu veux. Tout ce que tu veux.

Rose se rappela qu'au départ elle avait proposé d'inclure sa tante dans leur soirée. Mais elle n'en avait plus envie. Plus du tout. Peut-être Matt, lui, y songeait-il toujours... Entre ses cils, elle laissa filtrer un regard rapide.

— Avec ou sans tante Beth ?

Matt lui caressa tendrement le visage, laissant ses yeux lui dire tout ce que sa bouche ne pouvait encore formuler.

— A ton avis ?

Une ébauche de sourire détendit les lèvres de Rose, et s'y épanouit malicieusement.

— Je ne crois pas que je vais rentrer me changer, dit-elle.

— Non, murmura Matt tout contre son oreille. Ne change surtout rien.

Ensemble, ils sortirent de la ruelle pour retrouver l'allée principale, et Matt bondit, main levée, alors qu'un taxi libre passait enfin. Il se jeta presque sur le véhicule, avant que celui-ci ne choisisse de l'ignorer.

— Tu commences à te comporter comme un New-Yorkais de vieille souche ! fit remarquer Rose en riant, alors que le taxi pilait pour ne pas écraser son client.

Matt lui ouvrit la porte de la voiture.

— Je m'adapte, chuchota-t-il alors qu'elle le frôlait pour s'asseoir. N'oublie pas que c'est une chose que je sais faire.

Rose se glissa au fond du taxi pour lui faire place, se rappelant malgré elle la façon dont le corps de Matt s'était adapté au sien lorsqu'ils avaient fait l'amour.

— Oui, je veux bien te croire...

Quel autre homme aurait su agir comme lui, ravaler sa fierté blessée et la suivre jusqu'ici ? Qui d'autre aurait pris la peine de découvrir son adresse ? Elle ne l'avait pas placardée sur les murs de la ville avant de partir... A part sa famille, personne ne savait où elle se rendait, et Rose imaginait mal que Matt eût pu se présenter au ranch de son père pour demander où elle se trouvait ! Archie et Justin l'auraient reçu à coups de fusil, surtout s'ils soupçonnaient la nature exacte de leurs relations.

En conséquence, il avait dû se démener comme un beau diable pour la retrouver... Le plaisir que lui donnait cette constatation se mua en un éclatant sourire.

Matt pencha un peu la tête, surpris de voir son regard s'illuminer.

— Pourquoi ce sourire ?

— Je me demandais comment tu avais trouvé l'endroit où j'habite...

Il aurait pu inventer toute une fable afin de l'impressionner par ses talents de détective, mais il répugnait à travestir la vérité, même pour une bonne cause. Un jour ou l'autre, les mensonges vous rattrapaient et vous faisaient trébucher.

— Par Daisy, la nouvelle serveuse au Grill du Lone Star Country Club. Elle m'a dit t'avoir vue avant ton départ pour New York ; je me suis alors rappelé que tu avais une tante qui y vivait.

Bien sûr, il avait dû interroger Internet et s'y reprendre à plusieurs fois pour retrouver la trace de sa tante, mais à quoi bon entrer dans les détails ?

Rose était impressionnée. Dans son souvenir, les hommes n'écoutaient que rarement les femmes lorsque celles-ci parlaient de leur famille...

— Et tu t'es souvenu d'elle ?

Il avait eu le temps de se répéter chaque mot sorti de la bouche de Rose, et il semblait se les rappeler tous...

— J'ai une bonne mémoire, se contenta-t-il de dire.

Comment lui dire, sans se trahir, que chaque mot, chaque instant partagé avec elle était à tout jamais ancré dans son esprit ? Malgré les discussions prolongées qu'il avait avec Beth, Matt ne discernait pas exactement ce qu'il pouvait dire à Rose sans attendre, ou au contraire les aveux qu'il devait différer. Comme il haïssait ce jeu ! Etre si peu sûr de sa ligne de conduite était insupportable à un homme aussi direct que lui.

La seule chose évidente, c'était la douleur qu'il ressentait à la simple idée d'une séparation. Etait-ce de l'amour ? Celui qui conduisait au mariage sur lequel on engageait une vie ?

Matt n'en savait rien.

Ou peut-être était-il trop effrayé pour l'admettre...

Le chauffeur du taxi commençait à s'impatienter.

— J'ai horreur d'interrompre la conversation de deux tourtereaux, mais si vous me disiez où je dois vous conduire ? demanda-t-il en déclenchant son compteur.

Rose leva les yeux vers Matt, attendant sa suggestion. Jusqu'à présent, ils avaient mangé chinois, thaï, mexicain, cajun... A la demande de Rose, ils avaient toujours opté pour des restaurants où elle savait pouvoir trouver du poisson. La simple idée d'un steak lui retournait l'estomac... Pour une fois, c'était à Matt de décider.

— De quoi as-tu envie ? demanda-t-elle.

De toi, fut la réponse qui fusa dans la tête de Matt. Il savait le moment mal choisi pour ce genre de déclaration, sans compter le chauffeur qui tambourinait d'impatience sur son volant. Il se rabattit donc sur un simple :

— C'est toi qui décides...

Pensant à la promenade qui suivrait dans Central Park, Rose choisit un restaurant qui jouxtait le parc, et non loin duquel stationnaient les calèches.

— Très bien. Alors, ce soir, nous mangeons italien si ça te convient, dit-elle en donnant l'adresse au chauffeur.

Ce qui lui conviendrait, ce serait de l'avoir, elle, en dessert... Et, si possible, dès ce soir...

Tant d'heures le séparaient des derniers instants où ils avaient fait l'amour ! Il n'aurait jamais imaginé, cette nuit-là, que le lendemain elle le quitterait, lui déclarant que leurs petits jeux avaient assez duré et qu'elle en était fatiguée. Ce n'était pas l'impression qu'elle donnait quand il la tenait dans ses bras, et que son corps se tendait comme le rayon d'un soleil captif qui ne cherchait qu'à se répandre sur lui.

Rose ne pouvait rien avaler. D'habitude elle adorait l'escalope milanaise mais, ce soir-là, elle ne parvenait pas à en avaler le moindre morceau. Son estomac refusait toute nourriture. Et, pour une fois, le bébé n'y était pour rien.

Car c'était l'anticipation qui lui nouait le ventre. Elle se sentait vibrer comme une bombe à retardement, programmée pour exploser à une heure inconnue d'elle. Ce qu'elle savait, en revanche, c'était que Matt serait le déclencheur.

Elle le regarda. Il avait presque fini son repas. A l'un des deux, au moins, la situation ne coupait pas l'appétit...

La voyant picorer dans son assiette, Matt demanda :

— Je présume que tu ne veux pas de dessert ?

Le mot évoquait pour elle les crèmes glacées à l'italienne, et ces crèmes, à leur tour, ressuscitaient la mémoire d'un certain pique-nique où Matt avait délibérément répandu sa glace à la vanille sur son bras pour la lécher ensuite. Lentement...

Une boule de feu la traversa, tirée à bout portant par la charge érotique de ce souvenir.

— Si, une crème glacée, répondit-elle alors que Matt hélait le garçon.

Celui-ci fut près d'eux à l'instant, inclinant la tête. Ses cheveux étaient parfaitement lustrés, séparés par une raie impeccable.

— Quel parfum désire madame ?

— Vanille, répondit-elle en essayant de ne pas regarder Matt.

Du coin de l'œil, elle surprit ce qui pouvait être l'ombre d'un sourire... ou le fruit de son imagination.

Une lune ronde et pleine les accueillit à la sortie du restaurant. L'air était incroyablement calme. L'humidité qui avait rendu la chaleur si insupportable était en régression. Il n'y avait que quelques pas à faire pour atteindre le Plaza devant lequel les calèches attendaient les couples désirant terminer leur soirée par une promenade romantique.

Matt fit signe à un cocher en livrée devant l'hôtel, et aida Rose à monter avant de s'installer à son côté.

Ils étaient menés par un cheval bai dont les sabots, résonnant sur le bitume, reléguaient à l'arrière-plan les bruits assourdis de la ville.

Le doux balancement de la calèche était merveilleusement apaisant. Mais la proximité de Matt avait sur Rose l'effet exactement inverse. Les deux sensations se complétaient à vrai dire de façon très troublante.

Rose abaissa sa garde juste assez pour se permettre d'appuyer la tête sur l'épaule de Matt. Elle soupira. Le moment était parfait, tout simplement parfait.

— Est-ce que je t'ai remercié de m'avoir sauvée ? demanda-t-elle d'une voix rêveuse.

— Deux fois déjà…

Au souvenir de ses baisers, il ne put se retenir de poser ses lèvres sur son front. Elle ne pouvait pas lui en vouloir de ce mouvement. Pas après l'avoir embrassé sur la bouche comme elle l'avait fait…

— Mais tu peux recommencer quand tu veux, reprit-il.

Rose étouffa un petit rire. Elle leva les yeux vers Matt, dont l'expression était malicieuse, comme elle s'y attendait. Sans réfléchir, elle dessina du doigt le contour de sa bouche. Elle avait un besoin impérieux de le toucher.

Matt saisit la main qu'elle avait dirigée vers son visage et, doucement, embrassa le bout de ses doigts, l'un après l'autre.

Rose ne pouvait contrôler les battements précipités de son cœur, et elle eut soudain peur que Matt ne s'en aperçût. Cela ruinerait tout. Ce moment de rêve était trop précieux, elle tenait à en savourer chaque instant, mais elle en connaissait aussi le danger. Elle ne pouvait pas se permettre de croire qu'ils allaient vivre heureux jusqu'à la fin des temps. Rien ne pouvait jamais s'arranger entre un Carson et une Wainwright.

Elle reprit sa main.

— Merci encore, murmura-t-elle.

— A ton service. J'adore secourir les jeunes femmes en détresse.

Brûlant de prendre ses lèvres, il embrassa doucement son front.

Rose se mit à rire.

Et c'était bon de se détendre, de partager ce moment avec lui, dans le répit de fraîcheur que leur offrait la nuit. Tout ce qu'elle pensait, tout ce qu'elle ressentait se rapportait à Matt. Et la tête lui tournait un peu.

Elle l'aimait. De tout son cœur, elle aimait le père de son enfant, et il était doux d'en être sûre. Au moins, même s'ils ne l'avaient pas prémédité, ce bébé était le fruit de l'amour. Et dans une vie, cela constituait un bon départ....

Mais pour la suite ? susurra une petite voix tout au fond d'elle. Pour la suite de cette vie, après la naissance ? Quel avenir pourrait-elle offrir au bébé ?

Une vie pleine d'amour, répondit-elle silencieusement. Car, en dépit de toutes les difficultés, elle aimait ce petit être qui se formait en elle. Oui, elle l'avait aimé dès le premier instant, dès qu'elle avait compris le résultat du test de grossesse, devant la languette de papier qui avait pris une coloration bleue...

Le bras de Matt se glissa autour de ses épaules, et il l'attira tout contre lui. Depuis son agression, Rose lui semblait une femme différente. Ou plutôt, il retrouvait celle qu'il avait connue au Texas, celle qui lui avait volé son cœur...

Il aurait presque voulu remercier l'agresseur !

Nichée au creux de son épaule, Rose sentait qu'il la regardait. Qui voyait-il en elle ? La femme qui l'avait quitté ? Celle qu'il était déterminé à reconquérir pour satisfaire sa fierté, ou une femme qui comptait réellement dans sa vie ?

Oh non, elle ne devait pas s'engager sur ce terrain-là ! Arrêter de spéculer et simplement profiter de l'instant, voilà ce qu'elle devait faire. Car ce moment passerait vite, et c'était tout ce à quoi ils auraient droit.

— A quoi penses-tu ? s'enquit Matt d'une voix douce.

La question surprit Rose, d'autant qu'elle ne pouvait se permettre d'y répondre. Elle sonda son esprit à la recherche d'une réponse acceptable.

— Je me disais que le ciel était merveilleux, ce soir.

Il leva les yeux. Le ciel était en effet constellé d'étoiles, comme autant de joyaux.

— Laquelle veux-tu ?

— Pourquoi ? demanda-t-elle en riant. Tu comptes m'en décrocher une au lasso ?

— Non, j'imaginais plutôt quelque chose comme une visite chez Tiffany's...

Rose se redressa écarquillant les yeux. Un diamant ? Une bague de fiançailles ? Plaisantait-il ? Voulait-il... l'épouser par amour ?

Ou se doutait-il de quelque chose au sujet du bébé ?

Elle tenta de trouver une réponse dans l'expression de son visage, et n'y parvint pas.

— Je n'ai besoin ni d'étoiles, ni de diamants.

« Du moment que je t'ai », complétait silencieusement son cœur.

Matt n'ajouta pas un mot, et elle sut qu'il avait parlé sans intention réelle. A quoi s'était-elle attendu ? Quand elle avait quitté Mission Creek, elle savait bien qu'elle n'aurait droit à rien. Alors, d'où venait la déception ?

Ne rien prévoir, ne rien attendre, c'était la seule conduite à tenir. A chaque jour suffirait sa peine. Prendre chaque heure pour ce qu'elle était. Comme ce soir...

Elle ne savait pas quand Matt repartirait et, tant qu'elle l'ignorait, elle pouvait prétendre que la menace n'existait pas, imaginer que cet instant merveilleux et partagé durerait toujours.

Et tant qu'elle serait loin de chez elle, loin de toutes les lois qui régissaient son univers, elle pouvait choisir de prolonger cet instant à l'infini.

A condition, surtout, de ne penser à rien...

Matt la regardait et, sous l'expression brûlante de ses yeux, elle se sentit défaillir. Obéissant à une volonté qu'elle ne commandait plus, elle posa la main sur sa joue et attira sa bouche vers la sienne. Le baiser qui naquit entre eux était de pure passion.

Elle se sentit grisée, comme si elle avait bu du vin lors du dîner, alors qu'elle n'avait presque rien pris, juste une glace.

Est-ce qu'une glace pouvait vous tourner la tête ? Ou était-ce l'homme qui se tenait à son côté ? Matt, dont le simple nom faisait rugir le sang dans ses veines et bouleversait le cours de ses pensées...

Elle ne savait plus, et elle s'en moquait. La seule chose qui comptait, c'était ce trouble délicieux, cette torture qu'elle ressentait, la chaleur qui envahissait son corps et à laquelle elle voulait se livrer tout entière.

Si seulement cette nuit pouvait ne jamais prendre fin...

Le cocher arrêta le cheval. La boucle était bouclée.

— Vous voilà revenus au point de départ !

Rose reprit difficilement ses esprits, encore sous l'emprise de leur baiser. Le somptueux hôtel Plaza se dressait devant eux.

— C'est déjà fini, soupira-t-elle tristement.

— A moins que vous ne vouliez refaire un tour ? proposa le cocher en voyant qu'aucun d'eux ne se levait.

Matt était d'accord pour tourner toute la nuit, du moment que Rose restait dans ses bras. Il la regarda, attendant sa décision, mais elle secoua la tête.

Le lieu où elle voulait être avec lui serait bien à l'abri des regards, entre quatre murs…

— Peut-être une autre fois, répondit Matt en réglant le cocher avec un large pourboire.

Il descendit, et saisit Rose à la taille pour l'aider à descendre à son tour.

— Toujours à votre service, mon prince ! lança le cocher, ravi.

Matt et Rose, serrés l'un contre l'autre, se dirigeaient vers l'appartement de Beth, oublieux du monde entier et tout particulièrement de la règle n° 1…

10.

Les portes de l'ascenseur venaient de se refermer sur les derniers arrivants. Rose et Matt se serrèrent tout au fond pour leur faire place. L'un contre l'autre. Très près.

Ils touchaient presque au but à présent, mais, pour Rose, ces trois minutes de trajet semblèrent une éternité.

Elle avait tellement besoin d'être seule avec Matt !

Le désir qui avait grandi en elle pendant la promenade en calèche battait dans ses veines et chaque pulsation l'avivait, au point de rendre insupportable tout ce qui pouvait s'interposer entre eux deux.

Toutes les bonnes résolutions, auxquelles elle pouvait se tenir tant que Matt était loin d'elle, s'effilochaient à une vitesse effarante maintenant que son corps frôlait le sien dans l'espace exigu de l'ascenseur.

Rose pouvait toujours essayer d'en rejeter la responsabilité sur la nuit de pleine lune, sur le romantisme de leur promenade ou la réaction de Matt lorsqu'elle avait été agressée… La vraie raison était ailleurs : Matt représentait tant pour elle qu'elle n'avait pas réussi à se remettre de leur rupture. Et qu'elle ne s'en remettrait probablement jamais.

Chaque fois qu'elle regarderait le visage de leur enfant, elle verrait celui de Matt.

Etage après étage, l'ascenseur se vidait. En atteignant le vingtième, ils étaient seuls. Rose glissa sa main dans celle de Matt et sortit sur le palier. Matt la regarda et sut qu'ils voulaient la même chose. Sa patience était récompensée, l'interminable attente prenait fin. Il ne savait pas ce qui se passerait ensuite, mais il savait très bien ce qu'ils allaient faire tous les deux, quoi qu'il arrive.

Il ne pouvait en être autrement. Car il était désormais incapable de patienter davantage. Il se sentait dépérir tant le besoin qu'il avait d'elle était vital.

Rose ouvrit la porte de l'appartement, priant qu'il n'y eût pas de réponse à son appel.

— Tante Beth ? Tu es rentrée ?

Le silence régnait dans les pièces sombres.

Rose sentit son cœur s'accélérer. Ses prières étaient donc exaucées. Même si c'était pure folie que de souhaiter cette solitude dont elle savait bien à quoi elle mènerait.

Pourtant, il n'y avait rien qu'elle désirât plus.

Matt aperçut une feuille de papier sur la table basse du salon, avec leurs deux noms écrits de la main de Beth. Il s'en saisit, y jeta un rapide coup d'œil et bénit la prévoyance de leur hôtesse.

— On dirait bien que nous sommes seuls. Ta tante est allée voir une reprise de *My Fair Lady* et compte rester à la petite fête qui suivra. Elle ne rentrera pas avant minuit passé.

Enfin, ils étaient seuls, complètement seuls. Le regard de Matt captura celui de Rose.

Et celle-ci sentit son souffle s'amenuiser.

— Nous avons l'appartement pour nous, si je comprends bien...

Soudain nerveuse, elle recula. Son dos heurta le mur. Matt retenait toujours ses yeux prisonniers des siens. Il posa la main sur le premier bouton de son chemisier et, lentement, le fit sortir de sa boutonnière.

— On dirait...

Cherchant désespérément quelque chose à dire pour qu'il ne vît pas à quel point elle se consumait de désir pour lui, Rose balbutia :

— Que veux-tu faire ?

Retenant sa réponse, Matt fit sauter le deuxième bouton, puis le troisième. Un sourire s'épanouit sur ses lèvres, aussi largement que l'échancrure du chemisier de Rose, qu'il dégageait sous ses doigts.

— Devine...

— J'ai droit à combien de réponses ? demanda-t-elle d'une voix presque rauque, tant sa gorge était sèche.

Matt tira sur les pans du chemisier pour le faire sortir de la jupe et pressa ses lèvres sur la gorge de Rose. Une seule fois. Mais il sentit son pouls qui battait la chamade.

— A aucune, répondit-il en replongeant son regard dans ses yeux. Parce que tu as déjà deviné.

Telle une toupie incontrôlable, l'anticipation dansait et tournoyait dans les veines de Rose.

— Tais-toi, répondit-elle d'un ton pressant, incapable d'attendre une seconde de plus. Embrasse-moi.

Matt lui prit les mains et les plaqua sur le mur au-dessus de sa tête. Il enlaça alors ses doigts dans les siens.

— Je n'attends que ça, dit-il en souriant.

Son corps épousa le corps de Rose et la douleur revint, familière comme une amie trop longtemps perdue de vue, chassant toute trace d'humour de ses lèvres.

Sa bouche écrasa celle de Rose, annihilant tout discours, toute pensée à l'exception d'une seule. Il lui fallait cette femme. Il la désirait, avec autant d'urgence que l'air qu'il respirait. Plus, peut-être.

Les mains de Rose se libérèrent pour l'enlacer, lorsque, grisé par les sensations qu'il retrouvait, il parcourut de caresses chaque courbe de son corps.

C'était comme le retour du soleil après une interminable absence.

Mon Dieu, comme elle lui avait manqué ! Il ne s'en rendait pleinement compte qu'à cet instant où la violence de son désir le fouaillait comme une lame.

Il sentit Rose ouvrir les pans de sa chemise, fébrile, cherchant sa peau.

Il s'écarta légèrement pour la laisser faire et, avec une ardeur échappant à tout contrôle, elle s'acharna sur les boutons, brûlant de retrouver son torse nu.

C'était exactement ce qu'il voulait aussi et, sans déprendre ses lèvres des siennes, il arracha le chemisier de Rose au moment où elle le débarrassait enfin de sa chemise.

Ce fut au tour de Rose de frissonner de fièvre : l'attache de son soutien-gorge venait de céder, les bretelles glissèrent sur ses épaules, Matt délivrait ses seins de leur rempart de dentelle.

L'instant d'après, sa jupe tombait à terre. Rose ne portait plus qu'un petit triangle de dentelle blanche.

Elle sentit plus qu'elle ne vit Matt s'agenouiller devant elle. Ses lèvres ouvertes dessinèrent un chemin brûlant entre sa taille et le bord du string. Rose frémit et retint son souffle alors qu'il l'embrassait à travers la dentelle.

Mais déjà la dernière barrière glissait sur ses cuisses. Les mains de Matt, ses lèvres, la voulaient sans entrave, et Rose enfouit les doigts dans ses cheveux, le pressant contre elle. Le feu qu'il générait fit rage dans son corps sous l'assaut de sa bouche qui prenait enfin possession d'elle.

Elle gémit pour ne pas crier, soudain moite, alors que la langue de Matt s'insinuait entre ses cuisses et l'amenait à un premier palier de jouissance, avant même qu'elle ait eu le temps de mesurer ce qui lui arrivait.

L'explosion se propageait toujours en elle lorsqu'il la souleva de terre. Déroutée, encore tout à son plaisir, Rose tenta de comprendre...

Il la portait dans sa chambre. Dans son lit.

Alors, elle l'enlaça, se plaqua contre lui, frémissant du plaisir que sa caresse intime avait provoqué.

Matt la déposa doucement sur le drap et se débarrassa de son pantalon. Il allait continuer lorsque Rose l'arrêta. Les prunelles agrandies par le désir, elle murmura :

— Non, laisse-moi faire.

Son souffle rauque voyagea sur le corps de Matt, l'excitant comme une caresse.

— Comme tu veux...

Il s'allongea à côté d'elle, luttant pour se contrôler alors que Rose tentait maladroitement de le débarrasser du slip de coton. Il ferma brièvement les yeux : sa paume venait de l'effleurer au passage, soulevant le tissu et tirant pour finalement l'arracher et le jeter au bas du lit.

Matt vit ce que lui promettaient les yeux de Rose. Elle allait se coller contre lui, onduler lentement sur son corps, le soumettre au supplice de Tantale jusqu'au point de rupture. Mais il avait trop envie d'elle pour subir passivement pareille torture. Il fit basculer Rose sur lui, la maintenant fermement sur ses hanches pendant que sa bouche réclamait la sienne pour un baiser dévastateur.

Ce fut à cet instant qu'il comprit qu'il ne se lasserait jamais d'elle.

Car plus il l'embrassait, plus ses mains exploraient son corps, plus il sentait croître en lui un besoin qui ne serait jamais rassasié. Et qu'il ne voulait pas rassasier tout de suite. Pas avant de l'avoir retrouvée complètement.

Il la fit glisser à côté de lui, et l'allongea de façon à pouvoir revisiter tous les lieux qu'il adorait en elle et qui avaient été siens auparavant.

Sous la morsure du désir que ses mains attisaient, Rose se tordait et gémissait, avide de ses baisers, s'ouvrant à ses caresses, tanguant au bord du précipice où ne la retenait que sa volonté de partager avec lui l'instant ultime.

Mais lui voulait reculer cet instant, pour savourer encore chaque carré de sa peau, la douceur soyeuse et humide sous sa bouche, chaque parcelle de Rose à laquelle il voulait faire l'amour sans fin, trop heureux de cette seconde chance.

Car elle était sienne.

Elle pourrait toujours prétendre le contraire ; à présent, il savait. Rose s'était rendue à la première caresse. Devant cette capitulation, il se sentait à la fois humble et empli de joie.

Et la passion brûlait entre eux, alors que les draps s'emmêlaient à leurs jambes et qu'ils roulaient sur le lit, chacun surprenant l'autre, le soumettant à sa fièvre pour mieux se laisser soumettre ensuite.

Rose, le corps luisant de sueur, le cœur battant à tout rompre, revint à la hauteur de Matt et le regarda intensément :

— Maintenant... s'il te plaît.

Il entendit à peine les mots. Mais leur écho était déjà dans son âme et dans son cerveau.

— Je suis à toi, dit-il en un souffle, avec toute la tendresse du monde dans le regard.

Il se hissa sur Rose, écarta ses jambes et fut en elle, d'abord avec douceur. Il ne la quitta pas des yeux, pour s'assurer qu'elle ressentait le même besoin, la même urgence que lui, et, gainé de sa chaleur moite, il se mit à bouger, lentement au début puis à un rythme de plus en plus rapide. Le monde autour d'eux semblait animé du tempo frénétique qui agitait leurs corps.

Rose cria son nom alors qu'il la conduisait au sommet, et la faisait exploser d'un dernier coup de reins.

Haletant, Matt se laissa retomber auprès d'elle, sûr, absolument sûr que Rose avait basculé au même moment que lui. Heureux plus qu'il ne l'aurait cru possible.

A côté de lui, Rose, les yeux fermés, souriait.

Car dorénavant, quoi qu'il pût arriver, elle saurait faire face, puisque ce moment avait été parfait, le meilleur de tous ceux qu'ils avaient vécu. Et ce moment était à elle à jamais.

Matt se tourna et la vit nimbée du plaisir qu'ils avaient partagé.

— Tu n'as pas froid ? demanda-t-il tendrement.

Elle se pelotonna contre lui.

— Non. Jamais entre tes bras. Tu es le meilleur amant du monde.

Il rit en caressant les seins de Rose d'une main distraite.

— Oh… Tu as étudié la question, c'est cela ?

Il avait été le premier dans la vie de Rose, et il le savait. Mais elle seule savait qu'il serait le dernier. Car elle ne pourrait jamais aimer personne à ce point.

— Non, répliqua Rose en souriant. C'est quelque chose qu'une femme sait, tout simplement.

Il précisa sa caresse, ravi de sentir les extrémités de ses seins durcir sous ses paumes.

— Matt… A quoi joues-tu ?

Du pouce, il excitait une pointe dressée.

— Je m'assure que tu n'auras jamais envie d'élargir le champ de tes recherches…, chuchota-t-il à son oreille.

Une nouvelle fois, le désir inonda Rose, alors que l'instant d'avant elle aurait juré avoir à peine la force de respirer. Et il avait suffi à Matt de poser la main sur elle...

Comment pouvait-il l'ensorceler à ce point ?

Matt s'était dressé sur un coude et la regardait, amusé de la voir chavirer de nouveau sous ses doigts.

— Moi qui craignais que tu n'aies froid... J'ai plutôt l'impression d'un feu qui couve.

Elle se plaqua tout contre lui.

— Et tu crois que tu peux l'éteindre ?

— Possible, répondit-il en mordillant le lobe de son oreille.

Jamais Rose n'aurait cru qu'un homme pourrait la faire brûler ainsi. Elle venait à peine de jouir entre ses bras, et elle ne pouvait penser à rien d'autre qu'à recommencer, encore et encore !

— Tu as une haute opinion de toi-même, on dirait...

— Plutôt de toi, Rose.

Matt caressa ses cheveux, écartant ceux qui s'étaient répandus sur son visage. Il se sentait prêt à l'aimer toute la nuit.

— Tu ressusciterais un mort, tu sais..., ajouta-t-il. Tu ferais rompre n'importe quels vœux de chasteté...

Elle se mit à rire.

— Tu n'es pas concerné, alors ! Depuis quand es-tu chaste ?

Le rire de Rose agissait comme un philtre magique sur lui. Elle l'excitait de toutes les manières possibles.

— Je n'étais effectivement pas concerné… avant. Mais, ajouta-t-il plus sérieusement, je le suis, depuis ton départ. Il n'y a eu personne d'autre.

Rose crut que son cœur allait exploser d'un trop-plein d'amour.

Enserrant le visage de Matt entre ses mains, elle posa les lèvres sur sa bouche.

Et ensemble, ils dérivèrent sur un fleuve de passion qui devait s'épancher jusqu'au petit matin.

Sur la pointe des pieds, Beth referma la porte. Elle avait passé une soirée extraordinaire : la pièce avait été merveilleuse et la fête qui avait suivi divine, mais parfois ses pensées s'étaient égarées pour s'aventurer sur le terrain de ce qui se passait peut-être dans l'appartement.

Les lumières du salon étaient allumées. Pourvu qu'ils ne s'y trouvent pas encore, chacun de leur côté, à se regarder en chiens de faïence… Elle avança doucement. Personne.

Mais soudain elle aperçut son petit mot, à terre. Et, à côté, le chemisier de Rose, sur lequel la chemise de Matt, froissée, était abandonnée.

Un large sourire s'épanouit sur ses lèvres.

Enfin ! Elle avait presque perdu espoir ! Mais, heureusement, ces deux-là s'étaient retrouvés.

Fredonnant une rengaine entraînante, elle se mit en devoir de ramasser les pièces d'habillement éparses, de plus en plus ravie. Dans quelle chambre étaient-ils ? Elle n'en savait rien… Mieux valait laisser les vêtements dans la salle de bains, pour ne pas risquer d'embarrasser les tourtereaux. Du moment qu'ils avaient trouvé leur nid…

Le miroir du couloir refléta son sourire triomphant.

Elle s'était donné bien du mal, mais le succès était à la clé. Et, pour la soirée, son travail s'arrêtait là. Satisfaite, elle se dirigea vers sa chambre à coucher.

11.

Oh, non ! Pas maintenant !

La protestation désespérée avait assailli Rose en même temps que les contractions de son estomac l'arrachaient au monde doré des rêves où elle flottait, détendue et heureuse après l'amour.

Par pitié, pas maintenant... Pas alors qu'elle était étendue à son côté !

Les doigts crispés sur les draps, de toutes ses forces Rose essayait de concentrer son esprit sur autre chose, dans l'espoir que la nausée se dissipât.

Mais plus elle essayait, et plus les choses empiraient.

Au bout de deux minutes, elle comprit qu'elle n'aurait pas le dessus : si elle restait là, elle risquait de vomir dans le lit... Une façon d'éveiller Matt qu'elle voulait éviter à tout prix. Et pour plus d'une raison...

Tout doucement, elle se glissa hors des draps et regarda Matt. Il n'avait pas bougé. Sans perdre une seconde, posant ses pieds nus sur la moquette qui étouffait le bruit des pas, elle traversa la pièce et saisit son peignoir.

Les dents serrées pour ne pas vomir avant d'avoir atteint le lavabo, elle ouvrit la porte de la salle de bains dont un accès donnait dans la chambre. Sous l'effort, la transpiration perlait à son front, mais elle parvint au but.

Rose avait soigneusement refermé la porte derrière elle et elle enfila le peignoir avant de se pencher sur la cuvette. Une curieuse pensée la traversait : si elle mourait là, elle ne voulait pas qu'on la découvrît nue.

Car c'était bien la sensation de mourir qui l'étreignait alors que son estomac se retournait. Enserrant l'émail blanc des deux bras, elle comprit que cette crise serait la pire de toutes.

Chaque spasme la secouait plus violemment que le précédent, en une suite qui ne semblait pas devoir finir.

Enfin, après une terrible série de hoquets, l'horreur se calma. Tremblante, épuisée, Rose restait sans bouger.

C'était une drôle de manière de célébrer la venue du bébé...

Une brise légère se glissa dans la pièce, cherchant refuge contre la chaleur montante de la journée. Elle joua sur le torse nu de Matt, jusqu'à l'attirer vers un demi-réveil.

Les yeux encore fermés, Matt poussa un soupir langoureux et tâta le matelas, cherchant la présence de Rose. Il voulait la sentir tout contre lui, et prolonger à l'infini la béatitude dans laquelle il baignait. La nuit dernière avait été parfaite, la première d'une période de félicité qui durerait jusqu'à la fin des temps. Car ils allaient vivre ensemble. Querelle familiale ou pas, il n'y avait aucune raison de sacrifier leur bonheur. Ils trouveraient bien un arrangement, puisqu'ils allaient y mettre toutes leurs forces.

L'instant d'après, ses paupières entrouvertes lui confirmaient ce que son toucher avait pressenti : Rose n'était pas là.

Frustré, encore alourdi de sommeil, Matt se redressa et regarda dans la pièce. Pourquoi Rose aurait-elle voulu sortir sans lui ?

Quand il vit la porte de la salle de bains fermée, il eut sa réponse.

Avec un sourire satisfait, il se rejeta sur les oreillers, bras croisés derrière la nuque. Il voulait être prêt pour le retour de Rose. Prêt à l'action... Rien qu'au souvenir de la veille, il sentait son corps frémir et se tendre.

A la pensée de son corps de liane, enroulé autour de lui, des gouttelettes de sueur entre ses seins...

Un bruit étouffé attira son attention.

Se redressant, Matt écouta attentivement. Cela venait de la salle de bains. On aurait dit que quelqu'un était malade. Malade ? Il n'y avait aucune raison. A moins que...

Rose ?

Inquiet, Matt se leva. Le bruit reprenait. On aurait dit un hoquet. Est-ce que le repas de la veille avait pu provoquer chez elle une indigestion ?

Mais ils avaient mangé la même chose. Lui-même aurait volontiers commandé du vin, mais comme Rose souhaitait une boisson plus légère, il s'était décidé pour le cidre, afin de ne pas rompre l'harmonie qui se tissait entre eux. D'ailleurs, à présent qu'il y pensait, il n'avait pas vu Rose boire une seule fois, depuis qu'il était à New York. Pourtant, il se souvenait lui avoir entendu dire qu'un verre de vin était des plus hygiéniques. Pourquoi s'abstenait-elle, à présent ?

Et comment aurait-elle pu avoir une indigestion, avec les trois bouchées de glace qu'elle avait avalées ? Car elle avait à peine touché à son dîner. Si le problème était dû à la nourriture, ce serait à lui d'être malade, pas à elle !

Mais il se sentait en pleine forme. Malheureusement, d'après les bruits qui sortaient de cette salle de bains, c'était tout le contraire pour Rose. Peut-être devait-il aller chercher Beth…

Matt ramassa le jean qu'il avait abandonné la veille et l'enfila, sans perdre de temps à chercher ses sous-vêtements. Il remonta la fermeture Eclair et toqua à la porte de la salle de bains.

Le bruit s'arrêta net. Qu'est-ce que Rose fabriquait là-dedans ?

— Rose ? Tout va bien ?

« Oh, Seigneur ! » pensa Rose. Il l'avait entendue…

Malheureuse à l'extrême, elle étouffa un gémissement.

— Ça va…, parvint-elle à articuler en se redressant sur ses jambes flageolantes.

Elle ouvrit les robinets en grand, joignit ses mains en coupe sous l'eau froide et se rinça la bouche à plusieurs reprises. Sa gorge la brûlait. Et elle se sentait à bout. Mais au moins, pour le moment, elle avait cessé de vomir…

Matt fronça les sourcils.

— Tu ne m'as pas l'air en si grande forme… C'est le dîner d'hier soir ?

— Oui, répondit-elle en essuyant son visage, saisissant l'excuse au vol. Oui, sûrement. C'est sans doute…

Elle ne se sentait pas la force d'inventer un mensonge et sa voix se perdit.

L'instant d'après, Matt déboulait dans la salle de bains.

Le spectacle qui s'offrait lui serra le cœur. Les cheveux de Rose étaient collés à son visage par la transpiration, lui rappelant leur nuit d'amour, mais contrairement à la veille ce n'était pas le plaisir qui en était la cause. La pauvre tenait à peine debout, malgré le vaillant petit sourire qu'elle plaquait sur son visage.

Un instant, il hésita, par peur de la gêner. Lorsqu'il était malade, il détestait qu'on se mît à tourner autour de lui. Rester seul, c'était tout ce qu'il demandait. Mais il ne se sentait pas le cœur de la laisser dans cet état.

— Est-ce que je peux t'aider ?

Elle tourna la tête, lentement. De peur que les hoquets ne reprennent.

— Non, à moins que tu ne veuilles vomir à ma place, dit-elle en rassemblant toutes ses forces pour paraître souriante. Je vais bien, à présent.

Il posa la main sur son front pour voir si elle avait de la température. Non, rien de ce côté-là. Mais elle était en sueur. Et blanche, exactement comme lorsqu'elle s'était évanouie sur les marches de la cathédrale.

La question de sœur Mary Katherine revint, lancinante.

Rose se recula.

— Je t'assure, ça va mieux.

Ce fut alors qu'elle surprit cet étrange regard, comme si Matt la voyait pour la première fois. Elle se sentit mal à l'aise, soudain, percée à jour. Pourtant, elle n'avait pas le droit d'ignorer la question qu'elle lisait dans ses yeux. Elle avait décidé d'affronter la vie en face, et Matt faisait partie de sa vie...

— Qu'est-ce qui se passe ?

Matt se sentait terriblement gêné d'avoir à poser la question, mais il savait qu'il n'aurait pas la paix tant qu'il n'aurait pas de réponse. L'appréhension se mêlait au malaise, car ce que lui dirait Rose pouvait fort bien changer à jamais sa vie. Leurs deux vies...

Avant de ne plus en avoir le courage, il se força à articuler :

— Rose, es-tu enceinte ?

Il sembla à Rose que tout le sang se retirait de son visage. Il venait de dire ce qu'elle redoutait depuis l'instant où il avait franchi le seuil de sa tante. Elle ne pouvait nier, mais seulement gagner du temps, essayer d'échapper...

— Pourquoi me demandes-tu cela ?

Matt la fixa intensément. Elle ne s'était pas insurgée contre sa question. Si elle n'avait pas été enceinte, elle aurait réagi. Il avait donc sa réponse… Mais il ne savait quoi faire de ce demi-aveu.

« Pourtant, elle est si mince ! » protestait son esprit. Il l'avait touchée, la veille, il avait parcouru son corps, et rien ne lui avait paru différent. A part, peut-être, le fait qu'elle s'était montrée plus amoureuse, plus entreprenante… Il était impossible qu'elle fût enceinte !

Impossible ?

— Rose, tu es enceinte, c'est cela ?

Rose ne pouvait mentir. Comment mentir à quelqu'un qui comptait à ce point pour elle ?

« Mais pourtant, tu lui as menti quand tu lui as dit que tu voulais poursuivre ta route sans lui », dit une petite voix insidieuse.

Elle avait joué sur les mots pour s'en sortir. Mais les jeux sémantiques n'étaient plus de saison. La question de Matt était directe, et elle ne pouvait se dérober.

Redressant les épaules, Rose fit face. Comme on affronte l'ennemi, elle le regarda droit dans les yeux.

— Oui, je suis enceinte.

Il avait beau l'avoir deviné, les mots lui firent l'effet d'une bombe explosant au cœur de ses entrailles.

— Pourquoi ne m'en as-tu rien dit ?

Lentement, le choc se dissipait pour faire place à la colère.

Rose n'aima pas la façon dont la question de Matt avait claqué. Lui devait-elle des rapports journaliers sur ses activités ?

— C'est assez évident, rétorqua-t-elle. Parce que je ne voulais pas que tu le saches.

Il n'y avait qu'une seule raison possible à cela, dans l'esprit de Matt. Et cela le déchirait, plus douloureusement que la fois où son cheval, après une chute, l'avait traîné sur une vingtaine de mètres dans les rochers.

— De qui est-il ?

Elle écarquilla les prunelles, déstabilisée par le coup de fouet de sa question. Comment pouvait-il un instant supposer que… ?

— Pardon ?

Matt était tellement aveuglé par la colère, par la douleur qui le ravageait, qu'il n'entendit pas que la voix de Rose se brisait. Il se sentait trahi, humilié…

— Je veux savoir, Rose. J'ai le droit de savoir !

Il lui fallait toute sa retenue pour ne pas la secouer, lui arracher la vérité.

— Qui est le père de ce bébé ?

Rose frissonna. Elle croyait entendre son propre père. Sauf que son père ne l'avait pas froidement accusée d'être une petite traînée. Ce que Matt était en train de faire…

Elle sentit la fureur monter, à l'égal de la sienne.

— De quel droit oses-tu me demander une chose pareille !

— De quel droit ? tonna Matt. Du droit d'un pauvre crétin qui a traversé la moitié du pays pour te retrouver et qui a *osé* te demander de le suivre !

Il était si malheureux que les mots se bousculaient dans sa gorge, menaçant de l'étouffer. Réfléchir lui était impossible.

— Parce qu'il n'y a qu'un imbécile comme moi pour tomber amoureux d'une Wainwright ! J'aurais bien dû me douter que dans cette famille...

Rose sursauta sous l'insulte. Bien sûr, elle savait à quel point la querelle était absurde, mais personne, pas même Matt, n'avait le droit de dire quoi que ce fût contre les siens.

— On dirait que tu trouves dégradant tout ce qui touche à notre famille, y compris le fait de tomber amoureux de moi ! C'est vraiment ce que tu penses ?

Matt aurait dû reconnaître son faux pas, mais il était trop abasourdi pour présenter des excuses.

— Je ne sais plus quoi penser, gronda-t-il.

— Eh bien, moi, si ! Je pense que j'ai perdu mon temps avec toi, à me soucier...

« A me soucier de la façon dont la venue du bébé perturberait ta vie », ajouta-t-elle mentalement.

— Parce que tu t'inquiètes pour moi ?

Il lui lança un regard noir. Tout ceci n'avait aucun sens dans son esprit.

— Pourquoi diable te soucierais-tu de moi ?

Elle resserra les cordons de son peignoir.

— Parce que la pauvre imbécile, ici, c'est moi ! répliqua-t-elle. Et crois-moi, cela me met terriblement en colère !

Jamais elle ne lui donnerait un mot d'explication supplémentaire, et surtout pas quand il prenait ce ton avec elle ! Pas quand il l'accusait de...

Elle sortit de la salle de bains, lui désignant la porte de la chambre.

— Sors, à présent ! Débarrasse-moi de ta présence et n'y reviens plus !

Matt s'approcha d'elle. Il n'obtempérerait pas. Certainement pas avant d'avoir sa réponse.

— Dis-moi d'abord le nom du serpent que j'irai écraser pour avoir osé toucher celle qui m'appartient !

Comment ? Il parlait d'elle comme d'une possession, à l'égal de ses précieux fusils de collection qu'il enfermait pour mieux les dissimuler aux regards !

— Je t'appartiens ? Et depuis quand, peut-on savoir ? Tu disais simplement qu'entre nous il ne s'agissait que d'une petite aventure sans lendemain et sans soucis !

C'étaient les mots qui résonnaient dans la tête de Rose alors qu'elle faisait ses valises à Mission Creek. On n'imposait pas le fardeau d'un enfant à un homme qui ne voulait pas de soucis. A moins de vouloir l'emprisonner, et soi-même avec lui.

La réplique de Matt bondit, rauque et blessée :

— Eh bien, tu m'as pris au mot, n'est-ce pas ?

Le menton de Rose pointa vers lui, comme un défi.

— Le mot d'un menteur, apparemment... Oui, je t'ai cru, et j'ai agi en conséquence.

Matt aurait voulu la saisir aux épaules, la secouer, jusqu'à lui faire avouer pourquoi elle mettait tout son cœur à briser le sien.

Mais il ne pouvait agir ainsi.

Ce serait lui montrer combien il était faible et combien il l'aimait toujours, même en sachant qu'elle avait partagé un autre lit que le sien...

La meilleure chose à faire aurait été de quitter cette chambre, cette ville, et de marcher sans plus s'arrêter...

Mais une rage irrépressible l'animait, et, sans pouvoir se raisonner, Matt serra les bras de Rose.

— Dis-moi quel est le salaud qui est responsable. Que j'aille lui casser la figure !

Les yeux de Rose s'étrécirent, jusqu'à devenir deux fentes violettes. Elle aurait pu le lui dire. Mais il venait de lui offrir une porte de sortie : s'il croyait que le bébé était d'un autre, il partirait. Ils ne se reverraient plus, et leurs vies se sépareraient : exactement ce qu'elle avait programmé en venant ici.

Alors pourquoi cela la brûlait-il plus douloureusement qu'un fer rouge appliqué sur sa peau ?

— Tu n'as aucun droit à me parler ainsi. Qui t'autorise à me questionner ? Je ne répondrai pas ! Et maintenant, sors d'ici !

Comme il ne bougeait pas, elle le repoussa des deux mains posées sur sa poitrine, le projetant dans le couloir.

Tout droit sur tante Beth...

— Vous faites un tel chahut, tous les deux, que les voisins ne vont pas tarder à protester !

Les éclats de voix avaient attiré son attention, et, au bout d'un moment, elle avait décidé que la discrétion n'était plus de mise. Ses yeux attentifs coururent d'un visage à l'autre, y enregistrant la colère et la souffrance.

— Qu'est-ce qui se passe, ici ?

— Demande-lui donc ! lança Rose en désignant Matt d'une main furieuse. Il croit toujours tout savoir !

Là-dessus, elle s'enferma dans sa chambre en claquant la porte.

A l'instant où le battant se referma, Beth remarqua à quel point Matt perdait de son assurance. Une vague de sympathie l'entraîna vers lui et elle sourit, pleine de compréhension.

— Que diriez-vous d'une tasse de café bien fort ?

Matt haussa les épaules.

— Bonne idée, si vous pouvez le sucrer à l'arsenic.

— Allons, allons, ça ne peut pas être aussi grave que cela… Bien qu'à l'entendre de l'extérieur, je dois avouer que ça ne semblait pas très brillant…

Elle le précéda dans la cuisine et alluma la rampe de spots intégrés au plafond.

— Le bruit m'a réveillée, reprit-elle. Et je dormais bien.

— Désolé, dit Matt d'un ton penaud.

— Pas la peine de vous excuser. Enfin, pas auprès de moi.

Posant la main sur l'épaule de Matt, elle le fit asseoir.

— Mais ce n'est pas le bon moment pour vous précipiter à son chevet, précisa-t-elle avec une note d'humour dans la voix.

Emue par son désarroi, Beth décida de prendre les choses en main. Ada ne serait pas là avant 10 heures, l'heure habituelle de son réveil, ce qui voulait dire que le café n'allait pas se préparer tout seul.

Et si elle voulait en offrir à Matt, il fallait d'abord qu'elle mette la main sur la cafetière. Beth n'avait pas la moindre idée de l'endroit où se trouvaient la plupart des ustensiles de sa cuisine.

Commençant par le premier placard à portée de main, elle entama sa quête.

— Mmm... Pas ici, apparemment. Dites-moi donc, demanda-t-elle d'un ton enjoué tout en continuant ses recherches, comment cette bagarre de chiffonniers a commencé.

Matt baissa les yeux et répondit d'une voix sépulcrale :

— J'ai découvert que Rose était enceinte.

Beth interrompit son mouvement pour lui jeter un bref coup d'œil par-dessus son épaule.

— Oh...

— Vous saviez ? demanda-t-il, stupéfait.

Tout le monde savait donc, sauf lui ! Matt se sentit encore plus désemparé.

Beth agita vaguement la main, pour diminuer l'importance du fait.

— Ça se voit... Enfin, quand on est une femme.

Elle l'avait su tout de suite, dès que Rose avait franchi le seuil de son appartement. Mais les hommes étaient faits d'une autre étoffe, se dit-elle intérieurement. Moins habiles à déceler les changements subtils qu'une grossesse impliquait.

Matt ne répliqua rien. Il était trop occupé à ressasser les raisons qu'il avait de se sentir malheureux. Comment Rose pouvait-elle lui faire une chose pareille ?

— Ah, voilà ! s'exclama Beth en brandissant triomphalement la cafetière et les filtres. Mais je ne vois pas comment l'annonce de ce bébé a pu finir en cris et en gesticulations… Au fait, comment l'avez-vous appris ?

Matt haussa les épaules. Où était la différence ? Rose était enceinte, et la façon dont il l'avait appris ne changeait rien au fait.

— Rose était dans la salle de bains, en train de vomir. Je l'ai entendue en me réveillant.

— Voyons, trois mesures de café, ce devrait être bon… Mais qu'est-ce qui vous a fait penser à une grossesse ? Elle pouvait être tout simplement malade…

— Quand elle s'est évanouie à Saint-Patrick, la semaine dernière, la religieuse m'a demandé si elle était enceinte.

— Je vois… Donc, maintenant, vous savez.

Beth remplit d'eau le réservoir de la machine à café et installa le filtre.

— Et pourquoi les cris ?

Un éclair de fureur passa dans le regard de Matt.

— Parce que cet enfant n'est pas de moi.

Beth faillit en laisser tomber la cafetière qu'elle s'apprêtait à placer sur le socle de la machine.

— Qu'est-ce qui vous fait croire une chose pareille ?

Dans sa façon de raisonner, Matt ne pouvait rien imaginer d'autre qui tînt la route.

— Elle me l'aurait dit, sinon…

Beth secoua la tête en soupirant.

— Matt, Matt, Matt…

Elle lui ébouriffa les cheveux, comme à un petit garçon.

— Vous savez que pour un homme intelligent vous pouvez vous montrer remarquablement stupide ? Même en tenant compte du fait que vous êtes un Carson...

D'un sursaut, il leva la tête, indigné de cette gifle inattendue, et rencontra le sourire indulgent de Beth.

— Vous voyez que ça fait mal, quand c'est votre famille qu'on attaque... J'ai entendu ce que vous lui disiez au sujet des Wainwright, ajouta-t-elle en guise d'explication.

Matt se sentit embarrassé. Beth avait raison, il n'aurait jamais dû proférer de telles bêtises.

— Désolé, je ne pensais pas ce que je disais... C'était juste l'énervement. Vous comprenez, à l'idée qu'elle s'était trouvé un autre homme et...

Les mots lui contractaient l'estomac.

— Qu'elle le voyait en même temps que moi... Qu'elle s'était découverte enceinte de lui...

Beth soupira en posant deux tasses sur la table.

— Règle n° 1, mon garçon : ne pas se précipiter pour conclure. Est-ce que Rose vous a dit qu'il y avait quelqu'un d'autre dans sa vie ?

Elle plissa les paupières pour juger de la réaction de Matt. Beth marchait sur des œufs et elle le savait, cherchant à lui ouvrir les yeux sans révéler ce qui n'était pas en son pouvoir de dire.

— Non, avoua Matt d'un ton misérable. Mais elle n'a pas dit le contraire non plus. Est-ce qu'elle n'aurait pas nié, si ce n'était pas le cas ?

Le secret appartenait à Rose. Et il n'allait pas être facile de convaincre Matt sans trahir la volonté de sa nièce.

— Règle n° 2 : ne jamais rien croire sans preuve.

Matt leva un œil agacé. Les femmes de cette famille avaient un don pour formuler des règles à tout bout de champ ! Mais Beth avait montré sa clairvoyance à plus d'une reprise. Ses règles valaient peut-être d'être écoutées.

— Et n° 3, poursuivit-elle, en admettant qu'elle ait couché avec vous et avec un autre, il n'y aurait aucun moyen de savoir de qui est l'enfant sans test... Ce serait la seule preuve.

Matt laissa tomber la tête dans ses mains. A l'humiliation infligée par Rose s'ajoutait la colère contre lui-même, pour s'être emporté sans réfléchir. Beth était toujours de bon conseil...

— Je crois que je m'y perds, avoua-t-il.

— J'en ai l'impression aussi.

Le gargouillement de la machine à café lui rappela qu'elle avait oublié de poser la cafetière sur le socle. Juste à temps... Le liquide sombre jaillit. Beth le regarda couler, satisfaite.

— Bien..., demanda-t-elle. Qu'allez-vous faire, à présent ?

En toute bonne logique, il aurait dû partir, il le savait. Mais que valait la logique face à son instinct qui lui disait que Rose avait besoin de protection ? De *sa* protection. C'était à n'y rien comprendre...

— Il n'y a plus qu'une chose que je puisse faire, déclara Matt, soudain résolu. Je vais demander à Rose de m'épouser. Elle ne peut pas rentrer au Texas comme mère célibataire. L'époque est peut-être libérée, mais chez nous les idées restent assez traditionnelles, et je ne veux pas qu'on lui jette la pierre. Pas question qu'elle affronte l'opprobre. Rose mérite mieux que ça.

12.

— Et tâche de garder le nez en dehors de tout ça… si tu ne veux pas payer un prix au-dessus de tes petits moyens !

Aussi brutalement qu'elle l'avait agressé, la voix se tut. Il y eut un déclic. Et le juge Carl Bridges n'eut plus le bourdon de la tonalité dans l'oreille. Il s'aperçut que sa main tremblait. Voilà… ils s'en prenaient à lui, à présent.

Il s'obligea à reposer le combiné, pour secouer la paralysie qui s'emparait de lui. La nuit, doucement, faisait irruption dans son bureau ; il demeura seul, immobile, pendant que les ombres gagnaient sur son espace.

Combien d'appels, déjà ? Trois ? Non, celui-ci était le quatrième. Les premiers à son bureau, et maintenant chez lui, à Mission Creek, formulant des menaces qu'il était seul à pouvoir comprendre. Il n'avait pas besoin de se poser de questions quant au sens des mots proférés à l'autre bout du fil. *Il savait.*

Il s'agissait d'un avertissement. Pour qu'il se tienne à l'écart de tout ce qui touchait à la mafia texane.

Ceux qui appelaient savaient que les juges n'étaient pas immunisés contre la peur.

Pas plus lui qu'un autre…

Et s'ils s'en prenaient à lui, cela voulait dire qu'on l'avait aperçu rendant visite à Isadora Mercado, la mère de Haley, à l'hôpital, juste avant qu'elle fût assassinée. Car, dans l'esprit de Carl, aucun doute ne subsistait : la femme qu'il avait aimée, qu'il aimait encore, n'avait pas succombé aux coups de ceux qui l'avaient passée à tabac, mais bien aux mains de celui qui, commandité par la mafia, était venu la tuer sur son lit d'hôpital. A titre d'avertissement envers son mari, Johnny. On n'échappait pas à la mafia : elle ne vous laissait pas la quitter.

La seule chose qui consolait Carl, c'était d'avoir pu ménager cette entrevue à Haley avant la mort de sa mère.

Et c'était ce seul geste, un simple acte d'humanité, qui lui valait tant d'ennuis. Pour Haley, bien sûr, les représailles seraient pires. Si la mafia parvenait à mettre la main sur elle…

Tout ce qu'il espérait, c'était que la protection du FBI serait efficace.

Quant à lui, il continuait à vivre normalement. Du reste, si la mafia avait réellement voulu l'éliminer, ç'aurait déjà été chose faite. Il connaissait bien leurs méthodes : s'il était encore en vie, cela signifiait qu'ils avaient décidé de jouer avec ses nerfs, comme le chat avec la souris.

Aller voir le FBI ? Il y avait songé… Mais de quoi disposait-il pour étayer sa demande de protection ?

Quelques coups de fil dont l'origine était impossible à déterminer, même en mettant son téléphone sur écoute. La mafia était bien trop habile pour cela.

Mais lui aussi pouvait tirer quelques ficelles. Il était juge, après tout.

Et les menaces accentuaient sa détermination.

Il y avait au moins un coup de fil qu'il devait passer, et ce n'était pas au FBI. Car l'éventualité d'une mort proche le poussait à remettre un peu d'ordre dans sa vie. Il aurait dû le faire depuis longtemps. S'il devait périr ce soir, qu'en serait-il de ses relations avec Dylan, son fils qui, depuis des années, n'était plus qu'un étranger pour lui ?

Avant que la faucheuse ne fasse son œuvre, il fallait agir, pour ne pas mourir avec ce regret sur la conscience. Dylan devait savoir qu'il lui avait pardonné.

Sur le clavier, le numéro de téléphone de son fils se composa comme automatiquement sous ses doigts pressés. Il ne l'avait pas oublié, depuis tout ce temps...

La sonnerie résonna cinq fois. Carl faillit raccrocher avant que le répondeur ne se déclenche. Il ne voulait pas que la première prise de contact entre eux se fasse par l'intermédiaire d'une machine...

Mais après tout, mieux valait ce contact-là que pas du tout, songea-t-il finalement. L'approche d'une mort possible le rendait fataliste. Il ne raccrocha pas.

— Allô ?

On avait décroché. Et ce n'était pas le répondeur. Le souffle soudain court, Carl venait de reconnaître la voix de Dylan.

— Allô, Dylan ?

— Oui ?

A l'autre bout du fil, le ton restait neutre. Dylan ne savait manifestement pas qui l'appelait.

— Qui est à l'appareil ? insista son fils.

Quelque chose en Carl lui commandait de raccrocher, d'abandonner.

Mais non, il saurait faire face... Il se sentait assez fort pour cela, aujourd'hui.

— Dylan, c'est ton père.

— Papa ?

La voix, à l'autre bout du fil, vibrait d'incertitude, comme dans la crainte d'une blague cruelle.

Carl se mit alors à parler, très vite. Il ne voulait pas laisser à Dylan une chance de couper la communication, pas avant qu'il eût dit ce qui pesait sur son cœur depuis trop longtemps. Bien sûr, Dylan aurait eu le droit de raccrocher. Son père le savait. La faute était sienne, ce n'était pas celle de Dylan. Si seulement il s'était montré moins préoccupé de son image, s'il s'était penché sur ce qui avait poussé son fils à la délinquance au lieu de se soucier des répercussions que cela aurait sur sa propre carrière...

Il était temps de cicatriser les blessures. Car Dylan avait changé, il s'était amendé. Il avait reconstruit sa vie.

— Dylan, je ne sais plus exactement sur quelle dispute nous nous sommes séparés, mais je voulais que tu saches que je regrette ce que j'ai pu dire. Et pas seulement ça, corrigea-t-il, je regrette tout ce que j'ai pu *faire* à l'époque. Tout ce qui a provoqué notre séparation.

Il y eut un silence à l'autre bout du fil, interminable. Carl se demanda si son fils était toujours là.

Puis, il entendit la voix, tendue :

— Papa, tu vas bien ?

L'inquiétude que dénotait la question fut un immense soulagement pour Carl. Son fils se souciait de lui.

— Oui, Dylan. Et bien mieux ce soir que depuis longtemps.

— Papa, où es-tu ? Tu veux que je vienne ?

Le cœur de Carl fit un bond dans sa poitrine.

— Ne t'inquiète pas, Dylan, je suis tranquillement à la maison.

A la maison... Quelques mots qui évoquaient une foule de souvenirs, pour Dylan. Et maintenant que le dialogue était rétabli avec son père, c'était peut-être le moment de redonner à ces mots une autre dimension. Plus concrète. Peut-être était-il temps de revenir à la maison.

La chatte sur un toit brûlant...

Matt se sentait aussi désemparé que les héros de la pièce dont Beth lui avait donné les tickets, afin qu'il y emmenât Rose. Lui aussi marchait en aveugle sur un toit brûlant, risquant à chaque instant le faux pas fatal, ne sachant plus ce qu'il devait faire ou pas... La moindre erreur, et il risquait de perdre Rose.

Les mots de Beth résonnaient encore dans sa tête.

« Choisissez un lieu public », avait-elle dit après qu'il lui eut annoncé son intention d'épouser sa nièce. « Un lieu où elle ne pourra pas se mettre à hurler. »

Matt avait acquiescé, se fiant à elle sans pour autant comprendre : pourquoi une femme se mettrait-elle à hurler en entendant un homme lui jurer sa foi pour l'éternité ?

Les mystères du genre féminin le dépasseraient toujours...

D'ailleurs, il n'avait jamais prétendu comprendre quoi que ce soit aux femmes, et encore moins à celle qui avait capturé son cœur au lasso. Pour l'attacher au sien par des liens si forts qu'aucune lame ne pourrait jamais les trancher...

Ils sortirent du théâtre, l'un à côté de l'autre mais sans que Rose prît le bras qu'il lui avait offert.

— Tu as aimé la pièce ? demanda-t-il pour engager la conversation.

Rose sourit. Pour la première fois de la journée.

— J'aime cette pièce depuis toujours. A six ans, je l'ai vue à la télé, jouée par Paul Newman et Elizabeth Taylor. C'était impressionnant...

Finalement, la soirée s'était bien déroulée, et Rose se sentait presque magnanime. Que Matt n'eût pas plié bagage après ce qu'elle lui avait dit ne cessait de la surprendre. Mais il ne resterait pas indéfiniment. On avait besoin de lui au ranch. Elle gagnerait tout au plus quelques jours, et puis ce serait fini. Comme elle l'avait voulu. Alors, entre-temps, elle pouvait bien faire semblant. Se jouer la comédie.

Matt l'épiait du coin de l'œil, impressionné de la voir si maîtresse d'elle-même. Il ne se sentait pas du tout maître de lui, après leur nuit torride et la déflagration de son annonce. Peut-être amplifiait-il tout ce qui concernait leur relation... Mais pour lui, Rose représentait tant de choses !

Elle n'avait toujours rien confirmé ou infirmé en ce qui concernait le bébé. Il tâchait de ne pas y penser. Mieux valait laisser glisser les choses, en douceur.

Et puis, il y avait l'autre aspect des événements, dont il avait parlé à Beth. Comment laisser Rose regagner Mission Creek avec un bébé sans père ? Beth n'avait pu qu'acquiescer. Elle se souvenait des mentalités de leur cher Texas aussi bien que si elle l'avait quitté la veille.

Et que Rose fût la fille d'Archie Wainwright ne changerait pas grand-chose. Au contraire. Les ragots redoubleraient dans son dos, à mots couverts. On pouvait être sûr que les langues iraient bon train !

Cette simple idée faisait bouillir le sang de Matt. Personne n'avait le droit de mépriser Rose. Pas tant qu'il serait en vie et qu'il y pourrait quelque chose.

A présent, il lui fallait choisir le bon moment, et offrir à Rose le meilleur moyen d'éviter tout cela. La convaincre. Avec l'aide de la bague dont l'écrin lui semblait brûler le fond de sa poche.

Il avait emprunté cette bague à Beth — une de ses anciennes bagues de fiançailles —, pour étayer visuellement l'offre qu'il se proposait de faire.

C'était le second mari de Beth qui avait acheté le bijou, mais elle jurait qu'elle n'y attachait aucune valeur sentimentale et souhaitait que Matt garde la bague. Elle-même l'aurait volontiers jetée, après avoir découvert son mari dans les draps d'une autre femme, puis elle s'était ravisée. Son mari l'ayant trompée, il lui devait bien ce petit dédommagement ! Et, en le quittant, elle avait pas été fâchée de le faire un peu enrager…

Matt avait remercié Beth, mais il tenait à ce que la bague ne fût qu'un prêt. Une fois de retour au Texas, il en offrirait une à Rose, bien à elle…

Sur le trottoir, devant le théâtre, Rose semblait prête à héler un taxi. Matt s'inquiéta. Il était trop tôt pour rentrer !

— Tu ne veux pas aller manger quelque part ?

Rose secoua la tête. La journée avait été éprouvante, pour elle aussi bien que pour le bébé.

— Il se fait tard…

— Un café, alors ?

Matt se démenait comme un beau diable pour la faire rester encore un peu. Et se donner le temps de parler…

— Enfin, du thé, pour toi, dans ton état…

Son attention toucha Rose. Elle accepta.

— D'accord. Il y a un petit café, pas trop loin, Le Choix du critique. C'est là que se rassemblent les acteurs après une première, et ils attendent les critiques dans les journaux du matin.

Comment pouvait-on passer sa vie à attendre le jugement des autres ? Matt n'imaginait pas épreuve plus cruelle. Lui-même, dans l'attente de ce que dirait Rose, se sentait sur des charbons ardents… Mais bien sûr, on ne pouvait pas comparer. Quelques lignes assassines dans les journaux ne tuaient qu'une pièce, alors que, lui, s'il était refusé… C'était sa vie qui était en jeu. *Leurs* vies.

Il regarda Rose à la dérobée et elle surprit ses yeux sur elle. Ce qu'elle y lut, elle ne parvint pas à le comprendre.

— Qu'est-ce qu'il y a ?

Plutôt que d'avouer ce qu'il avait en tête, Matt trouva une autre explication tout aussi vraie.

— Je remarquais à quel point tu es jolie, ce soir.

L'humidité faisait boucler ses cheveux et la légère robe dos nu de Rose lui collait à la peau, sous l'effet de la chaleur.

— Ce doit être l'éclairage, dit-elle en haussant les épaules.

Matt l'arrêta et, lui relevant le menton, la regarda bien dans les yeux. Ces yeux qui étaient la seule fenêtre sur son âme, sur des pensées dont il ne parvenait pas toujours à saisir le fil…

Ce soir, notamment, le regard de Rose restait impénétrable.

— L'éclairage n'a rien à y voir, Rose.

Cette fois, au moins, le compliment lui arracha un sourire.

Le café arborait une charmante terrasse entourée d'une grille en fer forgé. Rose sirotait un grand verre d'infusion glacée. Doucement, les cubes fondaient dans la boisson parfumée. La serveuse venait tout juste de se retirer, après avoir apporté une autre tasse de café à Matt. Minuit approchait.

— C'est ta troisième tasse, fit remarquer Rose.

Elle reposa son verre sur la table. La condensation faisait glisser des gouttes le long des parois glacées.

— Tu te sens fatigué ? reprit-elle.

Comme on ne servait aucune boisson forte dans ce lieu, Matt cherchait son courage dans la stimulation du café. Il aurait besoin de ce petit supplément d'énergie pour affronter les secondes qui précéderaient la réponse de Rose.

— Non, pas du tout. Leur café est excellent, c'est tout…

— Le meilleur, acquiesça Rose.

Le jour de son arrivée, elle avait dérogé à sa règle pour s'en offrir un, quoique tempéré par du lait. Leurs infusions, pensa-t-elle en jouant avec sa paille, étaient tout aussi délicieuses.

— Mais il est tellement fort en caféine ! ajouta-t-elle. Tu dois être complètement dopé !

— Pas assez…, murmura Matt.

Il reposa sa tasse. Plus de café, plus d'excuse. Il était temps de se lancer.

— Rose, je voulais te dire… Oh, et puis flûte !

Il n'avait jamais été doué pour les discours. Ses lèvres et son cœur n'étaient reliés par aucune de ces connexions spéciales qui faisaient les beaux parleurs. Et d'ailleurs, jusqu'à ce jour, ça ne lui avait jamais manqué…

— Tiens, déclara-t-il en plaçant l'écrin devant elle. Ceci parle pour moi.

Le regard de Rose se fit plus aigu. Elle cessa de jouer avec les cubes de glace de son verre mais, pour autant, elle ne fit pas mine de prendre la boîte.

L'impatience de Matt atteignit des proportions inimaginables.

— Tu ne l'ouvres pas ?

— Je n'ai pas besoin de l'ouvrir. Je sais ce qu'elle contient.

Tante Beth la lui avait montrée, par le passé, proposant de faire remonter la pierre pour elle, mais Rose avait refusé.

— Pourquoi veux-tu que je regarde la bague de fiançailles de tante Beth ?

— Je ne veux pas que tu la *regardes*, je veux que tu la portes.

Contrairement à ce qu'il espérait, sa déclaration n'arrangea rien.

— Et pourquoi porterais-je une bague de fiançailles qui n'est pas à moi ?

— Ce n'est plus exactement celle de Beth. Elle me l'a donnée.

Rose commençait à comprendre où Matt voulait en venir, et elle ne voulait surtout pas lui faciliter la tâche.

— Félicitations, ironisa-t-elle, j'espère que vous serez très heureux.

— Bon sang, Rose !

Il avait élevé la voix sans s'en rendre compte, et les gens autour d'eux commençaient à tourner la tête. Néanmoins, il fit un effort pour reprendre le contrôle de lui-même. Rose parvenait à l'exaspérer comme personne.

— Je ne veux pas me fiancer avec ta tante, mais avec toi !

Ça y est… Il l'avait dit. Ce qu'elle désespérait d'entendre, et ce à quoi elle ne pouvait répondre.

— Alors, je te suggère de changer d'idée, Matt, car cela ne se produira pas.

Matt fronça les sourcils. Pourquoi se montrait-elle aussi entêtée ? Elle lui parlait exactement comme s'il était en tort. Après tout, c'était plutôt à lui de lui en vouloir !

— Rose, le bébé a besoin d'un nom.

Elle se redressa, piquée au vif.

— Il en aura un. Le mien : Wainwright.

— Mais il pourrait aussi s'appeler Carson…

Il voulut prendre sa main, mais elle la retira vivement.

— Bon sang, Rose, j'essaie seulement de te protéger !

— Ne te donne pas cette peine, je m'en sors très bien toute seule.

— Effectivement, on voit le résultat, avec ce bébé !

Blessés, douloureux, les yeux de Rose n'étaient plus que deux fentes minces. Matt regretta immédiatement ses paroles.

— Je n'aurais pas dû dire cela.

— Mais tu l'as dit. Ça ne m'étonne pas de ta part…

Elle aurait voulu lui jeter l'écrin à la figure, mais c'était la bague de tante Beth et elle se retint, prenant une profonde inspiration.

— J'aurais dû me douter qu'un garçon comme toi aurait des idées d'un autre âge.

— Que veux-tu dire ?

Décidément, il ne parviendrait jamais à suivre ses raisonnements !

— Je veux dire que nous sommes au XXIe siècle, Matt.

Rose s'était penchée pour ne pas se donner en spectacle, et sa voix feutrée laissait affleurer sa colère.

— Les femmes font des enfants sans être mariées, de nos jours. Je ne vais pas mendier ta pitié ou me repaître de ta culpabilité. Ton sens des valeurs date d'une autre époque et ne m'intéresse pas. Je peux m'en sortir seule, sans m'appuyer sur toi ou sur quiconque. D'ailleurs, je l'ai prouvé en venant ici, non ?

Il lui avait fallu du courage pour couper les liens avec tous ceux qui comptaient dans sa vie. Y compris cet aveugle de Matt qu'elle essayait encore de protéger !

A croire qu'elle était folle…

— Tu t'es réfugiée chez ta tante, cela ne me paraît pas une preuve de ton indépendance, fit remarquer Matt.

Que voulait-il ? La faire hurler devant tout le monde ?

— Est-ce que tu cherches la bagarre ?

— Non, je cherche désespérément à me fiancer avec toi !

Il lui demandait de l'épouser… Qu'y avait-il de si terrible à cela ? Pourquoi était-elle si révoltée ? Comprenait-elle que, pour en faire sa femme, il devrait braver sa famille entière ? Que lui fallait-il de plus, comme sacrifice ?

— Rose, je ne comprends pas. J'essaie, pourtant, je t'assure. De toutes mes forces !

A l'entendre, il s'agissait d'une sorte de test à passer avec mention. Rose en eut assez.

— Très bien. Tu as essayé. Et tu as raté. Et maintenant, si ça ne te dérange pas, je vais prendre un taxi et regagner mon logis non-indépendant.

Seule ? A cette heure, dans New York ?

— Il est tard, protesta-t-il.

— Brillante conclusion, nota Rose, sarcastique. Beau garçon et intelligent avec ça… Bon à marier. Pas avec moi, cependant.

Il la rattrapa alors qu'elle se levait.

— Pourquoi pas, Rose ? Tu as bien fait l'amour avec moi hier !

— Cela ne voulait rien dire, objecta-t-elle en rougissant.

— Moi, j'ai ressenti le contraire, insista Matt.

Il avait raison, mais elle n'était pas près de lui concéder cet avantage sur elle.

Le repoussant abruptement, elle longea la petite grille de fer forgé jusqu'à la sortie, et se retrouva dans la rue.

Rose s'éloigna à grandes enjambées, cherchant un taxi. Elle se sentait vidée de toute énergie. Mais elle avait eu raison de refuser sa proposition. Elle ne pouvait pas profiter de Matt, et le laisser gâcher son existence pour donner un nom au bébé. *Se conduire honorablement…* C'était ce qu'il envisageait de faire, mais il fallait autre chose pour qu'un mariage eût une chance de réussir. Tant d'obstacles se dressaient au cours d'une vie ! Si Matt la voulait vraiment, il faudrait qu'il lui dise qu'il l'aimait.

Mais non. Il se contentait de suivre ce que lui dictait son devoir. Le mot *amour* n'avait jamais été prononcé, et jamais elle ne livrerait son âme à un homme qui ne l'aimait pas.

Pris de court par sa fuite, Matt avait rapidement sorti quelques billets qu'il avait posés sous sa tasse. Il pensa un instant suivre le même chemin que Rose, mais cela l'aurait retardé. Il devait la rejoindre avant qu'elle eût trouvé un taxi. Rapidement, il jeta un coup d'œil autour de lui.

— Excusez-moi, dit-il au couple attablé à côté.

Puis, leur passant devant sans autre forme de procès, il franchit d'un bond la grille de fer forgé. Il ne lui fallut que quelques secondes pour rattraper Rose. Il la saisit par le bras, de peur qu'elle ne lui échappât encore.

— Qu'est-ce qui te prend ?

Rose s'arracha à son étreinte.

— Ça ne te regarde pas !

Un taxi s'arrêta à leur hauteur. Le conducteur sortit la tête par la fenêtre.

— Ce type vous crée des ennuis, ma p'tite dame ?

Matt s'interposa avant qu'elle ait le temps de raconter n'importe quoi. Ou de prendre ce taxi sans lui.

— Non, il s'agit d'une petite dispute amicale, je ne lui crée pas le moindre ennui.

En revanche, elle ne se gênait pas pour lui en créer, à lui… Pensif, Matt tâta l'écrin qui avait rejoint le fond de sa poche.

13.

Il fallait que Rose prenne la fuite. Rien d'autre ne lui était aussi nécessaire et aussi urgent.

Sinon, elle allait faiblir et accepter son offre pour de mauvaises raisons. Car ce n'était pas facile d'avoir ce bébé toute seule, et une partie d'elle-même en était effrayée. Effrayée aussi à l'idée d'éloigner un enfant de son père, mais surtout de devoir affronter chaque jour de sa vie sans Matt à ses côtés…

De mauvaises raisons, réellement, dictées par la lâcheté. Rose ne pouvait pas s'y abandonner : elle était une Wainwright, après tout. Et les Wainwright avaient leur fierté.

Une fierté qui lui coûtait plus cher à chaque instant…

D'un pas déterminé, elle s'engouffra dans le taxi.

— Central Park Ouest, lança-t-elle, la 59e Rue ! Vite !

Mais Matt bloqua la portière avant qu'elle ait pu la refermer, et se glissa près d'elle. Le chauffeur était déjà en train de démarrer. Il pila.

— La p'tite dame me dira si elle veut que je continue. Elle vous a pas invité, à ce qu'on dirait.

Sa casquette de base-ball vissée sur ses longs cheveux gris, il attendit la décision de Rose qui dévisageait Matt d'un air furieux. Mais Matt habitait encore chez sa tante, jusqu'à nouvel ordre... Et il lui suffirait de prendre un autre taxi pour la rejoindre là-bas.

Avec effort, elle rengaina sa colère.

— Ça ira, merci...

— Vous êtes sûre ? insista le chauffeur. Il est pas en train de vous menacer avec un flingue ou quelque chose du genre ?

La question épuisa le peu de patience qui restait à Matt.

— Ecoutez, mon vieux, ça va bien comme ça ! Tout ce que je fais, c'est de lui demander de m'épouser.

Rose poussa un gros soupir et se rencogna dans le fond du taxi, aussi loin de Matt qu'il lui était possible. Le chauffeur démarra, et jeta un coup d'œil à Matt dans le rétroviseur.

— P'têt bien qu'elle a pas envie de vous épouser...

— Tout juste, dit-elle d'une voix qu'elle reconnaissait à peine. Je ne veux pas.

Le chauffeur eut un rire bref.

— Eh ben voilà ! L'affaire est réglée. Ici, mon gars, quand une fille dit non, c'est non. Faut croire que c'est pas vot' jour de chance.

Matt passa une main lasse sur son visage. S'énerver ne servirait à rien, descendre du taxi en marche non plus. Et contrairement à ce que croyait ce butor de chauffeur, l'affaire était loin d'être réglée.

— Pourquoi me repousses-tu, Rose ?

Il s'était tourné vers elle, tâchant d'oublier l'homme aux cheveux gris qui s'obstinait à le fixer dans le rétroviseur.

— Tu m'aimes, tu m'as toujours aimé !

Il n'était pas sûr de grand-chose sur cette terre, mais de cela, oui. Le soleil se levait chaque matin et Rose l'aimait. Il le voyait dans ses yeux, dans lesquels Beth lui avait appris à lire. Il le goûtait sur ses lèvres, il le sentait dans la façon qu'elle avait de s'abandonner à lui. A la manière dont elle avait su s'emparer de son cœur.

— Ça m'étonnerait, vu ce qu'elle vient de vous dire, s'interposa le chauffeur.

Matt le fusilla du regard.

— Vous allez me faire le plaisir de vous taire et de regarder devant vous avant de nous envoyer dans le mur ! ordonna-t-il d'une voix qui claquait comme un fouet.

Il se retourna vers Rose.

— Tu m'aimes. Essaie de prétendre que ce n'est pas vrai…

Rose se mordit la lèvre. Matt avait donc compris qu'elle l'aimait. Cette constatation l'accablait. Car lui-même ne faisait mention d'aucun sentiment pour elle… Ce qui, au moins, avait le mérite de clarifier les choses. S'il ne disait rien, c'est qu'il ne l'aimait pas. La seule chose qu'il ressentait pour elle, c'était de la compassion. Avec un bel esprit chevaleresque, il volait à son secours, prêt à sacrifier sa sacro-sainte liberté parce qu'il se sentait responsable de ce qui lui arrivait. C'était l'honneur qui le guidait. Non l'amour.

Elle lui fit face. Résolue, cette fois.

— Ah, tu sais que je t'aime ? Et si, demanda-t-elle en désignant le chauffeur, c'était lui qui avait tout compris et toi rien du tout ? Peut-être n'est-ce entre nous qu'une simple attirance physique par laquelle je me suis laissé emporter !

S'arrêtant au feu rouge, le chauffeur en profita pour approuver.

— Voilà qui est parlé !

Le regard noir de Matt le dissuada d'aller plus loin.

— Rose, je ne te croyais pas comme ça... Pas le genre à coucher et à tourner la page...

Rose se sentit soudain fatiguée de devoir jouer un rôle, de s'entendre dire ce qui valait mieux pour elle. Même tante Beth s'y mettait, ces derniers temps ! Elle eut un sursaut d'indignation :

— Je suis ce que je suis, et, si tu es déçu, c'est sans doute que tu t'étais trompé à mon sujet !

Le taxi s'était immobilisé et, voyant que personne ne bougeait, le chauffeur mit son dernier grain de sel dans la conversation.

— Ça intéressera peut-être quelqu'un de savoir qu'on est arrivés...

Rose fouilla dans son sac et tendit un billet. Matt la regarda de travers. Encore un genre qu'elle se donnait... Depuis quand les femmes payaient-elles les taxis ?

— Reprends-moi ça. C'était ma course, et c'est moi qui la règle.

Mais Rose n'avait pas attendu son approbation. D'autorité, elle avait placé le billet dans la main du chauffeur et s'était précipitée dehors.

Ce dernier secoua la tête, et regarda Matt avec une expression qui ressemblait bien à de la pitié.

— Ben mon gars, vous n'avez pas fini d'en voir avec elle..., dit-il en acceptant d'échanger le billet de Rose contre celui de Matt. Si j'peux me permettre, ça servira à rien de la braquer, faudra l'amadouer. En douceur.

Voilà que les chauffeurs de taxi lui donnaient des conseils sur sa vie amoureuse, à présent ! Matt se demanda quelles vexations lui réservait encore cette ville infernale.

— Gardez la monnaie et vos avis avec, dit-il froidement par-dessus son épaule, déjà à la poursuite de Rose.

Il la rejoignit alors qu'elle atteignait l'ascenseur.

— Voilà ton billet.

Il le lui mit dans la main au moment où la porte de l'ascenseur s'ouvrait sur un couple âgé que Rose salua. Elle entra et appuya prestement sur le bouton du vingtième. Mais le bras de Matt empêcha la porte de se refermer. Il la suivit et, pour quelques minutes, ils furent seuls dans la cabine.

— Ecoute, j'ai tout supporté ce soir, y compris les conseils éclairés du chauffeur qui se prend pour une conseillère conjugale. Alors il serait temps que tu m'expliques pourquoi tu ne veux pas m'épouser !

Rose se mordit la lèvre. Pourquoi Matt ne se contentait-il pas de son refus ? Pourquoi lui rendait-il la vie si difficile ? S'il continuait à la harceler ainsi, elle risquait de céder... et cela serait désastreux pour eux tous, y compris le bébé.

— Eh bien, pour commencer, une union entre un Carson et une Wainwright est condamnée d'avance, aurais-tu oublié ?

— Je n'ai rien oublié du tout, mais je nous croyais aptes à gérer le problème.

L'ascenseur avait été appelé et s'arrêta au niveau du dixième étage, mais Matt bloqua l'ouverture à mi-course.

— Désolé, transport privé, dit-il à l'adresse du couple qui écarquillait les yeux. On vous le renvoie tout de suite.

Il pressa de nouveau le bouton du vingtième, et continua comme s'il n'avait jamais été interrompu :

— De même que pour ce bébé. Je pensais qu'on saurait s'arranger.

Rose sentit son estomac se contracter douloureusement, mais elle ne parvenait pas à déterminer si c'était à cause du bébé ou des propos de Matt.

— Tu n'auras rien à arranger ou à gérer, répliqua-t-elle, car tu n'es pas concerné.

Les portes s'ouvrirent et elle sortit en coup de vent, Matt sur les talons.

— Pas concerné ? C'est à voir !

Hors d'elle, Rose inséra la clé dans la serrure. Cet homme n'abandonnerait-il jamais ? Si elle voulait tenir le coup, elle allait avoir besoin de renfort.

— Tante Beth ? appela-t-elle en entrant. Nous sommes de retour !

Il n'y eut aucune réponse. L'appartement était plongé dans le noir. Sa tante n'était donc jamais chez elle !

Matt regarda Rose sans dissimuler sa satisfaction.

— On dirait qu'il n'y a personne pour t'aider...

Rose s'en voulut d'être aussi facile à deviner.

— Qui a dit que j'avais besoin d'aide ? Je me débrouille seule !

Elle fit mine de s'éloigner, et Matt dut la contourner pour lui faire face de nouveau.

— Alors pourquoi te dérobes-tu sans cesse ?

L'argument porta, comme il l'escomptait.

— Tu dis n'importe quoi ! se défendit Rose.

Mais Matt savait qu'il avait raison.

— Venir à New York, moi, j'appelle ça une dérobade !

— Et moi, j'appelle ça m'éloigner de quelqu'un que je ne veux plus voir ! cria Rose, à bout de nerfs. Quand le comprendras-tu ?

Ce fut au tour de Matt d'être sonné.

— Tu penses vraiment ce que tu dis ?

— Oui !

La tristesse qu'elle lut dans le regard de Matt lui fut immédiatement insupportable.

— Non, rectifia-t-elle. Enfin... je n'en sais rien !

Matt n'avait pas besoin d'en entendre plus. Rose s'était détournée pour cacher ses larmes, et il s'approcha doucement, lui murmurant à l'oreille :

— Tu ne sais plus ce que tu veux... Laisse-moi décider pour toi...

Elle fit volte-face et le regarda dans les yeux. La bouche de Matt n'était qu'à quelques centimètres de la sienne. Et, comme par magie, toute sa colère se dissipait.

— Ça te ferait plaisir, n'est-ce pas ?

Matt approcha ses lèvres.

— Oui, grand plaisir.

Rose sentit qu'elle allait perdre pied... Se perdre tout entière dans le baiser brûlant que Matt posait sur ses lèvres. Et dès qu'elle le sentit contre elle, toutes les émotions qu'elle refoulait se mêlèrent au feu qui couvait, pour devenir le plus puissant des détonateurs.

Il était tellement inutile de maintenir Matt à distance, puisque la seule chose qu'elle souhaitait vraiment, c'était se retrouver dans ses bras...

Lui mentir ? Elle avait essayé, mais n'avait pu aller jusqu'au bout. Car, plus que tout, elle désirait le voir rester. Qu'il partage sa vie, qu'il soit son héros.

Le père de son enfant.

Capitulant en un soupir de pur délice, elle enlaça Matt et lui rendit son baiser, y mettant toute son âme puisqu'il détenait déjà son cœur.

Matt ferma les yeux, enivré. Comment avait-elle réussi ce miracle de l'ensorceler aussi totalement ? Il aurait voulu la déshabiller sur-le-champ, mais il se ravisa.

— Nous ne savons pas à quelle heure rentre Beth, dit-il en soulevant Rose dans ses bras. Je ne veux pas qu'elle nous surprenne.

Nichée dans son cou, Rose leva vers lui un regard séducteur et coquin.

— Pourquoi ? Qu'est-ce que nous sommes censés faire ?

Matt poussa d'un coup d'épaule la porte de la chambre et la referma de même.

— Tout ce dont nous avons envie.

Il la déposa en la faisant glisser contre lui, et l'effleurement de son corps l'excita encore plus. Comme le feu sur une mèche, le désir se propagea dans ses veines.

— Rose, je n'ai envie que de cela depuis des jours. Et des nuits. Te faire l'amour. J'y pense tout le temps. Au musée Métropolis…

— Metropolitan, corrigea Rose sans pouvoir retenir son sourire.

— Comme tu préfères… J'y pensais sans cesse : au lieu de voir ces tableaux, je te voyais nue. Et quand on est allés au musée d'Histoire naturelle, au milieu des squelettes de dinosaures, j'aurais voulu trouver un coin tranquille pour t'aimer.

— Tu veux dire… faire l'amour avec moi.

— Oui, cela aussi.

Rose le regarda curieusement.

— Qu'est-ce que cela signifie, *aussi* ?

Il ne voulait pas perdre son temps à parler, il voulait lui faire l'amour, encore et encore, jusqu'à épuisement.

— Bon sang, Rose, comment faudra-t-il te le dire ?

Rose savait ce qu'elle voulait entendre, mais elle refusait de se laisser emporter avant d'avoir des preuves…

— De la manière traditionnelle, ce serait bien... Avec ta bouche.

Matt secoua la tête en soupirant. Cette femme exigeait une patience au-dessus de la normale. Mais il savait aussi qu'elle en valait la peine. Toutes les peines.

— Rose, je ne fais que cela !

Il se pencha pour l'embrasser, mais elle l'arrêta d'un doigt posé sur ses lèvres.

— Non, pas de cette façon. Je voulais dire... avec des mots.

Matt s'écarta une seconde, cherchant à lire dans ses yeux.

— Tu ne le sais pas déjà, ce que je vais te dire ?

— Je préfère l'entendre.

Peut-être était-ce une faiblesse de sa part, mais elle avait besoin de cette confirmation. Au moins une fois. On ne tenait pas toute une vie sur des suppositions.

— Alors tu vas l'entendre. Je t'aime.

Matt le lui dit encore et encore, comme si, une fois les mots prononcés, il ne parvenait pas à s'en lasser.

— Je t'aime à tel point que j'en oublie de respirer. A tel point que ça me fait mal...

Il posa ses mains comme une caresse autour du visage de Rose, et chuchota, tout contre sa bouche :

— Quand j'ai découvert que tu étais partie, le vide que j'ai ressenti a été terrible. Quelque chose en moi s'est détruit, et j'avais l'impression de mourir...

Matt déglutit difficilement, surpris lui-même d'être parvenu à formuler des sentiments aussi intenses.

Il relâcha le souffle qu'il retenait et demanda :

— Voilà. Es-tu satisfaite ?

Le sourire de Rose creusa sur son visage une fossette taquine.

— Presque.

— Presque ? Bon sang, mais qu'est-ce qu'il te faut d'autre ?

Elle se pressa intimement contre lui.

— Une démonstration…

Matt se mit à rire. Ce langage-là n'avait pas besoin de mots.

— Justement, c'est ce que j'essaie de faire depuis tout à l'heure !

Il se pencha pour embrasser le creux de son cou, libérant en elle des vagues de désir semblables à des ondes de choc. Elle ne s'aperçut qu'ensuite qu'il était en train de défaire l'attache qui retenait sa robe à son cou.

Le tissu glissa le long de ses jambes.

Matt se recula juste assez pour admirer sa poitrine, libre de toute entrave. Il se laissa aller à l'envie qui le tenaillait depuis trop longtemps, et prit ses seins nus dans ses mains en même temps qu'il s'emparait de sa bouche. Et il l'embrassa comme si sa vie en dépendait.

Leur baiser s'approfondit, attisant la brûlure du désir.

Rose avait envie de Matt. Rien d'autre ne comptait, rien de tout ce qu'elle avait pu penser. Tout se fondait au feu qui brûlait en elle.

Elle se sentait grisée, audacieuse. Plus qu'elle ne l'avait jamais été entre ses bras.

Cherchant le ceinturon de Matt, elle le déboucla. Elle voulait le toucher, autant qu'il la touchait. Par une série de mouvements rapides, vibrant d'urgence, elle défit, déboutonna, arracha tout ce qui pouvait s'interposer entre eux.

Enfin, il n'y eut plus rien pour les séparer. Pas même une mince couche d'air.

Ils se laissèrent aller sur le lit, jambes emmêlées, bouches unies. Leurs mains voyageaient, habiles à trouver ce qui les exciterait le plus, car chacun, à présent, connaissait le corps de l'autre.

Et leur désir en était renforcé. Ils savaient tous deux ce qui les attendait, mais l'anticipation était un plaisir supplémentaire.

Et le fait de savoir sur quoi déboucherait ce chemin leur procurait une joie infinie.

Ils en parcouraient avec délices toutes les étapes, chacun menant l'autre à des sommets enfiévrés. Donnant, partageant...

Rose était déterminée à tout offrir, à repousser indéfiniment pour Matt les limites du plaisir. Et le fait qu'il eût en ce domaine une expérience plus étendue que la sienne ne la freinait pas. Au contraire, elle se sentait d'autant plus résolue. Après tout, l'instinct comptait aussi, et pas seulement l'expérience...

Guidée par les pulsions de son corps, elle repoussa son amant contre les oreillers. Sa main l'effleura et, quand elle referma les doigts autour de lui, elle vit l'éclair brutal du désir dans ses yeux. Un secret et délicieux sentiment de puissance s'empara d'elle alors qu'elle le gainait, le caressant lentement jusqu'à l'amener au seuil du plaisir.

Le souffle court, Matt refoula un gémissement. Jamais Rose ne s'était comportée ainsi. Ardente, elle l'avait été, bien plus qu'il n'aurait pu l'attendre d'une fille sans expérience, mais jamais elle n'avait pris l'initiative à ce point. Elle le rendait fou.

Si elle continuait à le caresser ainsi, il ne tiendrait plus très longtemps ! Alors il attrapa la jeune femme par les épaules et la ramena sur lui, frissonnant de la sentir brûlante et de devoir se retenir encore.

— Tu es incroyable..., murmura-t-il d'une voix étranglée par le désir. Je n'imaginais pas...

— Chut... Ce n'est pas fini...

Les yeux rivés aux siens, fascinée, elle se pencha sur lui, frôlant son torse de la pointe de ses seins. Ses longs cheveux tombaient autour du visage de Matt comme deux rideaux de jais, le coupant de toute réalité. Alors elle le chevaucha et se mit à remuer doucement les hanches, le conduisant au bord de la folie, cherchant la même extase que lui.

Ses mouvements s'accentuèrent, plus rapides ; elle ne pouvait plus se retenir, tendue vers le crescendo final... Vers le partage ultime.

Elle sentit le plaisir incendier ses reins, rayonner en même temps dans les moindres replis de son corps.

Et puis ce fut la jouissance, intense et dévastatrice.

Le cœur déchaîné, avec l'impression de tomber en chute libre, elle s'abattit sur la poitrine de Matt. Eperdue, haletante, c'est à peine si elle sentit les mains de Matt qui agrippaient le bas de son dos alors qu'il finissait d'exploser en elle.

Immobile, elle permit à la sensation voluptueuse de retomber lentement par vagues dans leurs corps, puis ce fut le retour au réel.

Epuisée, hors d'haleine, Rose se lova contre Matt et posa la main sur sa poitrine trempée de sueur.

Elle sourit et l'embrassa alors qu'il l'attirait contre son épaule, tout près, comme s'il craignait que son trésor le plus précieux ne lui échappât.

Oh, comme elle l'aimait ! Si elle devait mourir en cet instant, ce ne serait pas grave. Car ils venaient de partager un moment de félicité parfaite.

— Epouse-moi, Rose, murmura-t-il contre ses cheveux. Epouse-moi et je serai toujours un bon mari. Je te promets d'adopter le bébé et d'être un père pour lui.

Les mots résonnèrent en écho dans l'esprit de Rose, redonnant corps à sa culpabilité.

Le secret qu'elle avait si bien gardé refusait de rester enfermé plus longtemps.

Rose releva la tête et regarda Matt. Il avait le droit de savoir.

Sans le quitter des yeux, elle pria silencieusement. Pour ne pas se tromper, pour ne pas tout gâcher... Mais quoi qu'il pût arriver, elle ne pouvait lui dissimuler la vérité un instant de plus.

Elle riva un regard intense au sien.

— Mais c'est ton enfant, Matt.

14.

Matt la regarda, paralysé. C'était comme si un souffle glacé l'avait balayé, gelant toutes ses facultés de réaction.

— Que viens-tu de dire ? parvint-il à articuler.

Ses yeux s'étaient assombris, Rose ne parvenait pas à déchiffrer ce qu'ils exprimaient. L'anxiété lui serra le cœur.

Les mots lui furent plus difficiles à répéter qu'à prononcer pour la première fois.

— C'est ton enfant, Matt.

Matt entendait ses paroles, mais il n'était pas capable de leur accorder de signification. Les syllabes se heurtaient dans son cerveau, s'éparpillant sans former de sens. Il fallut qu'il les prononçât à son tour.

— C'est mon enfant ? Tu veux dire… que tu portes *mon* bébé ?

L'incrédulité de sa voix était pire qu'une insulte. Rose avait entendu mille fois son père préconiser l'attaque comme meilleur moyen de défense. Elle se raccrocha à sa tactique comme à une planche de salut.

— Evidemment ! Que croyais-tu ? Que j'avais couché avec tout le voisinage ? C'était peut-être ta façon de faire, mais pas la mienne ! Il n'y a jamais eu que toi, figure-toi !

Confondu, abasourdi, Matt se redressa dans le lit. Peu à peu, ses facultés lui revenaient et, avec elles, un flot d'émotions impossibles à endiguer.

— Dans ce cas... Pourquoi ne pas me l'avoir dit tout de suite ?

— Pour te voir ensuite cloué vif à la porte de la grange ? Mon père n'aurait pas agi autrement avec celui qui m'aurait fait un enfant... Et sachant qu'il s'agissait d'un Carson, il aurait probablement fait pire.

Pourquoi Matt l'obligeait-il à expliquer l'évidence ? C'était pour cette raison qu'elle avait tenté de s'éloigner, au début de leur relation. Pour éviter le pire.

Qui était tout de même en train de se produire...

— Nos deux familles se haïssent, Matt. Je ne veux pas que tu m'épouses par devoir, pour donner un nom au bébé. Ni lui ni moi ne sommes des têtes de bétail à marquer de ton nom. Ne comprends-tu pas ? Je ne veux pas d'un mariage de convenance, je veux d'un mariage d'amour !

C'était la bibliothécaire qui reprenait le dessus, se dit Matt, désemparé. Quelle délicatesse de nuances ! Lui ne connaissait qu'une seule sorte de mariage, celui où l'on s'engage, pour la vie.

— Un mariage est un mariage. Point.

— Matt, il y a une différence ! Avec le bonheur à la clé ! Ou le malheur...

Matt lui tourna le dos, et ramassa son pantalon qu'il enfila rapidement. Rose se dressa sur ses genoux, enroula le drap autour d'elle, et, doucement, posa sa main sur le dos de Matt.

— Tu es en colère...

Il boucla son ceinturon et lui jeta un coup d'œil par-dessus son épaule.

— Furieux, répondit-il froidement.

Ce fut au tour de Rose de ne plus comprendre. Elle venait enfin de lui dire la vérité, se lavant de tout soupçon d'infidélité... Que voulait-il de plus ?

— Explique-moi...

— Ce n'est pas assez clair ? Tu m'as menti !

— Je n'ai pas vraiment menti, se défendit Rose. Je ne t'ai pas dit que le bébé était de toi... Ce n'est pas pareil...

Matt laissa échapper un soupir exaspéré.

— Tu joues sur les mots !

Rose avait horreur des jeux. Car jouer, cela signifiait gagner pour certains, et perdre pour d'autres. Elle ne supportait pas que quelqu'un pût perdre.

— Je t'assure que non. J'ai seulement essayé d'agir au mieux pour nous tous. Comment crois-tu que tu vivrais notre mariage, si tu avais l'impression que je t'y avais forcé ?

Matt la saisit par les épaules. Elle se sentait si fragile, si vulnérable, qu'il aurait pu la briser au moindre geste, sans même s'en rendre compte.

— Maintenant, Rose, tu vas m'écouter. Personne ne m'a jamais forcé à quoi que ce soit... à part toi, peut-être, quand tu m'as obligé à rompre. Tu peux te vanter d'être la seule !

La tristesse et l'amertume qu'elle lut dans ses yeux lui serrèrent le cœur.

— Je n'ai jamais voulu te forcer la main.

Il haussa les épaules et la relâcha. La flambée de colère était retombée, laissant place à une énergie nouvelle.

— C'est pourtant ce qui s'est produit. Mais cela ne se reproduira plus. J'ai toujours décidé pour moi-même, et ça va continuer.

La regardant droit dans les yeux, il sentit grandir son assurance.

— Je vais faire exactement ce que j'ai décidé, Rose.

Elle hocha la tête, le regard perdu dans le sien.

— Très bien…

Il sourit, certain qu'elle avait compris ce qui allait suivre.

— Et ce que j'ai décidé de faire, Rose, c'est de t'épouser.

Le cœur de Rose fit un bond. La détermination de Matt la faisait frissonner. Et cette fois, sa protestation ne fut que de pure forme.

— Mais…

— Pas de « mais » ! Plus de « mais », plus rien de semblable entre nous ! Je ne veux pas la moindre barrière. Pas même, ajouta-t-il en abaissant les yeux sur le drap qui dessinait ses formes, un morceau de tissu !

Rose l'écoutait, subjuguée, tandis qu'il prenait sa main. Peut-être était-il temps, en effet, d'abandonner les « mais » et les « si » qui avaient gâché sa vie, pour s'accorder enfin quelque droit au bonheur... avec Matt.

— Es-tu sûr de vouloir vraiment tout ceci ?

Il embrassa l'extrémité de ses doigts, lui décochant un regard lourd de désir.

— Je n'ai jamais été aussi sûr de quelque chose.

Matt la serra alors contre lui, et l'étincelle créée par son regard se propagea dans tout le corps de Rose.

— Ça ne va pas être simple... Tu t'en rends compte ?

Il sourit, les lèvres contre ses cheveux.

— Qu'est-ce que tu crois ? J'ai toujours su qu'il me faudrait me battre pour t'avoir. Je l'ai su dès le premier instant où je t'ai vue. De la première minute où je t'ai tenue dans mes bras. Mais cela ne m'a pas découragé. Le monde s'était arrêté avec toi. Il n'y avait plus de réalité que dans tes yeux. C'était merveilleux, mais je n'ai jamais pensé que ça allait être facile. A présent, ajouta-t-il, taquin, vas-tu me dire enfin oui, ou va-t-il falloir que je te ligote et que je t'enlève pour t'avoir, de gré ou de force ?

— Tu irais jusque-là ?

Pas de cette façon-là, bien sûr. Le consentement de Rose serait toujours essentiel pour lui, mais ce n'était pas ce qu'il importait de dire maintenant. Mettre son cœur à nu était plus urgent.

— Je suis prêt à tout pour que tu partages ma vie.

Un sourire attendri incurva les lèvres de Rose.

— Tu sais qu'on met les gens en prison pour ça...

— Pas pour ce que je ressens. Pas pour aimer si fort.

En fait, le bonheur de Rose passerait toujours avant le sien. S'il était sûr qu'elle serait plus heureuse sans lui, il la laisserait libre. Il partirait. Mais cet aveu aussi, il devait le garder pour l'instant au fond de son cœur.

— De toute façon, aucun barreau de prison ne me retiendrait longtemps loin de toi.

Cette fois-ci, le sourire de Rose gagna tout son visage, comme un lever de soleil.

— Donc, je n'ai pas le choix...

— Non, répondit-il en riant. Mais ce serait quand même agréable de savoir que tu es d'accord !

— C'est important pour toi ?

Elle retint son souffle dans l'attente de sa réponse.

Il ne pouvait qu'avouer la vérité.

— Tout ce que tu penses est important pour moi. Ton opinion comptera toujours. Mais, avant que tu me dises quelle est ta décision, il faut que tu saches que les quinze jours que j'ai passés sans toi ont été les plus sombres de ma vie. Une torture. Le genre de tourment qu'un homme ne peut endurer très longtemps...

Il leva son visage vers le sien.

— Alors, que décides-tu ?

Elle retarda sa réponse par une question :

— Tu m'aimes ?

— Je te l'ai déjà dit.

Rose ondula lascivement contre son corps.

— Redis-le-moi…

Matt sentit sa voix s'étrangler tandis qu'il prononçait les mots qu'elle voulait entendre.

— Je t'aime. A la folie. Satisfaite ?

Elle soupira alors, l'enlaçant.

— Je serai satisfaite si tu me le redis chaque matin de notre vie.

Matt la plaqua contre lui, un bras passé autour de sa taille.

— Tu es intraitable… Ce sont là tes conditions ?

Elle hocha la tête.

— Je ne signerai pour rien de moins.

— Eh bien, puisque je n'ai pas le choix… marché conclu !

Matt scella l'accord d'un léger baiser sur ses lèvres, mais le baiser se prolongea, gagnant en intensité jusqu'à ce que tous deux s'y perdent.

Rose l'embrassait comme s'il ne devait jamais y avoir de lendemain, comme si le passé était effacé et qu'il n'y avait plus au monde que cet instant. Un instant si fragile qu'il exigeait toute leur âme pour exister.

Matt mit quelques secondes à comprendre ce qui se passait. Il s'écarta légèrement et caressa la joue de Rose. Elle était humide.

— Tu pleures…

— Je ne pleure pas, se défendit hâtivement Rose, à qui son père avait appris à considérer les larmes comme une preuve de faiblesse. Enfin… un petit peu, sans doute.

— Pourquoi ? demanda doucement Matt. Tu as mal ? Quelque chose ne va pas ?

Rose secoua la tête.

— Tout va très bien, Matt, et c'est la première fois depuis la venue du bébé que je ne souffre pas... Je viens juste de le comprendre. De comprendre à quel point j'étais heureuse. C'est pour cela que je pleure.

Un étonnement qu'il ne cherchait pas à dissimuler se peignit sur les traits de Matt. Pour lui, les larmes étaient inévitablement liées à la douleur.

— Décidément, je ne comprendrai jamais les femmes.

— *Les* femmes ? Mais tu n'auras jamais besoin d'en comprendre aucune autre ! lança Rose, feignant la contrariété. Je ne veux pas ! Juste moi.

Souriant, il abaissa sa bouche vers la sienne.

— Je souscris volontiers à ce programme.

Rose succomba avec bonheur au vertige qu'il déclenchait en elle. Et elle s'abandonna à Matt, le seul amour de sa vie.

Epuisé au-delà de toute expression, plus heureux qu'il ne l'aurait jamais cru possible, Matt reprit sa place auprès de Rose. Il n'en revenait pas d'avoir fait l'amour deux fois encore. Cette femme révélait en lui des côtés inattendus.

— Tu es sûre que ça n'est pas mauvais pour le bébé ?

Jamais Rose ne s'était sentie comblée à ce point. Et le souci que Matt prenait d'elle l'entourait d'un véritable cocon de douceur.

— Je t'assure que le bébé est ravi de sentir sa mère aussi heureuse.

— Donc, tu n'as pas changé d'avis, depuis tout à l'heure ?

Il s'était écoulé plusieurs heures depuis qu'elle avait accepté sa demande en mariage mais, avec Rose, Matt était résolu à ne jamais rien considérer comme acquis.

— Non. Et toi ?

— Sûrement pas ! répondit-il en laissant courir ses doigts sur sa joue. Plus vite nous serons mariés, mieux ce sera.

Un sursaut de joie fit bondir Rose, qui se dressa sur un coude.

— Allons l'annoncer à tante Beth !

Matt jeta un coup d'œil à la pendulette de sa table de nuit.

— Rose, il est 7 heures du matin, et ta tante ne se couche jamais très tôt... Laissons-la finir sa nuit. Nous pourrons le lui annoncer plus tard.

Le balancement des seins de Rose, quand elle s'était dressée à son côté, lui mettait d'autres idées en tête. Sa fatigue reculait, et il sentait de nouveau poindre le désir. Ce n'était vraiment pas le moment de quitter un lit où se trouvait la femme de sa vie...

Mais elle ne s'y trouvait plus : Rose s'était déjà levée et cherchait ses vêtements. Elle buta sur le pantalon de Matt, abandonné sur le tapis.

— Crois-moi, lui dit-elle, tante Beth sera ravie d'être la première à savoir. Elle me chante tes louanges depuis le début ! A l'en croire, nul ne fera un meilleur mari que toi.

Matt sourit largement.

— Ta tante a bon goût, sans conteste. Et beaucoup de jugement !

Rose éclata de rire, lui jetant prestement son pantalon à la tête.

— Oui, eh bien, n'oublie pas de t'habiller ! Tu ne veux pas faire avoir une crise cardiaque à une personne aussi extraordinaire que ma tante !

Matt lui jeta un regard surpris. Peut-être ne connaissait-elle pas sa tante aussi bien qu'elle le croyait. Il était vrai qu'avant de le rencontrer, Rose avait mené une vie très protégée, dans certains domaines.

— Quelque chose me dit que la vue d'un homme nu ne risquerait pas de choquer beaucoup ta tante. Je l'ai entendue raconter ce fameux concert de Woodstock, à la fin des années soixante. Non seulement elle y était, mais elle a dansé nue sous la pluie. Tu le savais ?

— Elle ne me l'avait jamais dit, mais ça ne m'étonne pas ! répliqua Rose en souriant. D'ailleurs, rien de ce qui concerne Beth ne m'étonne.

Les photos qu'elle avait pu voir montraient que sa tante, dans sa jeunesse, était une vraie beauté. Et malgré son âge, elle restait une femme très agréable à regarder.

Rose avait trop hâte d'annoncer la nouvelle pour s'habiller de pied en cap. Elle se contenta de passer son peignoir de soie.

— Tu es prêt ? demanda-t-elle, tout excitée.

Matt était toujours allongé.

— Il n'y a pas moyen de te dissuader ? J'aimerais te garder encore un peu...

Elle saisit sa main et le tira hors du lit.

— Si je ne dis pas ce qui m'arrive à quelqu'un, je crois que je vais exploser ! Et puis, tante Beth est la seule qui se réjouira vraiment pour nous...

Poussant un soupir résigné, Matt rejeta les couvertures et attrapa son pantalon.

— Dans ce cas... Donne-moi une minute.

Rose détourna les yeux pendant qu'il s'habillait, pour ne pas nourrir la petite flamme du désir qui renaissait à la vue de son corps musclé. Jamais elle ne se lasserait de Matt.

— Seulement trente secondes, dit-elle d'un ton amusé, prétendant regarder sa montre.

Il fut prêt en un clin d'œil, et, pieds nus, sortit de la chambre avec elle.

— Tout de même, Rose, tu aurais pu attendre un peu, objecta Matt pendant qu'ils franchissaient les quelques pas menant à la chambre de Beth. Mais puisque tu y tiens... A toi l'honneur. Frappe.

Rayonnante, Rose toqua légèrement à la porte de la chambre. Son autre main serrait celle de Matt.

— Tante Beth ? Je sais qu'il est tôt, mais je... enfin, *nous*, reprit-elle avec un sourire radieux à l'adresse de Matt, nous avons quelque chose à te dire.

Il y eut un bruit de couvertures froissées de l'autre côté du battant, puis comme un choc sourd. Rose et Matt échangèrent un regard étonné.

— Elle n'est quand même pas tombée du lit ? chuchota Matt. Nous ferions mieux de revenir plus tard, Rose…

Mais Rose ne voulait rien entendre.

— Non, elle s'habille, c'est tout… Tante Beth, est-ce que nous pouvons entrer ? C'est Rose et Matt !

— Rose *et* Matt ?

La voix de Beth, au timbre voilé, leur parvint à travers la porte. Elle semblait très surprise.

Quelques secondes s'écoulèrent encore, ponctuées d'autres bruits étouffés et conclues par un jovial :

— Entrez, mes enfants, entrez !

Rose poussa énergiquement le battant… et s'arrêta pile sur le seuil. Beth n'était pas seule. A son côté, dans le lit, se trouvait un fort bel homme que Rose reconnut vaguement pour l'avoir vu assister aux cours de sa tante. Il devait avoir la trentaine… et donc quelques dizaines d'années de moins que Beth.

S'adossant confortablement à ses oreillers, le drap remonté sur son ample poitrine, Beth regardait sa nièce en souriant.

— Ma chérie, ne me dévisage pas de cet œil choqué. Tu me rappelles ma mère…

Son sourire s'élargit pour inclure Matt.

— N'oubliez pas, jeunes gens, que la vie se savoure jusqu'au bout. Il ne faut pas en laisser perdre une miette… Au fait, ajouta-t-elle en se tournant vers son compagnon, je crois que vous connaissez Bryce.

Rose en oubliait ce qui l'amenait ici, et elle se tourna vers le jeune homme. Celui-ci paraissait incroyablement à l'aise étant donné l'incongruité de la situation.

— Oui, un de tes étudiants...

Bien sûr, elle savait que Beth avait eu une jeunesse mouvementée, mais, dans l'esprit de Rose, les fredaines de sa tante appartenaient au passé. Si elle l'imaginait avec un homme, elle voyait celui-ci dans une tranche d'âge correspondant à celle de Beth. Pas à celle de Matt...

Beth rectifia :

— Un ex-étudiant. Bryce a quitté mon cours il y a plus d'un an. N'est-ce pas, chéri ?

Bryce confirma d'un sourire.

— Mais, protesta Rose, il assistait à ton cours avec les autres, il y a quelques jours...

Beth secoua la tête avec indulgence. Rose avait beau déplorer l'attitude de son père, elle était la digne fille d'Archie Wainwright. Aussi têtue...

— En auditeur libre, ma chérie, en auditeur libre... Bryce a son diplôme depuis longtemps. Simplement, il trouve mes cours enrichissants.

Elle tapota la main de Bryce.

— N'est-ce pas ainsi que tu as présenté la chose, chéri ?

— Très enrichissants, acquiesça Bryce, visiblement amusé de la réaction de Rose. Et pas seulement tes cours.

A l'évidence, il considérait Beth comme une partenaire plus qu'à la hauteur, et se satisfaisait pleinement de la situation.

— Votre tante est la femme la plus jeune que je connaisse. Sans vouloir vous offenser, Rose.

— Je ne le suis pas, répondit Rose en réprimant un sourire.

A son tour, elle sentait l'amusement la gagner. Après tout, pourquoi Beth n'aurait-elle pas quelqu'un comme Bryce à ses côtés ? Elle savait merveilleusement profiter de la vie, et c'était très bien ainsi. Et telle que Rose la connaissait, elle donnait sûrement du fil à retordre à ce pauvre Bryce !

Tout s'arrangeait donc pour le mieux, et Rose, pour la première fois, comprit que la vie lui souriait. Matt serait toujours auprès d'elle, non pas parce qu'il y était obligé, mais parce qu'il le souhaitait du fond de son cœur. Elle avait trouvé un homme qu'elle aimait et qui l'aimait en retour. Beth, elle aussi, avait droit à la même chance.

Royale, telle la reine Victoria donnant audience du haut de son trône, Beth se rehaussa contre le dosseret du lit.

— Donc, si je comprends bien, jeunes gens, vous avez enfin retrouvé la raison et décidé de mettre fin à cette situation stupide ?

Beth n'avait nul besoin de réponse : le regard de Matt et de Rose était assez éloquent.

— Eh bien, il était temps ! Mais on dirait... Y a-t-il autre chose que je doive savoir ?

Rose hocha la tête. Elle aurait voulu crier son bonheur à tue-tête.

— Nous allons nous marier, répondit-elle dans un souffle.

— Alléluia !

Beth applaudit des deux mains.

— Il faut célébrer cela ! Matt, soyez gentil, passez-moi mon caftan, demanda-t-elle en désignant le tissu bleu électrique drapé sur le dossier d'une chaise. Je ne peux pas verser le champagne en tenue d'Eve, quand même !

Rose n'avait aucun mal à l'en croire capable... Avant que sa tante n'ait eu le temps de se raviser, elle devança Matt et s'empressa de lui tendre le caftan. Elle fit pivoter Matt, nez à la porte, pendant que Beth s'habillait.

Matt réprimait à grand-peine un fou rire : cette femme était vraiment de la dynamite ! Il chuchota à l'oreille de Rose :

— Nous devrions persuader ta tante de nous rendre une petite visite à Mission Creek. Je suis sûr que ton père serait ravi de faire la connaissance de Bryce.

Avec un homme aussi conservateur qu'Archie, la présence d'un Bryce aux côtés de sa sœur aurait vite fait de susciter un tonitruant feu d'artifice !

Rose pouffa.

— Bonne idée. Comme cela, papa aura autre chose à faire que s'occuper de nous ! Imagine un peu les étincelles !

Oublieux de l'endroit où il se trouvait, ne voyant qu'elle, Matt embrassa Rose dans le cou et l'enlaça :

— Il n'y a qu'entre nous que je veux des étincelles, ma chérie... Et j'en veux tous les jours.

Beth les interrompit, plaçant un bras autour de leurs épaules.

— Champagne à présent, mes chéris ! Cuvée spéciale !

Rose se retourna :

— Cuvée spéciale ? Comment cela ?

— Je gardais une bouteille exceptionnelle pour une grande occasion, répondit Beth en les précédant dans la cuisine. Je l'ai mise au frais dès que vous avez passé ma porte, Matthew.

Matt la regarda, intrigué.

— Dès le premier jour ? Mais comment…

Beth lui jeta un coup d'œil averti.

— J'ai tout de suite compris qu'il y aurait une fin heureuse à cette histoire. Les Carson sont connus pour leur détermination.

« Butés comme de damnées mules », disait invariablement le père de Rose. Mais celle-ci eut l'impression que Beth tenait l'information de première main.

— D'où sais-tu cela ?

Beth eut un petit mouvement de tête pour désigner le jeune homme brun qui les rejoignait, vêtu d'un pantalon noir.

— Ce n'est pas le moment d'entrer dans les détails, ma chérie, dit-elle avec un regard éloquent. Je te raconterai une autre fois… Bryce, viens m'aider à déboucher cette bouteille, veux-tu ?

Obligeamment, Bryce s'avança et quand il passa devant Rose, celle-ci perçut les effluves d'une eau de toilette. Un souvenir prit forme, tout au fond de son cerveau… Soudain, elle écarquilla les yeux. L'agresseur, à la sortie du musée !

Elle étouffa un cri de surprise, tandis que ses yeux allaient de Bryce à Beth et de Beth à Bryce.

Un lent sourire s'épanouit sur les lèvres de sa tante. Elle allait ouvrir la bouche quand un coup de sonnette les figea sur place.

— Qui cela peut-il bien être, à une heure aussi matinale ? s'étonna Rose.

— C'est cela que j'aime avec New York ! s'exclama Beth d'un ton enjoué. La ville qui ne dort jamais... Effectivement, on dirait que personne n'y dort !

Elle se rendit à la porte et demanda avant d'ouvrir :

— Qui est-ce ?

— Justin Wainwright, tante Beth, dit une voix mâle sur le palier. Je viens chercher Rose.

15.

Rose tourna vers Matt des yeux incrédules.

— Mon frère ? murmura-t-elle. Qu'est-ce qui lui prend, de venir ici ?

Comme s'il avait pu l'entendre, Justin lui fournit la réponse :

— J'ai entendu dire que Matt Carson était à sa recherche, tante Beth. Ouvre-moi !

Beth ferma les yeux un bref instant. Il fallait réfléchir vite.

— Filez sur la terrasse, chuchota-t-elle à l'adresse de sa nièce. Elle communique avec celle des voisins, qui sont en vacances. Vous pouvez passer dans leur appartement ! Bryce, aide-les !

Pendant que Bryce leur ouvrait la terrasse et descendait les jalousies derrière eux pour masquer leur fuite, Beth tâchait de gagner du temps.

— Une seconde, Justin, je vais chercher ma clé, dit-elle en haussant la voix. Je ne la laisse jamais sur la porte.

Du regard, elle s'assura que les tourtereaux n'étaient plus à portée de vue et, d'un clin d'œil, remercia Bryce de son efficacité. Elle pouvait ouvrir, à présent.

— Mon neveu, quel plaisir ! s'exclama-t-elle en se jetant à son cou. Cela fait bien trop longtemps que tu n'es plus venu me voir…

Justin lui rendit son étreinte, quoique avec une réserve marquée. Comme son père, il était peu porté aux épanchements.

— Est-ce que Rose dort encore ? demanda-t-il en s'écartant.

Il jeta un coup d'œil circulaire dans la pièce.

— Non, Rose ne dort pas, répondit innocemment sa tante. Rose est partie.

— Partie ? A 7 heures du matin ?

Comme s'il lui fallait une confirmation, Justin fila vers le fond de l'appartement, ouvrant les portes des chambres une à une jusqu'à trouver celle de sa sœur.

— Mais qu'est-ce qui s'est passé, ici ? demanda-t-il d'une voix de stentor, alors qu'il découvrait les vêtements de Rose éparpillés à terre, non loin de la chemise de Matt.

Le lit était en bataille, draps et couvertures en désordre, lui fournissant toutes les réponses qu'il cherchait. Il ramassa la robe de Rose du bout des doigts, comme s'il s'agissait d'une pièce à conviction sur la scène d'un crime, et fusilla Beth d'un regard accusateur.

— Allons, Justin, Rose est une femme, à présent ! rétorqua celle-ci. Elle a bien le droit de voir qui elle veut sans m'en demander la permission…

Justin jeta la robe sur le lit et répondit d'un air sombre :

— La dernière fois qu'elle a vu qui elle voulait, on sait où ça l'a menée… Et d'après les rumeurs, c'est la faute d'un de ces immondes Carson !

Pour Beth, la diatribe de Justin lui inspirait une déprimante sensation de déjà-vu. Elle se revit bien des années plus tôt chez son père, l'écoutant tempêter en compagnie d'Archie. Et le sujet de leur sermon, c'était l'homme qu'elle voyait à l'époque, un Indien beau comme un dieu qui ne correspondait à aucun de leurs critères en matière de fréquentations acceptables…

Elle allait protester, lorsque la sonnette retentit de nouveau.

— Bryce, chéri, ça ne t'ennuie pas d'y aller ?

Ayant dépêché Bryce, elle put revenir à son propos. Rien ne l'irritait plus que les préjugés.

— Mon cher neveu, Matt Carson n'a rien d'immonde. Ce que tu saurais si tu prenais deux minutes pour parler avec lui…

Justin regarda sa tante, interloqué. Elle avait posé les deux poings sur ses hanches et paraissait très déterminée.

— Comment le sais-tu ? Il est venu ici ?

— Je peux savoir où est mon frère ? interrompit une voix furieuse qui venait de l'entrée.

Beth et Justin firent volte-face : Flynt Carson s'avançait d'un pas résolu. Il adressa au jeune homme un regard glacial, accompagné d'un bref signe de tête, puis se tourna vers Beth.

— Pourriez-vous me dire où se trouve mon frère... madame ? ajouta-t-il avec un sursaut tardif de politesse.

Il n'était pas difficile à Beth de deviner d'où sortait ce garçon. Il avait la même silhouette que Matt. Et si elle n'y prenait pas garde, son appartement allait se transformer en champ de bataille.

Dans le plus pur style des tragédiennes, elle posa une main sur son cœur.

— Que d'imprévus ! Si j'avais pu prévoir toutes ces visites de si bon matin, j'aurais fait monter un petit déjeuner. Le traiteur d'en bas les prépare très bien...

C'était toujours quelques secondes de gagnées. Pendant ce temps-là, Rose et Matt escaladaient le muret séparant les deux terrasses pour se glisser dans l'appartement voisin.

Continuant sur sa lancée, Beth joua les ingénues.

— Me direz-vous qui vous êtes, jeune homme ?

— Flynt Carson, madame, avec mes excuses... J'aurais dû me présenter. Je viens chercher mon jeune frère, Matt. Il paraît qu'il se trouve ici.

Beth écarta les bras, comme pour prouver qu'elle ne cachait personne dans les amples manches de son caftan.

— Je suis navrée, mais je crains bien que non... Comme je le disais à l'instant à mon neveu, il n'y a ici que ce cher Bryce et moi. Plus vous deux, à présent.

Justin fronça les sourcils.

— Alors, où se trouve Rose ? Tu le sais, tante Beth !

— Et Matt ?

La deuxième question, venant cette fois de Flynt, avait presque empiété s ur l'autre.

— Messieurs, messieurs, un peu de calme !

Beth leva une main apaisante.

— Voyons, à cette heure-ci... Ils devraient se trouver non loin de la mairie.

— La mairie ?

Les deux hommes avaient crié — ensemble, cette fois. Et d'une voix étranglée par la peur de trop bien comprendre.

Flynt jeta son Stetson par terre. S'il avait pu prévoir un instant, lorsqu'il avait conseillé à son frère d'aller chercher la femme de sa vie, qu'il s'agissait d'une Wainwright... Bon sang, pourquoi Matt n'avait-il rien dit ? Ce garçon n'avait aucun sens des choses importantes !

— La mairie, répéta joyeusement Beth, ravie d'avoir eu cette idée qui allait vider son appartement de ses deux encombrants visiteurs. A ce propos, vous pourriez commencer à vous considérer mutuellement comme beaux-frères...

La réaction fut unanime :

— Jamais de la vie !

— Vous plaisantez, j'espère !

Beth, sereine, croisa les bras dans les manches de son caftan.

— Jeunes gens, si j'étais vous, je commencerais à réviser l'intransigeance de ma position. Il y a un bébé en préparation, moitié Carson, moitié Wainwright. On ne peut pas se disputer un bébé... A mon avis, cet enfant fournit le meilleur des prétextes pour enterrer la hache de guerre entre les deux familles. Il est temps que cette stupide querelle prenne fin !

Ayant terminé son petit discours, Beth regarda alternativement les jeunes gens. Tous les deux étaient beaux, bien découplés… et têtus comme seuls des Wainwright et des Carson savaient l'être. Puisqu'elle venait de dire « blanc », ils allaient évidemment penser « noir ». Ce qui, pour l'instant, servait parfaitement son propos. Car elle tenait surtout à ce qu'ils quittent les lieux ! Le reste — ce qui concernait la fin de la querelle — ferait son chemin en temps utile.

Justin regarda Flynt et, soudain, une lueur d'espoir alluma son regard.

— Ils ne sont peut-être pas encore mariés…

— Exact ! Allons à la mairie, vite !

D'accord pour la première fois de leur vie, tous deux tournèrent les talons comme un seul homme.

— Au revoir, les garçons ! lança gaiement Beth. On se retrouvera autour du berceau…

La porte claqua derrière eux… Bryce s'approcha de Beth par-derrière, et, glissant les bras autour de sa taille, il l'embrassa dans le cou.

— Quand crois-tu qu'ils vont se rendre compte que la mairie n'est pas ouverte à cette heure-ci ?

Beth éclata de rire.

— Avec un peu de chance, pas avant d'y être arrivés !

Le ton montait dans l'appartement. De la terrasse, Matt avait reconnu la seconde voix masculine.

— C'est mon frère, murmura-t-il à Rose. Qu'est-ce qu'il fabrique ici ?

— La même chose que Justin, si tu veux mon avis, répliqua Rose à mi-voix. Il vient te chercher ! Pour t'empêcher de faire une grosse bêtise !

Rose frissonnait dans son léger peignoir de soie. La chaleur n'était pas encore tombée sur la ville.

— La seule bêtise que j'aie faite, c'est de te laisser partir..., déclara Matt en la serrant contre lui. T'épouser est au contraire une décision très sensée. En parlant de bon sens, tu vas attraper froid : si nous allions nous abriter dans l'appartement d'à côté ?

— Oui, répondit Rose, et dépêchons-nous avant d'être découverts. J'ai peur qu'ils n'aient amené du goudron et des plumes, comme au bon vieux temps !

Matt embrassa son front.

— Ne t'inquiète pas, je ne laisserais pas mon frère te toucher.

— Je pensais plutôt au mien, répondit Rose en riant. Il tient de mon père, pour ce qui est d'agir déraisonnablement !

— Alors, ne leur donnons pas la moindre chance de nous trouver !

Matt escalada rapidement le petit muret et souleva Rose par la taille. Il la prit par la main pour la conduire vers la porte coulissante de la baie vitrée, et essaya de faire glisser le panneau. Malheureusement, celui-ci ne s'ouvrait que de l'intérieur.

Rose se mordit la lèvre.

— Coincés...

— Attends un peu. Voyons si j'ai quelques souvenirs de ma turbulente jeunesse, dit Matt en souriant.

Il était torse nu, mais dans la poche revolver de son pantalon se trouvait son portefeuille. Et dans ce dernier, des cartes de crédit. Il en inséra une dans la glissière du panneau, au niveau du pêne. Au bout de quelques secondes, il réussit à l'écarter un peu. Le panneau coulissa. C'était gagné.

Rose le regarda, admirative.

— Tu n'arrêteras jamais de me surprendre…

— C'est plutôt une bonne chose, dans un couple !

Tout doucement, il pénétra dans l'appartement sombre, et referma le panneau vitré derrière eux.

— J'espère que ta tante ne s'est pas trompée et que les voisins sont bien en vacances !

— Ils sont en Europe, assura Rose. Ce qui nous évitera le désagrément de les voir débarquer dans cinq minutes !

— Tant mieux, dit Matt en parcourant des yeux sa silhouette à peine dissimulée par le peignoir. Car ce que j'ai dans la tête devrait prendre un peu plus de cinq minutes…

— Matt !

Rose écarquillait les yeux, mais son sourire était un concentré de séduction.

— Tu as besoin de te réchauffer, non ?

Matt tira sur le nœud de sa ceinture.

— Nos frères sont à côté, lui rappela Rose.

— Grand bien leur fasse ! Je ne comptais pas les inviter.

Elle frissonna, mais cette fois de plaisir, alors que la ceinture cédait et que les pans de son peignoir s'écartaient sous les mains de Matt.

— Matt, c'est positivement... décadent !

Il fit glisser le peignoir sur ses épaules, lentement, embrassant la peau nue qu'il dégageait.

— Pas du tout ! Cela nous fera un joli souvenir à raconter à nos enfants, plus tard !

Rose se mit à rire. Comment pourrait-elle jamais lui résister ?

— Je t'assure que ce n'est pas ce genre d'histoires qu'on raconte aux enfants... Que penseraient-ils de leurs parents ?

Le rire de Matt fit écho au sien. Il posa un baiser dans ses cheveux et ses mains s'aventurèrent sur elle, lui faisant perdre la raison.

— La plupart des enfants prennent leurs parents pour des benêts... Peut-être que les nôtres auront une meilleure opinion de nous ! Mais commençons d'abord par les faire. Qu'est-ce que tu veux, en premier ?

— Une fille. Et toi ?

— Un garçon.

Il mordilla la lèvre de Rose, qui trouvait soudain difficile de se concentrer.

— Je suis sûre que j'attends une fille...

— Très bien, dit-il en traçant une ligne de petits baisers le long de son cou. Nous n'aurons pas une seconde à perdre après le premier pour mettre en route le garçon.

— C'est comme ça que tu comptes t'assurer de ma fidélité ? demanda-t-elle d'une voix un peu rauque, alors qu'il la débarrassait du peignoir. En me gardant enceinte en permanence ?

— Je ne te veux pas enceinte en permanence, assura-t-il en incitant de la langue les lèvres de Rose à s'ouvrir. Je te veux simplement nue !

Épilogue

A 10 heures du matin, le restaurant était encore vide. La foule du déjeuner n'arriverait pas avant midi. Ils étaient seuls, à l'exception de Daisy, comme toujours derrière son bar.

Matt prit la main de Rose entre les siennes. Elle était glacée. La caressant doucement, il tenta de dissiper la nervosité qu'il sentait en elle. Mais lui-même éprouvait une réelle inquiétude qu'il s'efforçait de dissimuler de son mieux…

Rose leva les yeux vers lui. Tâchant d'adopter un ton de voix rassurant, il promit :

— Tout va bien se passer, tu vas voir.

Elle hocha la tête. Elle voulait plus que tout le croire… Il *fallait* qu'elle le crût. Sans quoi, Matt et elle seraient seuls contre le monde entier.

Matt, elle, et le bébé, rectifia-t-elle mentalement. *Leur* bébé. Qui serait peut-être élevé loin de ses grands-parents…

Cette simple pensée lui paraissait insupportable. Sa famille représentait tant pour elle ! Et ce, depuis toujours. Rose comptait sur eux, sur leur amour, pour parvenir d'une façon ou d'une autre à raccommoder les deux clans.

La matinée s'avançait. Un rayon de soleil se glissa dans le bar, vint jouer sur l'anneau d'or qui ornait sa main gauche. *Mme Matthew Carson...* C'était officiel, à présent. Elle était sienne, autant qu'il lui appartenait.

Ils s'étaient mariés à la cathédrale Saint-Patrick. Grâce au ciel, et comme toujours, tante Beth connaissait la bonne personne. Cette fois, il s'agissait d'un prêtre qui officiait à la cathédrale. Le père Thomas Gannon avait accepté de les marier à 22 heures — à peine trente-six heures plus tôt — dans l'église déserte, devant Dieu, tante Beth et Bryce, leur soi-disant agresseur.

Rose n'aurait pu souhaiter plus merveilleux moment que cette cérémonie dans le silence fervent de la cathédrale, les dernières lueurs du jour jouant sur les vitraux. D'ailleurs, pour épouser Matt, elle se serait volontiers contentée d'échanger leurs consentements sous les étoiles, devant un juge de paix. Mais leur union dans ce lieu sacré l'avait comblée. La seule chose qui manquait, bien sûr, c'était sa famille...

Et leur absence, en ces instants, motivait la réunion d'aujourd'hui. Matt et elle avaient convoqué leurs familles respectives ici même, au Grill temporaire du Lone Star Country Club. Sans les prévenir, sans rien expliquer.

Il ne restait plus qu'à prier pour que la rencontre ne dégénère pas entre les deux clans : leur simple rencontre dans l'entrée pourrait bien déclencher les foudres...

L'estomac de Rose se noua : sans distinguer clairement les sons, elle venait d'entendre les inflexions âpres de la voix de son père.

— Les voilà, chuchota-t-elle à Matt.

La porte du restaurant s'ouvrit sur Archie Wainwright, et directement sur ses talons apparut Ford Carson. Divers membres des deux familles les suivaient, tous aussi surpris les uns que les autres de se voir là. Tous sur le qui-vive...

Instinctivement, chacun rejoignit son clan, plutôt que de se mêler à l'autre. L'interrogation se lisait sur les visages tendus.

En deux enjambées, Archie fut auprès de sa fille.

— Que signifie tout ce cirque, Rose ? Tu es censée être avec ma sœur à New York, non ?

Du coin de l'œil, Archie saisit un regard réprobateur de Kate, son ex-femme, et tempéra son impatience.

Heureusement pour Rose, ni son frère, ni celui de Matt n'étaient encore revenus de New York. Car elle aurait suffisamment à faire pour convaincre les chefs de famille...

Elle prit une profonde inspiration et serra la main de Matt.

— Matt et moi avons une annonce à vous faire.

Heureusement, sa voix n'avait pas tremblé, malgré le regard ombrageux de son père.

Ford Carson plissa les yeux.

— Quel genre d'annonce ? Ce sont les femmes qui parlent pour toi, mon fils ?

Matt s'arma contre l'attaque. Les façons rudes de son père ne l'étonnaient ni ne l'inquiétaient plus depuis longtemps, mais il ne voulait pas Rose pût en être blessée.

— Je ne suis pas opposé à ce que ma femme prenne les rênes, à l'occasion.

L'incrédulité générale figea l'assemblée dans un silence de mort. Les deux clans se regardaient en chiens de faïence, aussi mal à l'aise l'un que l'autre.

— Ta… quoi ? tonna Ford.

Archie épingla sa fille d'un regard accusateur.

— C'est lui le responsable ?

Rose releva fièrement la tête.

— Si tu veux dire que je lui dois mon bonheur, papa, alors oui, effectivement, Matt en est responsable.

— Ne joue pas sur les mots avec moi, ma fille ! s'exclama Archie en pointant un doigt déterminé en direction de Matt. Est-ce que c'est lui qui t'a forcée ?

Matt sursauta sous l'insulte et fit un pas en avant. Rose s'interposa, lui barrant la route.

La dernière chose qu'elle souhaitait, c'était de voir se battre les deux êtres qu'elle chérissait le plus au monde.

— Personne ne m'a forcée à quoi que ce soit, papa. J'aime Matt Carson. Et il m'aime.

Elle se tourna vers le père de Matt.

— Monsieur Carson, un bébé va naître. Et cet enfant sera moitié Carson, moitié Wainwright. Il aura besoin de tout votre amour.

— Alors, reprit Matt, nous voulons savoir si ce bébé aura effectivement droit à votre amour, ou s'il nous faudra lui dire que ses grands-parents sont deux entêtés, qui laissent une ancienne et stupide querelle primer sur la meilleure chose qui soit arrivée à nos deux familles depuis longtemps. A vous de choisir…

Les deux hommes se regardaient en silence, cherchant un moyen de combler le fossé qui les séparait sans pour autant perdre la face.

Archie fut le premier à parler. L'amour l'emportait sur la fierté. Il dévisagea sa fille.

— Tu es mariée, alors ?

D'un signe de tête, elle montra l'alliance qui brillait à son annulaire.

— Oui, papa.

Archie haussa les épaules et rétorqua avec une moue de dédain :

— Ça ne vaut pas grand-chose si ça s'est fait à New York…

Rose n'allait pas se laisser intimider par son père. Plus maintenant !

— Bien sûr que si ! C'est tout aussi valable !

— Non, insista Archie. Pour nous, ça ne vaut rien. Pas tant que ça ne sera pas fait correctement.

Il lança un regard en coin vers Ford, le défiant de le contredire.

— Il faut refaire ça ici, au Texas, si on veut que ce mariage ait une chance.

Ford s'avança vers Rose, et Archie allait s'interposer quand son ex-femme le retint, d'une pression de la main sur son bras.

Il y eut un instant d'incertitude, puis Ford serra sa bru sur son cœur.

Lorsqu'il parla à son tour, il surprit tout le monde en confirmant ce qu'Archie avait dit.

— C'est mon futur petit-fils que vous portez, et ses parents doivent être effectivement mariés selon la tradition.

— Ne commencez pas à dire à ma fille ce qu'elle doit faire ! prévint Archie d'un ton rogue.

Démentant la raideur de ses paroles, son front s'éclaircit visiblement alors qu'il se tournait vers Rose.

— Mais pour une fois nous sommes d'accord, Ford Carson et moi. Si ce mariage doit déboucher sur quelque chose, il faut le célébrer ici, à notre façon.

Comme à regret, il prit Ford Carson à témoin. Peut-être était-il temps d'oublier le passé...

— Sur le territoire que nos deux familles ont contribué à construire, avant que les choses ne se gâtent.

Le sourcil broussailleux, presque fâché, Archie tendit une main vers Ford.

— Pour aider ces enfants, et uniquement pour eux, je veux bien tenter de faire la paix... si vous faites un pas dans la même direction.

Ford regarda la main qui s'offrait et, après une seconde de réflexion, il la saisit.

— Il ne sera pas dit qu'un Wainwright se montre plus généreux qu'un Carson... à moins qu'il ne s'agisse de la générosité de son tour de taille ! conclut-il après un regard éloquent sur la bedaine d'Archie.

Rose, les yeux pleins de larmes, enlaça son père.

— Merci, papa...

Archie caressa ses cheveux, en un geste familier qui remontait à l'enfance de Rose.

— Je suis prêt à beaucoup de choses pour ma petite fille.

S'éclaircissant la gorge, il revint vers Ford qui étreignait son fils.

— Il est grand temps de mettre fin à cette querelle, non ?

Les membres de l'assemblée acquiescèrent avec soulagement.

Bien loin de là, Dylan, Dictaphone en main, enregistrait ses dernières consignes, tout en empilant de sa main libre quelques vêtements dans une valise ouverte sur son lit.

Ce n'était pas le moment de partir. Mais il ne pouvait se défaire d'un impérieux sentiment d'urgence. Depuis l'appel de son père, l'idée le hantait qu'il n'y avait pas un instant à perdre.

S'il n'allait pas le voir immédiatement, il pourrait bien le regretter pour le reste de ses jours. C'était le sentiment qui le rongeait.

Arrêtant son Dictaphone, il saisit le téléphone portable à côté de son lit. Quelques touches pressées le mirent en contact avec l'aéroport local.

— Mademoiselle ? Oui, j'aimerais un billet pour Mission Creek. Comment ? Aller simple, pour le moment…

Tournez vite la page,

et découvrez,

en avant-première,

un extrait

du prochain tome

de la saga

LONE STAR COUNTRY CLUB

A paraître le 15 octobre.

Extrait du prochain tome de Lone Star Country Club

Dylan Bridges ôta son manteau, défit sa cravate et, jetant le tout sur le lit, déchaussa ses mocassins italiens. Pieds nus sur l'épaisse moquette, il ouvrit son dressing et choisit un T-shirt fabriqué au Texas, ainsi qu'un jean lissé par l'usage.

Tout en se changeant, il riait silencieusement. Que diraient les gens du pays, dans sa bonne ville de Mission Creek, en le voyant soudain débarquer ? Cela faisait maintenant dix-sept ans qu'on l'avait envoyé dans le centre pour délinquants d'Amarillo, et, quand il en était sorti après avoir purgé chaque minute des deux ans qu'avait durés sa pénitence, le dernier lieu sur terre où il avait envie de retourner était bien Mission Creek. Car son père s'y trouvait, et il ne voulait plus entendre parler de lui. Ses sentiments d'hostilité envers le juge Bridges n'avaient fait que croître et embellir durant son temps d'incarcération. Maddie aussi faisait partie de ceux qu'il ne voulait pas revoir. Le ressentiment qu'il éprouvait à son encontre n'avait nullement été diminué par le gentil petit mot qu'elle lui avait fait parvenir.

« Cher Dylan,

» Je voulais te dire que je suis vraiment, sincèrement, désolée qu'on t'ait envoyé là-bas. Je le sais, j'aurais dû tenter de t'aider, même si je ne sais pas exactement comment… En tout cas, je n'ai pas eu le courage de plaider pour toi auprès de mon père. S'il te plaît, n'oublie pas que je pense à toi. Reste fort et tiens-toi à l'écart des ennuis pendant que tu es là-bas. J'ai appris à mes dépens que la vie n'est pas toujours juste et qu'elle donne parfois des coups cruels.

» Si tu veux m'écrire, envoie tes lettres à la boîte postale dont j'ai mis le numéro au dos de l'enveloppe.

Maddie »

Dylan n'avait pas répondu. Il craignait que la lettre de Maddie n'ait été le fruit d'une impulsion altruiste, une manière de faire la charité ou de soulager sa conscience fautive. Depuis, il n'avait plus rien reçu d'elle. Mais s'il voulait s'avouer la vérité, il lui fallait admettre qu'il n'avait jamais oublié Maddie Delarue.

Dylan regagna le salon du luxueux duplex qu'il occupait sur le toit de l'immeuble, et se versa un verre. Son whisky à la main, il se laissa aller dans l'accueillant fauteuil de cuir fauve aux coussins rembourrés. Pourquoi pensait-il à Maddie plutôt qu'à une autre ? Il ne l'avait pas vue depuis tant d'années ! Ce n'était pas comme si elle lui avait manqué. Car elle ne lui avait pas manqué ! D'ailleurs, en matière de femmes, il avait toujours eu plus que sa part. Quand il avait vingt ans, elles entraient et sortaient de sa vie à la cadence des touristes dans un grand hôtel new-yorkais. Et maintenant qu'il atteignait trente-cinq ans, lui, le courtier le plus riche de Dallas, il n'avait qu'à claquer des doigts pour avoir toutes les jolies femmes à ses pieds.

En fait, s'il pensait à elle, c'était uniquement parce qu'il comptait retourner à Mission Creek. Il allait accomplir l'incroyable : renouer avec son père. Quant à Maddie... elle était probablement mariée, avec un ou deux enfants. Il la rencontrerait peut-être au détour d'une rue. Ou mieux, peut-être s'arrangerait-il pour croiser son chemin... Rien ne lui ferait plus plaisir que de lui montrer — et par la même occasion, de montrer à tous — comment avait tourné le mauvais garçon de Mission Creek.

Le gosse qu'on avait expédié en maison de correction pour le vol d'une Porsche, en possédait à présent une bien à lui. Plus une Jaguar. Sans compter quelques voitures de collection, rares spécimens pour amateurs fortunés... Son duplex lui avait coûté des millions, il possédait un chalet à Aspen, la station de ski la plus en vue, et, détail qui avait son importance, il avait investi dans une chaîne d'hôtels de luxe aux Bahamas.

Oui, il ne serait pas mécontent d'étaler sa réussite aux yeux de Maddie. De tous ceux qu'il allait revoir à Mission Creek, elle était, en fait, la seule qu'il serait vraiment satisfait d'impressionner.

Certes, il ne serait pas si facile de l'épater. A la mort de son père, quelques années plus tôt, Maddie était devenue la femme la plus riche du Texas. Dylan se mit à rire : ce serait peut-être lui, après tout, qui serait impressionné !

Il but une longue gorgée de whisky. Après plusieurs jours passés à ressasser toute l'affaire, il n'en revenait toujours pas que son père l'eût appelé. Tout ce temps sans nouvelles... Et puis, sans prévenir, le juge Carl Bridges avait décidé de décrocher son téléphone ! Il avait donc mis de côté son inflexible fierté...

— Mon fils, avait dit Carl, je te demande de me pardonner. Peux-tu trouver dans ton cœur la force d'offrir une seconde chance à ton père ? Y a-t-il le moindre espoir que tu puisses oublier le passé et accepter de me revoir ?

Curieusement, Dylan n'avait pas laissé libre cours à la rage et à la frustration accumulées depuis tant d'années. Et, plus étrangement encore, il avait compris qu'il n'attendait que cela : tirer un trait sur le passé, tendre la main à son père et bâtir avec lui une nouvelle relation. Si l'intransigeant Carl Bridges pouvait reconnaître ses torts, nul doute que son fils aussi en était capable.

Dylan avait mis un terme à leur conversation en disant :

— A bientôt, papa. Je te promets de venir bientôt te voir à Mission Creek. Simplement, j'ai besoin d'un peu de temps pour m'habituer à l'idée.

Et en se réveillant le matin, il avait su d'une manière évidente, avant même d'avoir avalé sa première tasse de café, que le moment était venu. Pourquoi attendre plus longtemps pour savoir si son père et lui pouvaient renouer des relations d'affection ? D'autre part, il avait besoin de vacances. Il travaillait trop. Ses amis proches le mettaient en garde : il devenait un de ces drogués du travail qui ne vivent que pour leur métier. Mais pour quoi d'autre aurait-il vécu ? Il connaissait succès et richesse… En dehors de cela, rien n'importait vraiment. Il avait compris depuis bien longtemps qu'un homme ne pouvait compter que sur lui-même. La famille n'existait pas. Pas pour lui. A la mort de sa mère, il avait perdu le seul être qui ait incarné cette idée dans sa vie. Et depuis, il n'avait jamais éprouvé le désir de fonder un foyer, peut-être parce qu'il n'avait rencontré aucune femme avec laquelle passer le restant de ses jours. Jamais il n'avait aimé réellement, et personne n'avait suscité en lui le désir de s'engager.

Sans doute aurait-il dû appeler son père pour le tenir au courant de ses projets, mais il aimait la perspective de lui faire la surprise. Débarquer à l'improviste et voir ce qui arriverait… Il avait réservé un avion privé qui le conduirait à Mission Ridge, l'aéroport le plus proche. Il y serait dans la soirée. Peut-être emmènerait-il son père dîner au Club. Dans la grande salle Empire… Oui, ce serait vraiment quelque chose, cela : se retrouver au Lone Star Country Club comme client, et non plus comme employé !

Et puis… qui sait ? Si les choses se passaient bien avec son père, il envisagerait peut-être de s'installer là-bas, chez lui. A Mission Creek.

BEST SELLERS

Les Best-Sellers Harlequin, c'est la promesse d'une lecture intense : romans policiers, thrillers médicaux, drames psychologiques, sagas, ce programme est riche d'émotions.

Ne manquez pas, ce mois-ci :

Les âmes piégées, *de Alex Kava • N° 179*

Qu'est-ce qui peut bien lier un suicide collectif au fin fond du Massachusetts et le meurtre d'une fille de sénateur à Washington DC ? A première vue, rien. Et pourtant, l'ombre d'un homme plane sur les deux drames : Joseph Everett, leader charismatique d'une secte religieuse. Chargée des deux enquêtes, Maggie O'Dell, agent du FBI, a un moyen unique d'arriver jusqu'à cet homme : sa propre mère.

Après Sang froid *et* Damnation, *un nouveau thriller haletant d'Alex Kava. A ne pas manquer.*

Destination impossible, *de Carla Neggers • N° 180*

Un métier satisfaisant, un mariage heureux avec Jack, lieutenant des Texas Rangers, des jumelles qu'elle adore, Susanna Galway est une femme heureuse. Jusqu'au jour où une affaire de meurtre suivie par son mari fait tout basculer. Pour une raison qu'elle ignore, le meurtrier présumé que Jack Galway ne parvient pas à inculper faute de preuves fait irruption dans sa vie pour la menacer. Laissant son mari au Texas, Susanna va se réfugier à Boston sous le faux prétexte d'accompagner ses filles chez leur grand-mère. En réalité, elle a peur. Contre toute logique, elle sait qu'elle est concernée par ce meurtre. Mais comment ?

La veuve, *de Anne Stuart • N° 181*
L'a-t-elle tué ? C'est la question que se pose Maguire en scrutant la jeune veuve du célèbre peintre Aristide Pompasse, son allure de princesse lointaine, ses grands yeux froids et mystérieux. Pour l'ex-reporter reconverti dans la presse à scandales, tout est matière à nourrir la biographie sulfureuse de Pompasse qu'il est en train d'écrire — surtout un crime. Dans la superbe résidence toscane du peintre défunt, à deux pas de Florence, où il se fait passer pour un courtier en assurances, Maguire est prêt à tout pour exhumer la vérité, y compris à coucher avec la veuve.

Le club des limiers, *de Suzann Ledbetter • N° 182*
Folle journée pour Hannah Garvey, manager de la luxueuse maison de retraite de Valhalla Spring ! Après avoir échappé à une attaque à main armée et manqué faire l'amour avec David Hendrickson, le shérif du comté de Kinderhook, le plus dur reste à faire : il faut défendre ce dernier, accusé d'homicide involontaire. Heureusement, si la liste des suspects est longue, les enquêteurs ne manquent pas. Ce sont les joyeux retraités, valeureux membres du Club des limiers, pressés de prouver que le poids des ans, loin d'être un handicap, peut aider à faire triompher les justes causes… Haut la main !
Une nouvelle enquête drôle et décalée, signée par l'auteur de Petits meurtres en société.

Destins de femmes, *de Rona Jaffe • N° 88 - réédition*
Dans un restaurant hanté par le souvenir des chanteuses de rock des années soixante-dix, cinq femmes que rien ne semble rapprocher se donnent régulièrement rendez-vous. Ensemble, elles trouvent le courage d'affronter les épreuves qui les ont transformées, parfois même traumatisées.
Pourtant, rien n'est perdu. A tout moment, la vie peut encore les surprendre. Et chacune l'apprendra à sa façon...
Cinq portraits de femmes, cinq destins passionnants, cinq miroirs où chacune de nous peut se reconnaître.

Composé et édité
PAR LES ÉDITIONS HARLEQUIN
Achevé d'imprimer en août 2003

BUSSIÈRE
GROUPE CPI

à Saint-Amand-Montrond (Cher)
Dépôt légal : septembre 2003
N° d'imprimeur : 34342 — N° d'éditeur : 10146

Imprimé en France